AF177287

Kontaktadresse nach EU-Produktsicherheitsverordnung:
produktsicherheit@fischerverlage.de

Der sechste Sylt-Krimi mit dem sympathischen Ermittlerteam Sven Winterberg, Silja Blank und Bastian Kreuzer

Gibt es das perfekte Verbrechen?
Ohne Spuren? Ohne Tatort? Ohne Motiv?

Die Biikefeuer erleuchten die kalte Sylter Februarnacht, als man im Gebüsch eine junge Frau findet. Ihr Unterkörper ist entblößt. Ein Sexualverbrechen? Doch was hat der säuberlich halbierte Slip zu bedeuten, der neben der Leiche liegt?
Verdächtige gibt es viele, denn die Verstorbene hatte sowohl heimliche Verehrer als auch Feinde. Doch eine Domina am falschen Ort, ein verbrannter Personalausweis und einige pikante Aktaufnahmen lassen die Sylter Polizei vermuten, dass es hier um ein ganz anderes Verbrechen geht.

Ein atmosphärisch dichter Kriminalroman, der die Insel Sylt in einem anderen Licht erscheinen lässt. Spannung und beste Unterhaltung garantiert!

Die gebürtige Berlinerin *Eva Ehley* wurde spätestens mit ihrer Eheschließung vom Sylt-Fieber infiziert. Seither hat sie viele Sommer auf der Insel verbracht und das wilde Treiben der Reichen und Schönen beobachtet. Eva Ehley hat lange dazu geschwiegen, doch dann gewann ihre kriminelle Phantasie die Oberhand. Seitdem lässt sie regelmäßig auf Sylt morden. 2012 und 2013 wurde sie für den Agatha-Christie-Krimipreis nominiert.

Weitere Informationen finden Sie auf www.fischerverlage.de

eva
Ehley

Sünder
büßen

Ein Sylt-Krimi

FISCHER
Taschenbuch

3. Auflage

© 2022 S. Fischer Verlag GmbH,
Hedderichstr. 114, 60596 Frankfurt am Main

Druck und Bindung: BoD – Books on Demand GmbH,
Norderstedt, Germany
ISBN 978-3-596-03336-2

Sünder
büßen

Donnerstag, 21. Februar, 17.30 Uhr,
Am Tipkenhoog, Keitum

Er kauert im Gebüsch. Allein. Die Sonne versinkt. Es ist kalt. Erst mit dem Feuer wird es warm werden. Wenn auch nicht sehr, jedenfalls nicht hier, weit ab von dem riesigen Scheiterhaufen, den die Keitumer alljährlich zum Winterende aufrichten. Überall auf der Insel brennen in der Nacht vom 21. auf den 22. Februar die Biikestapel. Sie wärmen die Umstehenden und vertreiben böse Geister. Und den Winter gleich mit. Der alte Brauch wird sehr in Ehren gehalten, zum Biikebrennen kommen alle. Immer. Viele kennt er, andere hat er noch nie gesehen. Sie tragen lodernde Fackeln in der Hand und sind dick eingemummelt. Die Feuerwehr ist auch schon da. Er blickt auf seine Uhr. Bald geht es los. Der Platz ist voll, die Aufregung steigt. Doch er geht absichtlich nicht näher heran. Er will die Übersicht behalten und nicht gesehen werden. Nicht, bevor er sie entdeckt hat. Larissa, die Frau seines Lebens. Wenn alles nach Plan läuft, dann ist sie heute Nacht endlich ganz in seinen Händen. Er schließt die Augen und malt sich zum tausendsten Mal aus, was er alles mit ihr anstellen wird. Lustschauer überrieseln ihn. Von Kälte keine Spur mehr.

Doch noch fehlt Larissa. Wo sie nur bleibt? Hektisch sucht er die Menschenmenge ab. Dann endlich entdeckt er sie.

Larissa steht ganz dicht an der Biike. Ihre schlanke Gestalt mit den langen blonden Haaren hebt sich deutlich von dem Hintergrund aus alten Tannenbäumen, Strandgut und unbrauchbaren Holzpaletten ab. Sie ist schon achtunddreißig und sieht immer noch aus wie ein Mädchen.

Larissa trägt eine rote Daunenjacke und weiße Handschuhe, die im Schein der Fackeln rot leuchten. Als habe sie in Blut gefasst. Der Gedanke amüsiert ihn. Doch das Kichern verkneift er sich. Stattdessen mustert er Larissa gründlich. Sie ist allein. Zum Glück.

Seine Blicke tasten ihren Körper ab, kreisen um die verborgenen Höhlungen. Die festen Ohrmuscheln, das pochende Grübchen am Hals. Die Achseln, warm und ein bisschen verschwitzt. In seinen Gedanken ist sie nackt. Er kann den Bauchnabel sehen und die Scham. Lockend duftende Höhle.

Er ruft sich zur Ordnung. Noch nicht! Nicht jetzt. Denn gleich wird das Feuer entzündet.

Schon bilden alle einen Kreis um den riesigen Scheiterhaufen, wo eine kurze Rede auf Sölring gehalten wird – das Sylter Friesisch hat er noch nie verstanden. Aber die laut gerufenen Worte *Maaki di Biiki ön* hallen bis zu ihm ins Gebüsch.

Applaus brandet auf, und dann werden die Fackeln in den Holzstapel gesteckt. Sekunden später lodern die Flammen.

Die Welt wird hell.

Der Lichtschein legt rote Bahnen über Heide und Watt, er klebt den Menschen lange, zuckende Schatten an und lässt eine Säule aus Qualm aufsteigen. Wie hypnotisiert starren alle ins Feuer. Doch er weiß, das wird nicht lange so bleiben.

Der Zauber der Flammen ist ein flüchtiges Spektakel, das auf Dauer nicht ankommt gegen die Lust am Reden und Lachen. Und richtig, bald gruppieren sich die Leute neu. Nur Larissa bleibt nah an der Biike zurück. Woran sie wohl denkt?

Er richtet sich vorsichtig auf. Nur kein Geräusch machen, man kann nicht achtsam genug sein, auch wenn das Knacken und Prasseln des Feuers das Rascheln aus dem Gebüsch schlu-

8

cken müsste. Ein letztes Schütteln der Glieder, ein Lockern der Muskeln und Sehnen, dann spannt er sich an. Das Tier ist bereit zum Sprung.

Gebückt kriecht er aus seinem Versteck. Er schleicht sich von hinten an. Langsam. Unauffällig. Näher, immer näher zu ihr hin. Er trägt eine dunkle Jacke und hat die Kapuze tief ins Gesicht gezogen. Niemand achtet auf ihn. Gut so. Dann steht er neben ihr, viel zu dicht natürlich. Sie wendet den Kopf und erschrickt. Es dauert unendlich lange, bis sie ihn wirklich ansieht.

Dann fällt sie ihm um den Hals. Damit hat er nicht gerechnet.

Mit rauer Stimme sagt sie: »Du hier? Warum hast du nichts gesagt?«

»Warum hätte ich dich warnen sollen?«, gibt er lächelnd zurück.

Ihre Augen werden weit, erst vor Erstaunen, dann vor Angst. Seinen Händen wächst an ihrem Hals eine ungeahnte Kraft zu. Ihre langen Haare verbergen alles. Ihr Zucken fällt in dem ganzen Gedränge kaum auf. Er presst sie an sich, als wolle er sie nie wieder loslassen. Und so ist es ja auch. Seine Hände umklammern ihren Hals. Es ist, als durchführe ein Krampf seine Finger. Unmöglich, sie wieder zu strecken, unmöglich, Larissa auch nur das kleinste bisschen Luft zum Atmen zu lassen. Noch einmal zuckt sie, wirft die Arme in die Luft, fast sieht es aus wie eine begeisterte Geste. Dann, viel schneller, als er erwartet hat, gibt sie auf und sinkt leblos in seinen Armen zusammen. Er drückt sie an sich und hebt sie hoch. Ihr Kopf fällt auf seine Schulter, als schmiege sie sich an ihn.

Endlich.

Er will sich gar nicht mehr von Larissa trennen.

Seiner großen Liebe.

Der Frau seines Lebens.

Freitag, 22. Februar, 08.30 Uhr, Am Tipkenhoog, Keitum

Henry Loos steigt aus seinem alten Ford und zieht die Kapuze tief in die Stirn. Henry ist Schlosser und hat den festen Tritt eines Mannes, der weiß, was er will. Seine kräftige Figur sprengt fast die dicke Arbeitsjacke, unter der er noch einen groben Pullover trägt. Es kommt ihm jetzt viel kälter vor als gestern Abend, wo vielleicht der eine oder andere Glühwein mehr gewärmt hat, als man so glaubt. Henry lässt seinen Blick über die abgebrannte Biike wandern, die jetzt nur noch ein trauriger Haufen verkohlter Balken ist. Dann mustert er den Müll, der auf dem zertretenen Gras liegt. Pappbecher, leere Zigarettenschachteln, Flaschen. Mit einer lässigen Geste grüßt er die Kumpels, die ebenfalls angetreten sind, um hier aufzuräumen. Natürlich lägen sie alle lieber im Bett, um den Rausch auszuschlafen. Aber das hier ist Ehrensache unter den Keitumer Jungs aus seinem Freundeskreis, auch wenn sie mittlerweile alle auf die vierzig zugehen.

Wenigstens regnet es heute nicht, auch das hat Henry schon erlebt. Dann ist alles matschig und der Dank fürs Aufräumen oft eine saftige Erkältung. Doch heute herrscht klares Winterwetter. Vor einer Stunde ist die Sonne aufgegangen, und seitdem taucht sie die Welt in ihren kalten Glanz.

Henry zieht die Arbeitshandschuhe über und geht direkt zur Biike. Neben den verkohlten Hölzern steht schon der

Pritschenwagen mit offener Ladeklappe bereit. Außer Henry kümmern sich noch zwei andere Kumpels um die Feuerstelle. Schnell sind die Holzreste zusammengesammelt und aufgeladen. Die Asche wird der Wind im Lauf des Tages übers Watt wehen. Keiner redet groß während der Arbeit, lieber gehen sie hinterher alle zusammen noch auf ein Konterbier zu Agnes in die kleine Kneipe am Dorfrand.

Aber noch sind sie hier nicht fertig. Ein paar Stände müssen abgebaut werden, und der Müll muss auch noch weg. Henry greift sich einen von den festen grauen Säcken und beginnt am Straßenzugang mit dem Einsammeln. Er arbeitet sich systematisch bis zu dem dunkel verbrannten Stück Erde vor, auf dem in der letzten Nacht die Flammen gelodert haben. Dann umkreist Henry den Platz in immer größeren Ringen. Manchmal stößt er leise Flüche aus, wenn er sieht, was die Leute alles achtlos auf den Boden werfen. Einiges haben sie aber auch verloren. Das nagelneue Schweizermesser zum Beispiel oder auch die kleine pinkfarbene Geldbörse, in der über fünfzig Euro stecken. Er wird diese Sachen im Friesensaal abgeben, wo sich die meisten ohnehin am Nachmittag zum Grünkohlessen wiedersehen werden.

Henry blickt prüfend über den Platz. Sieht alles schon viel besser aus. Nur da hinten, wo am Übergang zum Watt eine kleine Gehölzgruppe steht, leuchtet etwas Rotes zwischen den Zweigen. Wahrscheinlich eine Plastiktüte, die der Nachtwind dorthin geweht hat. Vielleicht ist es aber auch etwas, das die Feuerwehr verloren hat.

Henry geht hinüber und schiebt ein paar Zweige beiseite.

Vor ihm liegt Larissa auf dem taufeuchten Boden.

Henry erkennt sie sofort, schließlich sind sie miteinander zur Schule gegangen. Als sei es gestern gewesen, hört Henry ihr übermütiges Lachen und sieht ihren schwingenden Gang. Doch Larissa lacht nicht mehr, und sie wird nirgendwo mehr hingehen. Denn die Larissa, die hier vor ihm liegt, ist tot.

Ihre früher so glänzenden Haare sind nun matt und schmutzig, ihr Gesicht ist dreckverschmiert. Die Augen sind weit aufgerissen, und aus dem Mund quillt eine Zunge, die viel zu groß für das zierliche Gesicht ist. Larissa trägt eine rote Daunenjacke, deren Reißverschluss bis unters Kinn zugezogen ist. Unterhalb der Jacke ist Larissa nackt. Keine Hose, keine Unterwäsche, keine Schuhe, keine Strümpfe. Ihre Beine sind gespreizt, die Scham ist dicht mit feinen blonden Haaren bewachsen. Das üppige goldfarbene Gekräusel schimmert in der Wintersonne, und Henry kann den Blick einfach nicht abwenden.

Schließlich zwingt er ihn zurück in Larissas gequältes Gesicht, das im Leben so schön war. Dann prüft er mit einer schnellen Drehung des Kopfes, ob ihn einer der Kumpels beobachtet. Aber die sind alle mit dem Rangieren des Pritschenwagens beschäftigt. Hastig bückt sich Henry, zieht dabei den rechten Arbeitshandschuh aus und legt anschließend für einen Moment seinen Zeigefinger an Larissas Scheide. Die Haare kitzeln ihn, aber die Haut darunter fühlt sich eiskalt und seifig an. Henry atmet tief durch, zieht den Finger zurück und stülpt sich den Handschuh wieder über.

Er kriecht aus dem Gebüsch hervor, holt das Handy aus der Tasche und ruft die Polizei.

Freitag, 22. Februar, 09.07 Uhr, Norderstraße, Westerland

»Ich finde, man sollte den Petritag zum bundesweiten Feiertag erklären. Am Abend davor ein mächtiges Feuer, dann ausschlafen und nachmittags mit guten Freunden Essen gehen. Das könnten im düsteren Februar doch bestimmt auch alle die gebrauchen, die dummerweise nicht an der Nordsee wohnen«, murmelt Kriminalkommissarin Silja Blanck und sieht hinüber zu der anderen Betthälfte, in der ihr Freund und Vorgesetzter Kriminalhauptkommissar Bastian Kreuzer liegt. Als keine Antwort kommt, rüttelt sie sanft an dessen Schulter. »Sag mal, schläfst du noch?«

»Jetzt nicht mehr«, brummt Kreuzer und dreht sich unwillig auf die andere Seite.

»Hallo, ich rede mit dir. Wir wohnen doch erst seit gut drei Monaten zusammen, und du benimmst dich, als ob wir bereits seit drei Jahrzehnten verheiratet wären«, beschwert sie sich und kneift ihn in die Seite.

Bastian Kreuzer zuckt kurz und beginnt anschließend vernehmlich zu schnarchen.

Silja lacht. »Ertappt! Du schnarchst nicht. Nie. So viel weiß ich inzwischen.«

»Wenn du mich noch einmal an meinem freien Tag so früh weckst, fang ich aber damit an«, droht er und wendet sich ihr zu. »Guten Morgen, Traumfrau.«

Er drückt ihr einen verrutschten Kuss auf die Schläfe und blinzelt ins Licht. »Unglaublich, aber wahr. Es ist mal wieder Tag geworden.«

»Hast du daran gezweifelt?«

»Na ja, bei diesen Winternächten weiß man nie, ob sie je wieder aufhören. Und gestern Abend, als ich vor der brennenden Biike stand, habe ich kurz überlegt, ob die Geister, die wir gerade vertreiben, das nicht auch alles ganz anders verstehen könnten.«

»Wie denn?«

»Als Aufforderung, es noch möglichst lange dunkel sein zu lassen, weil wir so viel Spaß mit dem Feuer haben.«

»Echt jetzt?«

»Quatsch. Oder denkst du, ich glaube an Geister?«

»Eigentlich nicht«, gibt sie zurück und lässt die Hand wie zufällig über seine Hüfte wandern.

Bastian Kreuzer seufzt wohlig. »So werde ich schon viel lieber geweckt.«

In diesem Moment läutet das Telefon in der Wohnküche.

»Ach verdammt, ausgerechnet jetzt«, schimpft Bastian und wälzt sich aus dem Bett.

»Wenn's die Kollegen von der Wache sind, sag einfach, dass wir immer noch betrunken sind«, ruft ihm Silja hinterher. »Sie sollen sich an Sven wenden. Der trinkt ja aus Solidarität mit der schwangeren Anja seit Monaten nichts mehr.«

Als keine Antwort kommt, horcht sie angespannt. Das Schlafzimmer der Wohnung an der alten Dorfstraße zwischen Westerland und Wenningstedt liegt von der Straße abgewandt nach Osten. Wenn Silja und Bastian ausschlafen können, beobachten sie manchmal vom Bett aus den Sonnenaufgang. Wenn alle Fenster geschlossen sind, so wie jetzt, ist es ziemlich still in der Wohnung. Bei offenen Fenstern kann es schon lauter werden, aber das haben Silja und Bastian in Kauf genommen, als sie im letzten Herbst auf Wohnungssuche waren. Auf

14

der Insel sind bezahlbare Unterkünfte für Einheimische Mangelware. Das Wenige, das angeboten wird, ist überteuert und trotzdem erschreckend schnell weg.

Aus der Küche ist noch immer nichts zu hören.

»Bastian, telefonierst du noch?«, ruft Silja laut. Vergeblich wartet sie auf eine Antwort. Das Einzige, was sie zu hören bekommt, ist Bastians tiefe Stimme, die jetzt ganz wach klingt und beruhigend auf jemanden einzureden scheint.

Silja schlüpft aus dem Bett und geht hinüber in die Wohnküche. Der Raum ist L-förmig angelegt, am langen Ende stehen zwei Sofas, ein niedriger Tisch und in der Ecke der Fernseher. Am kurzen Ende gibt es eine Küchenzeile und vor dem Fenster den gemütlichen Esstisch. Hier lehnt Bastian und redet leise ins Telefon.

»Jetzt beruhige dich erst mal. Ich komme sofort und seh mir die Leiche an. Und achte darauf, dass dieser Henry Loos nicht durchdreht, hörst du? Am besten, du setzt ihn in den Streifenwagen, dann rede ich gleich mit ihm.«

Bastian hebt den Blick zu Silja und verdreht entschuldigend die Augen. Auf ihre stumme Frage *Was ist?* wiegt er bedenklich den Kopf und formt mit den Lippen die Worte: *Eine Tote. Beim Bükebrennen. In Keitum.*

Silja stöhnt und geht ins Bad, um sich schnell zu duschen.

Ihr ist klar, dass sie den gemütlichen Petritag jetzt vergessen können.

Freitag, 22. Februar, 09.12 Uhr, Braderuper Straße, Kampen

Kriminaloberkommissar Sven Winterberg steht in T-Shirt und Boxershorts in der Küche des gemütlichen Friesenhauses, das er mit Frau und Tochter bewohnt. Während er den Kaffee in die Maschine füllt, denkt er dankbar an seine Schwiegereltern, die ihrer Tochter noch vor ihrem Tod das schöne Kampener Haus überschrieben haben. Hier wird auch für das Baby, das Anja und er im April erwarten, genug Platz sein. Das Kleine wird im Garten spielen und auf den friedlichen Straßen herumtollen können. Es wird zwischen Heide, Watt und Meer auf der schönsten aller Inseln aufwachsen, ohne dass sich seine Eltern Sorgen um die Kosten machen müssen. Sven kennt etliche Familien, denen es nicht so gut geht und die auf ein zweites Kind verzichten, weil sie sich eine größere Wohnung nicht leisten könnten.

Gerührt beobachtet Sven, wie sorgfältig Mette, ihre zehnjährige Tochter, den Frühstückstisch deckt. Seit dem letzten Sommer geht sie auf das Westerländer Gymnasium und ist mittlerweile ganz schön groß geworden. Hoffentlich wird sie nicht allzu eifersüchtig auf das Kleine sein, überlegt er gerade, als er einen unterdrückten Schrei aus dem Badezimmer im oberen Stockwerk hört.

Sven lässt den Kaffeelöffel fallen, das Pulver verteilt sich über die ganze Arbeitsplatte, aber das ist ihm egal. Auf der Treppe nimmt er zwei Stufen auf einmal. »Anja? Was ist los?«

Sven reißt die Badezimmertür auf und findet seine Frau gekrümmt vor dem Waschbecken. Sie presst beide Hände auf den schwangeren Bauch und japst nach Luft.

16

»Hast du Wehen?«

Anja hechelt ein paarmal, bevor sie stöhnt: »Ich glaube schon.«

»Aber der Entbindungstermin ist doch erst am 9. April ...«

»Das weiß ich selbst«, antwortet Anja, während sie sich auf den Toilettendeckel fallen lässt. »Jetzt wird es langsam weniger. Gott sei Dank«, seufzt sie. »Aber wenn das keine Wehe war, dann weiß ich auch nicht.«

»Was machen wir jetzt?«

»Wir fahren in die Nordseeklinik, was sonst? Irgendetwas stimmt hier nicht«, murmelt Anja. In ihren Augen stehen Tränen.

Sven nimmt seine Frau fest in die Arme. »Die kriegen das schon wieder hin. Wahrscheinlich brauchst du nur ein bisschen Ruhe.«

»Vielleicht hätte ich besser nicht mit zweiundvierzig noch mal schwanger werden sollen«, schluchzt sie.

»Ach Blödsinn!«, schimpft Sven. »Bisher lief doch alles gut. Das Kind hat sich normal entwickelt, und du bist richtig aufgeblüht.« Er geht vor ihr in die Knie und sieht ihr fest in die Augen. »So schön wie jetzt warst du noch nie. Mach dir erst mal keine Sorgen. Wir fahren gleich in die Klinik. Es kann sein, dass sie dich zur Beobachtung dabehalten. Aber vielleicht hast du Glück, und es gibt heute Mittag auch da den traditionellen Grünkohl, was meinst du?«

Anja lächelt unter Tränen. »Du bist so lieb. Aber Mette wird ganz schön enttäuscht sein, wenn wir nicht alle zusammen zu deinen Eltern zum Petri-Essen gehen. – Au, ich glaube, es geht wieder los.«

Ihr Gesicht verzieht sich, sie beißt die Zähne zusammen und schließt die Augen.

»Du bleibst am besten hier sitzen. Ich hole dir was zum Anziehen und sag schnell Mette Bescheid, okay?«

Anja nickt. Ihr Gesicht ist schmerzverzerrt.

Sven hechtet nach unten. Mette erwartet ihn schon am Fuß der Treppe. In der Hand hält sie das Telefon, und bevor er etwas sagen kann, erklärt sie: »Bastian Kreuzer ist dran. Er sagt, es ist dringend.«

Sven reißt ihr das Telefon aus der Hand. »Ich kann jetzt nicht.«

»Spinnst du? Wir haben eine Tote. Liegt direkt neben dem Keitumer Biikeplatz.«

»Bastian, das ist mir scheißegal. Anja hat Frühwehen. Wir müssen ins Krankenhaus.«

»Nee, oder?« Bastian Kreuzers Stimme klingt zweifelnd. Und verärgert.

»Das ist kein Scherz. Ich ruf dich an, wenn ich mehr weiß.«

Sven legt auf. Erst jetzt sieht er, wie Mette ihn anstarrt.

»Muss das Baby jetzt sterben?«

»Nicht doch, Kleines. Mami und ich fahren in die Nordseeklinik. Es wird bestimmt alles gut. Ich bin spätestens zum Mittagessen wieder hier. Versprochen!«

Mette nickt. Jetzt weint auch sie.

Freitag, 22. Februar, 10.11 Uhr, Am Tipkenhoog, Keitum

Als Bastian Kreuzer den Polizeibus betritt, nimmt er als Erstes die trockene Luft der Standheizung wahr. Dann riecht er Henry Loos' Schweiß. In Anbetracht der Außentemperaturen kommt ihm das merkwürdig vor, und er mustert den Mann genauer. Henry Loos ist groß, ziemlich massig, hat auffallend blonde Haare und ein harmlos wirkendes Kindergesicht.

Der Hauptkommissar lässt sich auf die Bank gegenüber von Loos fallen und beginnt: »Kreuzer ist mein Name. Kripo Westerland. Sie haben die Leiche gefunden?«

Loos nickt. Sein Gesicht ist blass, am Hals zeigen sich rote Flecken, die auf eine gewisse Nervosität hindeuten. Als er sprechen will, kommen zunächst nur heisere Laute heraus. Er muss sich räuspern, dann geht es besser. »Ich hab beim Aufräumen geholfen. Wie jedes Jahr. Hab den Müll zusammengesammelt. Unglaublich, was die Leute alles auf den Boden werfen. Zuerst hab ich gedacht, da liegt eine Plastiktüte im Gebüsch. Hab nur diesen knallroten Fleck gesehen. Es war aber ihre Daunenjacke und dann …«, er schluckt und schlägt die Augen nieder. »Na, Sie haben Larissa ja bestimmt schon gesehen.«

»Larissa«, wiederholt Kreuzer langsam. »Wie weiter?«

»Larissa Paulmann.«

»Sie kannten sie?«

»Wir sind zusammen zur Schule gegangen. Bis zur mittleren Reife.« Henry Loos senkt den Blick. »Ich war ein bisschen verschossen in sie. Aber sie hat sich nicht für mich interessiert. Für keinen von uns.« Er zuckt die Schultern. »Dachte wohl, sie ist was Besseres.«

»War sie denn was Besseres?«

Henry Loos zögert kurz, was den Kommissar wundert. Doch gleich darauf redet er umso entschlossener weiter.

»Was Besseres? Nee, warum auch? Nur weil sie mit ihren Eltern bei den Reichen auf dem Grundstück wohnen durfte?« Er dreht sich um und weist mit der ausgestreckten Hand hinüber zu der Straße, die sich am Watt entlangzieht. »Gleich da hinten haben die ihre Villa. Sind wahrscheinlich kaum hier, wie so viele Hausbesitzer. Deshalb brauchen sie jemanden, der das Grundstück pflegt und im Haus nach dem Rechten sieht.«

»Und das machen die Eltern von Frau Paulmann?«

»Nicht mehr, sie sind tot. Schon seit zwanzig Jahren oder so. War ein schrecklicher Unfall. Mit der Bahn, glaube ich. Aber davor haben sie das gemacht. Seitdem kümmert sich Larissa.«

Bastian nickt, dann kneift er die Augen zusammen und blickt durchs Autofenster die Straße hinunter. »Die genaue Adresse wissen Sie nicht zufällig?«

Henry Loos schüttelt den Kopf. »Nee, aber Sie können das Haus gar nicht verfehlen. Es steht ganz hinten, ist das breiteste von allen und hat vorn eine große halbrunde Veranda. Da drin wohnen aber die feinen Leute. Larissa hat mit ihren Eltern in so einem kleinen Extrahaus gelebt. Da kommen Sie besser von hinten ran. Am Ingiwai geht eine schmale Stichstraße aufs Grundstück.«

»Sie kennen sich da aber gut aus«, murmelt Bastian wie nebenbei. Er lächelt verbindlich und wartet gespannt auf die Antwort.

Henry Loos windet sich ein bisschen. »Na ja, wir sind da als Jungs manchmal rumgeschlichen. Sie war ein ziemlich heißer Feger, die Larissa.«

»Wieso war? Nach allem, was ich sehen konnte, hat sich das bis jetzt nicht geändert.«

»Also wirklich, Herr Kommissar, das ist bannig lange her. Inzwischen bin ich verheiratet und hab eine Tochter. Und Larissa hat ja auch geheiratet. Nach der Enttäuschung mit diesem Gewalttäter. Der sitzt immer noch im Knast, glaube ich.«

»Das war ihr früherer Freund, versteh ich recht? Was war da los?«

»Er hat jemanden erschlagen. War damals eine große Sache. Wundert mich eigentlich, dass Sie sich nicht dran erinnern können.«

»Wann war das ungefähr?«

»Na, so vor zehn oder fünfzehn Jahren, würde ich sagen.«

»Da war ich noch auf dem Festland. Aber ich werde die Kollegen fragen.« Bastian Kreuzer macht eine kleine Pause, bevor er weiterredet. »Und Larissa Paulmanns Ehemann? Kennen Sie den?«

Henry Loos schüttelt den Kopf. »Der ist nicht von hier und hat sich aus allem komplett rausgehalten. Ist nicht bei der freiwilligen Feuerwehr und in keinem Verein. Wir wissen noch nicht mal, was er arbeitet.«

»Aber er wohnt mit ihr in dem kleinen Haus auf dem großen Grundstück?«

»Ich denke doch. Warum fragen Sie mich das alles? Ich hab sie nur gefunden. Das war schlimm genug. Hab längst nichts mehr mit ihr zu tun gehabt, schon seit Jahren nicht mehr, das werden Sie mir ja wohl glauben!«

Bastian sieht Henry Loos nachdenklich an. Er wirkt ehrlich erschüttert und aufrichtig entrüstet. Trotzdem bleibt der Hauptkommissar misstrauisch. Es hat sich oft gezeigt, dass gerade diejenigen, die eine Leiche entdecken, mehr mit dem Fall zu tun haben, als man vielleicht anfangs denkt. Jeder Täter hat eine ganz eigene Beziehung zum Tatort. Es zieht sie oft magisch dorthin zurück. Und natürlich sind der Moment des Leichenfundes und die ersten Aktivitäten der Kriminalpolizei besonders interessant für sie. Daher kommt es nicht selten vor, dass sie sich in der Nähe herumtreiben. Und sich einmischen. Anbieten zu helfen. Oder eine Aussage machen wollen, obwohl sie anscheinend gar nichts auszusagen haben, nichts gesehen, nichts beobachtet haben. Solche Figuren wirken oft aufdringlich und neugierig. Und sie sind verdächtig, das weiß jeder Ermittler. Sie glauben, sie tarnen sich, indem sie auffallen. Vielleicht ist es nur ihre Sehnsucht nach Aufmerksamkeit. Vielleicht handeln sie aber auch aus ganz anderen Motiven.

Freitag, 22. Februar, 10.29 Uhr, Nordseeklinik, Westerland

Beruhigend streichelt der Arzt Anja Winterbergs Hand. Er ist sicher schon über sechzig, hat volle weiße Haare und ein erstaunlich faltenfreies Gesicht. Anja liegt bekleidet mit einem Krankenhausnachthemd in einem Klinikbett und schaut mit halb ängstlichem, halb hoffnungsvollem Blick zu ihm auf. Auf der anderen Seite des Bettes steht Sven. Als er spürt, wie das Handy in der Brusttasche seiner Jacke vibriert, schaltet er den Empfang aus. Es ist ihm egal, wer jetzt anruft. Anja ist wichtiger.

»Wir behalten Sie erst mal hier und geben Ihnen noch ein bisschen was zur Beruhigung der Wehen. Wenn das anschlägt, und davon geh ich jetzt mal aus, können Sie nach ein paar Tagen auch wieder nach Hause. Allerdings müssen Sie versprechen, dass Sie sich schonen. Haben Sie noch mehr Kinder?«

»Eine Tochter«, antwortet Anja. »Mette ist zehn und schon ziemlich selbständig.«

»Außerdem gibt es ja noch den Vater.« Der Arzt sieht auffordernd zu Sven hinüber. »Der hilft doch sicher kräftig im Haushalt mit.«

22

Sven nickt und denkt an die Kollegen, die sich jetzt gerade mit einem neuen Fall rumschlagen müssen. Das ist sicher kein guter Moment, um etwas mehr Zeit für die Familie einzufordern. Aber das wird er schon irgendwie in den Griff kriegen. Erst mal geht es darum, Anja zu beruhigen. »Ich werde alles tun, was nötig ist«, versichert er.

»Na hoffentlich auch ein bisschen was darüber hinaus«, entgegnet der Arzt lächelnd. »Wissen Sie, eigentlich haben Sie noch Glück im Unglück. Im Herbst gehe ich in Pension, und was dann hier mit der Geburtsstation geschieht, wissen die Götter. Vielleicht werden im nächsten Jahr gar keine kleinen Sylter mehr auf die Welt kommen. Jedenfalls nicht hier auf der Insel.«

»Aber das geht doch gar nicht«, wendet Anja ein.

»Wenn das Geld fehlt und keine Stellen da sind, dann kann das ganz schnell gehen«, erklärt der Arzt. »Wir wären nicht die erste Insel, auf der es keine Geburten mehr gibt.«

»Und was machen die Schwangeren dann? Sie können doch nicht wegziehen.«

»Die Frauen müssen zwei bis drei Wochen vor dem errechneten Termin aufs Festland reisen und dort entbinden. Da hilft alles nichts.«

»Wie schrecklich«, murmelt Anja. »Und die Hebammen? Machen die wenigstens noch die Hausgeburten?«

»Tja, auch da sehe ich schwarz. Es ist für jede Hebamme doch ein ziemlich großes Risiko, sich auf eine Hausgeburt einzulassen, wenn sie für den Notfall kein geeignetes Krankenhaus in der Nähe weiß.« Er unterbricht sich und schüttelt kurz den Kopf, als könne er selbst nicht glauben, was er gerade sagt. Dann fährt er fort: »Aber das ist im Moment ja nicht unser Problem. Zum Glück. Noch sind wir hier und können dafür sorgen, dass Sie wieder stabil werden.« Er weist auf den Tropf mit dem Wehenhemmer, dessen Anschlussschlauch in der Kanüle auf Anjas linker Hand steckt. »Das wirkt ja schon ganz gut. Jetzt müssen Sie nur noch innerlich zur Ruhe kommen, dann merkt das auch das Kind und bleibt sicher gern noch etwas länger bei Ihnen.« Er lässt seine Hand ganz leicht über Anjas stattlichen Bauch gleiten, der sich deutlich sichtbar unter der Bettdecke wölbt. »Und jetzt lasse ich Sie allein. Ruhen Sie sich aus, und wenn irgendetwas ist, klingeln Sie einfach.«

Lächelnd verlässt er den Raum.

Sven lässt sich neben Anja auf das freie Bett sinken, das mit einer Plastikplane abgedeckt ist. Dann atmet er einmal tief durch. »Das war ein ganz schöner Schreck«, sagt er leise. »Aber jetzt wird alles gut, du hast es ja gehört.« Er lächelt seiner Frau aufmunternd zu.

Anja nickt, sieht aber nicht überzeugt aus. »Wer hat da eben angerufen?«, erkundigt sie sich nervös.

Sven wundert sich, dass sie den Anruf überhaupt mitbekommen hat. Schließlich war sein Handy auf lautlos gestellt. Jetzt holt er den Apparat aus der Tasche und sieht nach. »Bastian. Wer sonst. Entschuldige bitte, ich muss kurz mal zurückrufen.«

»Hoffentlich ist nichts passiert. Das hätte jetzt gerade noch gefehlt.«

Immerhin hat sie den Anruf heute Morgen bei uns zu Hause nicht gehört, denkt Sven erleichtert. Er weiß genau, dass er jetzt alles, aber auch wirklich alles vermeiden muss, was Anja aufregen könnte. Und ein plötzlicher Mordfall, der den vollen Einsatz aller Ermittler erfordert, gehört ganz bestimmt dazu.

»Ich geh zum Telefonieren kurz mal raus, okay?« Bevor Anja

antworten kann, steht Sven schon in der Tür. »Bin gleich wieder da.«

Draußen holt er noch einmal tief Luft. Dies ist genau die Situation, vor der er sich seit Beginn der Schwangerschaft gefürchtet hat. Es gibt Komplikationen bei Anja und gleichzeitig Stress im Job. Er kann nur hoffen, dass Bastian und Silja Verständnis haben werden.

Bastians Stimme hört sich schon mal nicht nach Verständnis an. Der Hauptkommissar klingt hektisch und genervt, als er sich meldet.

»Hallo, hier ist Sven. Tut mir leid, dass ich dich vorhin so abgewürgt habe, aber Anja ist …«, beginnt er mit sanfter Stimme.

Doch Bastian poltert sofort los.

»Hör mal Kumpel, so läuft das nicht. Ich bin immer noch dein Vorgesetzter. Und wenn ich dich um kurz nach neun anrufe, weil ich dich für einen Einsatz brauche, dann hast du auf der Matte zu stehen. Und zwar sofort.« Bastian Kreuzer macht eine kurze Pause und holt so tief Luft, dass Sven es deutlich hören kann. Dann redet er weiter. »So viel fürs Protokoll. Wie geht's Anja?«

»Sie ist wieder stabil, braucht aber Ruhe, sagt der Arzt.«

»Das heißt, sie bleibt im Krankenhaus.«

»Erst mal ja.«

»Dann musst du die Kleine zu deinen Eltern bringen. Oder sind die gerade wieder verreist?«

»Nee, im Gegenteil. Wir sind heute alle drei zum Petri-Essen bei ihnen eingeladen«, antwortet Sven zögernd.

»Na, Gott sei Dank. Dann fährst du Mette am besten gleich vorbei. Und grüß die beiden von mir. Aber quatsch nicht so lange, wir brauchen dich hier in Keitum. Die Sache ist ziemlich unappetitlich. Eine Frau, Ende dreißig, sehr attraktiv, ist gestern Nacht erwürgt worden. Direkt neben der Keitumer Biike. Wir haben sie in einem Gebüsch gefunden. Halbnackt.«

»Was heißt das genau?«

»Oben ist sie komplett bekleidet, aber unten, also von der Taille abwärts ist sie so, wie der Herrgott sie erschaffen hat. Und das ist noch nicht alles. Ihre Hose, der Slip, die Socken, die Stiefel sind auch halbiert. Gewissermaßen.«

»Was meinst du mit ›gewissermaßen‹?«, erkundigt sich Sven irritiert.

»Tja, das ist merkwürdig. Wir haben einen ihrer Stiefel, einen Socken und jeweils die Hälfte ihrer Jeans und ihres Slips gefunden. Lag alles ordentlich gestapelt ein paar Meter von der Leiche entfernt.«

»Und die anderen Hälften?«

»Weg.«

»Wie? Weg?«

»Na verschwunden«, poltert Bastian, beruhigt sich aber gleich wieder. »Die Sachen sind einfach nicht da. Und die Kollegen haben ziemlich gründlich gesucht.«

»Können vielleicht irgendwelche Tiere das Zeug verschleppt haben?«

»Glaub ich nicht. Die hätten doch auch in dem Stapel gewühlt. Außerdem haben die keine Scheren. Und die Jeans und der Slip sind fein säuberlich genau in der Mitte durchgeschnitten.«

»Ist ja pervers«, murmelt Sven. Gleichzeitig spürt er, wie sich irgendeine sehr ferne Erinnerung in ihm regt. Er kneift die Augen zusammen und verzieht angestrengt das Gesicht, als könne er die Erinnerung auf diese Weise heraufbeschwören. Doch sie driftet immer weiter weg.

Nach einer Weile kommt Bastian Kreuzers irritierte Stimme aus dem Hörer.

»Bist du noch dran?«

»Ja schon. Ich denke nach. Hat man sie vergewaltigt?«

»Ich hab keine Verletzungen entdecken können. Aber Doktor Bernstein ist gerade gekommen. Wenn er sich die Tote erst mal gründlich angesehen hat, wird er uns sicher bald mehr sagen können.«

»Hat er sich schon zum Todeszeitpunkt geäußert?«

»Du kennst ihn doch. Dem muss man alles aus der Nase ziehen. Aber ich habe mittlerweile mit ein paar Leuten gesprochen, die sie gestern Abend noch lebend bei der Biike gesehen haben. Es ist also nicht auszuschließen, dass Larissa Paulmann ihren Mörder kannte und freiwillig mit ihm gegangen ist.«

»Oder mit ihnen«, entfährt es Sven.

»Stimmt, es könnten durchaus auch mehrere gewesen sein«, überlegt Bastian am anderen Ende der Leitung. »Der Gedanke ist mir noch gar nicht gekommen. Da kannst du mal sehen, wie nötig wir dich brauchen.«

Sven beißt sich auf die Lippen und verzichtet auf eine Antwort.

Freitag, 22. Februar, 10.30 Uhr, Haus am Dorfteich, Wenningstedt

Fröstelnd betritt Fred Hübner seine Wohnung. Der drahtige Endfünfziger legt die Tüte mit den Frühstückscroissants auf die Anrichte in der Diele und zieht die Daunenjacke aus. Der kurze Weg durch die Kälte zum Bäcker weckt jeden Morgen seine Geister. Danach fühlt er sich frisch und unternehmungslustig, fast so fit wie nach den frühmorgendlichen Wellenbädern, mit denen er von Mai bis September seine Tage beginnt. Im Winter verlegt er sich mehr aufs Radfahren. Er wird gleich einen starken Kaffee trinken, die Zeitung lesen und anschließend zu einer längeren Tour aufbrechen. Hoch nach List, vielleicht den Ellenbogen entlang und dann am Hafen ein deftiges Fischbrötchen essen. Der strahlende Sonnenschein draußen ist verlockend, und gegen die klirrende Kälte gibt es ja die passende Kleidung.

Fred Hübner wirft die Kaffeemaschine an und schaltet das Radio ein. Die Lokalnachrichten laufen, und die Stimme des Moderators klingt irgendwie anders als sonst. Fred stellt die Kaffeetasse ab und wendet sich ganz dem Radio zu.

»Gestern Abend haben viele von uns dort noch am lodernden Feuer gestanden und den Winter verabschiedet«, sagt der Moderator gerade in diesem merkwürdigen Tonfall. Er holt tief Luft, bevor er fortfährt: »Und heute früh wurde der Polizei ein grausiger Fund gemeldet. Eine Frau lag tot am Rand des Keitumer Biikeplatzes. Dem Vernehmen nach handelt es sich um die achtunddreißigjährige Larissa Paulmann, die seit ihrer Kindheit auf der Insel lebt. Paulmann war gelernte Floristin, hat aber seit dem Tod ihrer Eltern als Verwalterin für eine Schweizer Unternehmerfamilie gearbeitet. Sie hat die Medien bereits vor fünfzehn Jahren beschäftigt, als ihr damaliger Freund in einen aufsehenerregenden Prozess verwickelt war und verurteilt wurde …«

Fred erstarrt. Er hört nicht mehr zu, denn er hat größte Mühe, sich gegen den Ansturm der Erinnerungen zu wehren. Der Rönneberg-Prozess. Ganz Sylt verfolgte damals gebannt die Verhandlungen. Und auch er, dessen Karriere seit einigen Jahren vor sich hindümpelte, sah noch einmal seine ganz große Chance. Er bemühte sich um den Auftrag für eine Reportage über den Fall. Schließlich hatte sich alles auf Sylt zugetragen, und er war doch immer noch der republikbekannte Sylt-Kolumnist. Das Ohr der Republik am Puls der Reichen und Schönen – auch wenn sein Stern schon damals längst nicht mehr so hell wie in den siebziger und frühen achtziger Jahren strahlte. Er hatte sich das nie so recht eingestanden, obwohl ein Blick auf seine Kontoauszüge genügt hätte. Fred Hübner weiß nicht mehr genau, wann er sich abgewöhnt hatte, die Briefe von der Bank zu öffnen. Damals kamen die Auszüge ja noch mit der Post. Er ahnte natürlich, wie es um ihn stand, aber verdrängte es nach Kräften. Es war ein Schlag, als dann auch noch die beiden großen Magazine sein Ansinnen rundweg ablehnten.

Aber Fred gab nicht auf. Er schaltete auf stur und schrieb die Reportage trotzdem. Ohne Vorschuss und auf eigenes Risiko. Er würde es diesen ganzen hochnäsigen Verlagsfuzzis zeigen. Auf Knien sollten sie zu ihm kriechen und ihn um die Rechte bitten. Fred recherchierte und befragte die Zeugen. Es gab viele, die sich äußerten. Nur Larissa Paulmann gehörte nicht dazu. Sie schwieg eisern, obwohl Fred ihr ein stattliches Honorar anbot. Ein Honorar, das er gar nicht hätte zahlen können. Aber das wusste Frau Paulmann ja nicht. Trotzdem sagte sie kein Wort, weder zu ihm noch zu einem anderen Journalisten.

Lars Rönneberg verhielt sich anders. Natürlich erst nach seiner Verurteilung. Er ging auf Freds Angebot ein und plauderte freizügig aus seinem Leben. Und aus dem von Larissa Paulmann. Vielleicht war Rache im Spiel oder gekränkte Eitelkeit, jedenfalls lieferte Rönneberg jede Menge pikanter Details. Allerdings zogen sich die Gespräche hin, und als Fred endlich mit seiner Reportage fertig war, empfing man ihn in den Chefetagen der Magazine gar nicht mehr. Und die untergeordneten Chargen hatten nur ein abfälliges Schulterzucken für ihn übrig. Die Story war längst kalt, niemand interessierte sich noch für die Geheimnisse eines verurteilten Verbrechers und seiner ehemaligen Geliebten.

Damals brach Freds gesamte finanzielle Basis zusammen. Er hatte geborgt, wo es nur ging, und zum Schluss sogar windige Schuldscheine unterschrieben. Jetzt wollten plötzlich alle ihr Geld. Auch die Bank verlor die Geduld. Freds Hausstand wurde gepfändet. Er besaß ein wenig Kunst, einen nagelneuen Porsche, eine Wahnsinnsstereoanlage und eine teure Fotoausrüstung. Als alles verkauft war, konnten seine Schuldner knapp befriedigt werden. Nur Rönneberg sah nie etwas von dem vereinbarten Honorar. Zum Glück saß der im Knast und konnte sich nicht wehren. Und Fred hatte andere Sorgen. Er brauchte eine neue Bleibe, die so gut wie nichts kosten durfte. Damals zog er nach List in ein baufälliges Gartenhaus, das auf dem Grundstück einer Witwe stand. Die Bude war so marode, dass selbst der anspruchsloseste Tourist davor zurückschreckte, sie zu mieten. Nur Fred war froh, als die Witwe ihn aufnahm. Er lebte zehn Jahre in dem verfallenen Gartenhaus. Er trank unmäßig, um das alles zu ertragen, und wäre fast daran zugrunde gegangen.

Und dann kam die zweite große Wende in seinem Leben.

Auf der Insel verschwanden drei kleine Mädchen, und Fred mischte sich in die Ermittlungen ein. Endlich einmal half ihm sein journalistisches Gedächtnis, auch wenn er es durch den Suff inzwischen fast ruiniert hatte. Er löste den Fall, und danach schrieb er zum ersten Mal seit zehn Jahren wieder eine Reportage. Diesmal rissen sich die Medien um ihn. Es war ein glanzvolles Comeback und der Beginn eines neuen Daseins. Gesittet und ohne Alkohol, auch wenn der Dämon bis heute nicht ganz vertrieben ist.

Doch meistens kann Fred widerstehen. Die Erinnerung an seine Abstürze im Gartenhaus ist noch deutlich. Überhaupt, das Gartenhaus. Es war eine feuchte Bleibe, die im Winter nicht richtig geheizt werden konnte. In jeder Ecke saß der Schimmel und fraß sich durch Freds spärliche Habe. Es war ihm nicht viel geblieben außer seinen Manuskripten und den Belegexemplaren der Zeitungen und Zeitschriften, in denen seine Artikel veröffentlicht worden waren. Fred verwahrte sie in modrig riechenden Kartons, die mit den Jahren immer feuchter wurden.

Als der Journalist vor vier Jahren in die schicke Maisonette am Wenningstedter Dorfteich zog, besorgte er neue Kartons und schichtete die alten, vergilbten und angefeuchteten Journale um. Sie stehen als Zeugen seiner ruhmreichen Vergangenheit immer noch im Keller, allerdings ohne dass Fred seit dem Umzug je einen Blick hinein geworfen hätte. Warum auch? Schließlich sind inzwischen einige weitere Kartons dazugekommen, deren Inhalt propper und trocken ist. Das Buch über das Verschwinden der drei Mädchen, das sogar verfilmt worden ist. Die Reportage über die rätselhaften Morde an zwei rothaarigen Frauen in Westerland. Und zuletzt der Bericht über den Kampener Kunstskandal im letzten Sommer.

Fred seufzt und greift zu seiner Tasse, aber der Kaffee ist inzwischen kalt und schmeckt nicht mehr. Der Radiomoderator hat sich anderen Themen zugewandt. Und in der Tageszeitung kann noch nichts über den Leichenfund sein. Wahrscheinlich steht die Polizei ganz am Anfang der Ermittlungen.

Und niemand ahnt, dass sich irgendwo in dem dunklen Keller unter Fred Hübners Wohnung interessante Hinweise auf die Vorgeschichte Larissa Paulmanns verbergen könnten. Doch sicher ist das nicht. In den vergangenen fünfzehn Jahren ist viel geschehen, und das nicht nur in seinem Leben. Auch Larissa Paulmann dürfte einiges erlebt haben.

Vielleicht sogar etwas, das den in der vergangenen Nacht an ihr verübten Mord erklären könnte.

Freitag, 22. Februar, 11.40 Uhr, Ingiwai, Keitum

Im klaren Licht der Morgensonne gehen Silja Blanck und Bastian Kreuzer am Tipkenhoog entlang. Links schillert das Watt im Sonnenlicht, und rechts reihen sich die Filetgrundstücke mit der prächtigen Aussicht aneinander. Links schnattern Wasservögel und Möwen. Rechts herrscht noble Stille. Die stattlichen Anwesen mit Blick auf die Wattlandschaft sind ganz ans hintere Ende der Grundstücke gebaut, so dass man als Spaziergänger kaum Details der Fassaden und Terrassen erkennen kann. Doch die große Glasveranda, von der Henry Loos gesprochen hat, ist nicht zu übersehen.

»Das muss die Villa von diesen Schweizer Unternehmern sein. Ist ein ziemlicher Kasten«, murmelt Bastian, als sie daran vorbeilaufen.

»Und da vorn geht ja auch schon die andere Straße ab, die das Grundstück noch mal von hinten erschließt«, fügt Silja an.

Die beiden Ermittler biegen in den Ingiwai ein. Tatsächlich führt die unauffällige Straße an der Rückfront einiger der großen Grundstücke entlang. Andere Grundstücke sind geteilt und am Ingiwai mit kleineren Häusern bebaut worden. Doch nirgendwo ist ein Mensch zu sehen, niemand geht einkaufen, fährt zur Arbeit, führt einen Hund aus.

»Gespenstisch, oder?« Silja hakt sich bei Bastian unter und drängt sich dicht an ihn heran. »Wahrscheinlich ist das hier im Winter eine komplette Geisterstraße. Noch nicht mal zum Biikebrennen kommen die reichen Ferienhausbesitzer her.«

»Also ich weiß nicht. Immerhin hat Larissa Paulmann hier gelebt. Vielleicht haben die anderen Villenbesitzer auch solche Verwalter, die irgendwo auf ihren riesigen Grundstücken untergebracht sind.«

»Das glaube ich eigentlich nicht. Es gibt auf der Insel genug Betriebe, die sich genau darauf spezialisiert haben. Sie pflegen den Rasen, sie warten das Haus. Und wenn man will, organisieren sie auch die Vermietung.«

Bastian lacht kurz. »Das will *hier* wahrscheinlich keiner.«

»Wer weiß. Wir können ja Herrn Paulmann fragen.«

»Nee, Süße, das lassen wir schön bleiben«, widerspricht Bastian mit energischer Stimme. »Ein Ehemann, dem die Polizei mitteilt, dass seine Frau in der letzten Nacht ermordet worden ist, hat das Recht darauf, nicht mit solchen Fragen behelligt zu werden.«

»Entschuldige. Ich bin so blöd! Ich weiß schließlich selbst, wie schrecklich das ist«, sagt sie mit leiser Stimme.

Bastian bleibt stehen und legt seiner Freundin beide Hände auf die Oberarme. »Ist schon okay. Manchmal ist es ganz gut, wenn man ein bisschen mehr Distanz zu seinen Fällen aufbauen kann. Dann kommt es schon mal vor, dass man vergisst, mit welchen furchtbaren Dingen wir eigentlich zu tun haben.«

»Trotzdem«, unterbricht ihn Silja. »Ich schäme mich so!«

»Sieh es als Zeichen größerer Professionalisierung. Schließlich haben deine Erinnerungen dir lange genug die Arbeit schwergemacht.«

Silja nickt und denkt an ihre kleine Schwester, die vor etlichen Jahren ebenso wie Larissa Paulmann in einer kalten Nacht gelegen hat, bis man sie schließlich fand. Missbraucht und ermordet. Es ist tatsächlich das erste Mal, dass ihr nicht von selbst die Übereinstimmung aufgefallen ist. Nur weiß Silja nicht genau, ob sie dies wirklich als positives Zeichen werten soll. Vielleicht ist es einfach nur das Merkmal einer beginnenden Abstumpfung. Und Abstumpfung ist allemal der Anfang einer Gleichgültigkeit, die noch keinem Ermittler gut bekommen ist.

»Schau mal, dieses Häuschen hier steht auf einem riesigen Grundstück, und das da hinten könnte doch die Rückfront des großen Kastens mit der auffälligen Veranda sein, an dem wir vorhin entlanggelaufen sind.«

Bastians Worte reißen Silja aus ihren Gedanken. Sie atmet tief durch und sieht auf das Klingelschild, das halb von altem Efeu überwuchert ist.

»Viel Besuch scheinen die aber nicht zu haben«, murmelt sie, schiebt die Ranke mit den schweren Beeren zur Seite und liest statt, wie erwartet, eines Namens gleich zwei. »*Paulmann* und *van de Kock*. Weißt du, wer *van de Kock* ist?«

Bastian schüttelt den Kopf, während er fest auf den Klingelknopf drückt. Ganz leise ist der Dreitongong aus dem Inneren des kleinen Hauses zu hören.

»Vielleicht hat Larissa Paulmann bei der Hochzeit ihren Mädchennamen behalten, und das ist der Name ihres Mannes. Ich habe in der Eile die Personalien noch nicht überprüfen lassen. Ich wollte möglichst schnell zum Ehemann. Und dieser Henry Loos schien sich ja bestens mit den Lebensumständen der Toten auszukennen.«

»Vielleicht haben die Paulmanns auch einen Untermieter, weil es finanziell ein bisschen klemmt. Jedenfalls scheint niemand da zu sein.«

»Vielleicht schläft der Typ auch einfach nur tief und fest. Wahrscheinlich hat er noch gar nicht bemerkt, dass seine Frau in der letzten Nacht nicht nach Hause gekommen ist. Sonst hätte er sich bestimmt schon bei uns gemeldet.«

»Oder er sucht sie gerade«, wendet Silja ein.

»Auch möglich.«

Bastian drückt noch einmal auf die Klingel. Als nichts geschieht, drückt er versuchshalber die Gartenpforte auf.

»Nicht abgeschlossen. Komm, wir sehen uns mal um.«

Der Vorgarten des Verwalterhauses wirkt gepflegt. Zwei Blumenrabatten längs des Weges sind ordentlich geharkt. In Reih und Glied stehen Buchsbaumkugeln und winterkahle Rosenstöcke. Auf der blauen Friesenbank vor dem Haus glitzert Raureif. Hinter den beiden niedrigen Fenstern links und rechts von der Eingangstür stehen üppig blühende Orchideen. Gardinen gibt es nicht. Silja geht zum linken Fenster, um ins Haus hineinsehen zu können.

»In der Küche ist schon mal niemand. Es wirkt alles sehr aufgeräumt, nicht so, als sei jemand hier plötzlich überrumpelt worden. Die Blumen sind übrigens aus Plastik.«

»Vielleicht ist Herr Paulmann wirklich auf der Suche nach seiner Frau«, mutmaßt Bastian, während er in das andere Fenster späht. »Im Wohnzimmer sitzt er jedenfalls auch nicht.«

Die beiden Ermittler gehen um das Haus herum. Auf der Terrasse an der Rückseite stehen ein abgedeckter Strandkorb und ein paar ältere Tontöpfe, in denen die Pflanzen längst erfroren sind. Eine verglaste Tür führt in den langen und schmalen Flur, an dessen Ende man die Eingangstür von innen ahnen kann.

»Der Wohnraum hat gar keinen Terrassenzugang, wie schade«, murmelt Silja.

»Tja Süße, das ist natürlich ein gravierender Mangel. Dann werden wir die Hütte wohl doch nicht kaufen«, witzelt Bastian.

Aber Silja geht nicht auf seinen Tonfall ein. »Hast du diesen Loos eigentlich gefragt, ob er Larissa Paulmann gestern Abend beim Biikebrennen gesehen hat?«

»Er sagt, nein, aber ich weiß nicht, ob ich ihm das glauben soll. Warum willst du das wissen?«

»Es wäre doch interessant zu erfahren, ob sie allein oder mit ihrem Mann dort war. Denn wenn der mit war und jetzt plötzlich verschwunden ist …«

»Sie war allein, das hat mir einer der anderen Männer, die beim Aufräumen geholfen haben, gesagt. Und sie hat wohl auch mit niemandem gesprochen, sondern nur versonnen ins Feuer gestarrt.«

»Komisch. Dabei geht man doch da hin, um Freunde und Bekannte zu treffen, oder?«

»Kommt drauf an, ob man welche hat. So, wie's aussieht, war diese Paulmann eher eine Einzelgängerin.«

Freitag, 22. Februar, 11.46 Uhr,
Haus am Dorfteich, Wenningstedt

Fred Hübner hält sich nicht gern im Keller seiner Wohnung auf. Ihn stört weniger die düstere Atmosphäre und auch nicht die leicht modrige Luft, sondern eher die bedrückende Nähe zur eigenen Vergangenheit. Viele Erlebnisse und Erfahrungen, die Fred in den Jahrzehnten auf der Insel gemacht hat, sind in seine Reportagen und Berichte eingeflossen. Und die Schilderungen der Kriminalfälle, an deren Lösung er in den letzten Jahren beteiligt war, sind ihm schon deshalb besonders nah, weil er bei seinen Ermittlungen nicht nur einmal sein Leben aufs Spiel gesetzt hat.

Doch um diese neueren Zeugnisse geht es jetzt nicht. Fred sucht nach dem abgelehnten Manuskript, das Larissa Paulmanns Leben beschreibt und von dem er hofft, dass er es nicht weggeworfen hat.

Fluchend arbeitet sich der Journalist durch die Kistenstapel bis ganz nach hinten vor, wo die älteren Sachen stehen. Er wirbelt Staubflocken auf und wischt sich immer wieder Spinnweben vom Gesicht. Als er an der Kellerwand angekommen ist, muss er feststellen, dass sich in den letzten Jahren die Feuchtigkeit des Kisteninhalts auch auf die neuen Kartons ausgedehnt hat. Aus der festen Pappe ist eine labberige Masse geworden, die beim Öffnen nachgibt wie Gummi. Auf den Zeitschriften im Inneren der Kiste sitzen übelriechende Verzierungen aus feinsten Schimmelsporen. Vorsichtig hebt Fred Journal für Journal heraus, immer auf der Suche nach dem einen letztendlich abgelehnten Manuskript, das damals seinen Niedergang besiegeln sollte.

Die jahrzehntealten Titelbilder und Headlines rühren ihn fast, gemahnen sie doch an eine Welt ohne Computer, Handys und Internet. Eine Welt, der der letzte Krieg noch so in den Knochen steckte, dass von ihm absolut nie die Rede war. Eine Welt, die sich mit verzweifelter Lust bemühte, alles neu, rein und glänzend zu erhalten. Eine Welt, die noch nichts von Finanzkrisen und Cyberspionage ahnte.

Immer wieder ist Fred Hübner versucht, das eine oder andere Magazin aufzuschlagen und sich in den Beschreibungen dieser vermeintlich heilen Welt, die seine besten Jahre geprägt hat, festzulesen, doch letztendlich gewinnt sein Spürsinn die Oberhand. *Irgendwo muss dieses verdammte Manuskript doch stecken.* Er erinnert sich deutlich, dass er besonderes Gewicht auf die Kindheits- und Jugendgeschichte Larissa Paulmanns gelegt hat. Zum einen, weil sein Kronzeuge, der damals gerade frisch inhaftierte Lars Rönneberg, gar nicht genug davon bekommen konnte, die zum Teil recht pikanten Details vor Fred auszubreiten. Und zum anderen, weil es in dem damaligen Kriminalfall ein paar Unsicherheiten gab, denen kein Richter auf die Spur kommen konnte, die Fred aber meinte, mit seinem psychologischen Bericht erhellen zu können.

Doch das Manuskript taucht nicht auf. Fred hat sich inzwischen bis zum Boden der Kiste durchgearbeitet und ist umgeben von feuchten und verblichenen Magazinen. Er erinnert sich dunkel daran, dass er beim Umzug alle Manuskripte, die auch gedruckt worden sind, aussortiert und weggeworfen hat. Vielleicht ist ihm der Larissa-Paulmann-Report einfach mit durchgerutscht und fault längst auf einer Mülldeponie seiner endgültigen Verwesung entgegen.

Fred seufzt und beschließt aufzugeben, alles wieder zurück in die Kiste zu werfen und aus dem Keller mit den zwiespältigen Zeugnissen seines Lebens nach oben zu flüchten. Zurück in die Gegenwart, in die Helligkeit eines sonnigen Februartages. Er weiß genau, eigentlich sollte er die Gelegenheit nutzen und eine ganz neue, trockene Kiste besorgen, doch er hat keine zur Hand und er will jetzt schnell fertig werden. Also muss es die alte noch einmal tun. Stapel für Stapel wandert zurück.

Fred achtet kaum auf die chronologische Ordnung der Magazine, eher darauf, dass der Platz in der Kiste vernünftig ausgenutzt wird. Und nur darum fällt ihm vielleicht ein etwas dickeres Heft auf, das aus dem Jahr stammt, in dem Lars Rönneberg, der damalige Freund Larissa Paulmanns, verurteilt worden ist. Fred wundert sich, denn zu diesem Zeitpunkt hat er doch gar nichts mehr publiziert. Er nimmt das Heft zur Hand, beginnt zu blättern und erinnert sich plötzlich an seine wirklich kindische Reaktion auf die Ablehnung seines Vorhabens. Er hatte die Ausgabe des Magazins gekauft, in dem er den Artikel gern als Aufmacher gesehen hätte. Als er dann mit seinen Recherchen fertig war, legte er den inzwischen erheblich längeren Report dort hinein. Als symbolische Geste. Damit die Reportage wenigstens an ihrem Bestimmungsort aufbewahrt wurde.

Wie sentimental ich doch war. Unwillkürlich muss Fred Hübner lächeln. Versonnen streicht er über das alte Cover des Magazins, in dessen Innerem sich die getippten Seiten befinden. Schnell sortiert Fred die restlichen Hefte zurück in die Kiste, verzichtet darauf, den Deckel zu schließen, weil er fürchtet, die Pappe könne reißen. Außerdem hofft er, ein wenig Luftzirkulation könne die weitere Ausbreitung des Schimmels verhindern. Dann greift er sich Magazin und Manuskript, schlängelt sich zwischen den Kistenstapeln hindurch zum Gang, schließt die Kellertür und eilt hinauf in seine Wohnung.

Zum Lesen rückt sich Fred einen Sessel direkt vor ein Ostfenster, damit die Wintersonne die Erinnerung an die düstere Kelleratmosphäre möglichst schnell vertreibt. Der muffige Geruch der engzeilig beschriebenen Seiten ist schon schlimm genug.

Als Fred den ersten Satz liest, durchflutet ihn Stolz.

Larissa Paulmann war ein glückliches Kind.

Er hat es damals wirklich draufgehabt! Genau so muss man einen Artikel beginnen. Erst mal ein Statement setzen, eine These aufstellen, und dann ab in medias res.

Larissa Paulmann wuchs auf der schönsten aller Inseln in der deutschen Nordsee auf. Die Eltern waren kurz nach ihrer Geburt hierhergezogen, weil die Insel Arbeitsplätze und einen bescheidenen Wohlstand versprach. Sylt wurde schnell zu Larissas Heimat.

Die Eltern hatten ein Restaurant gepachtet, aber es lag abseits der Touristenpfade auf dem Südzipfel der Insel im Niemandsland zwischen Rantum und Hörnum. Zwar war das Restaurant gar nicht weit von der Sansibar entfernt, die im gleichen Jahr ihre Pforten öffnete, doch dem kleinen Betrieb war ein weniger glamouröses Schicksal beschert. In der Regel blieb der Gastraum leer. Die gutbürgerliche Küche, die Larissas Vater anbot, war nicht unbedingt das, was die verwöhnten Inselgäste vorgesetzt bekommen wollten. Nur ein Ehepaar aus der Schweiz hielt den Paulmanns die Treue.

Martin Bürgli liebte die Rouladen und den Sauerbraten von Larissas Vater über alles. Er war mit einem deutschen Kindermädchen aufgewachsen, das ab und an auch für die Familie kochte, und die Hausmannskost der Paulmanns erinnerte ihn an seine Jugend.

Und seine Frau liebte alles, was Martin liebte, denn sie vergötterte ihn fast so sehr wie den gemeinsamen Sohn.

Aber natürlich konnten die regelmäßigen Besuche der Bürglis den Ruin der Paulmanns nicht wirklich aufhalten, zumal die Schweizer nur wenige Wochen im Sommer auf der Insel waren. In der restlichen Zeit stand ihr stattliches Reetdachhaus im feinen Keitum leer, ein Umstand, der ihnen regelmäßig Sorgen bereitete. Zwar gab es auf dem großen Anwesen ein Verwalterhaus, aber sie taten sich schwer damit, jemanden zu finden, dem sie vertrauten.

Doch als die Bürglis von der geplanten Schließung des Restaurants und der drohenden Arbeitslosigkeit der Paulmanns erfuhren, genügte ein kurzer Blickwechsel zwischen den Eheleuten. Martin Bürgli nahm noch einen letzten Bissen von der aromatischen Roulade, kaute besonnen, schluckte und spürte genüsslich der Füllung aus Zwiebeln, Gurken und Speck nach, bevor er langsam die Gabel niederlegte und Larissas Eltern zu sich an den Tisch winkte. Wie so oft in letzter Zeit, war es der Einzige im Lokal, der überhaupt besetzt war.

»Wissen Sie schon, was Sie tun werden, wenn das Restaurant schließt?«, erkundigte sich Martin Bürgli mit seiner leisen und ungewöhnlich hohen Stimme, die dazu einlud, ihn zu unterschätzen. Er war ein erfolgreicher Geschäftsmann, der das Familienunternehmen, eine Weberei für feinste Seidenstoffe, in dritter Generation führte.

Larissas Vater zuckte die Schultern. Da er felsenfest an den Erfolg seiner Unternehmung geglaubt hatte, gab es keinen Plan B. Und die bescheidene Erbschaft, die er in den Ausbau des Lokals investiert hatte, war auch verbraucht.

»Vielleicht könnten Sie mir aus der Klemme helfen«, begann Bürgli sanft. Es lag ihm viel daran, Heinz Paulmann nicht zu brüskieren.

»Womit sollte ich Ihnen denn helfen können?«, wollte Larissas Vater wissen.

»Ich bin möglicherweise ein wenig eigennützig, aber ich würde gern auch weiterhin Ihre Kochkünste genießen. Und Ihre Frau versteht doch bestimmt einiges von der Gartenarbeit, so hübsch, wie sie den Vorgarten angelegt hat.« Der Blick Martin Bürglis schweifte durchs Fenster und erfasste Rosen, Hortensien und kunstvoll beschnittenen Buchs.

Heinz Paulmann folgte seinem Blick und nickte dabei zögernd, denn er ahnte immer noch nicht, worauf der Schweizer hinauswollte.

»Sehen Sie, ich suche schon seit längerem jemanden, der unser hiesiges Haus das ganze Jahr über in Schuss hält. Ein Verwalterehepaar sozusagen. Ich würde Ihnen das Dreizimmerhaus auf dem hinteren Grundstück überlassen und ein kleines Gehalt zahlen. Wenn wir nicht auf der Insel sind, könnten Sie sich um alle nötigen Dinge kümmern, und wenn wir im Sommer kommen, dann könnten Sie vielleicht für uns kochen, und Ihre Frau könnte das Haus reinhalten und die Einkäufe machen. Sie werden dabei wahrscheinlich nicht reich, aber eine sichere Sache wäre es schon.« Martin Bürgli räusperte sich leise, bevor er mit einem Lächeln anfügte: »Sie würden mir eine große Sorge von der Seele nehmen. Und einen riesigen Gefallen tun.«

Heinz Paulmann zögerte nur so lange, wie es die Scham über ein so verlockendes Angebot zuließ. Dann willigte er ein. Zwei Monate später war das Restaurant Geschichte und Familie Paulmann in das kleine Haus am Ingiwai eingezogen. Es war mittlerweile September, die Schweizer hatten sich bis zum nächsten Frühjahr verabschiedet, und die Paulmanns nahmen sich als Erstes den nicht besonders üppig bepflanzten Garten rund um die Villa vor.

Die folgende Beschreibung der einzelnen Maßnahmen überfliegt Fred. Unkonzentriert blättert er weiter, als er plötzlich
ein merkwürdiges Geräusch hört. *War da nicht ein Kratzen an
der Terrassentür?*

Die Hauszeile, in der Freds Maisonette liegt, ist nach Westen zum Dorfteich hin orientiert. Von seinem Strandkorb auf
der Terrasse kann der Journalist direkt auf die Fontäne sehen.
Deshalb gibt es auch keinen hohen Zaun oder einen Schutz
durch größere Gewächse. Wer verstellt sich schon freiwillig
eine solch sensationelle Aussicht?

Trotzdem hat niemand etwas auf seiner Terrasse zu suchen.
Mit wenigen Schritten ist Fred Hübner an der Fenstertür.
Doch die Terrasse ist leer und die Tür fest geschlossen. Natürlich, draußen sind es höchstens sieben Grad, und er will ja seine Bude nicht auskühlen lassen. Fred zuckt die Schultern und
dreht sich um, da sieht er aus dem Augenwinkel etwas Gelbes
im Wind flattern. Es segelt durch die Luft, erreicht fast schon
den Teich, verfängt sich aber in letzter Minute an den trockenen Zweigen eines Busches.

Fred öffnet die Terrassentür, setzt über die niedrige Hecke,
die sein Grundstück zum Weg hin begrenzt und greift nach
dem kleinen quadratischen Zettel. Er ist von einem Memo-
block abgerissen und sollte vielleicht mit der schmalen Klebe-
fläche an seiner Glastür haften. Fred weiß es nicht und wird es
vermutlich auch nie erfahren. Trotzdem verstören ihn die paar
Worte, die auf den Zettel gekritzelt sind.

Nimm dich in Acht.

Freitag, 22. Februar, 12.07 Uhr,
Am Tipkenhoog, Keitum

Als Silja und Bastian aus der vormittäglichen Stille und Abgeschiedenheit der Nobelsiedlung zurück zum Tatort kommen, schallen vom Platz des Biikebrennens Stimmen und Rufe herüber, die Streifenbeamten halten mit Mühe die Neugierigen fern, und etliche Pressefahrzeuge sind auch schon vor Ort. Überhaupt hat sich die Anzahl der Autos auf dem Parkplatz bedenklich erhöht.

Bastian erkennt Svens alte Kiste neben dem Wagen des Gerichtsmediziners Dr. Olaf Bernstein. Wem der nagelneue knallrote BMW auf der anderen Seite gehört, weiß er nicht. Aber er wird es schon noch erfahren, denn der Leichenwagen hat direkt vor dem BMW in zweiter Spur gehalten. Und es ist durchaus damit zu rechnen, dass das noch eine ganze Weile so bleibt, denn der Abtransport von Larissa Paulmanns sterblichen Überresten kann erst erfolgen, wenn der Gerichtsmediziner mit der Leiche fertig ist. Und das kann dauern.

»Redest du kurz mit den Journalisten? Dann sehe ich mal zu, dass ich mich mit Sven abstimmen kann«, sagt Bastian zu Silja und drängt sich, ohne ihre Antwort abzuwarten, durch den Pulk der Gaffer. Er ignoriert deren neugierige Fragen und bemüht sich, seine Gedanken zu ordnen.

Was ist als Nächstes zu tun? Zunächst müssen sie dringend den Ehemann finden. Dann müssen möglichst viele Sylter befragt werden, die Larissa Paulmann kannten und beim Biikebrennen dabei waren. Mit wem hat sie geredet, was hat sie getan? Und natürlich: Wann ist sie zuletzt gesehen worden? Außerdem: Hat sich irgendjemand sonst auffällig benommen?

44

Bastian Kreuzer sieht sich nach dem Kollegen Sven Winterberg um. Er entdeckt ihn neben dem Gebüsch, in dem die Tote liegt. Sven scheint in ein intensives Gespräch mit dem Gerichtsmediziner vertieft zu sein. Und da ist noch eine dritte Gestalt, die gerade gebückt aus dem Gebüsch hervorkriecht und sich von dem Leichnam abwendet. Es ist eine Frau, deren leuchtend rote Haare zu einem nachlässigen Dutt geknotet sind und deren üppige Figur die knallenge Jeans fast zu sprengen scheint.

Bastian atmet tief durch. Mit allem und jedem hätte er gerechnet, aber nicht damit. Die Frau, die jetzt mit energischen Schritten auf ihn zukommt, ist niemand anderes als Elsbeth von Bispingen, die zuständige Flensburger Staatsanwältin, mit der er immer wieder mal auf Kriegsfuß steht.

»Was machen Sie denn hier?«, entfährt es dem Hauptkommissar, bevor er sich um einen verbindlicheren Tonfall bemühen kann.

»Ich walte meines Amtes«, brummt die Bispingen und blickt ihn vorwurfsvoll an. »Eigentlich hatte ich mir meinen Sylt-Aufenthalt friedlicher vorgestellt.«

»Sie sind privat auf der Insel?«

»Nein, ich schnüffle Ihnen hinterher. Hab ja auch sonst nichts zu tun«, kontert sie.

»Entschuldigung. Ich hab mich nur gewundert, dass Sie so schnell von dem Fall erfahren haben«, gibt Bastian Kreuzer lahm zurück.

»Im Insel-Radio reden sie über nichts anderes. Offiziell hab ich allerdings noch nichts gehört.« Sie holt ihr Handy aus der Seitentasche ihrer Steppjacke und mustert mit gerunzelter Stirn die neu eingegangenen Mails. »Wann, sagten Sie noch mal, wollten Sie mich informieren?«

»Ich hätte jetzt losgelegt ...«, beginnt Bastian, wird aber sofort von ihrer spöttischen Stimme unterbrochen.

»Ja sicher. Wo waren Sie überhaupt? Man sollte doch meinen, dass der zuständige Einsatzleiter auch am Tatort anzutreffen ist. Als ich kam, war aber niemand aus Ihrem Team vor Ort. Kriminaloberkommissar Winterberg kam eben erst und war – ich will's mal vorsichtig ausdrücken – komplett desorientiert. Und Ihre junge Kollegin, deren Namen mir gerade entfallen ist, kann ich auch nirgends entdecken.«

»Silja Blanck ist ihr Name«, antwortet Bastian zahm, während ihm gleichzeitig ein banger Gedanke durch den Kopf schießt. *Wenn die Bispingen irgendwann mal gehört hat, dass wir ein Paar sind, und jetzt auch noch erfährt, dass wir inzwischen sogar zusammen wohnen, sind wir geliefert.* Bastian blickt sich nach Silja um. Sie ist immer noch damit beschäftigt, die Presse-Hyänen ruhig zu halten.

»Sie redet gerade mit den Journalisten, dann stößt sie wieder zu uns.«

»Gibt's denn schon irgendetwas Wissenswertes mitzuteilen?«, fragt Elsbeth von Bispingen spitz.

»Über den Zustand der Leiche haben Sie vermutlich schon alles von Dr. Bernstein erfahren und wissen damit mehr als ich. Ich komme gerade vom Wohnhaus der Toten. Frau Blanck und ich wollten den Ehemann informieren, aber der war nicht da.«

»Sie haben im Ingiwai nach ihm gesucht?«, erkundigt sich die Staatsanwältin mit einem harmlosen Lächeln. Bastian sieht förmlich vor sich, wie sie im Geist zähnefletschend die Keule hebt und sich schon diebisch darauf freut, sie auf seinen armen Kriposchädel niedersausen zu lassen. Nur der Grund für ihre Häme ist ihm nicht klar.

»Hier auf der Insel kennt man sich ja«, erklärt er. »Und der Mann, der die Tote gefunden hat, konnte sie nicht nur identifizieren, sondern uns auch gleich den Weg zu ihrem Haus erklären. Da haben wir uns die Nachfrage bei der Meldestelle gespart.« Seine Stimme klingt devoter, als er beabsichtigt hat.

»Es zahlt sich leider selten aus, wenn man den Dienstweg nicht einhält, Herr Hauptkommissar«, giftet die Staatsanwältin prompt. »Aber keine Sorge, ich habe Ihre Hausaufgaben schon erledigt.« Wieder schaut sie auf ihr Handy, das sie die ganze Zeit in der Faust gehalten hat, wie eine Waffe. »Larissa Paulmann, 38 Jahre alt. Hat 1999 den Niederländer Jasper van de Kock geheiratet, ist aber seit 2012 von ihm geschieden.« Die grünen Augen Elsbeth von Bispingens leuchten triumphierend. »Kein Wunder, dass Sie ihn nicht angetroffen haben. Wäre ja auch sehr ungewöhnlich, wenn sie immer noch mit ihrem geschiedenen Ehemann zusammenleben würde.«

Sie macht eine bedeutungsvolle Pause, vielleicht um Bastian Gelegenheit zu geben, sich zu der Neuigkeit zu äußern. Aber Bastian fällt beim besten Willen nichts ein. Und die Staatsanwältin hat ihre Munition noch nicht verschossen.

»Möchten Sie vielleicht auch erfahren, wo der Exgatte Ihrer Toten jetzt wohnt?«

Bastian nickt. Er gibt auf. In dieser Schlacht bleibt ihm nur noch der geordnete Rückzug.

»Er lebt immer noch auf der Insel. Drüben in Westerland. Und er leitet, soweit ich es erfahren konnte, einen Bibelzirkel oder so was in der Art. Jedenfalls hat er als Beruf auf etlichen Dokumenten *christlicher Lektor* angegeben. Ich schick Ihnen die Adresse zu, dann können Sie ihn bei Gelegenheit informieren. Und vielleicht ja auch vernehmen. Oder was meinen Sie?« Aus ihren Worten klingt blanker Hohn.

»Frau von Bispingen, ich verstehe, dass Sie verstimmt sind. Zufällig sind Sie einmal selbst auf der Insel, wollen privat und ungestört sein, und dann passiert so etwas.«

Die Staatsanwältin versucht, ihn zu unterbrechen, aber diesmal redet Bastian Kreuzer weiter, ohne ihr die Gelegenheit dazu zu geben.

»Es tut mir auch aufrichtig leid, dass Sie uns nicht sofort am Tatort angetroffen haben. Aber Sie müssen schon zugeben, dass wir in den letzten Jahren gute Arbeit geleistet haben. Unsere Aufklärungsquote liegt bei 100 Prozent, und ich bin zuversichtlich, dass wir auch in diesem Fall schnell zu einem Ergebnis kommen werden.«

»Ich bin noch bis Sonntag hier«, unterbricht die Staatsanwältin den Hauptkommissar. »Mein Aufenthalt war zwar als Privatreise geplant, aber was soll's. Es wäre auf jeden Fall hilfreich, wenn Sie den Mord bis zum Ende der Woche aufgeklärt haben könnten. Und wenn im Moment weiter nichts anliegt, würde ich jetzt gern frühstücken gehen.«

Mit diesen Worten versenkt Elsbeth von Bispingen das Handy wieder in der Jackentasche, schwenkt ihren üppigen Körper herum und lässt den verdutzten Kommissar ohne einen Abschiedsgruß in der kalten Morgensonne stehen.

Bastian Kreuzer flucht leise, muss aber Sekunden später doch ein wenig grinsen. Immerhin ahnt er jetzt, wem der rote BMW gehört. Und in der Haut des Leichenwagenfahrers, der ausgerechnet diesen Wagen zugeparkt hat, möchte er ganz bestimmt nicht stecken. Denn eines ist schon mal klar: Eine Elsbeth von Bispingen kann auch vor dem Frühstück locker zwei gestandene Männer zur Minna machen.

Freitag, 22. Februar, 12.13 Uhr,
Am Tipkenhoog, Keitum

Silja fühlt sich unwohl. Die Journalisten stehen in einem dichten Pulk um sie herum und fordern immer mehr, immer intimere Informationen.

»Meine Damen, meine Herren, so geht das nicht«, ruft Silja ihnen zu. »Wir sind noch ganz am Anfang der Ermittlungen, und wenn Ihnen einige der Männer, die die Tote gefunden haben, schon Namen und andere Details verraten haben, so muss ich das sehr bedauern. Sie können Ähnliches aber nicht von uns erwarten. Wir werden sorgsam die Tatumstände rekonstruieren und Sie informieren, wenn wir es verantworten können. Bitte denken Sie daran, dass es auch ein wenig von Ihrer Berichterstattung abhängt, wie schnell wir den Täter stellen können.«

»Sie haben eben *der* Täter gesagt. Handelt es sich denn mit Sicherheit um einen Mann?«, ruft einer der Journalisten dazwischen.

»Gehen Sie von einem Sexualdelikt aus?«, will ein anderer wissen.

Silja schüttelt energisch den Kopf, um klarzustellen, dass sie sich zu keiner der Fragen äußern wird. Dabei wird sie auf eine gebückte Gestalt aufmerksam, die sich auf der anderen Straßenseite hinter den parkenden Autos entlangschleicht. Es ist eine Frau, schlank, fast mager, deren dünne fahlblonde Haare ungekämmt und struppig wirken. Sie hängen bis über ihre knochigen Schultern und stoßen auf den falschen Fellkragen einer schäbigen dunkelblauen Kapuzenjacke. Den Rest der Kleidung kann Silja nicht erkennen, weil die Autos ihn verbergen. Aber der Blick aus zusammengekniffenen Augen, den die Frau immer wieder herübergleiten lässt, ist wach und lauernd. Streng mustert sie die Journalisten, verzieht missbilligend den Mund und spuckt dann auf die Straße.

Silja stemmt energisch die Hände in die Hüften, ruft den Presseleuten ein letztes »Bitte haben sie ein wenig Geduld« zu und drängt sich anschließend durch die Meute. Für Sekunden verliert sie die Blonde aus dem Blickfeld, immer wieder versuchen einzelne Reporter, sie aufzuhalten und doch noch etwas aus ihr herauszuquetschen. Doch Silja bleibt hart. Kopfschüttelnd und mit fest zusammengepressten Lippen drängt sie sich durch die Menge und ist endlich auf der Straße angekommen, als etwas völlig Unerwartetes geschieht. Ein dunkler Jeep fegt mit stark überhöhter Geschwindigkeit um die Ecke, beschleunigt auf der geraden Strecke vor dem Biikeplatz noch einmal und hält direkt auf die verhuschte blonde Frau zu, die dem Wagen mit einem unkoordinierten Sprung auszuweichen versucht. Bremsen quietschen, ein Schrei entfährt Silja, doch durch die getönten Scheiben kann sie nichts erkennen.

So eine Wildsau!

Empört läuft die Kommissarin auf die Fahrertür zu. Als Silja gerade die Fahrertür des Jeeps aufreißen und den Fahrer zur Rede stellen will, gibt dieser wieder Gas und braust davon. Silja sieht sich sofort nach der Blonden um, aber die ist wie vom Erdboden verschluckt. Irritiert rennt die Kommissarin über die Straße und späht hinter die dort parkenden Wagen. Nichts.

Erst als der dunkle Jeep bereits an der Kurve am Ende der Straße angekommen ist, wird Silja klar, dass sie das Wichtigste vergessen hat. Den Blick aufs Nummernschild. Fluchend rennt sie dem Wagen noch ein paar Meter hinterher, aber da verschwindet er schon hinter der Biegung. Sofort wendet sich Silja den Journalisten zu. Sie hofft, dass einer von ihnen vielleicht aufmerksamer war, doch alle Augen sind auf die Staatsanwältin gerichtet, die gerade mit energischem Schritt näher kommt, das Flatterband anhebt und die Presseleute mit strengem Blick mustert. Dann bleibt sie stehen, um ein kurzes Statement abzugeben.

Freitag, 22. Februar, 13.13 Uhr, Haus am Dorfteich, Wenningstedt

Nachdenklich schaltet Fred Hübner sein Radio aus.

In den Mittagsnachrichten gab es keine neuen Informationen zu dem Mordfall. *Wahrscheinlich halten die Jungs von der Kripo die Klappe, bis sie brauchbare Erkenntnisse haben*, denkt Fred. *Von Lars Rönneberg werden sie ja spätestens aus den Nachrichten erfahren haben*. Dieser Gedanke amüsiert ihn. Dann fällt sein Blick noch einmal auf das quadratische gelbe Zettelchen mit der Warnung, das er vorhin aus dem Gebüsch gefischt hat. Inzwischen ist er nicht mehr so sicher, ob er vielleicht überreagiert hat. Jeder Schuljunge kann den Zettel geschrieben und seinem Freund oder Feind an den Ranzen geklebt haben. Vielleicht segelt der Wisch schon seit Tagen durch die Straßen und ist wirklich nur durch einen absurden Zufall vor Freds Terrasse gestrandet. Und das Geräusch an seiner Tür kann auch die Katze der Nachbarin gewesen sein. Manchmal gibt Fred ihr ein wenig Milch, weil er findet, dass sie ziemlich verhungert aussieht.

Wie auch immer, er wird sich jetzt nicht in irgendeine Paranoia hineinsteigern. Lieber liest er noch ein paar Minuten in der alten Reportage, bevor er endgültig zu seiner Radtour aufbricht.

Als Fred Hübner nach dem vergilbten Papier greift, steigt ihm sofort wieder der Geruch nach Keller, Feuchtigkeit und Alter in die Nase. Er ignoriert den muffigen Geruch, so gut es geht, und sucht die Stelle, an der er gestört worden ist. Genau, Larissa ist mit den Eltern in das Verwalterhaus auf dem Bürgli'schen Grundstück gezogen.

Larissa Paulmann war zum Zeitpunkt des Umzugs gerade sechs Jahre alt geworden und vom ersten Tag an überglücklich. Sie erfreute sich an dem neuen Keitumer Zuhause, aber mehr noch freute sie sich auf ihre Einschulung, auf die Freundinnen, die sie finden würde, und darauf, endlich alles über die Welt jenseits der Insel zu erfahren. All diese Erwartungen erfüllten sich in den nächsten vier Grundschuljahren, aber es war etwas anderes, was sich letztendlich als das Größte überhaupt herausstellte. Denn bald begann Larissa die Momente zu lieben, in denen sie in der Schule nach ihrer Adresse gefragt wurde. »Keitum, Am Tipkenhoog«, antwortete sie dann nicht ganz wahrheitsgemäß, dafür aber mit einer Stimme, die von Jahr zu Jahr blasierter wurde. Nie würde sie vergessen, wie beim ersten Mal alle Köpfe herumgeflogen waren und dreiundzwanzig Augenpaare sie überrascht angestarrt hatten. Eigentlich waren es sogar vierundzwanzig, denn die Lehrerin, Frau Spärlich, starrte auch. Der Tipkenhoog in Keitum galt schon immer als die feinste und teuerste Straße, hatten hier doch unter anderem einige schwerreiche Industrielle ihre Anwesen. Und dort also sollte die kleine Larissa wohnen? Sie war ein nettes, strebsames, aber unauffälliges Mädchen, das schon mal eine gestopfte Jacke trug oder ein paar Winterstiefel, die deutlich sichtbar einige Jährchen hinter sich hatten. Natürlich erklärte sich die noble Adresse bald von selbst, denn sowie Larissa die ersten Freundinnen zu sich nach Hause einlud, sahen diese, dass die große Villa tabu war und das bescheidene Dreizimmerhäuschen der Paulmanns in etwa dem entsprach, was die eigenen Eltern auch zu bieten hatten.

Trotzdem blieb ein Hauch von der großen Welt an Larissa haften. Und jeden Sommer sorgte sie eifrig dafür, dass dieser Rest nicht in Vergessenheit geriet. Denn die Bürglis hatten einen Sohn, der exakt in Larissas Alter war. Und was lag näher, als dass der Junge, Alex mit Namen, Sommer für Sommer mit Larissa spielte? Das Haus war abgelegen genug, und andere Kameraden waren nicht ohne weiteres verfügbar. Außerdem fanden die Bürglis, dass es schlechtere Spielgefährten hätte geben können als ein so wohlerzogenes, bescheidenes kleines Mädchen, wie es Larissa zu sein schien.

Wie hätten sie auch wissen können, dass die meisten Spiele der beiden Kinder alles andere als harmlos waren? Sie töteten Mäuse und Molche und weideten sich an ihren Qualen. Sie drangen mehrmals heimlich in das benachbarte Grundstück ein, verstopften die Düsen des Bewässerungssystems mit Kaugummi und brachten auf diese Weise den Gärtner zur Verzweiflung. Sie versteckten sich gern im dichten Rhododendrenwald des Bürgli'schen Anwesens und spielten dort exzessiv Mutter, Vater, Kind. Allerdings wurde das Kind mangels Darsteller bald zur Nebensache, es sei denn, man zählte die Übungen mit, die nach Ansicht von Alex und Larissa zur Herstellung eines solchen nötig waren. Nackt lagen sie übereinander und probten unermüdlich den Zeugungsvorgang, wobei nur die komplette kindliche Unwissenheit und Ungeschicklichkeit sie vor weiteren Missetaten schützte. Die Körperstellungen von Mutter und Vater beim elterlichen Beischlaf hatte Larissa bei einem ihrer spätabendlichen Schlüssellochbesuche am Schlafzimmer der Paulmanns ausgespäht.

Doch wie jeder paradiesische Zustand währte auch diese Kinderfreundschaft nicht ewig. Die Vertreibung von Alex und Larissa aus ihrem Kinderparadies geschah leise und gründlich, und sie fand nicht unter einen Apfelbaum statt, sondern unter besagtem Rhododendrongebüsch. Renate Bürgli beobachtete für gewöhnlich von ihrer Terrasse aus, wie die Kinder am Grundstücksrand in ihrer sogenannten Höhle verschwanden, um für Stunden unsichtbar zu bleiben.

Eines Vormittags fiel ihr ein, dass ihr Sohn seinem Patenonkel noch eine Gratulationskarte zum Geburtstag schreiben musste. Sie ließ also das Buch, in dem sie gelesen hatte, sinken, erhob sich aus ihrem Korbsessel und lief mit energischen Schritten hinüber zum Rhododendronhain. Die Pflanzen waren mannshoch und hatten mit den Jahren ein dichtes Netz von Ästen und Verzweigungen ausgebildet, das für eine Erwachsene sehr viel schwerer zu durchdringen war als für ein Kind. Eine Tatsache, die bisher Larissa und Alex recht zuverlässig vor Entdeckung geschützt hatte. Die Eltern blieben einfach vor dem Gebüsch stehen und riefen die Namen der Kinder hinein. Bisher hatte sich nie jemand darüber gewundert, dass es recht lange dauerte, bis die Kinder mit leicht geröteten Gesichtern und verrutschter Kleidung aus ihrem Versteck auftauchten. Doch an diesem Tag war Renate Bürgli ungeduldig. Sie bückte sich und kroch zwischen den Ästen hindurch. Das rote T-Shirt Larissas leuchtete ihr bald entgegen, doch als sie näher trat, sah Alexanders Mutter, dass das T-Shirt lediglich den Haufen mit der abgelegten Kleidung der Kinder krönte. Und Sekunden später sah sie die beiden nackten Körper übereinanderliegen.

Larissa und Alex waren so in ihr Vorhaben vertieft, dass sie die Rufe nicht gehört und auch die Annäherung der Mutter nicht bemerkt hatten. Erstmals hatte sich eine leichte Erektion bei Alex eingestellt, was ihn mit Stolz und Larissa mit freudiger Erwar-

tung erfüllte. Aufgeregt beobachteten die Kinder das Schwellen des Gliedes, als plötzlich Renate Bürgli zwischen den Zweigen auftauchte. Überflüssig zu erwähnen, dass die erste bewusste Erektion im Leben des Alexander Bürgli einen ebenso schnellen wie endgültigen Schamestod starb.

Natürlich war die Empörung groß. Alexanders Vater tobte, Larissas Eltern waren verzweifelt. Sie fürchteten um ihre Existenz. Umso höher war es dem Schweizer Ehepaar anzurechnen, dass es die Paulmanns nicht für die Missetat der Kinder büßen ließ. Sogar Larissa kam fast ohne Strafe davon. Nur für Alex, der fortan immer häufiger mit seinem vollen Taufnamen Alexander gerufen wurde, hatte die Entdeckung folgenschwere Konsequenzen. Er kam ins Internat. Und in den nächsten vier Sommerferien auch nicht mehr mit nach Sylt, sondern wurde für die Zeit des elterlichen Urlaubs in einer feinen Segelschule in Glücksburg untergebracht, wo er mit einigen seiner neuen Internatsfreunde sicher nicht wenig Unheil anrichtete.

Fred Hübner lässt die Manuskriptseiten sinken. Er ist ein wenig enttäuscht von sich und seinem Text. Ein Meisterwerk ist das nicht. Viel zu betulich, zu wenig rasant. Vielleicht haben die Chefredakteure die Reportage damals zu Recht abgelehnt. Oder schrieb man vor fünfzehn Jahren anders? Ist es ungerecht, mit dem heutigen Blick auf einen Text zu schauen, der für die Leser des ausgehenden zwanzigsten Jahrhunderts gedacht war?

Fred findet es müßig, darüber zu spekulieren. Viel interessanter ist die Frage, ob die Informationen über Larissa Paulmanns Jugend hilfreich sein könnten, um das aktuelle Verbrechen aufzuklären. Pikant ist die Geschichte dieser Jugendfreundschaft schon. Fred muss unwillkürlich grinsen.

Larissa Paulmann war echt ein Früchtchen. Der Journalist ertappt sich bei der Überlegung, ob Larissa sich wohl weiter in diese Richtung entwickelt hat. Vielleicht war sie promiskuös? Oder gar irgendwie abartig veranlagt? Fred Hübner erinnert sich deutlich an das Dauerfeixen, das Lars Rönnebergs Gesicht beherrschte, während er genüsslich die Jugendsünden seiner damaligen Gefährtin zu Protokoll gab.

Larissa Paulmann hatte ihren Freund vor Gericht ziemlich reingeritten, indem sie seine cholerische Art und sein unbeherrschtes Wesen immer wieder betont und sich ausdrücklich von ihm distanziert hatte. Fred weiß noch genau, dass ihn deswegen die beherrschte, im Grunde genommen sogar eher coole Reaktion Rönnebergs überrascht hatte. Aber das Ausplaudern ihrer intimsten Geheimnisse war Lars Rönneberg vielleicht Rache genug. Er konnte ja nicht ahnen, dass Freds Reportage niemals gelesen werden würde. Vom versprochenen Honorar, das nie gezahlt wurde, ganz zu schweigen.

Fred Hübner schüttelt sich beim Gedanken an diese dunkle Phase seines Lebens. Es ist höchste Zeit für ein wenig Bewegung an der frischen Luft. Der Nordseewind wird seinen Kopf klären und die trüben Gedanken verscheuchen.

Fred steigt in seine Fahrradmontur, setzt den Helm auf und füllt die Wasserflasche. Dann holt er das Rennrad aus dem Keller. Die Piste nach List beginnt fast direkt neben seinem Haus. Zwischen der Schnellstraße, die die ganze Insel von Süden nach Norden durchzieht, und den Dünen am Weststrand liegt die alte Trasse der Inselbahn, die zu einem asphaltierten Fahrradweg umgestaltet worden ist. Fred müsste nur zweimal um die Ecke und am Kinderspielplatz vorbei, dann hätte er sie erreicht. Doch Fred fährt heute in die andere Rich-

tung. Bevor er überhaupt nachdenken kann, hat er den Dorfteich schon hinter sich gelassen und steht an der Ampelkreu-
zung neben dem großen Supermarkt. Er wird geradeaus nach
Braderup fahren und sich dann rechts halten, wo die Straße
über Munkmarsch direkt nach Keitum führt. Es kann ja nicht
schaden, wenn er seine Erinnerung an die Stätten von Larissas
Jugend noch einmal auffrischt. Und wer weiß, vielleicht lässt
sich an dem frischen Tatort ja auch noch die eine oder andere
Entdeckung machen.

Freitag, 22. Februar, 13.14 Uhr, Pizzeria Toni, Westerland

»Heute haben sogar die Italiener Grünkohl auf ihrer
Tageskarte«, stellt Bastian Kreuzer befriedigt fest, als
er die in braunes Kunstleder gebundene Mappe beiseitelegt.

»Wahrscheinlich ist sonst der Laden völlig leer«, antwortet Sven Winterberg achselzuckend und weist auf die wenigen besetzten Tische. »Die meisten Sylter haben sich irgendwo zum traditionellen Petri-Essen verabredet. Eigentlich säße
ich jetzt auch mit Anja und Mette bei meinen Eltern im Ess-
zimmer.«

Silja Blanck legt dem Kollegen die Hand auf den Arm und
sagt mit warmer Stimme: »Mach dir mal keine Sorgen. Deiner
Lütten schmeckt der Grünkohl sicher auch ohne dich. Und
Anja ist in der Nordseeklinik auf jeden Fall in guten Händen.«

Sven nickt, sieht aber nicht besonders überzeugt aus. Doch
er reißt sich zusammen. Nachdem alle drei ihre Bestellung
aufgegeben haben, niemand hat sich für den traditionellen
Kohl entschieden, sehen sie sich ratlos an.

Bastian Kreuzer ergreift als Erster das Wort. »Tja, sieht nicht gut aus, dieser Fall.«

»Gilt das nicht für jeden Mord?«, wirft Silja ein.

»Schon, aber hier passt so gar nichts zusammen.« Bastian lehnt sich zurück und schließt die Augen. Er versucht, seine Gedanken zu ordnen und die vielen Details, die seit dem Gespräch mit dem Gerichtsmediziner in seinem Kopf umherfliegen, in einen sinnvollen Zusammenhang zu bringen.

Vergeblich.

»Dr. Bernstein hat keine Verletzungen an der Vulva finden können. Es handelt sich also mit großer Wahrscheinlichkeit nicht um einen Triebtäter. Aber warum war dann die Leiche von der Taille abwärts nackt?«

»Nicht alle Triebtäter sind Vergewaltiger, das solltest du wissen«, unterbricht ihn Silja. »Vielleicht hat unserem das Gucken gereicht. Larissa Paulmann sah nicht nur im Gesicht, sondern auch untenherum ziemlich appetitlich aus. Fand ich jedenfalls.« Ihre Stimme klingt geschäftsmäßig, und ihre Mimik verrät nichts außer beruflichem Interesse.

Bastian wirft seiner Freundin einen kurzen Blick zu. Noch hat er sich nicht an die ganz und gar professionelle Distanz gewöhnt, die Silja dem Fall entgegenbringt, obwohl er sie schmerzlich an den Mord an ihrer eigenen Schwester erinnern muss.

»Okay, das würde eher passen«, gibt Bastian zu. »Ein Raubüberfall ist nämlich auch unwahrscheinlich, denn die Tote hatte immerhin zwanzig Euro im Portemonnaie. Außerdem waren die Schlüssel für ihr Haus noch in ihrer Jeanstasche.«

»In der Hälfte, die wir gefunden haben, meinst du«, präzisiert Silja.

»Genau. Das ist der nächste Punkt. Warum, zum Teufel, hat der Täter die Kleidung von Larissa Paulmann geteilt und nur eine Hälfte mitgenommen?«

»Er wollte ein Andenken«, schlägt Silja vor. »Das ist doch nichts Ungewöhnliches für jemanden, der gerade nicht ins klassische Vergewaltigerschema passt.«

»Deutet aber eher auf jemanden hin, der aus einer psychischen Störung heraus mordet ... und das vielleicht bald wieder tut.« Bastian seufzt und sieht sich ungeduldig nach dem Kellner um. »Übrigens, wenn ich nicht bald was zu trinken bekomme, entwickele ich auch eine psychische Störung.«

Silja lächelt kurz, wird aber gleich wieder ernst. »Wir sollten uns möglichst schnell einen Überblick über Larissa Paulmanns Freundeskreis verschaffen. Erst wenn wir dort niemanden finden, der ein starkes Motiv hat, können wir wirklich von einem Fremden als Täter ausgehen. Von jemandem, der Frau Paulmann zufällig ausgewählt hat und möglicherweise bald nach weiteren Opfern Ausschau hält.«

»Ist sie eigentlich genau dort umgebracht worden, wo wir sie auch gefunden haben?«, mischt sich jetzt Sven ins Gespräch.

Seine Stimme klingt matt und irgendwie mutlos, findet Bastian. Aber er verzichtet darauf, den Kollegen noch einmal auf Anja anzusprechen. Lieber will er ihn in die Ermittlungen einbinden, um ihn vielleicht von seinen Sorgen abzulenken.

»Bernstein sagt ja. Die Totenflecken deuten ziemlich klar darauf hin, dass sie nach dem Tod nicht oder nur wenig bewegt wurde. Die Flecken sind vor allem am rückwärtigen Teil des Körpers ausgeprägt, was schon mal zu der Position passt, in der wir Larissa Paulmann gefunden haben. Es gibt allerdings zusätzlich eine Häufung ums Gesäß herum ...«

»Will sagen?«, erkundigt sich Sven.

»Bernstein meint, dass sie vielleicht zwischendurch aufgerichtet gesessen hat.«

»Das hieße, dass der Täter sich auch nach dem Mord länger mit ihr beschäftigt hat«, murmelt Silja und nimmt dem Kellner den Ingwertee ab, den sie bestellt hat.

»Dass du das Zeug überhaupt runterkriegst, ist ein Wunder.« Bastian greift nach dem Halbliterglas Cola und trinkt sofort in langen, durstigen Schlucken.

Sven rührt mit leerem Blick in seinem großen Kaffeepott. Schweigen breitet sich aus. Silja nippt an dem heißen Tee und lässt die Augen von Bastian zu Sven und wieder zurückwandern. Schließlich stellt sie die Tasse ab, richtet sich auf und beginnt leise und konzentriert zu sprechen.

»Also, ich will mal versuchen, mich in den Täter hineinzuversetzen. Ich sehe eine sehr attraktive Frau. Sie gefällt mir, ich möchte ihr nahe sein. Vielleicht spreche ich sie an, und sie weist mich ab. Vielleicht kenne ich sie aber auch flüchtig oder sogar sehr gut und kann sie unter einem Vorwand von den anderen weglocken.« Als Silja sieht, dass beide Kollegen ihr mit aufmerksamen Blicken folgen, wird ihre Stimme fester. »Ich erwürge sie. Das geht schnell, denn sie wehrt sich nicht. Keine Abwehrverletzungen, das hat Dr. Bernstein doch gesagt, oder?«

Bastian nickt, und Silja redet weiter.

»Ich habe sie also getötet. Vielleicht habe ich mir das von vornherein vorgenommen, vielleicht ist es aber auch eine spontane Tat. In jedem Fall suche ich nicht sofort das Weite. Ich möchte mich nicht von Larissa Paulmann trennen. Ich trage sie ins Gebüsch, falls ich sie nicht schon vorher dorthin gelockt habe.« Silja, die immer noch die ungeteilte Aufmerksamkeit ihrer Kollegen hat, hält kurz inne und nickt dann, als habe sie sich gerade selbst von der Richtigkeit ihrer Hypothese überzeugt. »Und jetzt wird es spannend. Denn ich tue etwas Ungewöhnliches. Normalerweise würde ich Larissa Paulmann sexuell missbrauchen, um meinen Trieb zu befriedigen. Aber das ist nicht so. Ich ziehe sie aus, ohne ihr in irgendeiner Weise Gewalt anzutun. Ich bette sie aber so, dass es genau anders aussieht. Wir dachten doch alle, dass sie vergewaltigt worden ist, oder?«

Beide Kommissare nicken.

»Seht ihr. Das ist ein merkwürdiger Widerspruch. Sie wirkt im Tod wie eine Hure, vielleicht hat ihr Mörder genau das beabsichtigt. Aber er hat sie nicht so behandelt. Und jetzt kommt der nächste Widerspruch. Eigentlich würde es passen, wenn der Täter die Hose, die Schuhe, im Prinzip alles, was er ihr ausgezogen hat, auch mitgenommen hätte. Die Hure soll als Hure kenntlich sein. Genauso gut hätte der Mörder die Kleidung auch liegenlassen können. Die Hure ist ja tot und kann sich nicht mehr selbst bedecken. Nur dass der Täter die ganzen Sachen säuberlich geteilt hat, sogar eine Schere dabei hatte, um Slip und Jeans durchzuschneiden. Das verstehe ich einfach nicht.«

Anerkennend klopft Bastian mit dem Fingerknöchel auf den Restauranttisch. »Wow, du solltest über eine Fortbildung als Profilerin nachdenken.«

Silja verzieht das Gesicht. »Nee, nee, lass mal stecken. Ich ziehe doch nicht mit dir zusammen, um anschließend zu irgendwelchen Seminaren aufs Festland abzuzwitschern.«

Bastian lächelt und streichelt ihr liebevoll über die Wange. Dann wird er schnell wieder ernst. »Nach dieser wirklich großartigen Analyse sollten wir als Erstes ihren Freundes- und

Bekanntenkreis scannen. Jede attraktive Frau hat abgewiesene Verehrer. Oder solche, die ihre Begehrlichkeit nie offen ausgesprochen haben.«

»Was ist eigentlich mit dem Typen, der sie entdeckt hat?«, fragt Sven.

»Der gehört auch dazu, ganz klar. Er ist ihr schon als Schüler hinterhergestiegen. Und zwar im wörtlichen Sinn. Er und seine Kumpels haben Larissa Paulmann ausspioniert.«

»Okay, aber das ist lange her«, mischt sich Silja ein. »Interessanter dürfte da vielleicht der Ehemann sein. Er ist immer noch nicht aufgetaucht, oder?«

Bastian räuspert sich. »Exmann trifft eher zu. Sie haben sich inzwischen scheiden lassen. Jetzt wohnt er in Westerland und hat irgendwas mit Religion am Hut.«

»Woher weißt du das, und warum klingt deine Stimme so wütend?«, fragt Sven verwundert.

»Die Bispingen hat's mir unter die Nase gerieben. Reicht das als Erklärung für beide Fragen?«

Sven nickt. »War sie wieder in Höchstform?«

»Aber hallo! Fehlte nur noch, dass sie mir vorwarf, ich hätte den Mordfall extra so arrangiert, um ihr das verlängerte Biikewochenende zu versauen.«

Sven lacht. »Ja, so kennen wir sie. Immer auf Krawall gebürstet.«

»Ihr Vorschlag war, dass wir ihr bis zum Sonntag den Mörder präsentieren, damit sie den Fall praktischerweise gleich hier auf der Insel abschließen kann.«

»Die hat Nerven«, stöhnt Sven.

»Wir müssen uns doch sowieso anstrengen«, beschwichtigt Silja die beiden. »Da ist es egal, ob sie hier ist oder nicht. Und du, Bastian, kennst das doch aus deiner Zeit in Flensburg. Vielleicht ist es sogar hilfreich, wenn die Staatsanwaltschaft direkt vor Ort ist.«

»Vor allem, wenn sie mit ihrer Schnüffelnase auch gleich noch feststellen kann, dass da zwei Kollegen auch privat verbandelt sind und sogar zusammenwohnen«, grummelt Bastian.

»So schlimm wird es schon nicht kommen. Wir müssen eben ein bisschen aufpassen.«

»Jetzt lasst mal kurz euren Privatkram aus der Sache. Genau deshalb sehen die Behörden so was nämlich nicht gern. Außerdem steht dahinten auf der Theke schon unser Essen. Und wie sagst du immer so schön, Bastian?«

»Erst denken, dann essen«, erklärt Bastian im Brustton der Überzeugung.

»Genau. Deshalb schlage ich vor, dass wir jetzt noch schnell die Verdächtigenliste komplettieren und uns dann aufs Mittagsmahl stürzen.«

»Gute Idee«, stimmt Silja zu. »Also der Exmann. Dann der ehemalige Mitschüler, der die Leiche gefunden hat.«

»Außerdem gibt es noch so einen Typen, mit dem sie jahrelang liiert gewesen sein muss, bis der schließlich in den Knast gewandert ist. Immerhin wegen Totschlags«, fügt Bastian an.

»Woher weißt du das?«, fragt Sven überrascht.

»Hat mir der Mitschüler erzählt.«

Sven runzelt die Stirn, Er denkt angestrengt nach und trommelt dabei mit den Fingern auf den Tisch. Schließlich schlägt er mit der flachen Hand auf die Platte.

»Mensch richtig, jetzt erinnere ich mich. War ein echter Aufreger damals. Der Typ ist ziemlich dreist in mehrere Ferienhäuser eingestiegen, während die Bewohner im Garten oder auf der Terrasse waren. Jedes Mal hat er ordentlich was mitgehen lassen, bis er schließlich von einem Eigentümer erwischt worden ist. Der war ganz schön wütend und hatte gerade eine schwere Grillzange in der Hand, die er dem anderen übergezogen hat. Es kam zum Handgemenge, und dabei hat der Eigentümer den Kürzeren gezogen.«

»Wie meinst du das?«, will Bastian wissen.

»Er ist erschlagen worden. Mit seiner eigenen Flurlampe. Dieser Ex von der Paulmann scheint nicht lange gefackelt zu haben. Vor Gericht hieß es damals, er sei latent gewaltbereit. Hat, glaube ich, auch satte zehn Jahre bekommen. Wenn nicht sogar mehr.«

Während der Kellner die Teller mit dem dampfenden Essen serviert, überlegt Sven mit einem Seitenblick auf Bastians hungriges Gesicht: »Mensch, wie hieß der denn noch gleich? Rönnefeld oder Rönndorf oder irgendwie so. Ich komm bestimmt noch drauf.«

»Er hieß Rönneberg«, hilft ihm Silja plötzlich. »Ich kann mich jetzt auch an die Schlagzeilen erinnern. Den Vornamen weiß ich nicht mehr, aber es war irgendwas Einsilbiges. Ich war damals schwer geschockt, weil ich zum ersten Mal in meinem Leben mit einem echten Verbrechen konfrontiert war. Also nicht direkt, aber immerhin ist es ja hier auf der Insel passiert. Also in unserer unmittelbaren Nachbarschaft.« Sie unterbricht sich und beißt sich auf die Lippen.

Mist, denkt Bastian, *jetzt hat sie die Erinnerung an den Tod ihrer Schwester doch noch eingeholt.* Schnell versucht er abzulenken. »Am besten wird es sein, wir fragen in der entsprechenden JVA nach ihm. Falls er mittlerweile entlassen ist, können die uns zumindest Namen und Anschrift seines Bewährungshelfers nennen. Vielleicht ist er aber auch ganz ordentlich gemeldet. Machst du das, Sven?«

Sven nickt und greift nach Messer und Gabel. Dabei umspielt ein fast schelmisches Lächeln sein Gesicht. Mit den Worten »Ich bin mit Arbeit versorgt, also darf ich anfangen« gräbt er die Gabel in sein Risotto.

Bastian wendet sich Silja zu. »Diesen Mitschüler übernehme ich. Außerdem werde ich versuchen, noch ein paar mehr von den Leuten zu befragen, die gestern Abend beim Keitumer Biike waren. Es wäre gut, wenn wir lückenlos rekonstruieren könnten, was Larissa Paulmann getan hat, mit wem sie geredet hat.«

»Bleibt der Exmann«, sagt Silja.

»Kümmerst du dich um den?«

Sie nickt. »Hast du die Adresse?«

»Die Staatsanwältin war so frei.« Bastian holt sein Handy aus der Tasche und ruft eine Mail auf. »Ich leite sie dir weiter.« Unkonzentriert überfliegt er die Angaben. »Also, das ist ja ein Ding! Er wohnt direkt hier um die Ecke. In einem dieser Apartmenthäuser hinter der Kurpromenade.«

»Na, dann mache ich doch nachher gleich meinen Verdauungsspaziergang zu ihm«, erwidert Silja und greift ebenfalls nach ihrem Besteck.

Freitag, 22. Februar, 13.32 Uhr, Alter Friesensaal, Keitum

Zufrieden und fast gar nicht atemlos steigt Fred Hübner von seinem Rennrad. Er hat keine zwanzig Minuten für die Strecke von Wenningstedt nach Keitum gebraucht – und das, ohne sich sonderlich ins Zeug zu legen. Ein Ergebnis, das sich sehen lassen kann. Fred nimmt den Helm ab und schließt ihn zusammen mit dem Fahrrad vor dem Backsteingebäude an, in dem sich außer dem alten Friesensaal und einem Geldautomaten auch der Kindergarten der Gemeinde Keitum befindet. Heute schallt vom Spielplatz, der gleich neben dem Gebäude liegt, kein fröhliches Lachen und Plappern herüber, denn am Feiertag ist der Kindergarten geschlossen. Dafür ist im großen Saal mächtig was los. Die Vorbereitungen für das abendliche Grünkohlessen sind in vollem Gange. Stühle und Tische werden gerückt, die Musikanlage ausprobiert und Getränkekisten aus einem Lieferwagen auf der Straße ins Innere des Gebäudes geschleppt. Natürlich ist der Mord der vergangenen Nacht das Hauptthema aller Gespräche. Eifrig wird über mögliche Motive spekuliert und die Vergangenheit des Opfers gründlich durchleuchtet.

Als Fred einem der schwerbepackten Männer die Tür zum Gebäude aufhält, fällt ihm ein Plakat ins Auge, das im Vorraum hängt. Es ist die Ankündigung einer Fotoausstellung, die am Wochenende eröffnet werden soll. Der Künstler heißt Carl Gottlieb, und Fred hätte sich auch ohne das kleine Porträtfoto auf dem Plakat sofort an ihn erinnert. Carli, wie er früher genannt wurde, hat seinerzeit viele von Freds Reportagen bebildert und war dem jungen Journalisten auch sonst ein häufiger Wegbegleiter. So manche Nacht haben sie miteinander durchgezecht. Im *Pony* und auch in der *Kupferkanne*, die damals noch eine angesagte Diskothek war, kannte jeder die beiden. Was später aus Carli geworden ist, weiß Fred nicht. Eines Tages war der Kumpel einfach nicht mehr da, und Fred hat nie wieder etwas von ihm gehört. Immerhin scheint er das Fotografieren nicht aufgegeben zu haben und sich nun auf Landschaften zu konzentrieren, jedenfalls ist dies das Thema der Ausstellung. Morgen am frühen Abend soll die Vernissage in Anwesenheit des Künstlers sein. Fred merkt sich die Uhrzeit und beschließt, dem alten Freund und seinen neuesten Fotos am nächsten Tag einen Besuch abzustatten.

Aber jetzt wird er sich erst einmal auf die Spuren des Verbrechens der letzten Nacht begeben. Fred kehrt zurück auf die Straße und sieht sich um. Außer einer stattlichen Anzahl von Neugierigen, die sichtlich animiert dem Tatort zustreben und dabei die wildesten Spekulationen austauschen, ist auf den ersten Blick nichts Nennenswertes zu entdecken. Zu Fuß läuft auch Fred das kurze Stück zu der Stelle hinauf, an der gestern Nacht die Biike gebrannt hat und Larissa Paulmann ermordet worden ist. Wie zu erwarten war, ist der Tatort großräumig abgesperrt. Die Leiche scheint längst abtransportiert zu sein, allerdings sind immer noch etliche Beamten anwesend, die das Terrain nach Spuren durchsuchen.

Schon beim ersten Versuch, ein Gespräch mit einem von ihnen zu beginnen, handelt sich Fred eine harsche Abfuhr ein. Wenn er etwas erfahren will, wird er sich wohl oder übel auf andere Wege begeben müssen. Einen Abstecher zum Wohnhaus Larissa Paulmanns hält der Journalist ebenfalls für wenig aussichtsreich. Bestimmt hat man auch dort schon einen Beamten postiert oder die Räume versiegelt. Unschlüssig beginnt Fred, im weiteren Umkreis des Tatorts herumzustromern. Die Straße hinauf und wieder hinunter, dann zu dem steinzeitlichen Hünengrab, das schon zwei Umsetzungen hinter sich hat und sich erst seit den Fünfzigerjahren an dieser Stelle befindet, weil es der damaligen Flugplatzerweiterung weichen musste.

Das sogenannte Harhoog – ein von Findlingen eingefasstes Riesenbett – liegt jetzt malerisch auf einem Plateau am Keitumer Watt und bietet die perfekte Aussicht über die Küste.

Auch hier tummeln sich heute wesentlich mehr Schaulustige als üblich. Frauen in unförmigen Winterjacken posieren vor der eindrucksvollen Steinkammer und lassen sich von ihren Männern fotografieren. Kinder kriechen in die langgestreckte Höhle unter dem mächtigen Deckstein und stoßen dabei je nach Temperament Rufe des Gruselns oder des Entzückens aus. Über allem strahlt der Himmel in klarem winterlichen Blau, und der Mord der letzten Nacht scheint nicht mehr als ein zusätzlicher Kitzel zu sein, der den Ausflug zu diesem heiteren Ort schaurig grundiert.

Fred lässt den Harhoog hinter sich und steigt hinunter zum Watt. Die paradiesische Landschaft wird seit einigen Jahren durch eine hässliche Betonruine verschandelt. Ein Wellnessbad sollte ursprünglich hier entstehen, aber außer einem skandalträchtigen Insolvenzverfahren und den inzwischen schon mehrere Jahre vor sich hinrottenden Mauern ist nichts von dem ambitionierten Projekt geblieben. Millionen Steuergelder sind im Dschungel von Profitinteressen und Kompetenzstreitigkeiten verpufft. Das Einzige, was auf dem gesamten Gelände halbwegs intakt aussieht, ist der stabile Zaun, den man um die Schandstelle gezogen hat. Fred tritt nah an den Maschendraht heran und mustert die einzelnen Gebäude mit ihren leeren Fensterhöhlen, die sich auf dem unkrautüberwucherten Areal verteilen. Schon will er sich abwenden, als er eine Bewegung in einem der dunklen Innenbereiche wahrzunehmen glaubt. Der Journalist kneift die Augen zusammen und schaut genauer hin. Ja, dort läuft jemand. Helle Haare und hektische Bewegungen sind alles, was Fred Hübner für wenige Sekunden ausmachen kann, dann verschwindet die Gestalt hinter einer Trennwand.

Fred rüttelt an dem stabilen Zaun, er tritt ein paar Schritte zurück und sucht nach einem Durchlass, um das Areal zu betreten. Doch er kann nichts entdecken. Jedenfalls nicht hier auf dieser Seite. Irgendwo muss sich allerdings ein Schlupfloch befinden, sonst könnte diese Person ja nicht auf der verlassenen Baustelle herumlaufen. Fred spürt, wie sein Puls sich beschleunigt. Amüsiert nimmt er zur Kenntnis, dass die Evolution dem Menschen vielleicht mehr von den animalischen Jagdinstinkten gelassen hat, als man gemeinhin annehmen möchte.

Wie zufällig blickt sich Fred um. Keiner der immer noch zahlreichen Spaziergänger achtet auf ihn, obwohl er in der violetten engsitzenden Hose und der giftgrünen Nylonjacke recht auffällig gekleidet ist. Aber Touristen und Einheimische haben sich offenbar längst an die durchtrainierten Typen gewöhnt, die in ihren schrillbunten Sportoutfits die Straßen unsicher machen.

Leise pfeifend mit schlendernden Schritten und möglichst desinteressiertem Blick beginnt Fred, die Geländegrenzen abzuschreiten. Zunächst führt sein Weg ihn parallel zum Watt, dann steigt er ein Stück die Dünen hinauf, passiert eine kleinere Anpflanzung und sieht schon den Asphalt der Straße grauglänzend im Sonnenlicht liegen, als er plötzlich stehen bleibt. Dicht am Boden ist der Zaun aufgeschnitten, so dass sich eine minimale Öffnung ergibt. Es sind nur wenige Maschen beschädigt, doch eine schlanke Person, die bereit ist, sich auf den Boden zu legen, kann hindurchkriechen. Ohne nachzudenken, lässt sich Fred Hübner auf Hände und Knie fallen und beginnt unter dem Zaun hindurchzurobben.

»Hey, was machen Sie denn da?« Die Männerstimme kommt vom Wattweg und klingt ziemlich entrüstet.

Fred kriecht ein kleines Stück zurück, hebt den Kopf und

blickt sich um. Ein älterer Herr in einer dicken Thermojacke steht an der Wasserkante und stemmt die Arme in die Seiten. *Vollspießer*, murmelt Fred, richtet sich auf und sucht währenddessen fieberhaft nach einer glaubwürdigen Erklärung. Der Mann auf dem Weg lässt seinen Blick nicht von Fred, während ein bullig aussehender Hund um seine Beine streicht.

»Ist das Ihrer?«, ruft Fred hinüber, wobei er auf den Hund deutet und sich um einen leutseligen Tonfall bemüht.

Anstelle einer Antwort herrscht der Rentner den Hund an. »Platz, Amboß, aber ein bisschen plötzlich.«

Der Hund, vielleicht eine Mischung aus Boxer und Dobermann, vielleicht auch zu einer Rasse gehörend, die Fred nicht kennt, gehorcht sofort.

»Ich wünschte, meine Lola wäre auch so gut erzogen«, ruft Fred mit theatralisch bekümmerter Stimme, geht ein paar Schritte auf den Mann zu und weist mit großer Geste hinüber zu der Bauruine. »Jetzt hat sie doch tatsächlich ein Loch in diesem blöden Zaun gefunden und ist sofort verschwunden. Ich sehe sie noch nicht einmal mehr. Wer weiß, was sie im Inneren der Gebäude entdeckt hat.«

»Tja, es rächt sich eben doch, wenn man nicht in eine gute Hundeschule investiert«, bemerkt der Alte spitz und bedenkt das hechelnde Tier zu seinen Füßen mit einem stolzen Blick. »Komm, Amboß, wir können leider nichts für den Herrn tun.« Ohne Fred Hübner noch einmal anzusehen, wendet er sich ab und setzt seinen Weg fort. Das Tier mit dem peinlichen Namen folgt ihm brav mit hängenden Ohren.

Jetzt ist die Gelegenheit günstig. Schnell kehrt Fred zu der beschädigten Stelle im Zaun zurück und robbt durch das Loch. Im Laufschritt nähert er sich dem ersten Gebäude und verbirgt sich in einer dunklen Ecke. Es riecht modrig, nach feuchter Erde und ein wenig nach Exkrementen. Doch Fred kann nur einen Schutthaufen und eine schmuddelige Plastiktüte mit Pfandflaschen entdecken. Er berührt eine der betonrauen Wände, die wie mit einem feuchten Schleier überzogen scheinen. Die Berührung hinterlässt ein schmieriges Gefühl auf den Fingerkuppen. Plötzlich fühlt sich Fred, der eigentlich ein durch und durch unängstlicher Mensch ist, unwohl. Er überlegt, die Verfolgung abzubrechen. Was gehen ihn schließlich dieser Mordfall und dessen mögliche Vorgeschichte an?

Doch die Neugier ist stärker.

Fred taxiert den Abstand zu dem zweiten Gebäude, in dem er den huschenden Schatten gesehen hat. Die Distanz beträgt vielleicht hundert Meter, eher weniger, das müsste in ein paar Sekunden zu schaffen sein, diesmal hoffentlich ohne Aufsehen zu erregen. Vorsichtig späht Fred durch eine der klaffenden Fensteröffnungen zu dem Weg am Watt. Dort ist inzwischen ein jüngeres Pärchen mit zwei dick eingemummelten Kindern unterwegs, das wahrscheinlich andere Sorgen hat, als nach herumstreunenden Radfahrern Ausschau zu halten. Und die beiden Frauen mit den fellbesetzten Daunenjacken, die hinter ihnen laufen, scheinen sich intensiv zu unterhalten.

Ohne weiter nachzudenken, spurtet Fred los. Kein Rufen erreicht ihn, niemand hält ihn auf. Unbehelligt erreicht der Journalist die zweite Bauruine.

Freitag, 22. Februar, 13.45 Uhr, Apartmenthaus Sonnenkuhle, Westerland

Nachdenklich mustert Silja das schlichte Klingelbrett. Manche der Wohnungen haben Nummern, andere sind mit den Namen ihrer Eigentümer versehen. Zum Glück hat sich der Exgatte von Larissa Paulmann für die offene Methode entschieden. *Jasper van de Kock* steht in pastellblauen Buchstaben und zierlicher Schrift auf dem Papierstreifen hinter der Plexiglasscheibe. Silja drückt kurz, aber kräftig darauf.

Während sie wartet, sieht sie sich um. Die Straße verläuft parallel zur Strandpromenade hinter dem Wellnessbad *Sylter Welle*. Die Bebauung stammt wahrscheinlich aus den sechziger Jahren, einförmige Schachtelhäuser mit langweiligen Balkonreihen, auf denen Plastikmöbel stehen. Selbst im Sommer, wenn alle Wohnungen belegt sind, entfalten die Gebäude wenig Charme. Jetzt wirken Straße und Häuser einfach nur trostlos.

Als der schnarrende Summer ertönt, ist Silja fast überrascht. Sie drückt die Tür auf und fragt sich gleichzeitig, warum sie nicht damit gerechnet hat, so umstandslos zu diesem van de Kock vordringen zu können. Noch nicht einmal nach ihrem Namen hat er gefragt. Auf ein schlechtes Gewissen deutet das sicher nicht.

Das Haus hat keinen Fahrstuhl. Der Treppenaufgang ist kahl und dunkel. Es riecht nach Staub und einem scharfen Putzmittel zugleich. Als Silja um die letzte Biege vor der dritten Etage kommt, steht Jasper van de Kock schon in der Tür. Er ist ein mittelgroßer, schlanker Mann mit einem rotblonden

Lockenschopf, der ihr erstaunt entgegenblickt. Seine strahlend grünen Augen lassen Silja getönte Kontaktlinsen vermuten.

»Frau Lövenich?«

»Nein.«

»Aber Sie haben unten geklingelt?«

»Ja.«

Silja wartet. Irritation ist nicht der schlechteste Einstieg in ein Gespräch, das durchaus zu einer Vernehmung werden könnte.

»Also entschuldigen Sie mal, aber Sie können doch nicht einfach so …« Er bricht ab.

»Ich habe geklingelt, Sie haben geöffnet. So einfach ist das.« Silja merkt, dass der Typ ihr auf den ersten Blick unsympathisch ist. So schnippisch ist sie sonst nicht. »Meinen Namen wollten Sie nicht wissen? Aber ich sage ihn trotzdem gern«, fügt sie etwas geschmeidiger hinzu.

»Ja?«

»Silja Blanck. Ich komme von der Kriminalpolizei Westerland.«

Sie hält ihm ihren Dienstausweis unter die Nase. Jasper van de Kock wirft nur einen kurzen Blick darauf, dann öffnet er die Tür seiner Wohnung weit.

»Kommen Sie herein. Ich habe mich ohnehin schon gefragt, wann Sie hier auftauchen.«

Neugierig betritt Silja die Wohnung und sieht sich um. Die Einrichtung steht in merkwürdigem Gegensatz zu seiner Kleidung. Laminatböden und Kaufhausmöbel dominieren die Wohnung. Am Leib trägt van de Kock allerdings sorgfältig ausgewählte Designersachen. Eine flaschengrüne Chino und ein blütenweißes Hemd mit dem Poloreiter auf der Brust.

Irritiert folgt ihm Silja in ein schlauchförmiges Wohnzimmer. Der Raum geht nach Westen und ist auf ganzer Länge mit bodentiefen Fenstern ausgestattet, die den Blick auf einen schmuddeligen Balkon freigeben, hinter dem sich die Dachlandschaft Westerlands erstreckt.

»Entschuldigen Sie mich kurz, ich muss nur mal eben meinen nächsten Termin absagen.« Der Hausherr greift zum Telefon und wählt eine Nummer, die er in seinem kleinen Notizbuch nachgeschlagen hat.

»Frau Lövenich, wie gut, dass ich Sie noch zu Hause antreffe. Wir müssen die Sitzung leider verschieben, mir ist kurzfristig etwas dazwischengekommen.« Er lauscht kurz, dann antwortet er mit weicher Stimme: »Ja, fünf Uhr ist gut. Ich erwarte Sie dann.«

»Was für Sitzungen halten Sie denn ab?«, erkundigt sich Silja harmlos.

»Ich unterweise meine Brüder und Schwestern in Glaubensfragen«, antwortet Jasper van de Kock und fordert Silja mit einer Geste dazu auf, sich hinzusetzen.

Der mittelblaue Kunstlederbezug des Sessels knirscht leise, seine Armlehnen fühlen sich kalt unter ihren Händen an. Die Kommissarin mustert den Hausherrn aufmerksam. Er sieht nicht so aus, als habe er es eilig, über den Tod seiner Exfrau zu sprechen.

»Sie wissen, was passiert ist?«, erkundigt sich Silja forsch. Normalerweise sind sie bei einer Todesmitteilung gehalten, klar, direkt und trotzdem einfühlsam über den Grund ihres Besuches zu sprechen.

»Es hat sie ereilt. Ich hab's aus dem Radio«, sagt jetzt Larissa Paulmanns Ex mit trockener Stimme. Seine Miene verrät keinerlei Emotionen.

»Der Tod von Frau Paulmann scheint Sie nicht sonderlich zu überraschen?«

Silja betont ihre Aussage wie eine Frage.

»Larissa war eine Verlorene«, gibt van de Kock mit strenger Stimme zurück. »Eine Sünderin. Sie bekam zweifellos, was sie verdient hat. Einen Tod am Fegefeuer.«

Silja schluckt und atmet tief durch. »Das sind scharfe Worte, Herr van de Kock. Vielleicht könnten Sie mir kurz erklären, was Sie damit meinen.«

»Larissa war eine Botin des Bösen. Sie sah aus wie ein Engel, aber das war nur Tarnung. Innen war sie verderbt, ihre Seele verrottet.«

»Warum haben Sie sie dann geheiratet?«

»Ich dachte, ich könnte sie retten. Das ist meine Mission, wissen Sie. Wir alle sind arme Sünder, und es gibt nur wenige unter uns, die ausersehen sind.«

»So wie Sie?«, fragt Silja tastend.

Jasper van de Kock nickt. Er ist sichtlich zufrieden darüber, dass man ihm seinen Status ansieht.

»Sie sind also eine Art Missionar und haben Larissa Paulmann geheiratet, weil sie ein besonders schwerer Fall war. Habe ich das richtig verstanden?«

Er lächelt nachsichtig. »In etwa, ja.«

»Und als Sie gesehen haben, dass Ihre Mission erfolglos blieb, haben sie sich wieder scheiden lassen?«

»Nein, das hätte ich nie getan. Larissa war mir anvertraut. Ich laufe nicht vor meinen Aufgaben davon, auch wenn sie sperrig sind. Larissa war es, die sich für die Sünde entschieden hat.«

»Sie hat Sie betrogen?«

»So meine ich das nicht. Es gibt auch spirituelle Sünden.«

»Können Sie mir ein Beispiel sagen?«

»Natürlich. Viele sogar. Aber die schlimmste ist die Hoffart. Sie zählt völlig zu Recht zu den Todsünden.« Er verstummt und lässt seinen Blick über die billig furnierten Möbel gleiten, als verberge sich dort eine weitere Wahrheit.

»Hoffart.« Silja Blanck lässt das altmodische Wort in sich nachklingen. »Was meinen Sie damit genau?«

»Hoffart kann vieles sein. Putzsucht zum Beispiel. Das Bestreben, die eigene Erscheinung in den Mittelpunkt zu stellen. Aber auch Überheblichkeit. Niemand von uns ist besser als der andere. In unseren Sünden sind wir alle gleich. Nur durch Bußfertigkeit können wir uns unterscheiden.«

»Aber *Sie* sind ausersehen«, unterbricht ihn Silja in harmlosem Tonfall.

Jasper van de Kock lächelt geschmeichelt. Dabei bekommt sein blasses Gesicht mit der spitzen Nase einen unerwartet jugendlichen Ausdruck. »Woher wissen Sie das?«

»Sie haben es selbst vorhin gesagt.«

»O wie unangenehm«, antwortet er ohne Reue. »Das ist genau genommen auch schon eine Form von Hoffart.«

Silja verkneift sich die Bemerkung, dass er es mit sich selbst offenbar weniger genau nimmt als mit seinen Glaubensgenossen, und steuert stattdessen direkt auf den Grund ihres Besuches zu.

»Herr van de Kock, ich muss Sie leider jetzt fragen, was Sie in der letzten Nacht gemacht haben. Und ob es Zeugen dafür gibt.«

Jasper van de Kock reagiert weniger entsetzt, als Silja erwartet hat. Er schüttelt seinen Kopf und antwortet mit einem milden Lächeln: »Frau Kommissarin, eines können Sie mir glauben. Ich werde meine Hände ganz bestimmt nicht mit Blut besudeln. Mord ist eine Todsünde, genau wie Hoffart.«

»Ihr Alibi, Herr van der Kock«, erinnert Silja.

»Es gibt keins. Ich war hier. Und ich war allein. Ich habe am Abend meditiert und über neue Wege zu Gott nachgedacht, wenn Sie wissen, was ich meine. – Und ich habe mich geschämt«, fügt er nach einer kleinen Pause hinzu.

»Geschämt? Wofür?«

»Für meine Mitmenschen und ihre heidnischen Bräuche. Sie zünden Feuer an, als seien wir im Mittelalter. Fehlt nur noch, dass sie auch Hexen darin verbrennen. Mit diesen komischen Puppen, die sie oben auf den Scheiterhaufen setzen, sind sie schon ziemlich nah dran. Ich bitte Sie, Frau Kommissarin, das ist eines aufgeklärten Menschen im 21. Jahrhundert doch nicht würdig.«

»Es ist ein alter Brauch, den man pflegt. So wie der geschmückte Baum an Weihnachten. Wenn die Puppe im Feuer vom Pfahl fällt, ist der Winter vorbei. Außerdem sind es mittlerweile auch eher Tonnen, die da festgebunden werden«, entgegnet Silja und schiebt dann noch eine Frage nach: »Als Frau Paulmann und Sie noch verheiratet waren, sind Sie damals eigentlich manchmal gemeinsam zum Biikebrennen gegangen. Immerhin haben sie ja ganz in der Nähe des Festplatzes gewohnt.«

Jasper van de Kock windet sich, die Frage ist ihm unangenehm. Schließlich gibt er zu: »Ab und an habe ich sie begleitet, das ist richtig. Man muss manchmal dem Bösen in die Augen sehen. Man sollte schließlich wissen, was man bekämpft.«

»Haben Sie Frau Paulmann Vorhaltungen gemacht, weil sie offensichtlich an den alten Bräuchen hing?«

»Keine Vorhaltungen. Das nicht. Ich habe versucht, vernünftig mit ihr zu reden. Aber sie war keiner Argumentation zugänglich. Sie war so … so …« Er sucht nach Worten und gerät dabei zum ersten Mal, seit Silja bei ihm ist, aus der Fassung. »Sie war wie ein Kind, starrsinnig und unbelehrbar. Manchmal hätte ich sie am liebsten ...« Er unterbricht sich und schüttelt energisch den Kopf.

»Ja? Was hätten Sie am liebsten?«

»Ach nichts.« Er sieht der Kommissarin direkt ins Gesicht. »Als Larissa einmal mit mir gemeinsam über die niedergebrannte Biikeglut springen wollte, um unsere Liebe zu festigen, da war es für mich vorbei.«

»Aber das tun viele Paare hier auf der Insel.«

Silja denkt an die letzte Nacht. Sie sieht das rotglühende Resthäufchen der Westerländer Biike ebenso wie Bastians verschwörerischen Blick vor sich, sie fühlt wieder seinen festen Händedruck, als er leise zählte *eins, zwei, drei und los ...*

Die Stimme Jasper van de Kocks reißt die Kommissarin aus ihren Erinnerungen.

»Sie halten mich für Larissas Mörder, hab ich recht? Ein geistig Verwirrter mit einem Religionsspleen, der von einer schönen Frau erst geheiratet und dann verstoßen worden ist? Das passt doch.« Er macht eine kleine Pause, um Silja die Chance zu einer Erwiderung zu geben. Aber Silja schweigt und wartet auf mehr. Jasper van de Kock nickt, als habe er im Grunde genommen nichts anderes erwartet. »Aber Sie täuschen sich. Ich bin fest im Glauben und würde niemals etwas Sündiges tun. Außerdem habe ich Larissa geliebt. Trotz allem.«

Er senkt den Blick und kaut auf seinen dünnen Lippen herum. Was zunächst wie eine Verlegenheitsgeste wirkt, steigert sich zu einem fast manischen Beißen und Zerren. Erst als auf van de Kocks Unterlippe ein winziger roter Tropfen perlt, lässt er davon ab.

»Blut«, murmelt er mit Erstaunen in der Stimme und berührt kopfschüttelnd die Lippe mit dem Finger. Dann betrachtet er den kleinen Fleck ungläubig. »Ich blute. Ich blute tatsächlich. Soweit hat es die Sünderin also geschafft. Selbst aus der Hölle hat sie noch Macht über mich.«

Freitag, 22. Februar, 13.46 Uhr, Kriminalkommissariat Westerland

Sven Winterberg legt das Telefon beiseite und lehnt sich erleichtert zurück. Immerhin scheint sich Anjas Zustand tatsächlich stabilisiert zu haben. Eben konnte sie schon wieder über seine Witze lachen. Außerdem hatte sie ziemlich genaue Erinnerungen an den Fall Rönneberg. Es tat Anja hörbar gut, über etwas anderes als die Schwangerschaft und die Komplikationen zu reden, so dass Sven sich gern ausführlich informieren ließ. Der gewaltsame Tod eines Sylter Villenbesitzers war seinerzeit wochenlang das Gesprächsthema Nummer eins auf der Insel gewesen. Der Mann war ums Leben gekommen, weil er Larissa Paulmanns damaligen Freund in der Diele seines Hauses auf frischer Tat beim Stehlen ertappt hatte. Es hatte sich ein Handgemenge entwickelt, Rönneberg stieß den Mann von sich, daraufhin war er gegen einen Heizkörper geprallt und hatte eine schwere Kopfverletzung erlitten, an der er wenig später starb.

»Er wurde wegen Totschlags verurteilt, das weiß ich noch«, sagt Anja gerade. »Und das Besondere war, dass die Strafe im oberen Bereich dessen lag, was für Totschlag angesetzt wird. Irgendwas zwischen zehn und fünfzehn Jahren. Das kannst du ja leicht rausfinden.«

»Hab ich schon. Es waren zwölf. Für Totschlag bei einem Handgemenge ist das ganz schön viel, Einbruch hin oder her«, sagt Sven.

»Das Problem war, dass Rönneberg noch mal nachgetreten hat. Komisch, dass du dich daran nicht erinnerst.«

»Ich hab wahrscheinlich inzwischen zu viele andere Fälle auf dem Tisch gehabt.«

Unkonzentriert schiebt Sven die Akte von Lars Rönneberg, die er sich hat kommen lassen, über den Schreibtisch. Dort steht auch die Telefonnummer der Justizvollzugsanstalt, in die Rönneberg nach dem Prozess eingewiesen wurde. Rund fünfzehn Jahre ist das jetzt her, Rönneberg ist also längst wieder auf freiem Fuß.

»Sven? Bist du noch dran?«

»Schon, aber ich fürchte, ich muss jetzt weitermachen. Ich fahre nachher kurz bei meinen Eltern vorbei, hole Mette ab, und dann kommen wir beide zu dir. Ist das in Ordnung?«

»Ja, klar. Ich freue mich natürlich über euren Besuch. Aber was sagt Bastian dazu?«

»Wer viel fragt, kriegt viele Antworten«, murmelt Sven, schickt einen Kuss durch die Leitung und beendet das Gespräch.

Seufzend schlägt er die Akte auf. *Dieser Rönneberg sieht nicht übel aus, markante Gesichtszüge, gut proportioniert, der Blick vielleicht einen Tick zu brutal*, denkt Sven. Aber oft erscheint einem das auf den Polizeifotos nur so, weil das Licht hart und die Laune des Fotografierten aus gut verständlichen Gründen nicht die beste ist.

Rönneberg war damals geständig, was den Raub anging, den Totschlag stellte er allerdings als reinen Unfall dar und seinen Fußabdruck auf der Kleidung in Höhe des Magenbereichs des Opfers als unglücklichen Sturz. Da mehrere Zeugen ihn als leicht erregbar und zu Jähzorn neigend beschrieben hatten, glaubte man ihm nicht. Als Motiv für den versuchten Raub, der außerdem nicht der erste gewesen war, gab Rönneberg die Anspruchshaltung seiner damaligen Freundin Larissa Paulmann an. Sie habe immer kostbarere Geschenke von ihm erwartet, die er nicht habe finanzieren können. Rönneberg war von Beruf Elektriker und bei einem kleinen Betrieb in Westerland beschäftigt. Sein Arbeitgeber hielt ihn für überdurchschnittlich intelligent, allerdings auch ziemlich eigenbrötlerisch und wenig teamfähig.

Die Beschreibung macht Sven neugierig. Er ruft in der Justizvollzugsanstalt an, in der Rönneberg eingesessen hat, und erfährt, dass die Entlassung Rönnebergs bereits über fünf Jahre zurückliegt. Sven seufzt. Wahrscheinlich geht jetzt die alte Leier wieder los. Keiner erinnert sich, keiner kann irgendeine Auskunft geben. Aus leidvoller Erfahrung weiß der Kommissar, dass das Personal in Gefängnissen häufig wechselt und der Krankenstand extrem hoch ist. Doch diesmal scheint er Glück zu haben. Der Beamte am anderen Ende der Leitung redet gleich weiter. Der damals zuständige Gefängnispsychologe, ein gewisser Mark Knaupert, arbeite immer noch bei ihnen und er sei zufällig gerade im Hause. Wenn der Herr Oberkommissar also wolle, könne er gern mit Knaupert sprechen.

Sven bittet darum, durchgestellt zu werden, und lehnt sich zufrieden zurück. So mies der Tag auch angefangen hat, es scheint noch Hoffnung zu geben. Normalerweise kann man Stunden damit verbringen, sich durch die Instanzen zu telefonieren. Besonders wenn an Wochenenden etwas geschieht, dauert es ewig, bis man jemanden erreicht, der auch wirklich zuständig ist. Und jetzt das. Ein hilfsbereiter Mitarbeiter und ein Psychologe, der verfügbar ist.

Die Stimme Mark Knauperts ist zwar unangenehm hoch, und seine Formulierungen sind zu verschwurbelt für Svens Geschmack, aber der Psychologe nimmt sich Zeit und – was wichtiger ist – er erinnert sich sehr gut an den Häftling.

»Lars Rönneberg, das war einer, den vergisst man nicht so schnell. Er war, wie soll ich sagen, *raumgreifend* ist vielleicht das richtige Wort. Wenn er mein Büro betrat, vibrierte die Luft. Er hatte etwas Animalisches an sich, das aber durchaus mit Charme gepaart war.«

»In der Akte steht, er sei überdurchschnittlich intelligent gewesen?«

Der Psychologe zögert kurz und antwortet dann hüstelnd: »Füchsisch, würde ich sagen.«

»Bitte?«

»Lars Rönneberg verfügte über eine in hohem Maße intuitive Intelligenz. Er konnte Situationen unglaublich schnell erfassen und dann angemessen handeln. Er ordnete Menschen richtig ein. Er sagte, was man hören wollte.«

»Natürlich, ihm lag daran, vorzeitig entlassen zu werden«, wirft Sven ein. »Und sicher wusste er, dass die Entscheidung darüber auch von Ihrer Meinung abhängen würde.«

»Ja klar. Und er ist auch wirklich wegen guter Führung vorzeitig freigekommen. Er war gewissermaßen unser Vorzeigehäftling. Rönneberg hat in der Anstaltsküche die ganze Elektrik auf Vordermann gebracht, und er war unglaublich aktiv in der Anstaltsbibliothek. Hat geholfen, wo er nur konnte, und sich nebenbei lesend durch die Regale gefressen. Aber das alles meine ich gar nicht.«

»Hört sich aber ziemlich beeindruckend an. Wenn Sie mich

fragen, zu beeindruckend, um wahr zu sein«, gibt Sven zu bedenken.

»Stimmt schon. Aber da war noch etwas anderes. Ein Instinkt, der …« Der Psychologe zögert kurz. »Ja, vielleicht sollte ich es so nennen: ein absoluter Überlebensinstinkt. Rönneberg war jemand, der nicht untergehen würde. Und das wusste er auch ganz genau.«

»Machte ihn das nicht gefährlich?«, fragt Sven vorsichtig.

»Vielleicht war es ein Fehler, ihn vorzeitig zu entlassen.«

»So dürfen Sie das nicht sehen. Jede Anlage, jede Begabung kann der Mensch zum Guten ebenso wie zum Schlechten nutzen. Und wenn jemand viele Jahre eingesessen hat und niemals, ich betone, wirklich niemals seine Anlagen zum Schlechten genutzt hat, dann müssen wir davon ausgehen, dass ein Umdenken stattgefunden hat. Dass der Betreffende erfolgreich resozialisiert werden kann.«

»Dann bekommt er ein positives Gutachten von Ihnen, und einer Haftverkürzung wegen guter Führung steht nichts mehr im Weg.«

»Genauso ist es.«

»Wie lange ist das jetzt her?«

»Normalerweise müsste ich nachsehen, aber ich weiß, dass wenige Tage vor unserem letzten Gespräch mein Vater verstorben ist und ich Schwarz trug. Rönneberg sprach mich sofort darauf an und kondolierte nicht nur formvollendet, sondern vor allem sehr einfühlsam.« Der Psychologe räuspert sich, anschließend scheint seine Stimme noch eine Oktave höher. »Also fünfeinhalb Jahre ziemlich genau.«

»Das heißt, Rönneberg wird mittlerweile auch nicht mehr von einem Bewährungshelfer betreut?«

»Bestimmt nicht. Es sei denn, er hat wieder etwas ausgefressen. Aber wenn Sie wollen, erkundige ich mich, wer das damals gemacht hat, und maile Ihnen den Kontakt.«

»Sehr freundlich, vielen Dank. Eine letzte Frage hätte ich aber noch. Glauben Sie denn, dass Lars Rönneberg wieder straffällig werden könnte?«

»Jeder kann straffällig werden, wissen Sie. Einfach jeder von uns. Es ist nur eine Frage der aktuellen psychischen Disposition. Wenn dann ein entsprechender Anlass dazukommt …«

Freitag, 22. Februar, 14.00 Uhr, Bauruine, Keitum

In dem zweiten Gebäude riecht es anders als im ersten. Und das kann eigentlich nicht daran liegen, dass hier eine zweite Etage existiert und alles insgesamt einen weiter fortgeschrittenen Eindruck macht. Oder doch? Fred schnüffelt, schließt kurz die Augen, konzentriert sich und schnüffelt noch einmal. Moder, vielleicht sogar Verwesung. Aber noch etwas anderes liegt in der Luft. Feuer, Qualm? Nein, nicht ganz. Eher ein Aroma, als habe jemand etwas geräuchert oder einen Kamin angezündet. Es muss Spuren geben, die diesen Geruch erklären können, und er wird sie finden.

Fred drückt sich in eine Ecke, von der aus er einen guten Blick durch die angrenzenden Räume hat. Er steht ganz still, wartet und sieht sich um. Es ist vollkommen ruhig, nur Vogelschreie und weit entfernte Stimmen, die vom Wattweg herüberschallen, sind zu hören. Und seine eigenen Atemzüge, die kleine weiße Wolken warmer Luft produzieren. Die Kälte scheint hier eine andere Qualität zu haben als draußen. Sie wirkt feuchter und muffig, nicht klar und antreibend, sondern lähmend, fast lebensfeindlich. Fred schiebt die Hände in seine Achselhöhlen und zieht die Schultern hoch. Die Funktionskleidung, die auch im Winter beim Radfahren genau passend ist, lässt ihn in Ruhestellung schnell frösteln. Am liebsten würde er auf der Stelle springen, aber er möchte auf keinen Fall unnötig auf sich aufmerksam machen. Schließlich will er der anderen Person, die er hier gesehen hat, auf die Spur kommen. Was hat sie hier gewollt? Hat sie etwas versteckt? Oder hat sie nur sich selbst verstecken wollen? Und was heißt *nur* in diesem Zusammenhang?

Langsam und sehr vorsichtig gleitet Fred aus der Ecke heraus und beginnt, systematisch die Räume zu checken. Er tritt vorsichtig auf, immer im Vertrauen darauf, dass die Laufsohlen seiner Sportschuhe seine Schritte dämpfen. Zwischendurch bleibt er stehen, um eventuelle Fluchtgeräusche nicht zu überhören. Doch da ist nichts. Auch sonst bietet das Innere des Rohbaus ein wenig ungewöhnliches Bild. An einzelnen Wänden finden sich Graffiti, ab und an liegen Kothaufen am Boden, die eindeutig von Tieren stammen. In einer Ecke gammeln die Reste einer Schnellimbiss-Mahlzeit vor sich hin: ein paar Pommes und eine halbgeleerte Flasche Coca-Cola. Aber nichts, was den diffusen Rauchgeruch erklären könnte.

Fred mustert die Treppe, die ins obere Geschoss führt. Sie ist aus kantigem Beton und wirkt stabil, aber ungeschliffen. Fred hofft, oben ein angenehmeres Klima vorzufinden. Frischer und vielleicht auch windiger. Doch das Gegenteil ist der Fall. Hier verstärkt sich der Brandgeruch, und schon im zweiten Raum entdeckt Fred auch den Grund dafür. Ein großer Teil des Bodens ist rußgeschwärzt, und in der Mitte der Stelle finden sich die verkohlten Reste einer Holzkiste und mehrerer knorriger Treibholzäste. Fred bückt sich und hält eine

Hand über die Feuerstelle, aber alles ist längst auf die Außentemperatur abgekühlt.

Das Feuer kann gestern Nacht, es kann aber genauso gut im letzten Jahr hier gebrannt haben. Und nichts deutet darauf hin, dass es mit dem Mord an Larissa Paulmann zu tun hat. Merkwürdig ist nur das verklumpte Plastik, das tief in der Asche liegt und sich ganz offenbar als schwer entflammbar erwiesen hat. Fred bückt sich und schiebt mit dem Zeigefinder ein paar verkohlte Brocken zur Seite, um den Plastikklops näher zu betrachten. Er hat die Größe eines Golfballs, ist aber unregelmäßiger geformt. Graugrüner Kunststoff, überzogen mit einer dicken Laminierschicht, die sich in der Hitze zusammengeklumpt hat. Auf der Oberfläche sind einzelne Buchstaben zu erkennen und auch eine Zahlenreihe. Irritiert dreht und wendet Fred das merkwürdige Fundstück. Etwas Helles, Gelbes leuchtet aus einer Falte heraus. Ein Siegel? Ein Foto? Eine Banderole?

Fred biegt eine der vorstehenden Kanten zur Seite und sieht genauer hin. Es ist aber nicht mehr zu entdecken als dieser eine kleine gelbe Fleck. Trotzdem weiß Fred plötzlich genau, was er vor sich hat. Einen verkohlten Personalausweis. Alles passt, die Farbe, die Zahlen, das Bild. Und war nicht die ermordete Larissa Paulmann blond? Kann es sein, dass der Mörder hier in der letzten Nacht ihren Ausweis verbrannt hat? Nicht mehr als ein paar hundert Meter vom Tatort entfernt? Aber welcher Mörder würde so dumm sein, auch noch durch ein Feuer auf sich aufmerksam zu machen?

Fred beschließt, später darüber nachzudenken, und steckt das Knäuel in die Reißverschlusstasche seiner Funktionsjacke. Dabei merkt er, wie ausgekühlt er längst ist. Wenn er sich nicht eine saftige Lungenentzündung einfangen will, wird es allmählich Zeit für einen flotten Spurt. Eher nachlässig durchstreift Fred die restlichen zwei Räume. Auch hier entdeckt er nichts Besonderes. Einem der Räume fehlt ein Teil der Decke, durch das klaffende Loch kann Fred den Himmel sehen. Auf strahlend blauem Hintergrund scheint ihm die blendend helle Mittagssonne direkt ins Gesicht. Fred blinzelt und nimmt nur undeutlich wahr, dass sich etwas Dunkles vor das Licht schiebt. Gleichzeitig hört er ein Rutschen und Quietschen, dann trifft etwas ganz unvermittelt seinen Kopf mit großer Kraft. Fred torkelt und stürzt zu Boden. Er schlägt hart auf, und für Sekunden schwindet sein Bewusstsein. Irgendwann spürt er dumpf, wie an seiner Kleidung gerissen wird, und hört ein Schnaufen an seinem Ohr. Doch seine Augen sind wie zugeklebt, er braucht einige Sekunden, um sich zu sammeln und sich zu erinnern, was geschehen ist. Der starke Schmerz am Kopf beansprucht seine gesamte Aufmerksamkeit, und als er endlich so weit ist, die Augen zu öffnen, sieht er nur noch einen Schatten die Treppe hinunterhuschen.

An Aufstehen oder Hinterherlaufen ist nicht zu denken. Ihm ist schwindlig, und Übelkeit steigt in ihm auf. *Eine Gehirnerschütterung*, denkt er noch, *das ist es, ich habe wahrscheinlich eine ordentliche Gehirnerschütterung*, dann verliert er wieder das Bewusstsein.

Freitag, 22. Februar, 14.55 Uhr, Ingiwai, Keitum

Das Haus riecht verlassen.

Silja weiß genau, dass sie sich das nur einbilden kann, denn schließlich ist es keine vierundzwanzig Stunden her, dass Larissa Paulmann sich hier aufgehalten hat. Silja ruft sich selbst zur Ordnung, gemahnt sich an die nötige Professionalität. Sie versucht sich vorzustellen, wie Larissa Paulmanns letzten Minuten in diesem Haus wohl ausgesehen haben, wie Larissa sich für das Biikebrennen anzieht, sich dick einmummelt, vielleicht ein bisschen Kleingeld einsteckt, die Handschuhe überstreift und nach ihren Schlüsseln greift. Es sind dieselben Schlüssel, mit denen Bastian und sie eben die Vordertür geöffnet haben.

Die Schlüssel befanden sich in der Jackentasche der Toten, was als ein weiteres Indiz dafür gewertet wurde, dass es sich bei dem Verbrechen der letzten Nacht tatsächlich um Mord und nicht um einen Raubüberfall mit Todesfolge gehandelt hat. Niemand hat nach Larissa Paulmanns gewaltsamem Tod die Schlüssel an sich genommen, um hier im Haus nach Wertgegenständen zu suchen. Eine Annahme, die der erste Eindruck bestätigt. Alles wirkt ordentlich und aufgeräumt. Das Haus scheint auf seine Bewohnerin zu warten – wenn da dieser Geruch nicht wäre. Ungelüftet und überheizt, leblos irgendwie.

Silja schüttelt den verwirrenden Gedanken ab und sieht sich noch einmal um. Als Larissa Paulmann das kleine Haus, in dem sie fast ihr ganzes Leben verbracht hat, abschloss, tat sie es ganz sicher in der Annahme, dass sie wenige Stunden später zurückkehren, Jacke und Handschuhe ablegen und wahrscheinlich gleich in die obere Etage gehen würde. Dort würde sie sich ausziehen und waschen, die Zähne putzen und sich dann, wahrscheinlich ziemlich durchgefroren, in ihr Bett kuscheln. Wie hätte Larissa Paulmann auch ahnen sollen, dass sie nie wieder durch diese Tür treten würde?

Stattdessen stehen jetzt zwei Kommissare in dieser winzigen Diele, die friesenblau gestrichen ist und durch einen gro-ßen weißgerahmten Spiegel etwas geräumiger wirkt. Larissa Paulmann wird nie wieder in diesen Spiegel sehen, sie ist tot, und niemand weiß, warum sie sterben musste.

Alles, was die Ermittler bisher wissen, ist, dass das Opfer gestern Abend zwischen halb sechs und sechs beim Biikeplatz angekommen ist, das haben mehrere Zeugen bestätigt. Silja findet es merkwürdig, dass Larissa anscheinend mit nieman-dem geredet hat, schließlich geht man doch zum Biikebren-nen, um andere zu treffen und sich auszutauschen. Aber die Paulmann muss anders gewesen sein, auch das haben einige, die sie von früher kannten, ausgesagt. Eigenbrötlerisch, ver-schlossen, arrogant, alle diese Bezeichnungen wurden ver-wendet, und häufig klang Missfallen in den Äußerungen durch.

Silja, der Larissa Paulmann nie begegnet ist, fühlt sich ihr unerwartet verbunden. *Eigenbrötlerisch, verschlossen, arrogant*, dies sind Beschreibungen, die andere bestimmt auch schon benutzt haben, um sie selbst zu charakterisieren. Jedenfalls früher, bevor sie Bastian kennenlernte. Es gibt vieles, das Silja an ihrem Freund schätzt, doch am dankbarsten ist sie ihm für die feinfühlige Art, mit der er ihre Blockaden gelöst hat.

Aber wo ist Bastian überhaupt? Silja schreckt aus ihren Gedanken auf und sieht sich um. *Eben stand er doch noch neben mir.* Sie ruft nach ihm und hört eine dumpfe Antwort hinter der Tür zum Wohnzimmer.

»Wollte dich nicht stören. Irgendwie sahst du so versun-ken aus, da hab ich schon mal angefangen, das Erdgeschoss zu checken. Bisher ist aber alles unauffällig.«

Silja nickt, ja, das findet sie auch. Und sie wird sich hüten, Bastian zu gestehen, dass sie das vollkommen irrationale

Gefühl nicht los wird, das Haus wisse längst von Larissa Paulmanns Tod.

»Brauchst du mich unten, oder soll ich schon mal nach oben gehen?«, ruft sie zurück.

»Kannst du mal in der Diele nachschauen, ob du den Ausweis der Paulmann findest. Sie hatte ihn nicht bei sich, und hier ist er auch nirgends.«

Silja nickt noch einmal, obwohl Bastian das gar nicht sehen kann, dann beginnt sie, die Flurkommode zu durchwühlen. Dort sind neben Handschuhen und diversen Mützen auch Pflaster, eine Handcreme und ein beeindruckend dicker Schlüsselbund. Silja betrachtet die Schlüssel genauer. Einige gehören zur höchsten Sicherheitsklasse und haben ganz bestimmt nichts mit den eher bescheidenen Exemplaren zu tun, mit denen sie gerade das Haus der Paulmann geöffnet hat. Wahrscheinlich handelt es sich um die Schlüssel für die Bürgli-Villa. Silja wiegt den Schlüsselbund kurz in der Hand, dann nimmt sie ihn an sich. Die Vorstellung, dass vielleicht doch noch jemand in das schlecht gesicherte Häuschen eindringen könnte und anschließend freien Zugang zu der großen Villa hätte, behagt ihr nicht.

»Ich kann hier keinen Ausweis entdecken«, ruft sie zu Bastian hinüber. »Dafür habe ich aber die Schlüssel für die Bürgli-Villa gefunden. Wir sollten sie sicherheitshalber mitnehmen, meinst du nicht?«

»Gute Idee. Ich hab übrigens gerade einen Anruf von den Kollegen am Tatort gekriegt. Sie haben jetzt das ganze Gelände weiträumig durchsucht. Auch die Bauruine. Leider gibt's dort keine neuen Anhaltspunkte. Außer Spuren von Vandalismus. Das Übliche eben. Müll, Scherben, ein altes Lagerfeuer. Nichts, was uns weiterhilft.«

»Kein Wunder, wer ist auch so blöd, sich direkt neben dem Tatort zu verstecken«, gibt Silja zurück, während sie vorsichtig die enge Treppe hinaufsteigt, deren letzter Teil gefährlich nah unter der Dachschräge entlangführt.

Entsprechend niedrig wirkt die ganze Etage. Das breite Doppelbett ist unter die Schräge gezwängt, und die einzige hohe Wand wird von einem Einbauschrank okkupiert. Das Bett ist ordentlich gemacht, blaugestreifte Satinbettwäsche, die bestimmt nicht billig war. Nur eine Betthälfte ist benutzt, die andere Seite wird lediglich von einer dunkelblauen Wolldecke und zwei dicken Kissen aus einem seidig glänzenden Stoff bedeckt. Einen Partner hat Larissa Paulmann also zur Zeit nicht gehabt, folgert Silja und öffnet die Nachttischschublade auf der benutzten Bettseite: Papiertaschentücher, eine Packung Kopfschmerztabletten, zwei Taschenbücher, ein kleiner unbenutzter Notizblock und ein Kugelschreiber. Keine Pillenpackung, keine Kondome, kein Diaphragma. Ein weiteres Indiz dafür, dass es aktuell keinen Partner in Larissa Paulmanns Leben gab. Sicherheitshalber checkt Silja auch den Spiegelschrank im Badezimmer. Hier finden sich ebenfalls keine Verhütungsmittel und auch sonst nichts, das in irgendeiner Weise auffällig wäre. Keine ungewöhnlichen Medikamente, kein Sexspielzeug. Und auch kein Aftershave oder irgendetwas anderes, was auf die regelmäßige Anwesenheit eines Mannes hindeuten würde.

Silja weiß genau, dass attraktive Frauen ebenso häufig Singles sind wie äußerlich weniger auffällige. Trotzdem wundert sie sich, und etwas, das sie nicht näher bezeichnen kann, sperrt sich in ihr gegen diesen Umstand. Doch Spekulationen werden sie hier kaum weiterbringen, also kehrt Silja zurück ins Schlafzimmer und öffnet alle Schranktüren.

Dicht an dicht hängen in dem mehr als drei Meter breiten Schrank Mäntel, Jacken, Hosen, Blusen. Es sind eindeutig mehr Kleidungsstücke, als eine durchschnittliche Frau in Larissa Paulmanns Alter normalerweise besitzt. Jedenfalls wenn sie nicht finanziell auf Rosen gebettet und dazu noch mit einem Übermaß an freier Zeit zum Shoppen gesegnet ist. Vorsichtig geht Silja die Bügel durch. Alle Sachen scheinen gepflegt und von guter Qualität zu sein. Die Kleidung ist aktuell und ganz offensichtlich sorgfältig geordnet. Die Blusen hängen der Farbe nach, beginnend von reinem Weiß über Creme, Rosa, Rot, Blau, Grün, Grau und Schwarz. Bei den Hosen ist es ähnlich. Kostüme sind nach Winter- und Sommerverwendung geordnet und dann auch wieder von hell nach dunkel sortiert. Es gibt diverse Mäntel, ebenso viele Jacken und Blazer.

Silja fragt sich, was die Paulmann mit der ganzen Kleidung gemacht hat, wenn sie doch so ein zurückgezogenes Leben führte, wie alle behaupten. Und wann trägt man auf der Insel schon ein Kostüm? Aber dann fällt ihr eine Äußerung Jasper van de Kocks ein. Sagte er nicht, seine Exfrau sei stets ungewöhnlich anspruchsvoll gewesen? Nein, *anspruchsvoll* hat er nicht gesagt, sondern *putzsüchtig*, womit er wohl übertrieben eitel gemeint hat. Damit könnte man den übervollen Kleiderschrank sehr wohl erklären. Aber ist das auch gleich ein Grund, jemanden zu verdammen, zumal wenn es sich um die eigene Frau handelt?

Silja seufzt. Woher soll sie das wissen? Es gibt so vieles, das sie möglichst schnell über das Leben Larissa Paulmanns herausfinden müssen, um ihren Tod aufzuklären. Und so wenig, das bisher zusammenpasst.

Silja verlässt das Schlafzimmer und ruft in die untere Etage: »Bastian? Hier oben ist alles unauffällig. Hast du unten irgendetwas Interessantes entdeckt?«

»Absolut nichts«, kommt es zurück. »Ich wühle mich jetzt noch durch ein paar Kisten in der Speisekammer, und dann komme ich zu dir hoch.«

»Das wird gar nicht nötig sein. Ich bin auch schon fast fertig. Schlafzimmer und Bad habe ich durch. Es fehlt nur noch ein letzter Raum. Mal sehen, was mich da erwartet. Wahrscheinlich ein kleines Büro oder so was. Schließlich muss Frau Paulmann irgendwo die Unterlagen für die Villa aufgehoben haben. Handwerkerrechnungen und so'n Kram.«

Während sie weiterredet, ohne darauf zu achten, ob Bastian ihr überhaupt noch zuhört oder längst wieder den Kopf in die Speisekammer gesteckt hat, öffnet Silja die letzte Tür. Auch dieser Raum wirkt ordentlich. Tatsächlich steht unter dem Giebelfenster ein kleiner Schreibtisch, dessen Platte bis auf einen DIN-A4-Ablagekorb und einen Stiftebecher leer ist. Unter dem Schreibtisch befindet sich ein Rollcontainer, in dessen Schubladen Handwerker- und Gärtnerrechnungen, Strom- und Gasquittungen und andere Belege, die zu dem großen Haus gehören, abgeheftet sind. Seitlich des Schreibtischs steht ein alter Ohrensessel mit abgeschabten Kanten. Und unter der Dachschräge sind Schränke so geschickt eingebaut, dass Silja erst auf den zweiten Blick erkennen kann, dass es sich bei den Holzpaneelen nicht um eine Verschalung, sondern um Türen handelt. Auf leichten Druck geben sie nach und öffnen sich nach außen.

Hinter diesen Türen lauert das Chaos.

Puppen und Stofftiere, Sportgeräte und alte Zeitschriften, Unmengen von Plastiktüten und benutztem Geschenkpapier fallen Silja entgegen. Seufzend lässt sich die Kommissarin auf die Knie fallen, um die unteren Fächer genauer zu durchsuchen. Bald stößt sie auf Fotoalben, deren Plastikbezüge schon ziemlich brüchig sind. Die Bilder im Inneren sind verblichen und zeigen ein glücklich lächelndes Elternpaar mit einem kleinen blonden Mädchen, bei dem es sich eindeutig um Larissa Paulmann handelt. Silja blättert einige der Alben durch, dann wendet sie sich den oberen Schranktüren zu.

Hier sind in Kisten alte Schulhefte verstaut. Wenn Silja wollte, könnte sie jetzt die Aufsatznoten Larissa Paulmanns von der vierten bis zur zehnten Klasse nachverfolgen. Oder ihre Mathematikkenntnisse überprüfen. *Aber was soll das bringen?* Kopfschüttelnd hebt Silja einen Kistendeckel nach dem nächsten hoch. Überall das gleiche Bild: blaue Hefte oder bunte Ordner, jeweils mit einer säuberlichen Jungmädchenschrift mit Namen und Klasse versehen. Hinter diesen Kisten stehen die Schulbücher. Larissa Paulmann hat alles aufgehoben. Von der Englisch-Übungsfibel der vierten Klasse bis zur Mathematik-Formelsammlung. Dahinter ist nur noch die schlecht gedämmte Dachschräge. Kaum sind die Bücher ausgeräumt, dringt empfindlich kalte Luft ins Zimmer. Silja überlegt, ob sie die zum Teil recht schweren Bücher überhaupt wieder zurückstellen soll, und entschließt sich, es nicht zu tun. Schließlich weiß sie ziemlich genau, was mit der Einrichtung dieses kleinen Hauses bald geschehen wird. Irgendjemand wird einen Trödelservice beauftragen, der das ganze Inventar in den Müll werfen wird. Lediglich die Kleidung im Nebenraum wird man vermutlich gewinnbringend an einen Secondhandshop verkaufen können.

»Oje, was ist denn hier los?«

Bastian steht plötzlich direkt hinter Silja. Sie hat ihn gar nicht die Treppe heraufkommen gehört.

»Tja, da hat jemand nichts wegwerfen können«, gibt sie erschöpft zurück und reibt sich das Kreuz.

»… oder zu lange an einem Ort gewohnt«, vollendet Bastian ihren Satz. »Ich nehme an, du hast auch nichts gefunden, was uns weiterhelfen könnte?«

Silja schüttelt den Kopf.

»Die Kisten hast du alle durchgesehen?«

»Fast.« Silja nickt und greift nach einem kleineren Karton, der eingeklemmt zwischen zwei größeren gestanden hat. »Da hab ich noch nicht reingeguckt.«

In dem Karton liegen Fotos in lockerem Stapel übereinander. Die beiden Ermittler ziehen scharf die Luft durch die Zähne ein.

»Wer suchet, der findet«, murmelt Bastian und schüttet den ganzen Inhalt der Kiste auf den Boden. Fächerartig breiten sich laienhaft aufgenommene Farbfotos aus, die zum Teil unscharf und zum Teil sehr schlecht belichtet sind. Trotzdem kann man auf jedem der Fotos das Motiv erkennen. Es ist ein sehr junger Mann, fast noch ein Kind, gut gebaut und spärlich bis gar nicht bekleidet. Der Junge hat volle dunkle Haare und ein markantes Gesicht, sein Körper ist ausgesprochen wohlproportioniert, schlank und für einen Heranwachsenden gut trainiert. Das Geschlecht ist bereits voll entwickelt und auf einigen besonders vergrößerten Fotos deutlich zu sehen. Die Aufnahmen sind alle im gleichen Raum entstanden, offenbar in einem privaten Schlafzimmer. Im Hintergrund sieht man ein Bett aus hellem Holz und einen eingebauten Kleiderschrank.

»Ist das da drüben aufgenommen?«, will Bastian mit einem Blick in Richtung Schlafzimmer wissen.

Silja schüttelt den Kopf. »Der Einbauschrank sieht ganz

anders aus. Außerdem gibt es hier im Haus viel mehr Dachschrägen.«

Bastian, der sich jetzt näher über die Bilder beugt, nickt. »Stimmt. Das muss durch ein Fenster fotografiert worden sein. Siehst du die Spiegelungen hier vorn. Da hat jemand durch eine geschlossene Scheibe geknipst.«

»Zeig mal her.« Silja lässt sich das Foto reichen und vergleicht es mit einigen anderen, die sie aus dem Stapel gefischt hat. »Die Bilder sind an unterschiedlichen Tagen gemacht worden. Wenn der Junge Boxershorts trägt, dann sind es immer andere. Außerdem sind die Lichtverhältnisse ganz verschieden.«

»Kann es sein, dass dieser van de Kock ein Perverser ist und heimlich kleine Jungs fotografiert hat?«, überlegt Bastian laut.

»Und dann hat er die Fotos im Haus seiner Freundin versteckt? Das glaube ich eher nicht. Außerdem heißt es nicht mehr *Perverser*. Das ist mittlerweile eine staatlich anerkannte Krankheit.«

»Ist mir schnuppe, solange es Kinder gibt, die zu diesen Aufnahmen gezwungen werden.«

»Irgendwie sieht das aber nicht gestellt aus. Außerdem ist der Junge auf den Fotos schon fast erwachsen.«

»Es müsste doch möglich sein …«, setzt Bastian an und unterbricht sich dann, um mit der flachen Hand auf den Boden zu schlagen. »Ich hab's. Guck mal hier. Da hat der Fotograf den Weitwinkel nicht richtig eingestellt. Man kann das Fenster von außen sehen.«

»Aber das ist doch …« Silja richtet sich auf und blickt aus dem Fenster über den Schreibtisch hinüber zu der großen Villa. »Das ist haargenau die Perspektive, die man von hier aus hat. Und das Fenster ist auch dasselbe.«

Bastian folgt ihrem Blick. »Vielleicht hat sie heimlich jemanden ausgespäht. Wenn der sich jetzt mal nicht an ihr gerächt hat.«

Freitag, 22. Februar, 16.11 Uhr, Nordseeklinik, Westerland

»Mami, Mami, ich bin ja so froh darüber, dass es dir wieder bessergeht!«

Mit polternden Schritten rennt Mette von der Tür zum Krankenbett und wirft sich ihrer Mutter an den Hals. Anja Winterberg schließt die Tochter fest in die Arme.

»Hattest du einen schönen Tag bei Omi und Opi?«

»War okay, und der Grünkohl war voll lecker! – Oh, entschuldige, ich wollte nicht …«

Anja lacht. »Ich bin doch nicht neidisch, wenn du etwas Gutes zum Essen bekommst. Habt ihr Papi auch was übrig gelassen?« Sie blickt zu ihrem Mann, der sich gerade einen Stuhl ans Bett schiebt.

Grinsend reibt sich Sven den Magen. »Du kennst doch meine Mutter. Ich hatte keine Chance, ich musste die ganzen Reste aufessen, bevor sie uns zu dir gelassen hat. Darum sind wir auch so spät. Aber wir sollen dich herzlich grüßen – und wenn du irgendetwas brauchst, na ja, du weißt ja selbst, wie sie ist.«

»Deine Mutter ist ein Schatz, ich bin froh, dass wir sie haben. Und bald bekommt sie zur Belohnung auch ein zweites Enkelchen.« Sachte streichelt Anja ihren Bauch.

»Hat der Arzt also Entwarnung gegeben?«, fragt Sven hoffnungsvoll.

»Na ja, Entwarnung ist vielleicht zu viel gesagt ...«, antwortet Anja zögernd.

»Aber?«, drängt Sven.

»Er will mich zwar übers Wochenende hier behalten, aber falls die Werte sich nicht verschlechtern, darf ich am Montag oder Dienstag nach Hause.«

»Die Wehen sind also weg?«

»Sie haben vor einer Stunde den Wehenhemmer abgenommen.« Anja weist auf das Metallgestell in der Zimmerecke, an dem noch kopfüber eine leere Plastikflasche hängt. »Und bisher ist nichts passiert. Das Kleine scheint sich wieder beruhigt zu haben.«

»Ich bin total gespannt, ob es ein Brüderchen oder ein Schwesterchen wird«, wirft Mette ein. »Warum habt ihr euch das bei dieser komischen Untersuchung eigentlich nicht sagen lassen?«

»Ach, Mette«, stöhnt Sven und boxt die Tochter spaßhaft in die Seite. »Das hast du bestimmt schon tausendmal gefragt. Du kennst die Antwort längst.«

»*Ihr wollt euch überraschen lassen, weil es in jedem Fall eine tolle Überraschung wird*, ich weiß«, zitiert Mette ihre Eltern mit leiernder Stimme und genervtem Blick. »Ich finde das blöd!«

»Wir müssen ja nicht in allem einer Meinung sein.«

Mette bedenkt den Vater mit einem unzufriedenen Seitenblick, verzichtet aber auf eine Entgegnung. Stattdessen erkundigt sie sich: »Ist die tote Frau in Keitum wirklich vergewaltigt worden?«

»Wer sagt denn das?« Svens Stimme klingt alarmiert.

»Na ja, sie war nackt, das kam in den Nachrichten, und da dachte ich ...«

98

»Ich hoffe, du hast mit niemandem darüber gesprochen«, fällt ihr der Vater ins Wort.

»Natürlich nicht. Erstens war ich die ganze Zeit bei Omi und Opi. Und zweitens«, wieder spricht Mette in der betont genervten Stimmlage, »weiß ich genau, dass mein Vater Kriminalpolizist ist und alles, was ich über offene Fälle sage, so ausgelegt werden kann, als habe ich die Information direkt von ihm. Hast du mir oft genug gepredigt. Ich halt mich dran, glaub's mir endlich!«

»Jetzt streitet euch doch nicht, ihr zwei«, versucht Anja zu schlichten. Dann wendet sie sich besorgt an Sven. »Seid ihr denn schon weiter?«

Er schüttelt den Kopf. »Nicht wirklich. Wir stochern noch in der Vergangenheit des Opfers. Es gibt da ein paar Ungereimtheiten. Vorhin habe ich mit dem Psychologen telefoniert, der den Exfreund während seines Gefängnisaufenthaltes betreut hat.«

»Dieser Rönneberg, über den wir gesprochen haben?«

»Ja, genau.«

»Ich hab noch mal über die Sache damals nachgedacht, hatte ja sonst nicht viel zu tun«, sagt Anja schulterzuckend.

»Und?«

»Also ich weiß zwar nicht, ob das wichtig ist, aber mir ist eingefallen, dass ausgerechnet diese Paulmann, die doch mit Rönneberg liiert war, ihn im Prozess massiv belastet hat.«

»Die beiden waren nicht verheiratet, vielleicht konnte sie die Aussage nicht verweigern. Und immerhin stand sie unter Eid.«

»Nein, das meine ich nicht. Aber es ist ein Unterschied, ob jemand auf die Fragen des Staatsanwalts so knapp wie möglich antwortet oder ob mehr oder weniger freiwillig alle möglichen unvorteilhaften Charakterzüge von jemandem ausgebreitet werden, der sowieso schon unter Anklage steht.«

»Darüber haben wir uns damals schon gewundert, stimmt's? Ich erinnere mich jetzt auch wieder.«

Sven kneift die Augen zusammen, als könne er damit den Gedanken auf die Sprünge helfen, und fährt sich mit beiden Händen durch die dunklen Locken.

»Papa, Achtung, deine Frisur«, spottet Mette. »Denk lieber dran, dass du kein Gel dabei hast.«

»Wer im Glashaus sitzt, sollte nicht mit Steinen werfen«, gibt Sven augenzwinkernd zurück und zieht spaßhaft an Mettes sorgfältig geflochtenem blonden Zopf.

»Ich bin morgens im Bad schneller als du, so viel steht schon mal fest«, kontert die Tochter.

»Wenn du dich rasieren müsstest, sähe das aber ganz anders aus«, frotzelt er zurück, wird dann aber schnell wieder ernst und wendet sich an seine Frau. »Ist dir denn eine Erklärung für das komische Verhalten der Paulmann eingefallen?«

»Damals konnten wir uns keinen Reim darauf machen, das weiß ich noch. Aber jetzt schien mir das alles ziemlich, na ja, ich will nicht sagen verständlich, aber doch irgendwie nachvollziehbar.«

»Und? Mach's nicht so spannend.«

»Sie hatte vielleicht Angst.«

»Vor Rönneberg? Das glaube ich nicht. Wahre Angst musste sie ja erst haben, nachdem sie ihn so belastet hatte.«

»Das meinte ich nicht. Ich glaube, sie hatte Existenzangst. Denk doch mal nach. Sie hat nach dem Tod ihrer Eltern für diese Schweizer Familie das Haus gepflegt und verwaltet. Und sie hat kostenlos auf dem Grundstück wohnen dürfen. Das war schon ziemlich großzügig. Und dann nimmt sie aus-

100

gerechnet einen Kriminellen bei sich auf. Wer würde sie da noch weiterbeschäftigen?«

»Und die Insel ist klein, solche Sachen sprechen sich schnell rum. Sie hätte vermutlich auch in ihrem eigentlichen Beruf keine Chance mehr gehabt.«

»Was hatte sie denn für einen Beruf?«, will Mette jetzt wissen.

»Sie war gelernte Floristin.«

»Ach so. Ist ja langweilig. Ich werde mal Ärztin, das steht schon mal fest.«

»Na, da musst du dich in der Schule aber ordentlich ins Zeug legen.«

»Ist ja gut, Papa, das weiß ich selbst«, winkt Mette ab.

Aber Sven lässt nicht locker. »Du hast es ja gerade mitbekommen. Es ist wichtig, dass man sich in der Jugend überlegt, was für Konsequenzen manche Handlungen und Entscheidungen haben. Wenn man sich mit den falschen Leuten einlässt, kann einem das die Zukunft ruinieren.«

»Das habe ich schon verstanden. Und auf eure Tote angewandt, heißt das doch: Damit ihre kostbare Zukunft als Dienstmädchen von irgendwelchen reichen Schnöseln nicht im Arsch ist, hat sie den Typen, auf den sie eigentlich steht, vor Gericht voll in die Pfanne gehauen. Super Aktion!«

»Wie drückst du dich denn aus?«

»Was denn? Du müsstest mal hören, wie meine Freunde reden.«

Freitag, 22. Februar, 17.30 Uhr,
Haus am Dorfteich, Wenningstedt

Ächzend erhebt sich Fred Hübner von seinem Sofa. Ihm ist schlecht, und er hat rasende Kopfschmerzen. Ein Blick auf die Uhr lässt ihn stutzen. Schon halb sechs. Hat er wirklich drei Stunden flach gelegen, sich den Schädel gerieben und lediglich ab und an den Eisbeutel erneuert? Vorsichtig tastet Fred nach der Beule auf seinem Hinterkopf. Jeder Preisboxer wäre stolz auf die Geschwulst, die sich prall und schmerzhaft direkt auf dem höchsten Punkt seines Schädels befindet.

Fred steht ziemlich wacklig auf seinen Beinen und fühlt sich wie ein alter Mann. Schon nach wenigen Schritten wird ihm schlecht, und schließlich muss er sich an der Kühlschranktür festhalten, um nicht zusammenzuklappen.

Zum Glück liegt die Packung mit den Gefrierbeuteln, in die er die frischen Eiswürfel tut, direkt neben der Tür. Und der automatische Eisbereiter seines amerikanischen Kühlschranks hat auch während Freds lethargischer Phase fleißig weiter produziert. Klackernd fallen die Würfel aus dem Spender. Fred knotet die Tüte zu und holt tief Luft, um Kraft für den Rückweg zum Sofa zu sammeln. *Vielleicht würden zwei oder drei Schmerztabletten ja Wunder wirken?* Allerdings müsste er dafür die Treppe hinauf und ins Bad gehen. Allein schon der Gedanke an Treppenstufen erinnert ihn unsanft an sein Abenteuer in der Keitumer Bauruine. Ein Schlag, irgendjemand über ihm und dann erst mal das Nichts. Wären nicht die unmissverständlichen Rufe der Polizisten von der Straßenseite des abgesperrten Grundstücks zu ihm gedrungen, läge er vielleicht immer noch apathisch zwischen den eiskalten Mauern. Wer weiß, vielleicht wäre er schon erfroren. Oder verhaftet worden. Denn die Stimmen kamen immer näher, und die Angst vor Entdeckung half ihm, seine letzten Kräfte zu mobilisieren.

Im Grunde genommen muss er dem Polizeisuchtrupp, der sich die Ruine vornehmen wollte, dankbar sein. Denn allein die Vorstellung, wieder einmal an einer völlig falschen Stelle aufgegriffen, womöglich festgenommen und stundenlang verhört zu werden, half Fred Hübner, sich zusammenzureißen. Mit letzter Kraft rappelte er sich auf, taumelte die Treppe hinunter, verließ unbemerkt den Rohbau, kroch unter den Zaun hindurch ins Freie und floh in Richtung Wattweg. Zum Glück waren inzwischen erheblich weniger Spaziergänger unterwegs. Der Himmel hatte sich zugezogen, und anstelle einer strahlenden Wintersonne standen drohend aufgetürmte Gewitterwolken am Horizont. Fred konnte gerade noch im Trockenen sein Fahrrad erreichen, dann begann es ebenso plötzlich heftig zu gießen.

Das war zu viel. Fred, der eigentlich bei jedem Wetter Rad fährt und es vielleicht sogar trotz Beule, Schmerzen und großer Schwäche versucht hätte, kapitulierte. Er zog das Handy aus der Tasche und bestellte sich ein Taxi. Er ließ das wertvolle Rennrad mitsamt Helm zurück, fiel erleichtert auf die Rückbank des Wagens und konnte gerade noch seine Adresse nennen, dann muss er wieder weggedämmert sein. Jedenfalls hat er an eine Fahrt im Regen quer über die Insel keinerlei Erinnerungen. Erst vor seiner Haustür weckte ihn die barsche Stimme des Fahrers.

»Na Meister, schon am Vormittag einen über den Durst getrunken? Ich hoffe, du findest dein Portemonnaie noch.«

Fred hatte sich den schmerzenden Schädel gerieben und in der Seitentasche seiner Jacke nach den beiden Zwanzigerscheinen getastet, die er immer als Reserve dort verwahrte. Sie waren weg. Und während er noch verwirrt den Reißverschluss der anderen Seitentasche aufzog, fiel ihm plötzlich wieder das Zupfen an seiner Kleidung ein, das gleich auf den Schlag gefolgt war und das er im Taumel des ersten Schmerzes nur vage wahrgenommen hatte.

Und dann kehrte noch eine weitere Erinnerung zurück. Der verschmorte Ausweis! Er hatte ihn doch auch in eine seiner Taschen gesteckt. Während der Taxifahrer vorn am Steuer langsam unruhig wurde, kontrollierte Fred Hübner noch einmal gründlich beide Einschubtaschen. Nichts. Kein Geld, keine Ausweiskugel. Nur ein alter Bonbon war ihm geblieben. Und sein Wohnungsschlüssel. Zum Glück.

Fred gab den Taxifahrer seine nicht ganz billige Uhr als Pfand und torkelte in die Maisonettewohnung, um sein Portemonnaie zu holen und den Fahrer zu entlohnen. Danach warf er sich gleich aufs Sofa, denn weder der Ärger über den Diebstahl des Geldes noch der über den Verlust des immerhin höchst interessanten Fundes in der Asche waren stark genug, um gegen Schwäche und Kopfschmerzen anzukommen. Fred erinnert sich nur noch daran, dass er kurzzeitig sogar bereut hatte, nicht gleich ins Krankenhaus gefahren zu sein, dann verschwimmt alles zu einem eigenartigen Brei aus Schmerz, Kälte und unglaublicher Schwäche.

Jetzt zieht sich Fred Hübner am Geländer die Treppe hinauf in die obere Etage. Ächzend erklimmt er Stufe für Stufe und kommt sich dabei unendlich leidend und gleichzeitig ziemlich heldenhaft vor. Oben angekommen, schleppt er sich ins Bad, wirft eine Handvoll Schmerztabletten ein und torkelt anschließend zurück ins Schlafzimmer, wo er sich aufs Bett fallen lässt. Er wird schon allein mit dieser dämlichen Gehirnerschütterung fertig werden, oder was auch immer es sein sollte. Erst jetzt fällt ihm ein, dass er den Eisbeutel unten vergessen hat. Egal. Fred, der immer noch die schmutzigen Fahrradklamotten trägt, zieht die Daumendecke über seinen geschundenen Körper und dreht sich mit dem Rücken zur Tür.

Hier wird er überleben oder sterben, ihm doch egal. Hauptsache, man lässt ihn in Ruhe und – noch wichtiger – die Polizei kann ihm keine blöden Fragen stellen.

Freitag, 22. Februar, 17.45 Uhr, Nordseeklinik, Westerland

»Sie haben genau fünfzehn Minuten, dann mache ich Feierabend«, erklärt der Gerichtsmediziner Dr. Olaf Bernstein mit missmutiger Miene. Gleichzeitig schiebt er Hauptkommissar Bastian Kreuzer einen Stuhl entgegen.

»Ich bin Ihnen echt dankbar, dass Sie sich gleich um die Tote gekümmert haben, da wollen wir uns doch jetzt nicht über Minuten streiten«, antwortet Bastian versöhnlich. »Kommen wir lieber gleich zur Sache. Was hat die Leichenschau ergeben?«

»Das kann ich Ihnen noch nicht sagen.«

»Wie meinen Sie das?«

»So, wie ich es sagte. Ich kann Ihnen noch keine Auskunft geben, denn wir sind noch nicht vollzählig.«

»Da machen Sie sich mal keine Sorgen, meine beiden Kollegen kümmern sich gerade um was anderes, die informiere ich später.«

»Ich warte nicht auf Ihre Kollegen. Ich warte auf die Staatsanwältin«, entgegnet Dr. Bernstein in einem Tonfall, den man bei einer Frau als schnippisch bezeichnet hätte. Dabei wirft er Bastian einen lauernden Blick zu. Der fühlt sich plötzlich ziemlich unwohl. Was hatte die Bispingen eigentlich am Morgen mit dem Gerichtsmediziner zu kungeln? Und warum hat ihn keiner informiert?

»Ich wusste gar nicht, dass ...«, stammelt er hilflos, als die Tür zu Dr. Bernsteins Büro schwungvoll aufgerissen wird.

Elsbeth von Bispingen ist sichtlich atemlos, wirkt aber erstaunlich gut gelaunt. Fröhlich ruft sie in die Runde: »Guten Abend, ich hoffe, ich habe Sie nicht allzu lange warten lassen.«

Olaf Bernstein macht sich nicht die Mühe aufzustehen, sondern weist lediglich höchst ungalant auf einen zweiten Stuhl, der in der hinteren Zimmerecke steht. Die Staatsanwältin fegt mit einer entschiedenen Bewegung den Aktenstapel zu Boden, der auf der Sitzfläche liegt, und befördert den Stuhl anschließend mit einem Stoß in die Nähe des Schreibtischs.

Bernstein runzelt die Stirn, kommentiert ihr Vorgehen aber nicht. Stattdessen blickt er betont auffällig auf seine Uhr und erklärt kühl: »Sie sollten sich beeilen. Um 18 Uhr mache ich Feierabend.«

»Was haben Sie gesagt?« Die Stimme der Bispingen trieft vor übertriebener Höflichkeit.

»Ich gehe in genau elf Minuten nach Hause, denn ich bin schon länger nicht mehr ...«, setzt Dr. Bernstein an, wird aber sofort von der Staatsanwältin unterbrochen.

»Wann dieses Gespräch hier beendet sein wird, bestimme immer noch ich. Und wenn Sie dagegen Einwände haben sollten, dann sollten Sie sich unbedingt beschweren. Sicher wird man gern prüfen, ob so eine kleine Insel wie Sylt überhaupt

106

noch einen eigenen Rechtsmediziner braucht. Auch wenn es bedauerlicherweise seit der Anwesenheit des geschätzten Kollegen Kreuzer«, hier bedenkt sie Bastian mit einem spöttischen Seitenblick, »einen signifikanten Anstieg der Todesfälle auf der Insel gegeben hat.«

Dr. Bernsteins Gesicht wechselt in Sekundenschnelle die Farbe. Eben noch von vornehmer Blässe, zeigt es jetzt ein wenig vorteilhaftes Rot. Bastian ist fast schon geneigt, der Staatsanwältin den Seitenhieb in seine Richtung zu verzeihen, so sehr freut er sich darüber, dass endlich einmal jemand dem arroganten Bernstein Paroli bietet. Gespannt auf den weiteren Verlauf der Unterredung, lehnt er sich zurück und gönnt sich ein kurzes Schmunzeln. Ein ganz dummer Fehler, wie sich gleich darauf herausstellt.

»Ich sehe, dass der Kollege Kreuzer den traurigen Tatbestand, der der Grund für unser Treffen ist, ganz offensichtlich ziemlich amüsant findet«, ätzt die Staatsanwältin und fügt dann hinzu: »Hoffentlich hatten Sie genügend Zeit, sich heute tagsüber zu entspannen.«

»Aber sicher«, entgegnet Bastian schlagfertig. »Die Kollegin Blanck und ich haben uns am Nachmittag eine kleine Ruhepause im Haus der Ermordeten gegönnt. Ganz nebenbei haben wir uns dort ein wenig umgesehen und tatsächlich eine ungewöhnliche Entdeckung gemacht.« Der Hauptkommissar versichert sich durch einen raschen Blick, dass er die volle Aufmerksamkeit der Staatsanwältin hat. »Es gibt dort pornographische Aufnahmen eines Minderjährigen. Die Fotos sind von einem der Zimmer im Obergeschoss aus mit einem Teleobjektiv gemacht worden, als sich der Fotografierte in der Villa gegenüber unbeobachtet glaubte.«

»Ich verstehe nicht ganz, was das mit der Leichenschau zu

tun haben soll, über die wir doch sprechen wollten«, wagt der Rechtsmediziner einzuwerfen, wird aber sofort durch eine ungeduldige Geste Elsbeth von Bispingens am Weiterreden gehindert.

»Kinderpornographie. Pikant. Haben Sie schon mit dem Exmann der Toten gesprochen?«, wendet sie sich an Bastian.

»Meine Kollegin hat ihn heute Mittag vernommen. Zu den Fotos haben wir ihn allerdings noch nicht befragen können. Vorhin hat er weder auf Klingeln noch auf unsere Anrufe reagiert.«

Bastian seufzt und hebt ratlos die Schultern.

»In solchen Fällen bittet man gewöhnlich den zuständigen Staatsanwalt um einen Durchsuchungsbeschluss.«

»Wir hielten das für ein wenig voreilig. Wir wollten erst einmal prüfen lassen, wie alt die Fotos sind. Ihr Zustand legt den Verdacht nahe, dass sie durchaus schon einige Jährchen auf dem Buckel haben könnten. Dann wären sie entstanden, bevor Larissa Paulmann diesen van de Kock überhaupt kennengelernt hat.«

»Okay …«

Das Wort schwebt in der Luft, während die Staatsanwältin überlegt. Dabei schnippt sie in nervenaufreibender Regelmäßigkeit mit den Fingern der linken Hand gegen eine ihrer roten Locken, die sich aus dem Chignon am Hinterkopf gelöst hat und nun vor ihrem Gesicht hin- und herpendelt.

»Der Partner, den die Paulmann davor hatte, ist straffällig geworden, oder?«

Bastian nickt, dann wendet er ein: »Aber Lars Rönneberg ist schon vor Jahren entlassen worden. Frühzeitig, wegen guter Führung. Oberkommissar Winterberg kümmert sich gerade darum, seinen Aufenthaltsort festzustellen.«

»Und der Vater von Frau Paulmann? Käme der in Frage? Oder sind die Fotos nicht so alt?«

»Doch, das könnte schon hinkommen. Aber die Eltern sind tot, wir können sie also nicht mehr vernehmen. Ich bezweifle allerdings, dass ein Vater solche Fotos ausgerechnet hinter den Schulheften seiner Tochter versteckt hätte.«

»Wie alt war denn das Kind auf den Fotos?«

»Ich würde ihn eher als jungen Mann bezeichnen. Er war zwischen dreizehn und fünfzehn, schätze ich mal, und schon recht entwickelt.«

»Ist das nicht zu alt für Pädophile?«

»Es gibt für alles Liebhaber, Frau von Bispingen, das muss ich Ihnen ja wohl nicht erklären.«

Die Bispingen seufzt und entgegnet in fast schon freundlichem Ton: »Da haben Sie allerdings recht.« Dann wendet sie sich dem Rechtsmediziner zu und säuselt: »Wir sind jetzt soweit. Wenn Sie also bitte anfangen wollen.«

Dr. Olaf Bernstein räuspert sich und blickt auf den Autopsiebericht, den er vor sich hat. Dabei bemüht er sich sichtlich darum, wieder zu seiner souveränen Haltung zurückzufinden. »Ich habe die üblichen Untersuchungen durchgeführt und bin zu erfreulich klaren Ergebnissen gekommen. Der Tod trat durch Strangulieren ein, vermutlich mit kräftigen Händen. Es gibt entsprechende Fingerspuren. Leider keine Fingerabdrücke, wie mir die Spurensicherung bestätigt hat. Der Täter trug Handschuhe, was bei den herrschenden Temperaturen ja sicher nicht besonders auffällig war. Vermutlich waren sie neu und aus gutem Leder, denn ich habe keine brauchbaren Faserpartikel am Hals entdecken können. Der Tod trat gegen achtzehn Uhr ein. Plus minus zwei Stunden, würde ich sagen.«

»Das Minus können wir vergessen«, wirft Bastian ein.

»Schließlich haben wir Zeugen dafür, dass die Paulmann noch am Leben war, als die Biike entzündet worden ist.«

»Das war um …?«, erkundigt sich Elsbeth von Bispingen.

»Achtzehn Uhr«, antwortet Bastian.

»Nun gut.« Dr. Bernstein räuspert sich noch einmal. »Wenn ich dann fortfahren dürfte … Ob der Fundort der Leiche auch der Tatort ist, kann ich nicht mit Sicherheit sagen. Fest steht aber, dass die Tote in den Stunden nach dem Mord einige Male bewegt worden ist. Es gibt Leichenflecken sowohl am Rücken als auch am Gesäß und der Unterkante der Beine.«

»Also hat sie mal gelegen und mal gesessen«, stellt die Staatsanwältin fest. »Und wenn gelegen, dann wohl nur auf dem Rücken, hab ich recht?«

Dr. Bernstein nickt.

»Ist sie vergewaltigt worden?«

»Nein, das können wir ausschließen. Eine Penetration hat nicht stattgefunden. Allerdings ist die Spurensicherung bei der Untersuchung des Intimbereichs auf ein äußerst interessantes Detail gestoßen. Aber das wissen die Kommissare wahrscheinlich schon.«

»Nein, ich bin ganz Ohr.« Bastian beugt sich erwartungsvoll vor.

»Ach, Sie haben noch gar nicht mit der Spusi geredet?«, erkundigt sich die Bispingen mit süffisanter Stimme.

»Normalerweise brauchen die immer ein, zwei Tage, bis sie wirklich aussagekräftige Ergebnisse haben. Aber wenn es jetzt schon etwas Interessantes gibt, umso besser«, kontert Bastian kühl. »Also, Dr. Bernstein, wir sind gespannt.«

Aber der Gerichtsmediziner denkt gar nicht daran, sich zu erklären. Lieber macht er eine seiner berüchtigten Kunstpausen und lässt den Blick zwischen dem Kommissar und der

110

Staatsanwältin hin- und herwandern. Bastian, der genau weiß, dass man tunlichst nicht in diese Pausen hineinreden darf, wenn man es sich nicht für den Rest der Audienz ganz mit Bernstein verderben will, wartet gespannt die Reaktion Elsbeth von Bispingens ab. Erstaunlicherweise scheint sie die goldene Bernstein-Regel auch zu kennen, denn sie hält einfach den Mund.

Als Olaf Bernstein endlich weiterspricht, klingt er fast enttäuscht. »Nun, da wir ja alle den Verdacht auf eine Sexualstraftat hegten, hat die Spurensicherung natürlich die so offenherzig präsentierten Körperteile des Opfers besonders gründlich untersucht.«

»Sie meinen die Beine und den Unterleib«, fällt ihm Bastian ins Wort.

»Natürlich meine ich das«, bellt ihn Bernstein an. »Wenn Sie mich jetzt bitte ausreden lassen würden. Vor allem meine ich aber die Vulva.« Pause. Lauernder Blick des Rechtsmediziners.

Bastian zieht scharf die Luft ein und wartet mit angehaltenem Atem.

»Sie konnten einen Fingerabdruck auf der Vulva sicherstellen«, verkündet Bernstein im Tonfall eines siegreichen Feldherren.

»Nein!« Selbst die ewig coole Staatsanwältin klingt jetzt fassungslos.

»Doch.« Der Rechtsmediziner wirkt so stolz, als habe er den Fingerabdruck höchstpersönlich an die überaus pikante Stelle gehext.

»Es gibt keine Spuren am Hals und am restlichen Körper, die Frau ist auch nicht vergewaltigt worden, aber jemand hat sie betatscht?«, fragt Elsbeth von Bispingen kopfschüttelnd.

»Korrekt. Beine und Hüften waren frei von Fremdabdrücken, es befanden sich dort wohl nur Faserspuren, um deren Zuordnung sich die Spurensicherung noch bemühen wird. Aber den Fingerabdruck haben sie schon mal.«

»Und von wem ist der? Ich meine, dieser Rönneberg hat mit Sicherheit seine Abdrücke in der Kartei. Da wird sich doch leicht klären lassen, ob er es war. Und von dem Exmann kann man die Abdrücke ja sofort nehmen. Falls er nicht inzwischen getürmt ist. Um das zu verhindern, hätten die ermittelnden Beamten allerdings ein wenig enger mit der Spurensicherung zusammenarbeiten müssen«, schnappt die Bispingen.

»Frau von Bispingen, wir sind wirklich ein eingespieltes Team, und gerade die Spusi aus Flensburg ist unglaublich zuverlässig. Die übersehen nichts. Ich kann mir nicht erklären, warum man uns nicht sofort informiert hat …«

»Schon gut«, unterbricht ihn die Staatsanwältin. »Sie werden das sicher nachholen. Und zwar nicht erst am Montagmorgen, wenn ich bitten darf.«

Als Bastian zerknirscht nickt, fügt sie etwas milder hinzu: »Dann reden wir morgen darüber. Und jetzt wollen wir uns wieder der Autopsie zuwenden. Gab's denn noch etwas Bemerkenswertes, Dr. – äh Bernstein, richtig?«

Der Rechtsmediziner nickt beleidigt und sieht auf seine Uhr. Dann erklärt er in abschließendem Tonfall: »Der Rest wird Sie kaum interessieren. Larissa Paulmann war gesund, nicht schwanger und äußerlich vollkommen unversehrt. Sie hatte weder Drogen noch Medikamente im Blut und auch keinen Alkohol. Sie war so fit und unversehrt, wie man es sich nur wünschen kann. Bis auf die Würgemale am Hals, natürlich.«

Er verstummt, und Bastian denkt schon, dass das alles gewesen ist, doch der Rechtsmediziner fügt noch eine Kleinigkeit an.

»Ach ja, Abwehrverletzungen gab es übrigens keine. Wenn Sie mich fragen, ist das ein eindeutiges Zeichen dafür, dass das Opfer den Täter gekannt hat. Die Frau hat einfach nicht damit gerechnet, angegriffen zu werden. Und als sie begriffen hat, dass es sich hier nicht um einen ziemlich makaberen Spaß handelt, war sie schon so schwach, dass sie sich nicht mehr wehren konnte.«

»Wir suchen also im Freundes- und Bekanntenkreis«, beschließt Bastian Kreuzer das Gespräch.

»Wobei sich auf der Insel ja wohl alle untereinander kennen, mehr oder weniger jedenfalls«, fügt die Staatsanwältin hinzu und bedenkt den Kommissar mit einem spöttischen Blick. »Aber vielleicht sollten Sie sich zumindest um den Exmann der Toten ein bisschen intensiver kümmern – und zwar nicht erst morgen.«

Während Bastian seufzend nickt und sich gerade noch eine salutierende Geste verkneifen kann, steht Elsbeth von Bispingen auf. Mit einem Schulterzucken deutet sie auf den Aktenstapel, den sie anfänglich zu Boden gefegt hat.

»Sie haben sicher jemanden, der das wieder ordnet. Schönen Abend allerseits.«

Freitag, 22. Februar, 19.07 Uhr, Apartmenthaus Sonnenkuhle, Westerland

Das eintönige Betongebäude liegt still vor den beiden Kommissaren, die es von der gegenüberliegenden Straßenseite aus beobachten. Seit einer halben Stunde hat niemand mehr das Apartmenthaus verlassen. Und bis auf die hellerleuchtete Fensterreihe, die zu der Wohnung Jasper van de Kocks gehört, herrscht fast ausschließlich tiefe Dunkelheit vor. Nur in zwei weiteren Wohnungen scheint Leben zu sein. Sven Winterberg deutet zu den erleuchteten Fenster hinauf und schlägt dabei fröstelnd die Arme um den Oberkörper.

»Warum klingeln wir nicht bei denen und gehen zumindest rein? Vielleicht öffnet dieser Kock ja doch noch, wenn wir direkt vor seiner Tür stehen und ein bisschen Lärm machen.«

»Nee, lass uns lieber hier warten. Ich will sehen, wer rauskommt.«

»Du glaubst, der hat Besuch?«

»Denke schon. Offenbar empfängt er Glaubensbrüder und -schwestern bei sich zu Hause, um sie zu belehren.«

»Muss ja ein komischer Typ sein. So eine Art Heilsarmist, oder?«

»Eher ein selbsternannter Guru. Hat Silja gesagt.«

»Und warum sollte ausgerechnet der seine Exfrau umbringen?«

»Vielleicht wusste sie zu viel. Häufig ziehen diese Typen ihren Anhängern ja das Geld aus der Tasche. Wenn da jemand plötzlich eine schlechte Publicity hat, ist das sicher nicht hilfreich.«

»Das sind aber alles nur Mutmaßungen ...«, setzt Sven an, wird aber gleich von Bastian unterbrochen.

»... die allerdings unsere verehrte Frau Staatsanwältin auch anzustellen scheint. Und mit der will ich's mir lieber nicht verderben. Jedenfalls nicht, solange sie auf der Insel rumschleicht und jeden Moment draufkommen kann, dass Silja und ich so gut wie verheiratet sind.«

»Wow, das ist ja mal 'ne Ansage!«

»Na ja, wenn wir schon zusammenwohnen, wäre das ja wohl der nächste Schritt. Und dann wird's dienstrechtlich wirklich kritisch. Woher soll ich wissen, ob die gute Bispingen da nicht schon früher einen Riegel vorschieben und ihre Connections ausnutzen würde, um einen von uns aufs Festland zu verdammen?«

»Meinst du, die lässt sich von deinem Wohlverhalten umstimmen, wenn's hart auf hart kommt?«

»Weiß man's? Die Hoffnung stirbt zuletzt.«

»Und dafür opfere ich meinen Freitagabend«, seufzt Sven.

»Jetzt beruhige dich mal. Anja liegt ohnehin im Krankenhaus, und Mette kann mit ihren zehn Jahren durchaus ein oder zwei Stunden im Vorabendprogramm surfen, ohne dass ihre Seele gleich in Gefahr gerät. Ist vielleicht unter diesem Gesichtspunkt ganz gut, dass ihr noch was Kleines kriegt, dann habt ihr sie nicht immer so im Fokus und …«

Plötzlich unterbricht sich Bastian, weil das Licht in einem der van de Kock'schen Fenster erlischt und gleich darauf die Treppenhausbeleuchtung eingeschaltet wird. Bastian zieht Sven etwas tiefer unter das Vordach des Hauseingangs, in dem sie stehen. Einige Sekunden lang geschieht gar nichts, dann wird die Tür des Apartmenthauses von innen geöffnet und eine ältere Dame mit gepflegten silbergrauen Haaren tritt heraus. Sie trägt elegante Stiefel und einen Pelzmantel. Sie bleibt im Licht der Außenbeleuchtung stehen und kramt so lange in ihrer Handtasche, bis sie ihren Autoschlüssel gefunden hat. Dann wendet sie sich nach rechts und läuft mit jugendlich federnden Schritten die Straße entlang.

»Na, die sieht tatsächlich aus, als lohne sich das Missionieren«, murmelt Bastian.

Beide Kommissare lösen sich aus dem Hauseingang, überqueren die Straße und sind wenig später auf einer Höhe mit der Dame. Als Bastian sie anspricht, fährt sie zusammen. Ihr

Blick ist ängstlich, und der Griff nach ihrer Handtasche wird unwillkürlich fester.

»Bitte haben Sie keine Sorge, wir sind von der Kriminalpolizei«, erklärt Bastian und zeigt ihr seinen Dienstausweis. »Wir würden Ihnen gern ein paar Fragen stellen.«

»Mir? Was habe ich denn getan?« In der Stimme der Dame mischen sich Entsetzen und Empörung.

»Gar nichts, Sie können sich wirklich beruhigen. Es geht vielmehr um Herrn van de Kock. Sie waren doch gerade bei ihm, oder?«

»Bei wem?«

»Jasper van de Kock. Er wohnt dort hinten im Haus Sonnenkuhle.«

»Ja und? Da wohne ich auch. Jedenfalls wenn ich hier auf der Insel bin. Deshalb muss ich aber noch längst nicht alle anderen Mieter kennen.«

»Sie kommen nicht von Herrn van de Kock, sondern aus Ihrer eigenen Wohnung?«, fragt Sven nach.

»Das sagte ich doch gerade.« Plötzlich klingt die Stimme der Dame im Pelzmantel recht arrogant.

»Dann entschuldigen Sie bitte. Wir müssen Sie verwechselt haben«, beeilt sich Bastian zu versichern.

Während die Dame davonrauscht, kehren die beiden Ermittler zu dem Haus van de Kocks zurück. Mittlerweile sind alle Fenster in dessen Wohnung dunkel. Nur hinter einem flackert noch ein Lichtschein.

»Wir gehen jetzt rein. Mir reicht's«, beschließt Bastian und drückt nacheinander mehrere Klingeln. Schon der dritte Versuch ist ein Erfolg.

»Was gibt's denn?«, erkundigt sich eine krächzende Stimme aus der Gegensprechanlage. Die Nennung des Wortes *Kri-*

minalpolizei öffnet gleich die Vordertür. Allerdings werden die Ermittler sofort von einem besorgten Ehepaar aufgehalten, das mit erwartungsvoll-ängstlichen Gesichtern hinter seiner Wohnungstür hervorlugt.

»Keine Sorge, es ist nichts passiert. Wir führen nur eine Zeugenbefragung durch.«

»Hat das etwas mit dem Mord in Keitum zu tun?«, will die kleine, leicht mäusisch aussehende Frau wissen, während ihr Mann im Brustton der Überzeugung verkündet: »Hier wohnen nur anständige Leute!«

Bastian nickt den beiden beruhigend zu, bevor Sven und er im Treppenhaus verschwinden. Im Laufschritt nehmen sie die Stufen.

In der dritten Etage ist alles ruhig. Die Kommissare warten einen Moment vor der Wohnungstür Jasper van de Kocks und sehen sich unschlüssig an. Dann ist plötzlich ein leises Stöhnen aus der Wohnung zu hören.

»War das eine Frau oder ein Mann?«, will Sven flüsternd wissen.

»Ist doch schnuppe.« Bastian presst mit zusammengezogenen Augenbrauen das Ohr an die Holzplatte. Der Schrei, der unvermittelt ertönt, lässt ihn zurückfahren. »Da stimmt was nicht. Wir gehen jetzt rein«, entscheidet er und mustert Schloss und Türrahmen kritisch.

»Sollen wir nicht erst noch mal klingeln?«, schlägt Sven vor.

»Damit der Typ da drinnen gewarnt ist? Er hatte seine Chance vorhin.«

Der Hauptkommissar tritt ein paar Schritte zurück, drückt die Schultern durch und lässt die rechte mit voller Kraft gegen die Tür krachen. Der billige Pressspan gibt sofort nach. Bastian greift mit der Hand durch den entstandenen Spalt und entriegelt die Tür, während Sven ihm mit gezogener Waffe Feuerschutz gibt.

Doch die dunkle Diele ist leer, und auch im Wohnraum, den die beiden durch die offenstehende Tür einsehen können, scheint sich niemand aufzuhalten. Aber hinter einer anderen Tür wird hektisch geflüstert.

Sven richtet die Waffe auf diese Tür, und Bastian ruft mit lauter Stimme:»Kriminalpolizei. Öffnen Sie die Tür und verhalten Sie sich ruhig, wir sind bewaffnet.«

Eine Pause entsteht, in der sich die Stille unheimlich ausbreitet. Dann hören die Beamten Schritte hinter der Tür, und anschließend wird die Klinke langsam heruntergedrückt. Ein Frauenkopf erscheint im Türspalt. Lackschwarze Haare, die zu einem strengen Knoten gedreht sind. Dunkel umrandete Augen und ein knallrot geschminkter Mund, der missbilligend zusammengepresst ist. Die Frau mustert Bastian und Sven mit einem abfälligen Blick, ohne sich im Mindesten von den Waffen beeindrucken zu lassen, dann öffnet sie die Tür ganz.

Ihre schwarzen Stiefel sind extrem spitz und haben sehr schmale, sehr hohe goldene Stilettoabsätze. Ihr ziemlich draller Körper steckt in einem hochgeschlossenen Latexkorsett. In der Hand hält sie eine Peitsche aus rotem Lackleder. Hinter ihr liegt ein nackter Mann rücklings auf dem Bett. Arme und Beine sind gespreizt und an die Pfosten gefesselt. Aus seinen Lenden erhebt sich eine stattliche Erektion, die gerade zu schrumpfen beginnt.

Bastian lässt seine Waffe sinken und atmet tief durch. Dann erkundigt er sich mit geschäftsmäßiger Miene bei dem Mann nach dessen Namen.

»Van de Kock. Jasper. Und was wollen *Sie* hier?«, gibt er zurück, ohne Scham erkennen zu lassen. Nur Ärger schwingt in seiner Stimme mit.

»Wir sind von der Kriminalpolizei Westerland und würden gern mit Ihnen reden.«

»Und da können Sie nicht vorher klingeln oder anrufen, was?«

»Haben wir vorhin. Mehrmals sogar. Aber Sie haben nicht reagiert. Und es war dringend.«

»Na großartig. Lydia, machst du mich los?«, wendet er sich an die Latexfrau.

Die zuckt nur mit den Schultern und beginnt, die Riemen an den Pfosten zu lösen. Dabei wirft sie den beiden Beamten böse Blicke zu und zischt: »Und wer kommt jetzt für meinen Verdienstausfall auf?

»Mach dir keine Sorge, das regeln wir beim nächsten Mal«, beruhigt sie van de Kock, während er sich die Handgelenke reibt. Sein Penis ist mittlerweile auf Normalgröße geschrumpft.

»Wenn Sie sich vielleicht im Wohnzimmer noch etwas gedulden würden«, sagt er mit einer Stimme, die klingt, als handle es sich um einen Arzttermin.

Wenige Minuten später hat er die Latexdame an der Wohnungstür verabschiedet und kommt, gehüllt in einen grünseidenen Morgenmantel, zu den Ermittlern in den Wohnraum.

»Wer repariert eigentlich meine Tür?«, will er mit patziger Stimme wissen.

»Das regeln wir«, beruhigt ihn Bastian. »Wir haben Sie stöhnen und schreien gehört und dachten, es sei Gefahr im Verzug«, setzt er lahm hinzu.

»Tja, dumm gelaufen. Für Sie und für mich auch. Ich war

gerade so richtig schön in Fahrt.« Gedankenverloren kratzt sich van de Kock im Schambereich.

»Herr van de Kock, wir brauchen Ihre Fingerabdrücke.«

»Warum? Stehe ich unter Verdacht?«

»Nicht unbedingt. Aber auf dem Körper ihrer Exfrau konnte die Spurensicherung Fingerabdrücke entdecken, und wir wüssten jetzt gern, von wem sie sind.«

»Von mir nicht. Habe sie seit zwei Jahren nicht mehr gesehen. Angefasst habe ich sie schon viel länger nicht mehr.«

»Dann haben Sie doch bestimmt nichts dagegen, wenn wir Ihre Abdrücke nehmen.«

Ein lauernder Blick trifft die Ermittler. »Sie dürfen das nicht ohne meine Zustimmung, oder?« Van de Kock grinst plötzlich. »Ich könnte Ihnen das Leben jetzt richtig schwer machen. Erst der Hausfriedensbruch und dann auch noch diese Pleite.«

»Ich bin sicher, die zuständige Staatsanwältin wird uns, ohne zu zögern, die nötige Handhabe beschaffen.«

»Dann soll sie das mal tun.« Ein überaus freundliches Lächeln begleitet die Worte van de Kocks. »Und wenn Sie mich das nächste Mal sprechen wollen, treten Sie bitte nicht die Tür ein, sondern rufen einfach zwischen elf und dreizehn Uhr an. Zu diesen Zeiten habe ich von Montag bis Donnerstag meine Telefonsprechstunde. Ich …«

»So läuft das nicht«, unterbricht ihn Bastian, dessen Gesicht mittlerweile eine ziemlich ungesunde Farbe angenommen hat. »*Wir* sagen hier, wo's langgeht. Und ich sage Ihnen jetzt Folgendes – und das auch nur ein einziges Mal –, morgen früh um acht Uhr finden Sie sich im Kommissariat ein. Man wird Ihnen den Beschluss der Staatsanwältin zeigen und anschließend die Fingerabdrücke abnehmen. Ist das klar?«

Jasper van de Kock nickt. Seine rotblonden Locken wippen im Takt. Er wirkt jetzt doch eingeschüchtert.

»Und die Tür …«, setzt er an.

»Ziehen Sie sich was an und räumen Sie da drüben auf«, schnauzt Bastian. »Wenn Sie damit fertig sind, ist der Reparaturdienst bestimmt längst da.«

Freitag, 22. Februar, 19.21 Uhr, Haus am Dorfteich, Wenningstedt

Als Alexander Bürgli seine Eltern zum ersten Mal seit dem leidigen Vorfall im Rhododendrongebüsch wieder auf die Insel begleitete, war er ebenso wie Larissa vierzehn Jahre alt und mitten in der Pubertät. Alexander interessierte sich für Segelschiffe, Autos und Flugzeuge, allenfalls noch für Hockey. Und natürlich begeisterte er sich für Computer und die auf ihnen installierten Ballerspiele. Mädchen im Allgemeinen waren ihm schnuppe, und Larissa im Besonderen war ihm peinlich. Mehr als peinlich. Er vermied es, ihr zu begegnen. Und falls es sich nicht umgehen ließ, dann achtete er so konsequent darauf, sie nicht eines einziges Blickes zu würdigen, dass er sie vermutlich nicht einmal erkannt hätte, wären sie sich zufällig in der Westerländer Fußgängerzone über den Weg gelaufen.

Larissa litt. Sie vermisste Alex. Sie himmelte ihn aus der Ferne an und verzehrte sich nach ihm. Ständig kreisten ihre Gedanken um sein Leben, von dem sie so erbärmlich wenig wusste. Gern hätte sie ihm die kleinen Brüste gezeigt, die sich langsam formten. Und noch lieber hätte sie die Reaktion auf diesen Anblick, die ja nur freudiges Erstaunen sein konnte, an seinem Glied abgelesen.

Larissa war eine hübsche Blondine geworden, die immer wie-

der die Aufmerksamkeit ihrer Mitschüler erregte. Allerdings wies sie alle Annäherungsversuche konsequent von sich, denn sie fühlte sich versprochen. Alexander Bürgli war ihr heimlicher Bräutigam, und das musste er doch auch wissen. Larissa konnte nicht ahnen, dass alle Erinnerungen, die Alex an die gemeinsamen Kinderspiele hatte, von der unendlichen Scham gefressen worden waren, die ihn überkommen hatte, als die Mutter die Szene unter dem Rhododendronbusch gestört hatte.

So musste sich Larissa darauf beschränken, Alexanders Entwicklung zu einem außerordentlich attraktiven jungen Mann aus der nahen Ferne zu verfolgen, ohne jemals wieder ein Wort mit ihm wechseln zu können. Da sich die Villa der Bürglis zum Watt hin ausrichtete, konnte Alexander es bequem so einrichten, dass er Larissa nie begegnete. Dass sie ihn trotzdem regelmäßig mit einem Fernglas von ihrem Dachfenster aus beobachtete, wusste er nicht.

Natürlich hatte Larissa Bestrafungsphantasien. Knebeln, fesseln, treten, schlagen. Zuweilen bekam sie Angst vor sich selbst. Doch dann sagte sie sich wieder, dass dies alles schließlich nur Gedanken seien, und die waren bekanntlich frei. Wenn der Sommer vorüber und Alexander wieder abgereist war, wurde sie ruhiger. Sie beschäftigte sich mit den Dingen, die Mädchen ihres Alters taten, sie ging mit ihren Freundinnen shoppen, spielte Basketball und war im Schwimmverein, feierte Weihnachten mit den Eltern und betrank sich im letzten Schuljahr vor der Mittleren Reife zweimal so sehr, dass ihr am nächsten Morgen jede Erinnerung an die vorangegangene Party fehlte. Nur an jungen Männern zeigte Larissa weiterhin kein Interesse.

Immer wieder gab es Gerüchte, sie sei lesbisch, doch da sie niemals auch nur den allerkleinsten Annäherungsversuch unternahm, verstummten die Gerüchte wieder. Als Larissa mit sechzehn Jahren ihre mittlere Reife machte, war sie noch Jungfrau – jedenfalls körperlich. In Gedanken hatte sie längst das Kamasutra mit Alexander Bürgli durchgeturnt. Mehrmals und nicht nur im Rhododendrongebüsch.

Die Nachricht, dass die Bürglis in diesem Jahr wieder ohne ihren Sohn anreisen würden, stürzte Larissa in eine tiefe Krise. Sie hatte ihr annähernd normales Leben im Herbst, Winter und Frühjahr doch nur aufrechterhalten, weil sie sich mit der Aussicht auf den Sommer getröstet hatte. Genauer gesagt, mit der Aussicht auf Alex, und das im wortwörtlichen Sinn. Doch jetzt sollte damit Schluss sein. Alex kam nicht mehr. Diesen Sommer nicht, und wer weiß, wie viele weitere in Folge auch nicht.

Larissa wurde klar, dass etwas geschehen musste. Ihre blödsinnige Schwärmerei, die längst zur Manie geworden war, musste bekämpft werden. Nur wie? Larissa plante, sich einen Ausbildungsplatz am anderen Ende der Republik zu suchen. Weit weg von der Insel und von allen Erinnerungen würde es ihr vielleicht gelingen, Alexander zu vergessen. Oder sollte sie sich doch lieber in der Schweiz, möglichst in der Nähe von Alexanders Internat, etwas suchen? Nein, dann würde alles nur noch schlimmer werden. Außerdem war Larissa eine eher durchschnittliche Schülerin gewesen und musste sich glücklich schätzen, wenn sie überhaupt eine Ausbildungsstelle bekam. Als man ihr eine Lehrstelle in einer Gärtnerei in Tinnum anbot, zögerte sie nicht lange. Larissa widmete sich ihrer Ausbildung nur halbherzig, dafür verfolgte sie aber in jeder freien Minute ihren neuesten Plan.

Larissa wollte einen Ersatz für Alexander Bürgli suchen. Einen Jungen, der ihr Herz höher schlagen ließ. Einen Jungen, der sie ihren Kindheitsschwarm endlich vergessen lassen würde.

Larissa Paulmann wandte sich ebenso plötzlich wie energisch dem anderen Geschlecht zu und machte halbherzige Erfahrungen. Küsse und Gefummel, nichts machte sie davon wirklich an.

Immer erschien Alex im entscheidenden Moment vor ihrem inne-
ren Auge. Schlank und groß, mit seinen dunklen Locken und den
vollen Lippen.
   Doch dann geschah etwas Unerwartetes, geradezu Unerhörtes.

Fred Hübner, der eigentlich nur zu dem Manuskript gegriffen hat, um nach einem unruhigen Schlaf erst mal zu sich zu
kommen, ist gebannt von seinem eigenen Text. Guter Span-
nungsaufbau und dann ein gekonnter Cliffhanger vor dem
Beginn des nächsten Kapitels. So sollte es sein. Fred grinst
zufrieden.

Und diese ganzen Details hätte er ohne die kleine selbst-
gebastelte Gedächtnisstütze längst vergessen gehabt. Bestimmt erinnert sich sonst auch niemand mehr daran. Außer
Lars Rönneberg vielleicht. Möglicherweise hat der aber auch
konsequent mit der Vergangenheit abgeschlossen. Zehn Jahre
Knast, vielleicht waren es sogar mehr gewesen, ändern einen
total. Und die Paulmann war ja wirklich ein Früchtchen. Da
möchte man sich wahrscheinlich gar nicht an alle Einzelheiten
erinnern. Fred räkelt sich in seinem Bett, erst jetzt fällt ihm
auf, dass er immer noch seine Fahrradklamotten trägt. Klar,
ihm ging's ja auch echt mies. Aber jetzt sind die Kopfschmerzen fast weg, was eigentlich nur an den Tabletten liegen kann,
aber egal. Fred tastet nach der Beule am Kopf. Sie ist immerhin nicht größer geworden und scheint auch etwas weniger
druckempfindlich zu sein. Vielleicht hat er doch keine Gehirnerschütterung. Und vielleicht sollte er sich jetzt erst mal einen
Espresso machen und dann in Ruhe weiterlesen.

Fred Hübner legt das Manuskript zur Seite und steht auf.
Draußen ist es längst dunkel. Durch das Fenster scheint ein
halber Mond, der gelegentlich von treibenden Wolkenfetzen

124

verdeckt wird. Ein Käuzchen ruft, was hier auf der Insel eher ungewöhnlich ist. Fred öffnet das Fenster und blickt hinaus in die Nacht. Der Dorfteich glitzert im Laternenlicht, ein Mann mit Schiebermütze, dem ein kompakt wirkender Hund folgt, schlendert am Ufer entlang. Drüben an der alten Dorfkirche erhellen die aggressiv geformten Scheinwerfer eines massigen Autos die alten Mauern für wenige Sekunden. Dann parkt der Wagen ein, und der Scheinwerfer erlischt. Es ist ein dunkler SUV, wie es viele auf der Insel gibt. Beiläufig fragt sich Fred, was der Fahrer wohl am Abend an der Dorfkirche will. Eine Frau steigt aus und lässt einen schlanken Labrador aus der Heckklappe springen. *Jetzt fahren sie schon mit ihren Hunden zum Gassigehen*, denkt Fred und schließt das Fenster.

Im gleichen Moment kommt aus dem Wohnraum ein Geräusch wie von berstendem Glas. Mit wenigen Schritten ist Fred an der Treppe.

Unten ist die gesamte Terrassentür zu Bruch gegangen und hat sich in tausend Splittern auf dem Parkett ergossen. Inmitten der Glasscherben liegt ein Stein von der Größe eines Tennisballs. Um den Stein ist ein Gummiband gewickelt, und zwischen Stein und Gummi steckt ein mehrfach gefalteter Zettel, der weiß in der Dunkelheit schimmert. Fred, der vorhin wenigstens die Schuhe ausgezogen hat, holt ein Paar Latschen aus dem Bad. Als er über das Glas läuft, knirscht es bei jedem Schritt. Er kann förmlich spüren, wie das Parkett unter den scharfen Kanten nachgibt. Aber das ist ihm gerade ziemlich egal. Irgendein Schweinehund hat hier seine Scheibe eingeworfen, um ihm eine Botschaft zu übermitteln. Und die will er lesen und zwar sofort.

Hüte dich, steht auf dem Zettel. Die einzeln ausgeschnittenen Buchstaben sind zu einer losen Reihe geklebt worden.

Unruhig wirkt das Ganze und wie hastig zusammengeschustert. Natürlich gibt es keine Unterschrift oder sonst etwas, das auf den Urheber hindeuten könnte. Fred flucht laut, dann geht er zu dem zerstörten Fenster.

Draußen ist niemand mehr zu sehen, nur der kalte Winterwind pfeift ihm herrisch ins Gesicht.

Freitag, 22. Februar, 19.55 Uhr, Supermarkt, Keitum

Zum gefühlt zehnten Mal innerhalb der letzten Viertelstunde sieht Silke Mommsen auf ihre Armbanduhr. Noch fünf Minuten, dann darf sie den Laden schließen. Die Inhaberin, die in der oberen Etage des Friesenhauses wohnt und längst nicht mehr selbst an der Kasse sitzt, achtet peinlich genau darauf, dass sich Silke an die Regeln hält. *Wahrscheinlich hockt sie wieder da oben am Fenster und kontrolliert genau, wann ich ins Auto steige*, überlegt Silke gerade, als sich die Tür des Supermarktes klingelnd öffnet.

In der letzten halben Stunde vor Ladenschluss werden zu dieser Jahreszeit keine großen Geschäfte mehr gemacht. Im Hochsommer ist das anders. Da kommen gerade bei schönem Wetter die Touristen oft ganz knapp vor Schluss vom Strand nach Hause und wollen noch auf die Schnelle alles fürs Abendessen besorgen. Aber jetzt? Manchmal braucht jemand noch ein Päckchen Zigaretten oder eine Flasche Milch. Manchmal fehlen ein Brot oder eine Flasche Wein, aber das ist dann auch schon alles.

Die Frau, die gerade den Laden betritt, sieht nicht so aus, als könne sie eine Flasche Wein überhaupt bezahlen. Eigentlich sieht sie sogar eher nach einer Ladendiebin aus. Gebückte Haltung, ungepflegte Haare in einem strohigen Blond und ein Blick, der verhuscht und lauernd zugleich ist. Ihre Kleidung wirkt abgenutzt und fleckig. Die Jeans weist einen Riss oberhalb des Knies auf, der ganz bestimmt nicht von einem teuren Label extra dort angebracht worden ist. Und der Parka, den die Frau trägt, starrt vor Schmutz.

Silke wuchtet sich hinter der Kasse hervor. Für ihre üppige Figur ist der Spalt zwischen Rollband und der niedrigen Trennwand entschieden zu schmal. Mit wenigen Schritten ist sie neben der Frau.

»Kann ich Ihnen helfen?«

»Nein, nicht nötig.«

Die genuschelte Antwort ist kaum zu verstehen. Aber so leicht lässt sich Silke nicht abwimmeln.

»Wir schließen gleich. Also, wenn Sie etwas Bestimmtes suchen …«

»Hab's schon gefunden.«

Die Frau ist neben dem Kühlregal stehen geblieben und greift nach einem Paket Würstchen. Anschließend holt sie den billigsten Brie des Sortiments aus dem Käseregal, legt ein Paket Knäckebrot dazu und geht dann weiter zu den Spirituosen. Unschlüssig mustert sie die stattliche Flaschenparade, bis Silke schließlich ungeduldig auf ihre Uhr tippt. Dann bückt sich die Frau und angelt einen preiswerten Wein aus der unteren Etage.

»Das wär's?«

Die Frau nickt.

Silke deutet auf die Kasse und geht schon mal voraus. Sie weiß genau, was gerade hinter ihr passiert. Es ist immer das Gleiche. Im Vorbeigehen wird die Frau etwas Teures aus einem Regal ziehen und es schnell in einer der Taschen ihres Parkas verschwinden lassen. Ladendiebe halten diesen Trick für idiotensicher, aber sie irren sich. Es kommt nur darauf an, wann man sich umdreht.

Und genau das tut Silke jetzt.

Die Frau rennt ungebremst in sie hinein.

»'tschuldigung. Ich dachte nicht, dass Sie so plötzlich stehen bleiben«, nuschelt sie. In der linken Hand hält sie die Würstchen, den Brie und das Knäckebrot, in der rechten den Wein. Sie kann also unmöglich etwas geklaut haben.

Das macht Silke fast noch wütender. Für jeden erwischten Ladendieb bekommt sie einen Zwanziger von der Inhaberin, und damit hatte sie eben schon fest gerechnet. Stattdessen macht sie hier unbezahlte Überstunden.

Nachdem Silke die vier Artikel eingebongt hat, schleudert sie der Kundin ihr »das macht 12,67« mit Verachtung in der Stimme entgegen. Dass die andere erst jetzt umständlich anfängt, in ihren diversen Jackentaschen zu kramen, wundert Silke gar nicht. Wahrscheinlich zahlt sie in Centstücken, die sie tagelang bei Gosch vom Boden aufgelesen hat, überlegt Silke gerade gehässig, als die Frau einen ziemlich neuen Zwanzigeuroschein zutage fördert und ihr hinhält.

Silke greift nach dem Schein und holt das elektronische Prüfgerät aus der Lade unterhalb der Kasse. Es ist eigentlich nur für Hundert- und Fünfhunderteuroscheine gedacht, aber Silke ist jetzt so wütend, dass sie sogar freiwillig noch ein bisschen länger arbeitet, wenn sie die Frau nur schikanieren kann. Doch die scheint mit den Gedanken in einer ganz anderen Welt zu sein, gleichgültig beobachtet sie Silkes Vorgehen, ohne auch nur das geringste Zeichen von Scham oder Ungeduld zu zeigen. Silke knallt das Lesegerät wieder in die

Schublade und schließt diese mit einem kräftigen Stoß. Dann legt sie den Zwanziger in die Kasse und beginnt, das Wechselgeld abzuzählen. Vier Euromünzen, vier Fünfzigcentstücke, drei Zehncent- und drei Eincentmünzen. Klimpernd lässt Silke das Geld in die geöffnete Hand der Kundin fallen.

Die wirft nur einen kurzen Blick darauf und sagt dann mit tonloser Stimme: »Da fehlt ein Euro.«

Silke holt tief Luft. Dass die sich das traut! Wortlos nimmt sie den Euro, den sie unterschlagen hat, aus der Kasse und wirft ihn in die Hand der anderen, als handle es sich um ein Almosen. Die Frau lässt das Geld in eine ihrer Jackentaschen gleiten, klaubt die Waren vom Fließband und geht grußlos zur Tür. Kurz davor bleibt sie allerdings stehen, bückt sich neben dem Abfallbehälter, deponiert das Gekaufte am Fußboden und kramt plötzlich hektisch in ihren Taschen herum. Schließlich befördert sie irgendetwas Zerknautschtes zutage und schleudert es mit solcher Wucht in den Müllkorb, dass man meinen könnte, es handle sich um etwas höchst Gefährliches oder Lästiges. Sekunden später hat die ungepflegte Frau mitsamt ihren Einkäufen den Supermarkt verlassen und ist in der Dunkelheit verschwunden.

Silke schließt die Vordertür des Ladens und zieht anschließend die Geldschublade mit den Tageseinnahmen aus der Kasse. Bevor sie die oben bei ihrer Chefin abliefert, geht sie allerdings noch einmal zur Tür und sieht in den Mülleimer. *Was, zum Teufel, wollte diese höchst merkwürdige Frau so dringend loswerden?*

Silke mustert den Müll. Obenauf liegt eine bucklige Kugel aus verschmortem Plastik, an deren Rändern noch einige Buchstaben und Zahlen zu erkennen sind. Neugierig dreht und wendet Silke das merkwürdige Ding im grellen Licht des

Supermarktes. An irgendetwas erinnert sie die Farbe, aber sie kommt nicht darauf, was es sein könnte. Und sie wird doch jetzt nicht ihre kostbare Zeit mit dem Müll von irgendwelchen Pennern verschwenden. Achselzuckend wirft Silke die Plastikkugel zurück zu dem restlichen Abfall.

Samstag, 23. Februar, 08.12 Uhr, Kriminalkommissariat, Westerland

»Als wir zusammengezogen sind, habe ich mir eigentlich immer vorgestellt, wir würden wenigstens am Wochenende in Ruhe miteinander frühstücken«, erklärt Silja, während sie die Kaffeemaschine in der Ecke ihres Büros anwirft.

»Das tun wir doch auch. Nur eben nicht an unserem Küchentisch«, gibt Bastian zurück und legt die Brötchentüte vom Bäcker auf seinen Schreibtisch. Dann rollt er Siljas Bürostuhl zu sich herüber und sagt mit großer Geste: »Gnädige Frau, darf ich Sie zum Arbeitsfrühstück bitten. Nur wir zwei, wenn das nicht intim ist.«

»Na immerhin. Sven wird heute möglichst viel von zu Hause aus erledigen. Wegen Mette. Wir können jetzt nur hoffen, dass Anja möglichst bald wieder zurück ist.« Während sie redet, holt Silja ein längeres Fax aus dem Apparat. »Hey, da ist ja der Bericht der Spurensicherung. Er war tatsächlich schon gestern Nachmittag hier, nur dass du nicht noch mal ins Kommissariat gefahren bist. Aber eigentlich hätte Sven dir Bescheid sagen müssen, oder?«

»Tja, der war gestern Nachmittag wohl auch ausgeflogen. Wahrscheinlich war er bei Anja. Blöd nur, dass er am Abend

130

nichts davon gesagt hat. Dann hätte mich die Bispingen nicht so zusammenfalten können«, schimpft Bastian. »Das geht so nicht weiter, sonst läuft hier alles aus dem Ruder. Kaffee?«

»Ja gern.« Siljas Stimme ist leise, ihre Augen sind auf den Bericht geheftet. Schließlich findet sie, wonach sie gesucht hat. »Hier steht es. Ich zitiere: ›Auf der rechten äußeren Schamlippe konnte ein Fingerabdruck sichergestellt werden. Er ist nicht ganz vollständig, aber mit großer Wahrscheinlichkeit ist das Gesicherte ausreichend, um den Verursacher identifizieren zu können.‹ Wir brauchen also auf jeden Fall die Abdrücke von Rönneberg und van de Kock.«

»… und am besten auch noch die von allen anderen, die beim Biikebrennen dabei waren«, ergänzt Bastian missmutig, bevor er herzhaft in ein knuspriges Brötchen beißt.

»Dafür fehlt uns die Handhabe.«

»Weiß ich doch. Ohne Anfangsverdacht kannst du niemanden zwingen, seinen Fingerabdruck zu hinterlassen. Das tun die Leute nur freiwillig, wenn sie in die USA reisen.«

»Wir sollten die NSA um Amtshilfe bitten«, witzelt Silja.

Bastian lächelt gequält. Nach einer Weile, in der beide schweigend gekaut haben, sagt er kopfschüttelnd: »Mich würde ja mal interessieren, wo der Ausweis von der Paulmann abgeblieben ist.«

»Ja, das ist merkwürdig. Aber wichtiger finde ich es, herauszubekommen, wer der junge Mann auf den Nacktfotos ist.«

Bevor Bastian antworten kann, schellt das Telefon, und die Wache unten kündigt einen Besucher an, der unbedingt und dringend zu den Kommissaren will.

»Kann ihn jemand hochbringen?«, fragt Bastian, wirft dabei die restlichen Brötchen zurück in die Tüte und fegt die Krümel vom Tisch.

»Das ist mal wieder typisch Mann«, schimpft Silja. »Nur weil die Krümel jetzt auf dem Boden liegen, sind sie doch nicht weg. Du hättest sie auch einfach in die hohle Hand fegen und dann in den Papierkorb werfen können.«

»Mach ich beim nächsten Mal, meine Schöne.«

Bastian gibt Silja einen flüchtigen Kuss, dann klopft es auch schon an der Tür. Als sie sich öffnet, betritt im Gefolge einer uniformierten Beamtin ein hochgewachsener Herr den Raum. Er ist etwas Mitte dreißig und sehr gepflegt. Die dichten dunklen Haare sind akkurat geschnitten, ebenso der Dreitagebart im markanten Gesicht. Seine Kleidung wirkt dezent und teuer.

»Guten Morgen, Alexander Bürgli ist mein Name. Ich bin nicht sicher, ob Sie wissen, warum ich hier bin.« Der Schweizer Akzent ist nicht zu überhören.

»Ihren Eltern gehört die große Villa am Keitumer Watt«, entgegnet Bastian und versucht dabei, sich seine Verblüffung nicht anmerken zu lassen.

»Nicht meinen Eltern, sondern mir. Inzwischen jedenfalls. Meine Eltern sind beide verstorben. Ich bin ihr einziger Sohn.«

Bastian hat Mühe, sich auf die Worte des Besuchers zu konzentrieren, zu sehr ist er von dessen Aussehen abgelenkt. Er kennt den Mann! Zwar nicht persönlich, dafür aber bis in die intimsten Details. Bastian wechselt einen Blick mit Silja, die ebenso verdattert wirkt wie er. Seit Alexander Bürgli den Raum betreten hat, wissen sie beide ganz genau, wer damals ungewollt nackt für die Fotos posiert hat.

Bastian räuspert sich und sucht nach einem angemessenen Ton.

»Mein Beileid. Wann sind Ihre Eltern denn verstorben?«

»Es ist schon einige Jahre her. Sie waren auf Reisen und haben sich mit einer dieser furchtbaren Viruserkrankungen infiziert. Eine schreckliche Geschichte. Darf ich mich setzen?«

»Ja natürlich. Ich … wir sind sehr froh, dass Sie hier sind. Ich nehme an, das ist kein Zufall.«

»Nichts im Leben ist Zufall, auch wenn Sie als Polizisten das vielleicht anders sehen. Als ich gestern Morgen im Internet die Nachrichten gecheckt habe, überkam mich eine merkwürdige Sehnsucht nach Sylt, obwohl ich seit Jahren nicht mehr hier war. Manchmal geht mir das so, dann google ich das Neueste von der Insel. Das tröstet ein bisschen.«

»Diesmal nicht, nehme ich an«, erwidert Bastian.

»Nein, leider.« Alexander Bürgli nimmt auf dem ihm angebotenen Stuhl Platz und reibt sich mit beiden Händen übers Gesicht. »Ich war geschockt, muss ich sagen. Ich kannte die Tote nämlich. Wir haben als Kinder oft miteinander gespielt. Nicht immer zur Freude meiner Eltern«, er lacht leise in Erinnerung an ein Detail. Bastian und Silja warten auf eine Erklärung, doch ganz offensichtlich handelt es sich um eine Erinnerung, die er nicht mit der Polizei zu teilen gedenkt. »Später haben wir den Kontakt zueinander verloren. Sie wissen ja, wie das geht. Die Pubertät, unterschiedliche Lebensumstände. Na ja, das interessiert Sie wenig, nehme ich an.«

»Wann sind Sie angekommen? Sie waren ja ziemlich schnell«, sagt Silja und mustert Alexander Bürgli gründlich. Kein Zweifel, aus dem gutaussehenden Jungen von den Fotos ist ein extrem attraktiver Mann geworden.

»Gestern Abend. Ich bin noch am Vormittag losgefahren. Ich war ohnehin auf dem Sprung, meine Sachen waren also gepackt. Ich wollte zwar eigentlich nur nach Süddeutschland,

Freunde am Tegernsee besuchen, aber ich habe mich dann kurzfristig umentschieden. Eigentlich wollte ich mich gleich nach meiner Ankunft bei Ihnen gemeldet haben, aber dann ist etwas Merkwürdiges passiert.«

»Dann waren Sie schon in Ihrer Villa?«, erkundigt sich Bastian, während er in seiner Schreibtischschublade nach den Schlüsseln sucht, die sie im Haus der Paulmann gefunden und in Verwahrung genommen haben. Er hält das Bund hoch und erklärt: »Die haben wir bei Larissa Paulmann sichergestellt. Ich nehme an, Sie möchten sie wiederhaben.«

Alexander Bürgli nickt seltsam unkonzentriert und lässt sich die Schlüssel aushändigen. Dann redet er weiter. »Meine Sorge galt natürlich auch den Schlüsseln. Die Nachrichten über den Mord waren nicht sehr aufschlussreich, und ich habe schon befürchtet, man könne die arme Larissa meinetwegen ermordet haben.«

»Ihretwegen?«, kommt es gleichzeitig aus dem Mund von Silja und Bastian.

»Nein, Verzeihung, da hab ich mich unglücklich ausgedrückt. Ich dachte, es könne sich vielleicht um den Versuch handeln, an die Schlüssel zu kommen und anschließend in die Villa einzubrechen. Wir haben dort einige nicht ganz billige Skulpturen, müssen Sie wissen. Und Larissa hatte ja nicht immer ... nun, wie soll ich sagen ... den besten Umgang, nicht wahr?«

»Sie spielen auf Lars Rönneberg an, Frau Paulmanns früheren Lebenspartner?«, fragt Silja.

»Der sich schließlich als Einbrecher und Mörder entpuppt hat.« Bürgli wirkt angewidert. »Ich habe nie verstanden, warum meine Eltern das Mädchen damals nicht entlassen haben. Aber gut, es war ihre Entscheidung, und vielleicht hatten sie sogar recht. Danach ist jedenfalls nie wieder etwas vorgefallen.«

»… so dass Sie nach dem Tod Ihrer Eltern Larissa ebenfalls behalten haben«, unterbricht ihn Bastian.

Alexander Bürgli zuckt die Schultern, was ihn fast hilflos wirken lässt. Mit leiser Stimme erklärt er: »Wissen Sie, mein Vater hat ein großes Unternehmen geführt, wir haben Kapital- und Immobilienbesitz in unterschiedlichen Ländern. Vielleicht können Sie sich vorstellen, was es da alles zu regeln gibt, wenn der Erbfall eintritt. Da war die Verwalterin eines Ferienhauses so ziemlich meine letzte Sorge.«

»Das ist nachvollziehbar. Aber Sie sagten eben, Sie wollten sich eigentlich schon gestern Abend mit uns in Verbindung setzen?«

»Als ich in der Villa ankam, fand ich eine der Terrassentüren eingeschlagen vor. Ich war natürlich geschockt und habe das Schlimmste befürchtet. Zumal die Alarmanlage nicht aktiviert war, so dass auch kein Alarm bei der Polizei und dem Sicherheitsunternehmen eingegangen sein dürfte.« Ein fragender Blick begleitet die Aussage.

Unisono schütteln Silja und Bastian die Köpfe.

»Hab ich mir gedacht. Ich verstehe nicht, wie Larissa so nachlässig sein konnte. Aber, um es kurz zu machen, ich hatte Glück im Unglück. Es ist nichts gestohlen und auch nichts verwüstet worden. Ich war unglaublich erleichtert, das können Sie sich wahrscheinlich vorstellen.« Bürgli schickt ein kleines Lächeln zu Silja, die es gerührt erwidert.

»Und dann?«, fragt Bastian strenger als nötig.

»Na ja, ich habe den Glasernotdienst bestellt und erst mal eine Ersatzscheibe montieren lassen. So was dauert natürlich, zumal der Glaser vor mir noch einen anderen Notfall versorgen musste. Er kam erst gegen zehn und ging um Mitternacht. Danach wollte ich Sie auch nicht mehr aufschrecken. Außerdem war ich todmüde.«

»Wegen der Spuren wäre es natürlich schon besser gewesen, wenn Sie vor dem Glaser die Polizei informiert hätten. Immerhin wurde Ihre Hausverwalterin ermordet. Aber jetzt mal eine ganz andere Frage: Glauben Sie, dass der Eindringling gestört worden ist?«, will Bastian wissen.

Alexander Bürgli denkt einen Moment nach, dann schüttelt er den Kopf.

»Eigentlich nicht. Von wem auch? Das Haus steht ziemlich weit hinten auf dem Grundstück, und selbst, wenn es nicht so wäre, die Straßenbeleuchtung ist ja auch nicht gerade der Hit. In der Schweiz sind wir jedenfalls für unsere Steuern eine bessere Gegenleistung gewöhnt.« Er macht eine kurze Pause, verschränkt die Finger und zieht dann die Handflächen auseinander, bis die Gelenke knacken. Dabei sieht er die beiden Ermittler nacheinander an, als erwarte er von ihnen eine Erklärung.

Doch Bastian zuckt nur gleichgültig die Schultern, und Silja senkt den Blick.

Enttäuscht redet Alexander Bürgli weiter. »Wie auch immer. Nein, ich glaube nicht, dass jemand versucht hat einzubrechen und dabei gestört wurde. Der Irre, der die Scheibe eingeworfen hat, wollte offensichtlich gar nichts stehlen, sondern mich nur warnen.«

»Warnen?«, kommt es gleichzeitig von Bastian und Silja.

»Tja, die Scheibe wurde mit einem Stein eingeworfen, und an diesem Stein war mit Gummiband ein Zettel befestigt. Ich habe das Ganze nur mit einem Taschentuch angefasst und hoffe, Sie können noch Spuren sichern«, erklärt Bürgli jetzt eifrig. Dann bückt er sich und kramt in seiner Aktentasche, bis er eine zusammengerollte Plastiktüte findet. Den Inhalt lässt er auf Bastians Schreibtisch gleiten. Ein Pflasterstein, ein grünes Gummiband und ein gefaltetes Stück Papier fallen heraus.

Bastian nimmt zwei Kugelschreiber aus dem Stiftehalter und faltet damit den Zettel auseinander. *Hüte dich*, liest er leise. Dann blickt er lange auf die Buchstaben von unterschiedlicher Größe, die ganz offensichtlich ziemlich hastig aus einer Zeitung ausgerissen und nachlässig auf den Zettel geklebt worden sind.

»Hat man Sie vorher schon mal bedroht?«, erkundigt sich der Kommissar schließlich.

Bürgli lacht leise und antwortet dann mit einem Augenzwinkern: »Nur, wenn ich jemandem den Parkplatz vor der Nase weggeschnappt habe. Aber ich denke, das zählt nicht.«

»Darf ich auch mal sehen?«

Silja steht auf und schiebt sich zwischen Alexander Bürgli und Bastians Schreibtisch. Während sie sich dicht über den Zettel beugt, kann sie Bürglis Rasierwasser riechen und sein Knie an ihrer Wade spüren. Erst nach einer ganzen Weile fällt ihr auf, dass Bürgli ihr eigentlich hätte Platz machen müssen. Verlegen dreht sie sich zu dem Schweizer um. Er scheint sich keiner Schuld bewusst zu sein und lächelt sie betont harmlos an.

Plötzlich liegt Silja viel daran, dass ihre Stimme klar und entschieden klingt. »Haben Sie schon einmal etwas getan, das andere verletzt haben könnte? Oder gekränkt?«

Als Bürgli antworten will, hebt sie mahnend die Hand.

»Bitte denken Sie gründlich nach. Es kann durchaus auch etwas sein, das schon sehr lange zurückliegt. Sie sagten ja selbst, dass Sie seit Jahren nicht mehr auf der Insel waren. Es ist also durchaus möglich, dass Ihnen hier jemand etwas sehr übel genommen hat und nun die Gelegenheit zur Rache sucht.«

»Also glauben Sie nicht, dass dieser Stein hier im Zusammenhang mit dem Mord an Larissa zu sehen ist?«, fragt Bürgli.

»Nur, falls Sie der Mörder sein sollten und von jemandem dabei beobachtet worden sind«, wirft Bastian mit strenger Stimme ein und fügt dann leiser hinzu: »Haben Sie Larissa Paulmann umgebracht?«

»Aber ich bitte Sie. Welchen Grund sollte ich dafür haben?« Alexander Bürgli wirkt plötzlich leicht verärgert, hat sich aber schnell wieder unter Kontrolle. »Ich verstehe natürlich, dass Sie allen Spuren nachgehen müssen, aber ausgerechnet mich zu verdächtigen ... entschuldigen Sie, das finde ich ziemlich absurd.«

Anstelle einer Antwort zieht Bastian eine seiner Schreibtischschubladen auf und holt eine graue Mappe heraus. Er legt sie ungeöffnet auf die Tischplatte und verstaut anschließend den Stein, das Schießgummi und den Zettel mit den Zeitungsbuchstaben einzeln in Beweismitteltüten, wobei er sich sehr viel Zeit lässt. Die Augen Alexander Bürglis gehen derweil nervös zwischen Bastian und Silja hin und her. Als der Hauptkommissar endlich fertig ist, schlägt er die graue Mappe auf.

Einige Sekunden geschieht gar nichts, dann schüttelt Alexander Bürgli den Kopf, als könne er nicht glauben, was er sieht. Vor ihm liegen Nacktfotos, die ziemlich eindeutig ihn selbst als Jugendlichen zeigen.

»Das ist doch ... also das ist doch die Höhe!«, stößt er aus. »Woher haben Sie das? Wer hat diese Fotos gemacht?«

Bastian zuckt die Schultern und antwortet mit ruhiger Stimme. »Aus ihrem damaligen Mädchenzimmer konnte Larissa Paulmann direkt in Ihr Schlafzimmer sehen.«

»Ja schon, aber das ist doch noch lange kein Grund, mich zu stalken.«

»Natürlich nicht«, beruhigt ihn Silja.

»Allerdings wären solche Fotos durchaus ein nettes Mordmotiv«, wendet sich Bastian an Bürgli.

»Also ich bitte Sie! Diese Fotos sind Jahrzehnte alt. Das Mädchen war verknallt in mich, na und?« Er seufzt theatralisch. »Frauen finden mich eben attraktiv.«

Bürglis charmantes Lächeln zerschellt an Bastians cooler Miene. »Haben Sie ein Alibi für die vorletzte Nacht?«

»Nein, verdammt nochmal.« Alexander Bürgli ist jetzt eindeutig wütend. »Aber ich kann Ihnen meine Quittung vom Autozug gestern Abend zeigen.« Er kramt in seiner Jackentasche, bis er den schon reichlich zerknitterten Beleg findet. Fast triumphierend hält er ihn Bastian unter die Nase. »Außerdem bin ich mindestens einmal geblitzt worden.« Er zuckt die Schultern, als sei dies ein gänzlich unverdientes Missgeschick. »Ich hatte es eilig, und da hab ich eben ein bisschen auf die Tube gedrückt.«

»Wir werden das überprüfen, Herr Bürgli. Wenn Sie uns Ihr Kennzeichen und die Automarke bitte notieren wollen.«

Bastian schiebt ihm ein Stück Papier und einen Kugelschreiber zu. Die Atmosphäre im Büro ist mehr als frostig. Als Alexander Bürgli sich schließlich verabschiedet, vergisst er sogar das Lächeln für Silja Blanck.

Samstag, 23. Februar, 08.28 Uhr, Braderuper Straße, Kampen

Sven Winterberg schreckt aus einem fiesen Traum hoch. Doch so sehr er sich auch bemüht, ihn festzuhalten, verschwimmen die Einzelheiten von Sekunde zu Sekunde mehr. Das einzige Bild, das er noch deutlich vor sich sieht, ist seine zehnjährige Tochter, die eingehüllt in ein Hochzeitskleid leblos im Watt treibt. Obwohl Sven ganz genau weiß, dass ihn dieses Traumbild nur wegen des merkwürdigen Todesfalles, den sie im letzten Herbst aufgeklärt haben, heimsucht, kann er sich der gruseligen Anmutung kaum entziehen.

Da hilft nur Aufstehen.

Sven richtet sich auf, schwingt sich aus dem Ehebett und tastet mit den Füßen nach seinen Hausschuhen. Kaum hat er sie gefunden, geht sein Blick zum Fenster. Draußen segeln feine weiße Flocken vom Himmel, und der Rasen hinter dem Haus ist bereits unter einer dichten Schneedecke verschwunden. Die Buchsbäume haben Krönchen aus Pulverschnee, und die trockenen Hortensienblüten, die Anja immer erst im Frühjahr zurückschneidet, wirken wie Eissterne.

Sven holt seinen Bademantel aus dem Schrank. Er wird sich erst mal einen Kaffee gönnen. Auf seinem Weg zur Treppe kommt er an der Tür von Mettes Zimmer vorbei, die wie meist nur angelehnt ist. Seine Tochter liegt tief eingemummelt in ihrem Federbett und hat im Schlaf ein glückliches Lächeln auf dem Gesicht. Sie scheint zumindest nicht von irgendwelchen Albträumen geplagt zu werden.

Immer noch ein bisschen schlaftrunken geht Sven hinunter in die Küche. Er hat eine Telefonliste für den heutigen Vor-

140

mittag mit nach Hause genommen. Das war Bastians Bedingung dafür, dass er nicht im Kommissariat erscheinen muss. Die Liste liegt direkt neben der Kaffeemaschine, und Sven kann nicht umhin, sie zu überfliegen.

Bewährungshelfer Rönneberg
Schwester Rönneberg
Arbeitsstelle Rönneberg
Henry Loos

Nachdenklich reibt sich Sven den Nacken. Henry Loos? Wer war das noch gleich? Ach ja, der Typ, der die Tote gefunden hat und sie schon aus der Schule kennt. Bastian wollte sicherheitshalber auch seine Fingerabdrücke nehmen lassen, schließlich ist es theoretisch möglich, dass er die Tote am Fundort berührt hat.

Sven schüttelt unwillkürlich den Kopf. So blöd ist doch niemand. Trotzdem beschließt er, mit diesem Kandidaten anzufangen. Je früher sie alle Fingerabdrücke beisammen haben, umso besser.

Während der Kommissar die ersten Schlucke aus der Kaffeetasse nimmt, horcht er auf das regelmäßige Tuten aus dem Telefonhörer. Wahrscheinlich wird dieser Loos dankend darauf verzichten, am Samstag um diese Zeit ans Telefon zu gehen. Schließlich war gestern Petritag und ganz Sylt noch spät am Abend auf den Beinen. Als Sven gerade auflegen will, wird am anderen Ende doch abgenommen.

»Loos. Was'n los?«

Die Stimme klingt belegt, verschlafen, verkatert. Auf jeden Fall missmutig und trotz des Wortspiels nicht zu Scherzen aufgelegt.

»Kriminalpolizei Westerland. Oberkommissar Sven Winterberg. Spreche ich mit Henry Loos?«

»So ist es. Was gibt's denn?«

»Herr Loos, Sie haben gestern früh die tote Larissa Paulmann am Keitumer Watt gefunden. Und jetzt bräuchten wir – nur zur Sicherheit – Ihre Fingerabdrücke.«

»Was?«, kommt es unwirsch zurück. Im Hintergrund hört Sven eine Frauenstimme, die er nicht verstehen kann. »Mensch, Ines, sei doch mal still«, wird die Frau angefahren.

»Herr Loos?«

»Ja ...«

»Es wäre schön, wenn Sie noch heute Vormittag im Kommissariat in der Bahnhofstraße vorbeikommen könnten und das erledigen. Es ist, wie gesagt, nur eine Formsache und ...«

Weiter kommt Sven nicht, denn am anderen Ende ist jetzt die Frauenstimme mit einem wütenden »Das ist ja wieder mal typisch für dich!« zu hören. Es folgt ein kurzer Moment des Schweigens, dann antwortet Henry Loos mit einem knappen »Halt's Maul«, dem er einige wenig schmeichelhafte Kosenamen für diese Ines anfügt. Falls Ines Henry Loos' Ehefrau sein sollte, wovon Sven eigentlich ausgeht, dann steht es mit der Beziehung der beiden wohl nicht zum Besten.

Sven räuspert sich und erkundigt sich vorsichtig: »Herr Loos, hören Sie mich noch?«

»Ja, verdammt nochmal.«

»Elf Uhr im Kommissariat, würde Ihnen das passen?«

»Also ich weiß nicht, eigentlich hatte ich für heute ganz andere Pläne. Ich wollte ...«, windet sich Henry Loos.

»Sie werden doch nicht im Ernst die Arbeit der Kriminalpolizei behindern wollen«, unterbricht ihn Sven. »Es dauert nur zwei Minuten, dann sind Sie wieder draußen.«

»Wofür brauchen Sie die Abdrücke denn?«, will Henry Loos jetzt wissen.

»Wir haben verdächtige Spuren gefunden, mehr kann ich Ihnen leider nicht sagen.«

»Aber ich habe wirklich nur …«, beginnt Loos, unterbricht sich aber gleich. »Also gut, ich komme. Elf Uhr haben Sie gesagt?«

»Ganz genau. – Und vielen Dank für Ihre Kooperationsbereitschaft«, fügt der Kommissar noch hinzu, aber da hat Henry Loos schon aufgelegt.

Nachdenklich nippt Sven an seinem Kaffee. Im Grunde genommen kann er sogar verstehen, dass sich alle so wegen der Fingerabdrücke anstellen. Wer will schon freiwillig in einer Kartei mit Mördern und anderen Schwerverbrechern auftauchen. Umso wichtiger ist es, dass sie möglichst schnell Licht in das trübe Dunkel dieses Falles bringen. Es kann doch nicht so schwer sein, einen der beiden Hauptatverdächtigen zu überführen. Lars Rönnebergs Motiv, Rache für die Aussage Larissa Paulmanns vor Gericht, die sicher zu einer erheblichen Verlängerung seiner Strafe beigetragen hat, ist ebenso offensichtlich wie das von Jasper van de Kock. Nach der Begegnung gestern Abend glaubt Sven nicht mehr, dass dieser Typ wirklich so messianisch drauf ist, wie er tut. Viel wahrscheinlicher ist doch, dass ihm die Paulmann den Laufpass gegeben hat, weil sie entweder seiner überdrüssig war oder seine blöden Sexspielchen nicht mehr mitmachen wollte. Falls sie überhaupt davon gewusst hat. Vielleicht hat sie ihn auch mit dieser Domina erwischt und danach die Scheidung eingereicht. Vielleicht hat sie ihn sogar erpresst und damit gedroht, seine intimen Praktiken an die große Glocke zu hängen. Bei einem Guru macht sich so etwas nicht besonders gut.

Sven wendet sich wieder seiner Telefonliste zu. Vielleicht gelingt es ihm ja, alle drei weiteren Informanden noch vor dem Frühstück zu erreichen. Dann könnte er schnell duschen, anschließend rüber zum Bäcker springen und Mette mit einem fürstlich gedeckten Frühstückstisch überraschen.

Samstag, 23. Februar, 11.30 Uhr, Haus am Dorfteich, Wenningstedt

Fred Hübner ist noch gar nicht ganz aufgewacht, da überkommt ihn schon die Erinnerung an den gestrigen Überfall. Und während er nach der Beule am Kopf tastet, fallen ihm auch der Steinwurf, die Drohung und der nächtliche Einsatz des Glasers wieder ein. *Ein Scheißtag war das*, denkt er und hofft, dass sich das nicht fortsetzt. Zum Glück ist die Schwellung fast abgeklungen, und der Kopfschmerz hält sich auch in Grenzen.

Fred beschließt, es heute ruhiger angehen zu lassen. Im Grunde genommen könnte er sogar den ganzen Tag im Bett verbringen, damit er am Abend fit für die Foto-Vernissage seines alten Kumpels ist. Eine Aussicht, die ihn schon freudiger stimmt. Doch als Fred im Bad seine Blase entleert, trübt sich die Stimmung wieder. Draußen ist richtiger Winter, mit Schnee und Eis und Streusalz und wahrscheinlich einer Affenkälte. Wie soll er da sein Rennrad von Keitum nach Hause holen? Die Hoffnung auf ein schnelles Ende der Frostperiode stirbt beim ersten Blick auf die Wetterprognose im Handy. Es soll sogar noch kälter werden, und für die Inseln ist ein Schneesturm angesagt.

Na toll! Fred holt sich einen Espresso aus der unteren Etage und haut sich anschließend wieder ins Bett. Auf dem Nachttisch liegt immer noch das Manuskript, das damals niemand haben wollte. Fred beschließt, es jetzt gleich zu Ende zu lesen. Anschließend sollte er sich vielleicht doch aus dem Haus bequemen. Möglicherweise wäre dieser pikante Text dem Sylter Anzeiger inzwischen einiges wert.

Fred stopft sich zwei Kissen in den Nacken und greift nach dem Manuskript. Kurz muss er überlegen, worum es auf den letzten Seiten ging, die er gelesen hat. Dann fällt es ihm wieder ein. Larissa war auf der Suche nach einem Kerl, nach jemandem, der es mit ihren Erinnerungen an Alexander Bürgli und den heimlich geschossenen Fotos von ihm aufnehmen konnte. Fred lacht leise in sich hinein. Diesen Kerl hat sie dann ja tatsächlich gefunden. Vielleicht nicht unbedingt zu ihrem Glück, aber so etwas weiß man ja vorher nie.

Es war schon Herbst, der Wind fegte durch die Straßen, riss an Schals und Kapuzen, trieb leere Becher und herumfliegende Servietten vor sich her, bog die letzten Sonnenschirme um, zerrte an Bäumen und Sträuchern und verursachte ein scharfes Pfeifen in den Ohren. Am Ende der Strandstraße spritzte die Gischt über Sand, Treppen und Geländer bis hinauf zur Fußgängerzone.

Larissa war mit einer Freundin vor dem Kino verabredet und vertrieb sich die Wartezeit, indem sie die Passanten beobachtete. Die wenigen Menschen, die sich so kurz vor Ladenschluss noch in der unwirtlichen Straße aufhielten, hatten es eilig. Sie zogen die Köpfe ein und versuchten, unter dem Wind, der sich langsam zum Sturm auswuchs, wegzutauchen.

Nur einer lief aufrecht durch das Toben. Alexander Bürgli. Larissa sah ihn zwar nur von hinten, aber sie erkannte ihn sofort, obwohl er anders gekleidet war als sonst: in Hoody und Jeans, deren Gesäß bis in die Kniekehlen hing, und mit wuchtigen Turnschuhen, deren Schürsenkel bunt und prollig offen rumbaumelten. So hatte Larissa ihn noch nie gesehen. Auch schien er ihr muskulöser zu sein als im letzten Jahr, aber schließlich veränderten sich gerade Jungen gegen Ende der Pubertät am meisten. Seine Haare trug er jetzt länger, sie kringelten sich im gerade einsetzenden Regen zu niedlichen Locken, in die Larissa am liebsten sofort ihre Finger gegraben hätte.

Wie von einem Magneten angezogen, folgte sie ihm. Seine schnellen Schritte nötigten sie immer wieder zum Rennen, aber sie wäre auch geflogen, um ihm nahe zu sein. Die Freundin, das Kino, alles war vergessen.

Alexander entfernte sich vom Meer, er verließ die Fußgängerzone, überquerte den Bahnhofsvorplatz und strebte einer Spielhalle zu. Vor deren grellbuntem Schaufenster traf er auf ein paar Kumpels, die ähnlich lässig gekleidet waren. Die jungen Männer klatschten sich zur Begrüßung ab und verschwanden dann im Inneren der Spielhalle. Larissa blieb ratlos draußen stehen.

Dieses Verhalten passte nicht zu Alexander, der stets Abstand zu den Sylter Jugendlichen gehalten hatte. Seine Freunde waren die Kinder anderer Ferienhausbesitzer aus Bern, Luzern, Köln, Frankfurt und Hamburg. Larissa hatte oft in heimlichen Spionagegängen die Nummernschilder der elterlichen Autos erkundet.

Ein erster Zweifel keimte in Larissa auf. Hatte sie vielleicht einen Wildfremden für Alexander Bürgli gehalten und verfolgt? Konnte sie sich so geirrt haben?

Mit einer entschlossenen Geste stieß Larissa Paulmann die Tür der Westerländer Spielhalle auf. Eine Sturmböe kam ihr zu Hilfe, so dass sie mit mehr Schwung als beabsichtigt in den Raum hineingeweht wurde. Alle drehten sich zu ihr um: der Spielhallenbesitzer, der leicht gebückt hinter dem Tresen stand; eine ältere Frau,

146

die eine der Slotmaschinen fest umklammert hielt; die Freunde von Alexander und Alexander selbst. Als sein Blick Larissa streifte, hatte sie von einer Sekunde auf die andere eine doppelte Erkenntnis.

Erstens: Der Typ war tatsächlich nicht Alexander Bürgli. Zwar war das Gesicht erstaunlich ähnlich geschnitten, voller Mund, feine Nase, doch die Augen waren braun und nicht blau, und das Grübchen am Kinn kannte Larissa von Alexander auch nicht. Außerdem musste dieser junge Mann älter sein, vielleicht achtzehn oder auch schon zwanzig.

Und zweitens: Der Fremde war Alexander erschreckend ähnlich. Mit ihm konnte sie sich möglicherweise über ihre unglückliche Liebe hinwegtrösten.

Larissa lächelte in die Runde, strich sich die nassen Haare aus der Stirn und fragte leise: »Kann ich mich hier einen Moment von dem Sturm ausruhen?«

Mitten hinein in die lässigen Antworten der jungen Männer »aber immer« und »mach's dir bequem« kam die strenge Frage des Spielhallenbesitzers.

»Bist du schon achtzehn?«

»Sechzehn«, antwortete Larissa und wunderte sich gleichzeitig über ihre plötzliche Wahrheitsliebe.

»Dann mach, dass du rauskommst. Ich kann keinen Ärger mit der Polizei gebrauchen«, schimpfte der Mann.

Larissa nahm ihren ganzen Mut zusammen und wandte sich direkt an den Jungen, der Alexander so ähnlich sah. »Kommst du mit?«

Und dann geschah das zweite Wunder. Er kannte sie nicht, er hatte sie noch nie gesehen, und trotzdem nickte er.

Den anschließenden Spaziergang durch Wind und Regen würde Larissa nie vergessen. Der Doppelgänger hieß Lars, und als er sich vorstellte, wollte sie es gar nicht glauben. Lars und Larissa, wenn das kein Wink des Schicksals war! Außerdem verliebte sie sich fast sofort in seine sanfte Stimme, die so wenig zu dem muskulösen Körper passte. Und die Hochachtung, mit der er sie behandelte, schmeichelte ihr unendlich. Sie genoss seine Blicke voller Verlangen. Am meisten aber genoss sie das Gefühl, ein völlig neues Bild von sich entwerfen, sich neu erfinden zu können. Mit einem Mal war sie nicht mehr die Anbetende, die heimlich Verfolgende, sondern wurde selbst begehrt.

Ihre unglückliche Liebe zu Alexander Bürgli erwähnte Larissa mit keinem Wort. Sie gab sich unschuldig und keck zugleich und wusste geschickt Lars Rönnebergs Neugier auf ihre Person und ihr Leben anzufachen. Als beide sich zwei Stunden später durchgefroren und bis auf die Haut durchnässt trennten, hatten sie längst die nächste Verabredung ausgemacht.

Larissa würde Lars Rönneberg heimlich bei sich zu Hause empfangen. Und als sie ihm beim Abschied ihre Adresse nannte, wiederholte sich das Wunder der Kindheit. Staunend hob er den Kopf, und ein anerkennendes Pfeifen entfuhr ihm. Larissa lächelte geschmeichelt.

Fred lässt die Blätter sinken. Er erinnert sich jetzt deutlich an den Rest der Geschichte. Die beiden wurden ein Paar. Doch obwohl Larissa wohlweislich darauf verzichtete, Lars von seiner Ähnlichkeit mit Alexander Bürgli zu erzählen, begann dieser schon bald zu ahnen, dass sie eigentlich jemand anderen in ihm sah. Immer wieder forderte sie ihn auf, etwas an seinem Verhalten, seiner Kleidung oder seinem Haarschnitt zu ändern. Lars Rönneberg wusste lange nicht, warum sie das wollte, doch dann durchwühlte er eines Tages den Schrank in ihrem alten Mädchenzimmer und entdeckte die Fotos des unbekannten Nebenbuhlers. Es fiel ihm nicht schwer, herauszubekommen, wer der nackte junge Mann war. Allerdings verzichtete er darauf, Larissa zur Rede zu stellen. Jedenfalls bis zu seiner Inhaftierung. *Aber vielleicht ist er jetzt zurückgekommen, um endgültig mit Larissa abzurechnen?*

Fred wüsste zu gern, wie weit die Kommissare mit ihren Ermittlungen schon waren. *Auf Rönneberg werden sie sicher gestoßen sein, aber was wissen sie über ihn?* Die Erkenntnis, dass Hauptkommissar Kreuzer bestimmt ganz scharf darauf wäre, Freds Material in die Finger zu bekommen, erheitert den Journalisten, und er beschließt, jetzt doch aufzustehen. Ein Tag, der mit solch erfreulichen Gedanken beginnt, kann eigentlich doch nicht so schlecht enden.

Samstag, 23. Februar, 11.40 Uhr, Kriminalkommissariat, Westerland

Vergeblich bemüht sich Silja, das Bild Alexander Bürglis aus dem Kopf zu bekommen. Es kann ja wohl nicht sein, dass sie wie ein dummes Hühnchen auf den minimalsten Flirtversuch eines gutaussehenden und vermögenden Mannes hereinfällt. Silja schämt sich. Und dennoch muss sie sich innerlich eingestehen, dass sie diesen Typen ziemlich anziehend gefunden hat. Wie sicher er war, wie selbstgewiss. Ganz anders als alle anderen Männer, mit denen sie sonst zu tun hat. *Ob das am Geld liegt?*

Silja seufzt. *Was geht sie das eigentlich an?* Sie sollte froh sein, dass Bastian und sie endlich zusammengezogen sind – und hoffen, dass dieser Umstand nicht noch zu Schwierigkeiten mit der Staatsanwältin führt. Bei dem Gedanken an Elsbeth von Bispingen, der Frau mit den Haaren auf den Zähnen, muss sie gleich noch einmal seufzen.

Im selben Moment betritt Bastian den Raum. »Jackpot«, verkündet er triumphierend, ohne auf ihren besorgten Gesichtsausdruck zu achten. »Der Abgleich der Fingerabdrücke ist da. Jetzt rate mal, wer die Schamlippen der Toten befingert hat.«

»Lars Rönneberg«, antwortet Silja wie aus der Pistole geschossen.

»Nein!«

»Dann der andere, der Ehemann.«

»Nein!«

»Etwa Alexander Bürgli?« Silja ist fassungslos. Es kann einfach nicht sein, dass dieser Mann ein Mörder ist.

»Von dem haben wir die Abdrücke doch gar nicht genommen«, belehrt sie Bastian. »Schon vergessen? Wär mir natürlich lieb gewesen, aber der hätte sicher ein irres Theater gemacht. Na ja, und jetzt habe ich auch keine Handhabe mehr. Sein Alibi werde ich allerdings trotzdem überprüfen – auch wenn ich denke, dass wir den Mörder haben.«

»Aber es bleibt ja nur noch einer übrig …«, unterbricht ihn Silja.

»Henry Loos. Ehemaliger Mitschüler von Larissa Paulmann und Entdecker der Leiche. Ganz genau«, erklärt Bastian zufrieden. »Er wäre nicht der Erste, der eine Zurückweisung in der Jugend nicht verkraftet hat. Wahrscheinlich hat er sich vorgestern Abend einen angetrunken und es einfach noch mal bei der Paulmann versucht. Schließlich war sie inzwischen wieder solo, und das wusste auch jeder. Vielleicht hat sie ihn ausgelacht, und er ist daraufhin durchgedreht.« Als Silja schweigt, fragt Bastian irritiert: »Was meinst du? Ist doch eine schlüssige These, oder? Das würde im Übrigen auch das

Fehlen von Abwehrverletzungen erklären. Stell dir mal vor, dir macht ein alter Schulfreund einen Antrag, dann erwartest du ja auch nicht, dass er dich im nächsten Moment umbringt, und willst vielleicht erst mal gar kein Aufsehen erregen. Du denkst, du hast ihn im Griff und er beruhigt sich gleich wieder. Und dann bist du plötzlich zu schwach, um dich überhaupt noch wehren zu können.«

»Hast du ihn schon vorgeladen?«

Bastian nickt. »Um eins tanzt er hier wieder an. Er war ziemlich sauer, als ich ihm auf den Kopf zusagte, was wir entdeckt haben, meinte aber, er könne alles erklären.«

»Na darauf bin ich mal gespannt. Immerhin haben wir jetzt einen 1-a-Verdächtigen. Henry Loos hatte beides: Motiv und Gelegenheit. Und jetzt sind auch noch seine Fingerabdrücke auf der Leiche. Das ist der klassische Fall für einen Indizienbeweis, findest du nicht?«, fragt Silja, die plötzlich sehr eifrig geworden ist.

»Also so schnell schießen die Preußen nun auch wieder nicht«, wiegelt Bastian ab und sieht auf seine Uhr. »Bevor er kommt, haben wir noch ein paar Minuten. Und irgendwas an diesem Bürgli hat mir nicht gefallen. Ich werde erst mal nachfragen, ob er tatsächlich in eine Verkehrskontrolle geraten ist. Die Fotos, die sie inzwischen durch die Frontscheiben machen, sind ja der Hammer. Damit kannst du wahrscheinlich sogar Zwillinge voneinander unterscheiden. Außerdem will ich noch mal mit dem Glaser sprechen, der angeblich gestern Bürglis Scheibe erneuert hat. Vielleicht ist dem noch was anderes aufgefallen.«

»Sag mal, steigerst du dich da nicht in etwas hinein?«

»Das lass mal meine Sorge sein. Wenn der Glaser Bürglis Aussage bestätigt und die Verkehrsüberwachung ihn tatsächlich auf dem Schirm hatte, dann lasse ich ihn vom Haken. Vorher nicht.«

»Wie du willst«, entgegnet Silja mit einem Schulterzucken, von dem sie hofft, dass es gleichgültig genug wirkt, um Bastian zu überzeugen.

Samstag, 23. Februar, 12.50 Uhr, Supermarkt, Keitum

Silke Mommsen schlüpft in ihre dicken Stiefel. Anschließend wickelt sie den grobgestrickten Schal um Hals und Ohren und zieht zusätzlich die Kapuze über den Kopf. Jetzt fehlen nur noch die Fellhandschuhe, dann kann es losgehen. Silke liebt Schneespaziergänge, und auf Sylt hat man selten genug Gelegenheit dazu. Aber heute scheint alles perfekt zu passen. Samstags kann sie den Supermarkt schon um halb eins schließen und hat dann den ganzen Nachmittag frei. Im Sommer geht sie an den Strand, im Winter spazieren. Gern auch bei Nebel oder Sturm, am liebsten aber bei Schnee. Am Abend nimmt sie gewöhnlich den Zug nach Niebüll, wo ihre Eltern wohnen. Silke verbringt mit ihnen und dem jüngeren Bruder den Sonntag und kommt erst am Montag in aller Herrgottsfrühe wieder zurück auf die Insel.

Andere würden dieses Leben vielleicht eintönig finden, aber Silke ist ganz zufrieden damit. Sie verdient halbwegs gut, und die Eltern nehmen ihr wenig für Kost und Logis ab, so dass sie einiges zur Seite legen kann. Natürlich nervt die Besitzerin des Supermarkts mit ihrem blöden Kontrollzwang, aber immerhin hat die Dauerobservation aufgehört. Oder nicht?

Gerade als Silke das Haus verlässt, sieht sie wieder, wie sich der Vorhang im oberen Stockwerk bewegt. *Blöde Kuh*, murmelt Silke, vergisst ihren Ärger aber bald.

Der Weg zum Watt hinunter ist nicht geräumt, Silke stapft durch das flockige Weiß und fühlt sich an den einzigen Skiurlaub ihres Lebens erinnert. Sie waren mit der Schulklasse in den Alpen, und das Panorama vor ihrem Jugendherbergsfenster war einfach umwerfend. Das Skilaufen fiel Silke trotzdem schwer. Nach zwei Tagen hatte sie sich den Knöchel verstaucht und musste in der Herberge bleiben. Andere hätten sich geärgert, aber für Silke war es das Paradies. Den ganzen Tag lang saß sie auf der Bank vor dem Haus in der Sonne und ließ den lieben Gott einen guten Mann sein. Seitdem liebt Silke Mommsen Schnee.

Natürlich ist sie nicht die Einzige, die das für Sylt so untypische Wetter für einen Spaziergang nutzt. Auf dem Wattweg begegnen ihr Paare, Familien und kichernde Teenager. Lieber wäre Silke allein in der weißen Pracht, aber es ist Samstag, und zusätzlich zu den Inselbewohnern sind noch viele Touristen hier, die zum Biikebrennen angereist sind. Besonders voll ist es am Harhoog. Rund um das Hünenbett wird eifrig fotografiert. Ein paar Kinder haben gerade einen Schneemann fertiggestellt, den sie nun mit einigen Kleidungsstücken verzieren wollen, die sie aus dem eingeschneiten Felsbett holen. Doch dann ...

»Was ist das denn?«

»Guck mal, eine halbe Hose.«

»Und von den Stiefeln ist auch nur einer da.«

Die Rufe hallten durch die eiskalte Luft, als plötzlich eine Gestalt in einer dunklen Kapuzenjacke auftaucht. Wie der Blitz fährt sie zwischen die albernden Kinder und reißt ihnen die Anziehsachen aus den Händen. Silke kann das Gesicht der Person nicht erkennen, aber aus der tiefsitzenden Kapuze gucken einige strohblonde Haarsträhnen hervor, die sie an die merkwürdige Einkäuferin vom gestrigen Abend erinnern. Mit ein paar Schritten ist Silke bei dem Hünenbett, wo den Kindern ein letzter kleiner Fetzen geblieben ist. Ein Handschuh? Ein Damenslip? Dann geht alles sehr schnell. Einem plötzlichen Impuls folgend zieht Silke der Gestalt die Kapuze vom Kopf. Und richtig, sie erkennt die schrullige Frau sofort wieder. Die Blonde stößt einen Schrei aus, der so entsetzlich klingt, als habe man ihr sonst etwas angetan. Gleichzeitig presst sie die bereits erbeuteten Kleidungsstücke fest an sich und rennt zur Straße zurück.

Silke Mommsen und die Eltern der beiden Kinder wechseln einen erstaunten Blick.

Schließlich sagt der Vater nachdenklich: »Hier hat es doch gestern einen Mord gegeben, oder?«

»Stimmt.« Während Silke noch überlegt, wie das alles zusammenhängen kann, wendet sich der Vater schon seinen beiden Kindern zu.

»Zeigt mal her, was ihr da noch habt.«

Zögernd reicht ihm das Mädchen den dunklen Fetzen. Als der Mann das Stoffstück hochhebt und mit beiden Händen glättet, geht ein Schaudern durch die Anwesenden.

»Ich denke, wir sollten die Polizei verständigen«, murmelt der Mann und holt sein Handy aus der Tasche.

Samstag, 23. Februar, 13.02 Uhr, Bahnhof, Keitum

Sie hetzt die Betonrampe hinauf. Die Gelegenheit ist günstig. Der Zug nach Niebüll ist gerade durchgefahren, die Leute sind weg. Hier hinten steigen ohnehin nicht so viele aus. Die Betontreppe ist leer, der lang ansteigende Gang auch. Der nächste Zug kommt erst in zwanzig Minuten. Sie kennt den Fahrplan auswendig. Mit wenigen Schritten läuft sie die Böschung hinauf, die seitlich der Rampe ansteigt. Da hinten ist der große Rhododendron. Endlich! Und die Kiste liegt immer noch unter dem Ast. Rostig, aber regendicht. Sie bückt sich und kriecht zwischen den Zweigen hindurch. Niemand sieht sie. Trotzdem geht ihr Atem zu schnell. Das Herz klopft. Sie ist gerannt. Den ganzen Weg vom Harhoog hierher. Mit gesenktem Kopf wie immer. Die Haare jucken unter der Kapuze, aber im Winter ist es schwer, sie zu waschen. Die Duschen am Strand sind abgestellt, und das Schwimmbad kostet Geld. Die zwei Zwanziger hat sie dringend fürs Essen gebraucht. Da ist nichts übrig. Und jetzt sind auch noch Larissas Sachen verloren. Warum hat sie sie überhaupt zum Harhoog gebracht?

Sie weiß warum. Larissas Seele schwebt über dem Watt. Sie ist da, wo sie gestorben ist, und nicht hier. Die Kiste ist ein gutes Versteck, aber einfach zu weit weg. Die Sachen leben nicht mehr, sie können Larissas Leben nicht auf sie übertragen. Hier nicht. Dort vielleicht.

Und jetzt ist das Wichtigste verloren. Der dunkle Slip, die kleine geheime Schutzhülle für Larissas Intimstes, für den Ort, an den alle immer wollten. Auch sie.

155

Die Erinnerung flutet ihr Hirn. Der Atem fliegt, das Herz hämmert, ihre Hand findet ganz von allein den Weg zwischen die Beine. Und dann steigt die Erinnerung auf. Larissa liegt in den Dünen. Jung, schön und nackt. Sie selbst ist ihr nachgekrochen wie so oft. Meist bemerkte Larissa etwas und beschimpfte und verscheuchte sie. Wie eine lästige Schabe. Eine Ratte. Irgendein Ungeziefer. Aber dieses eine Mal war sie sehr vorsichtig. Das Schilf schützte sie. Und Larissa sah nach Süden. Sie reckte ihren ganzen Körper der Sonne entgegen, hob das Becken, als wolle sie sich von der Sonne vögeln lassen. Larissas krause Haare zwischen den Beinen glänzten im Licht, der kleine Hügel bebte in der Wärme …

Doch jetzt ist Winter, und alles ist anders. Larissa ist tot. Umso wichtiger ist es, das Bild festzuhalten. So deutlich steigt es nur noch selten in ihr auf. Sie kneift die Augen zu und konzentriert sich auf ihre Erinnerung. Ihre Finger sind flink und geübt. Scharf zieht sie die Luft ein, gleich, gleich, gleich ist es so weit. Ein Schrei löst sich im Moment der Ekstase. Der Wind nimmt ihn auf und trägt ihn fort. Sie möchte mitfliegen, so leicht fühlt sie sich. Das Glück ist ein Vogel mit breiten Schwingen. Er trägt sie hinauf in den Winterhimmel. Eine unendliche Dankbarkeit erfüllt sie. Sie braucht den halben Slip nicht mehr. Die Verbindung funktioniert auch ohne. Vielleicht sogar besser. So gut war es noch nie. Die Magie des Ortes hat gewirkt.

Immer noch atemlos zerrt sie an dem rostigen Deckel. Schnarrend schnappt er auf. Die Socke hat sie vorhin ganz vergessen. Vorsichtig bettet sie das Jeansbein und den Stiefel darauf. Zärtlich fährt sie über die Kleidungsstücke. Endlich gibt es etwas, das sie mit Larissa teilen kann.

156

Samstag, 23. Februar, 13.03 Uhr, Kriminalkommissariat, Westerland

Henry Loos ist nervös. Seine Hände schwitzen, und manchmal durchfährt ein Zittern seinen Körper. Was wollen die von ihm? Er hat doch alles richtig gemacht. Wenn man eine Tote findet, ruft man die Polizei. Natürlich fasst man sie nicht vorher an und schon gar nicht an einer intimen Stelle. Aber ist das strafbar?

Begriffe wie *Störung der Totenruhe* und *unsittliche Berührung* geistern durch seinen Schädel, als er mit schweren Schritten die Treppe in dem Polizeigebäude hinaufsteigt. Der Uniformierte, der ihm vorausgeht, hat ihn schon unten mit gerunzelter Stirn empfangen und während ihres kurzen Wortwechsels nicht einmal seine Miene verzogen. Man behandelt ihn hier wie einen Verdächtigen, das steht schon mal fest. Erst die Fingerabdrücke und jetzt auch noch eine Vernehmung.

Auch die beiden Kommissare, eine Frau, die er noch nie gesehen hat, und der Ermittler, den er schon kennt, blicken ihm mit ernsten Mienen entgegen. Sie stellen sich vor und nehmen seine Personalien auf. Dann konfrontieren sie ihn umstandslos mit der peinlichsten aller Fragen.

»Haben Sie Larissa Paulmann angefasst?«

Henry Loos nickt. Was soll er schon sagen? Schließlich werden sie seine Fingerabdrücke überprüft haben.

»Vor oder nach ihrem Tod?«, schießt der Kommissar gleich die nächste Frage hinterher.

Henry Loos muss schlucken, weil sich in Sekundenschnelle unglaublich viel Speichel in seiner Mundhöhle sammelt.

»Da war sie schon tot. Sie war auch schon nackt und …«,

versucht er sich zu verteidigen, obwohl er genau weiß, dass es hier eigentlich gar keine Verteidigung geben kann.

»Woher wissen Sie eigentlich, dass Frau Paulmann erst nach ihrem Tod entkleidet worden ist?«

»Na, es war doch kalt, und da zieht sich niemand freiwillig aus. Also ich meine, nicht auch noch die Stiefel und so. Selbst dann nicht, wenn man heimlich hinterm Busch – na, Sie wissen schon …« Hilflos bricht er ab. Am liebsten würde er sich selbst auf die Zunge beißen. Wie kann er nur so blöd sein, von sich aus damit anzufangen.

»Nein, wissen wir nicht. Aber vielleicht können Sie uns ja sagen, was in der vorletzten Nacht heimlich hinterm Busch geschehen ist.«

»Ich? Nein, wieso. Ich meinte doch nur, also ich dachte, weil sie ja nackt war. Da hat sie doch bestimmt, äh, Geschlechtsverkehr gehabt?«

»War das jetzt eine Frage?«

Loos nickt. Irgendetwas läuft gerade gar nicht gut für ihn, das spürt er deutlich.

»Herr Loos, dürfen wir Sie daran erinnern, dass es in der Nacht des Biikebrennens nur wenige Grade über null waren?« Das war die Stimme der Kommissarin. Es ist das erste Mal, dass sie das Wort ergreift, und ihre Tonlage ist womöglich noch frostiger als die Temperaturen in der Biikenacht.

»Ja, weiß ich doch. Ich habe das mit dem Poppen doch auch nur angenommen, weil Larissa nackt war.«

»Mhm, das macht mich ein wenig nachdenklich. Sie müssen die Ermordete für eine recht leichtfertige Person halten, oder?«, setzt die Kommissarin nach. »Vielleicht sogar für eine, die es gern mit jedem treibt?«

Loos denkt, dass die Kommissarin mit dieser Annahme

gründlich falschliegt, nach allem, was er über Larissa weiß. »Wie kommen Sie denn darauf? Ich hatte seit Jahren nichts mehr mit Larissa zu tun. Seit vielen Jahren sogar. Das habe ich Ihrem Kollegen doch schon gestern gesagt.«

Hilfesuchend schaut Loos zu dem Mann herüber, aber der scheint sich aus der Unterhaltung zurückgezogen zu haben. Stattdessen mustert er das Display seines Handys mit einem finsteren Blick. Dann hebt er allerdings den Kopf und wendet ein: »Sie haben aber auch zu Protokoll gegeben, dass Sie Larissa Paulmann früher hinterhergestiegen sind.«

»Na ja, erstens ist das nun wirklich lange her und zweitens ... also, *hinterhergestiegen* würde ich jetzt nicht gerade sagen.«

»Nein? Gefällt Ihnen *aufgelauert* besser? Oder *ausspioniert*?« Die Stimme des Ermittlers ist plötzlich sehr scharf.

»Wir haben mal geguckt, wie sie so wohnt, das ist doch nichts Kriminelles. Wir waren eine ganze Clique und erst vierzehn. Oder fünfzehn vielleicht.«

»Herr Loos, wir haben jetzt genau eine Bitte an Sie«, unterbricht ihn die Kommissarin. »Erzählen Sie uns möglichst ausführlich, was Sie am Abend des Biikebrennens getan haben. Im Detail interessiert uns Folgendes: Mit wem haben Sie geredet, wer hat Sie gesehen und wann war das genau?«

»Ich bin ja mit meiner Frau und meiner Tochter gekommen, aber wir haben mit unterschiedlichen Leuten geredet. Dafür ist die Biike doch da. Man trifft alte Bekannte und quatscht ein bisschen. Meine Tochter war die ganze Zeit mit ihrer Clique zusammen, meine Frau stand bei ihrer Damengruppe, die haben ordentlich einen gehoben ...«

»Und Sie?«

»Na ja, ich hab erst mit ein paar Kumpels von der freiwilligen Feuerwehr gequatscht. Thorben und Rüdiger waren die ganze Zeit dabei, die können Sie fragen.«

»Die Nachnamen bitte.«

»Thorben Kunst und Rüdiger Bleier. Das muss so etwa bis sieben oder acht gewesen sein, guckt ja keiner auf die Uhr. Danach bin ich dann einfach rumgewandert, auch ein Stück unten am Watt lang, war ja eine schöne Nacht.«

»Sie wandern am Watt lang, wenn oben die Biike brennt und der Korn ausgeschenkt wird?«

»Ist doch nicht verboten, oder?«, entgegnet Henry Loos bockig.

»Nein, aber ungewöhnlich ist das schon. Wann sind Sie denn wieder hochgekommen?«

»Keine Ahnung. Das weiß ich echt nicht mehr. Ich hatte schon ziemlich einen sitzen, und dann achtet man eben nicht auf die Zeit. Kann ja keiner ahnen, dass oben im Gebüsch gerade die Larissa kaltgemacht wird.«

»Also bitte, vielleicht könnten Sie etwas mehr Pietät aufbringen«, setzt die Kommissarin an, unterbricht sich aber gleich und sieht ihren Kollegen besorgt an. »Bastian, was ist denn?«

»Ich muss nach Keitum. Ein paar Kinder haben da was gefunden, was uns weiterbringen kann.«

»Okay.« Sekunden später hat sich die Kommissarin ihm wieder zugewandt. »Herr Loos, Sie haben meine Frage noch nicht beantwortet. Haben Sie am Abend bei der Biike Kontakt zu Frau Paulmann gehabt?«

Während die Tür hinter dem Kommissar ins Schloss fällt, murmelt Henry Loos: »Ich hab Larissa an dem Abend gesehen, das habe ich auch schon gesagt. Und klar, sie ist mir aufgefallen, sie war immer noch schön. Und so unnahbar wie eh

160

und je. Aber ich schwöre Ihnen, ich habe sie nicht angefasst, also jedenfalls nicht an dem Abend. Ich habe noch nicht mal mit ihr geredet, kein Wort, wirklich nicht.«

»Aber es hat Sie doch bestimmt geärgert, dass Frau Paulmann so unnahbar war, oder? Immerhin sind sie miteinander zur Schule gegangen, da grüßt man sich doch wenigstens.«

»Klar, ich weiß echt nicht, worauf die sich eigentlich was eingebildet hat, die blöde Ziege«, entfährt es Loos.

»Sie mochten sie also nicht«, stellt die Kommissarin sachlich fest.

»Ja. Nein. Also attraktiv fand ich sie schon. Immer schon. Sonst hätte ich doch auch gar nicht an dem Morgen, … als ich sie da tot im Gebüsch vor mir sah«, er holt tief Luft, dann platzt es aus ihm heraus, »also mir sind da einfach die Sicherungen durchgebrannt.«

»Und woher soll ich wissen, dass Ihnen nicht schon am Abend vorher die eine oder andere Sicherung durchgebrannt ist? Larissa Paulmann hat Sie ignoriert, immer schon. Das hat Sie verletzt, beleidigt, in Ihrem Männerstolz gekränkt. Ist doch richtig, oder?«

Henry Loos nickt. Er fühlt sich mittlerweile vollkommen hilflos. Noch nie hat er so ein Gespräch geführt. Alles, was er sagt, klingt ganz anders, als es gemeint ist. Loos spürt, wie seine Hände unkontrolliert zu zucken beginnen, und schlimmer noch, wie Tränen in ihm aufsteigen.

»Ich war's nicht, wirklich«, stammelt er und wischt sich dann mit dem Jackenärmel über die Augen.

»Und was haben Sie sich dabei gedacht, einer toten Frau an die Schamlippen zu fassen?«

»Ich wollte doch nur …«, japst er. Und als er den entsetzten Blick der Kommissarin auffängt, stammelt er: »Einmal nur

161

wollte ich Larissa berühren. Ich wusste doch, dass sie jetzt zerfällt, dass von der ganzen Schönheit nichts mehr bleiben wird. Ich wollte ihr nahe sein, einmal nur, einmal, bevor alles zu Ende ist …« Dann beginnt Henry Loos heftig zu schluchzen.

Samstag, 23. Februar, 13.29 Uhr, Harhoog, Keitum

Aufmerksam betrachtet Hauptkommissar Bastian Kreuzer den halbierten Damenslip in dunklem Blau. Das Höschen ist hoch geschnitten und mit einer schmalen Spitzenkante in eisgrau verziert. Es wirkt elegant, aber nicht unbedingt sexy. Der Schnitt, der es zweigeteilt hat, ist sauber ausgeführt worden.

»Und wo habt ihr das und die anderen Sachen gefunden?«, will der Kommissar von den beiden Kindern wissen, die neugierig zu ihm aufsehen.

»Na da hinten. Unter diesem Riesenstein.«

Der Junge weist hinüber zum Hünengrab. Das Mädchen nickt bestätigend.

»Wollen wir mal zusammen reingehen, damit ihr mir das genau zeigen könnt?«, schlägt Bastian vor.

Die Kinder nicken begeistert und stürmen voran. Bastian wendet sich noch kurz an ihre Eltern: »Von Ihnen brauche ich nachher eine Beschreibung der Frau, die mit der restlichen Kleidung abgehauen ist. Was fehlte jetzt noch gleich?«

»Eine halbe Hose und ein Stiefel«, antwortet die Mutter.

»Und der Stiefel, wie sah der aus?«

»Es ging ja alles so schnell, da hab ich nicht genau hingucken können. Aber braun war er, und irgendwas Auffälliges wie Schnallen oder so habe ich zumindest nicht gesehen.«

»Okay, danke. Warten Sie hier, ich bin gleich wieder da.«

Mit diesem Worten geht Bastian Kreuzer hinüber zu dem altertümlichen Riesenbett. Der ovale Kranz von länglich aufgerichteten Steinen trägt eine monströs große und sicher sehr schwere Felsplatte. Eigentlich ist es erstaunlich, dass die Menschen vor Tausenden von Jahren so etwas Schweres ohne jede mechanische Hilfe bewegen konnten, überlegt er, während er gründlich die Oberfläche des Decksteins mustert. Die dichte Schneeschicht darauf ist unberührt und wirkt wie ein weißer Überwurf. Oder wie ein Leichentuch. Aus der Höhle unter dem Stein klingen allerdings höchst lebendige und sehr aufgeregte Kinderstimmen hervor.

»Nichts anfassen«, ruft Bastian Kreuzer, während er sich bückt, den Kopf einzieht und vorsichtig über den halbhohen Eintrittsstein steigt. In dem Langgrab herrscht ein schummriges Dämmerlicht, das die kahlen Steine wie anklagende Zeugen wirken lässt. Die beiden Kinder warten schon in der Mitte des Ovals auf den Kommissar.

»Wo genau lagen denn die Sachen?«

»Da hinten.« Zwei kleine Arme weisen auf die dem Wasser zugewandte Seite. Bastian wartet einen Moment, bevor er zum hinteren Ende des Langbettes kriecht. Dabei versucht er, die Temperatur zu fühlen. Es ist hier drinnen ein bisschen wärmer als draußen, was wahrscheinlich daran liegt, dass der Wind fehlt.

»Und das Hosenbein war wirklich gefroren?«, versichert er sich.

»Ja und es lag da so ganz komisch quer, also nicht zusammengefaltet oder so, sondern fast so, als ob noch ein Bein dringesteckt hätte.« Das Mädchen schüttelt sich bei dem Gedanken an den Fund.

Ihr Bruder scheint die grausige Erinnerung allerdings zu genießen. »Wie bei den Zombies«, erklärt er altklug.

»Zombies gibt's nicht. Wir müssen also eine normale Erklärung dafür finden. Das Hosenbein war steif und ausgestreckt, sagt ihr?«

Die Kinder nicken eifrig.

»Dann muss die Hose vorher irgendwo anders gelegen haben«, überlegt Bastian laut. »Irgendwo, wo es kälter war. Hier können Hosenbein und Stiefel noch nicht so lange gelegen haben, sonst wären sie wieder aufgetaut.«

»Na, die Frau ist ja auch sofort angerannt gekommen«, pflichtet ihm das Mädchen eifrig bei. »Vielleicht hat sie uns heimlich beobachtet und jetzt verfolgt sie uns.« Die Kinderaugen sind plötzlich weit aufgerissen, und ihre panischen Stimmen hallen durch die Höhle.

»Macht euch mal keine Sorgen. Ihr seid ganz bestimmt nicht in Gefahr. Aber ich habe noch eine andere Frage: Ihr habt die halbe Hose, den einen Stiefel und die halbe Unterhose hier gefunden. Lag vielleicht irgendwo auch noch eine Socke? Sie müsste knallrot und ziemlich dick gestrickt gewesen sein.«

Erwartungsvoll blickt der Kommissar zu den Kindern hinüber. Die schütteln ratlos die Köpfe.

»Sicher?«

Sie nicken.

»Okay, danke. Wenn ihr wollt, könnt ihr schon wieder rauskriechen. Ich sehe mich hier noch ein bisschen um.«

Aber die Kinder rühren sich nicht von der Stelle. Aufmerksam beobachten sie, wie der Kommissar eine starke Taschenlampe anschaltet und in jede noch so kleinste Spalte leuchtet.

164

Als er schließlich die Lampe wieder ausschaltet und sich dem Ausgang zuwendet, fragt der Junge mit eifriger Stimme: »Da war nichts mehr, oder?«

Bastian schüttelt den Kopf und steigt zurück ins Helle. Ihm fällt nur eine logische Erklärung für das Fehlen der Socke ein. Die Frau, die die anderen Kleidungsstücke hierhergebracht hat, muss sie entweder unterwegs verloren haben oder die Socke liegt noch dort, wo vorher auch die anderen Sachen aufbewahrt worden sind. Bei dem Gedanken, dass die Kollegen jetzt innerhalb von achtundvierzig Stunden die gesamte Umgebung ein zweites Mal wegen dieser einen Socke durchsuchen müssen, kriegt Bastian ziemlich schlechte Laune. Mit einem griesgrämigen Gesicht wendet er sich den Eltern der beiden Kinder zu, die ihm schon erwartungsvoll entgegenblicken. Bei ihnen steht eine jüngere Frau, die Bastian sofort anspricht.

»Hallo, ich bin Silke Mommsen. Ich arbeite in dem kleinen Supermarkt am Ortsausgang. Und ich hab die Frau erkannt, die den Kindern die Sachen weggerissen hat.«

»Sie wissen, wer das war?«, fragt Bastian aufgeregt.

»Na ja, nicht wirklich. Aber ich habe sie schon mal gesehen.«

»Aha.«

Das ist sicher wieder so eine Neunmalkluge, denkt er. *Hat nichts gesehen, aber macht sich wichtig. Allein schon ihr selbstgefälliger Tonfall spricht Bände.*

Doch dann redet die Frau weiter. »Gestern Abend war sie bei mir im Laden. Sie hat was eingekauft, nichts Besonderes, Wein und Käse und so. Aber irgendwie war sie komisch. Sie wirkte ängstlich auf mich. Oder aufgeregt. Erst dachte ich, sie will vielleicht was klauen, aber da hab ich mich getäuscht …«

Hat sie denn irgendwas Verdächtiges gesagt oder getan?«, fragt Bastian, der jetzt endgültig ungeduldig geworden ist.

»Nö, nicht wirklich. Eigentlich war sie sogar sehr schweigsam, aber … aber sie hat was weggeworfen, das war komisch.«

»Warum? Was war es denn?«

»Ich weiß nicht genau. Eine zusammengeschmolzene Plastikkugel. So groß etwa«, sie deutet die Größe eines Tischtennisballs an.

»Und die Farbe?«

»Graugrün würde ich sagen.«

In Bastians Kopf pocht es plötzlich. Graugrün. Graugrün. Dann stößt er atemlos hervor: »Graugrün. – Sind Sie sicher? Und aus Plastik. Sagen Sie, könnte das vielleicht ein verschmorter Personalausweis gewesen sein?«

»Na ja, ich weiß nicht. So genau hab ich nicht draufgeschaut.«

»Ist der Müll noch bei Ihnen im Laden?«

»Das nicht, aber die Mülltonnen werden erst am Montag geleert, glaube ich.«

»Dann nichts wie hin …«

Samstag, 23. Februar, 13.40 Uhr, Pizzeria Toni, Westerland

»Bestellt was Schönes, ich geb einen aus«, erklärt Sven Winterberg, als der Kellner die Speisekarten bringt.

»Ist das Kind schon da, oder was?«, fragt Bastian Kreuzer überrascht.

»Bist du blöd? Natürlich nicht! Wir sind heilfroh, dass die Wehen wieder aufgehört haben. Und wahrscheinlich kann

Anja Anfang der Woche sogar nach Hause zurück. Wenn das kein Grund zum Feiern ist.«

»Na, dann nehme ich doch die große Fleischplatte und ein paar Austern vornweg«, frotzelt Bastian.

»Der Typ ist unmöglich«, entschuldigt sich Silja für ihren Freund. »Es ist ein Wunder, dass du schon so lange so gut mit ihm zusammenarbeitest, Sven.«

»Und das, obwohl er damals befördert worden ist und nicht ich.«

»Das ist doch längst Schnee von gestern, Leute. Wir sind ein Team, und auch wenn unsere zickige Staatsanwältin das Gegenteil behauptet, finde ich, dass wir ziemlich erfolgreich sind. Und das werden wir auch bleiben, denn seht mal her, was der gute Onkel Bastian vorhin aus der Mülltonne eines Keitumer Supermarktes gefischt hat …«

Er zieht einen durchsichtigen Beweismittelbeutel aus seiner Tasche, in dem sich ein zusammengeschmolzenes Etwas befindet. Er platziert den Beutel so vorsichtig auf dem Tisch, als sei sein Inhalt zerbrechlich.

Silja und Sven starren die Kugel an, ohne etwas zu begreifen.

»Ihr wisst nicht, was das sein könnte? Na, vielleicht bin ich dann doch zu Recht befördert worden.« Mit triumphierendem Blick hebt Bastian Kreuzer den Beutel an und lässt ihn schaukelnd in der Luft schweben. »Diese kleine Kugel hier ist nichts anderes als der verschmorte Personalausweis der toten Larissa Paulmann.«

»Was du nicht sagst.« Siljas Stimme klingt skeptisch. »Woher willst du das wissen?«

»Wenn man mit einer starken Lupe in diese kleine Spalte hineinschaut, dann kann man einen Teil des Fotos erkennen.

167

Ich hatte das Ding noch nicht bei der Spurensicherung, aber ich bin mir ganz sicher, dass die meine Analyse bestätigen werden.«

»Okay, aber was heißt das für den Fall?«, will Sven wissen.

»Ich will mich nicht festlegen, aber es sieht ein bisschen so aus, als hätten wir es bei dem Täter oder der Täterin mit einer ziemlich komplizierten psychischen Struktur zu tun. Ich hab euch ja von den Kindern erzählt, die die restlichen Kleidungshälften gefunden haben. Leider war die Frau, die sie an sich gerissen hat, schon weg, als ich am Harhoog ankam. Aber sie war es auch, die den Ausweis weggeworfen hat – und zwar schon in diesem Zustand.«

»Sie wollte Larissa Paulmann auslöschen, richtig?«, überlegt Silja.

»Ganz genau. Zuerst tötet sie die Frau, und anschließend nimmt sie mehrere sehr unterschiedliche Dinge mit. Zunächst mal das Personaldokument. Und das verbrennt sie oder versucht es zumindest.«

»Sie hätte es auch zerschneiden können, wie die Kleidung«, bemerkt Sven, während er den Kellner an den Tisch winkt.

»Oder einfach so wegwerfen«, ergänzt Bastian. »Aber nein, sie will den Ausweis brennen sehen. – Ich nehme ein Steak, schön roh, und Pommes dazu. Und ein Bier bitte.«

Nachdem auch Silja und Sven bestellt haben, herrscht für kurze Zeit Schweigen am Tisch, dann platzt es aus Silja heraus: »Das Feuer! Vielleicht ist das der Schlüssel zum Ganzen. Erst das Biikebrennen und dann dieser symbolische Feuertod.«

»Die Kollegen, die die Bauruine durchsucht haben, sprachen doch von einer Feuerstelle«, setzt Sven an.

»Aber die war schon kalt«, unterbricht ihn Bastian.

»Bei den Temperaturen kein Wunder. In der Biikenacht könnte sie durchaus gebrannt haben. Dauert ja nicht lange, bis eine Plastikkarte sich so zusammenzieht.«

»Okay, das leuchtet alles ein, aber was bedeutet dann das Zerschneiden der Kleidung?«, überlegt Silja.

»Vielleicht noch so eine Art symbolischer Vernichtung«, schlägt Sven vor.

»Aber dann hätte sie doch die Kleidung gleich mit verbrennen können. Und vor allem nicht die Hälfte am Tatort zurückgelassen. Nein, das ist mir alles noch zu unlogisch.«

»Auf jeden Fall müssen wir die Frau finden«, erklärt Bastian entschieden. »Und zwar so schnell wie möglich. Kannst du dich nach dem Essen darum kümmern, Silja?«

»Ich könnte an den Keitumer Haustüren klingeln und sie beschreiben? Was haltet ihr davon? Vielleicht haben wir Glück, und jemand kennt sie.«

»Ja, vielleicht.«

Bastian sieht nicht ganz überzeugt aus, doch als der Kellner die Getränke bringt, heitert sich seine Miene auf. Er greift nach seinem Bierglas und hebt es hoch. »Auf den edlen Spender und sein ungeborenes Kind!« Nachdem Bastian das halbe Glas auf einen Zug geleert hat, setzt er es ab und sagt: »Apropos kennen: Ich hab noch eine weitere Neuigkeit für euch. Die wird euch die Socken ausziehen.«

Silja und Sven schweigen erwartungsvoll.

»Unser alter Freund Fred Hübner ist wieder involviert.«

»Wie das?«, fragt Sven.

»Tja, ich habe auf dem Weg hierher mit dem Glaser telefoniert, der gestern Abend die eingeschlagene Scheibe von Alexander Bürgli erneuert hat. Bürgli hatte ja schon angedeutet, dass er nicht der einzige Kunde war. Und tatsächlich ist am gleichen Abend auch bei Hübner eine Scheibe eingeworfen worden.«

»Zufall?«, fragt Silja skeptisch und bläst in ihren Teebecher.

»Wohl kaum, denn der Pflasterstein, der die Scheibe zertrümmert hat, war mit dem gleichen Warnzettel umwickelt wie bei Bürgli.«

»*Hüte dich*«, murmelt Sven, »war doch so, oder?« Und als Bastian nickt, fährt er fort, »Aber was hat Fred Hübner mit Alexander Bürgli gemeinsam?«

»Ich schlage vor, das fragen wir ihn selbst. Und zwar direkt nach dem Essen.«

»Vorher muss ich auch noch was loswerden, ist allerdings nicht ganz so spektakulär wie deine Neuigkeiten. Ich habe mich ja über diesen Rönneberg schlaugemacht. Den Exfreund von der Paulmann, ihr wisst schon. Er lebt seit seiner Entlassung in Kiel, wo auch seine Schwester wohnt. Mit der hat er allerdings kaum Kontakt, und sie konnte mir auch nicht sagen, wo er ist. Der ehemalige Bewährungshelfer hat ihn als fleißig, strebsam und zuverlässig beschrieben. Aber er hat jetzt seit zwei Jahren auch nichts mehr von ihm gehört.«

»Der Typ ist aber nach wie vor in Kiel gemeldet?«, unterbricht ihn Bastian.

»Das schon, die Miete wurde bisher auch regelmäßig überwiesen, hat mir der Hauswirt erklärt. Aber vor ein paar Wochen hat Rönneberg gekündigt.«

»Also ist er vielleicht doch auf der Insel«, überlegt Silja.

»Wenn er sich nicht umgemeldet hat, dann hätte er zur Zeit keinen festen Wohnsitz. Sieht schon mal ganz schlecht aus, wenn man dann unter Verdacht steht«, wirft Bastian ein.

»Warte kurz, ich bin noch nicht fertig. Ich habe von dem ehemaligen Bewährungshelfer erfahren, wo Rönneberg gearbeitet hat. Das ist ein ziemlich großer Elektrobetrieb, der auch einen Wochenendnotdienst hat.«

»Ja und? Mach's nicht so spannend.« Bastian verdreht die Augen und leert sein Bierglas.

»Da hat er gekündigt, vor einem guten Monat. Und wisst ihr warum?«

»Na?«, fragen Silja und Bastian im Chor.

»Er wollte nach Vietnam.«

»Echt jetzt? Was will er denn da?« Bastian runzelt die Stirn.

»War wohl ein alter Traum. Rönneberg muss ständig davon geredet haben. Alle im Betrieb wussten das. Sie haben ihm zum Abschied die erste Woche in einem kleinen Hotel spendiert, und er muss sich tierisch darüber gefreut haben.«

»Wie rührend«, Bastian klingt sarkastisch. »Hast du die Fluggesellschaften durchtelefoniert und überprüft, ob er wirklich geflogen ist? Immerhin ist das eine ziemlich blöde zeitliche Koinzidenz.«

»Koin- was?«, will Sven wissen.

»Übereinstimmung. Das sagt man jetzt so.« Bastian grinst. »Freut mich, dass ich euch auch mal beeindrucken kann.«

Silja seufzt theatralisch. »Also jetzt übertreib's bloß nicht.« Dann wendet sie sich an Sven. »Was ist mit den Flügen?«

»Das Übliche am Wochenende. Da kannst du kaum eine Auskunft kriegen. Ich hab bei den größten Gesellschaften angerufen, die hatten nichts. Aber das sagt nicht viel. Ich habe mir mal angesehen, wie du überhaupt nach Vietnam fliegen kannst. Und wenn es nicht viel kosten soll, dann kannst du auch erst nach Grönland jetten und dort einen halben Tag auf dem Flughafen rumhängen und anschließend über Kanada einmal um den halben Erdball ...«

»Braucht man ein Visum für Vietnam?«, unterbricht Bastian

Svens Ausführungen und holt sein Handy aus der Tasche. Er tippt ein paarmal aufs Display, dann nickt er befriedigt. »Man braucht eins. Du solltest also mal bei der Botschaft checken, ob Rönneberg eins beantragt hat. Dann sehen wir weiter.«

»Moment noch, ich war noch nicht fertig.« Sven beugt sich vor und lächelt beide Kollegen an. »Ich habe nämlich sicherheitshalber auch bei unserem Flughafen angerufen. Und, siehe da, hier auf der Insel sind sie kooperativer. Hat gar nicht lange gedauert, da hatte ich alle Passagierlisten der letzten Woche im Faxgerät. Zum Glück alphabetisch geordnet. Die müssen am Flughafen echt gut sortiert sein.«

»Und? Spuck's endlich aus!«, fordert Bastian.

Sven seufzt und verdreht die Augen. »Nichts. Leider. Lars Rönneberg ist nicht auf die Insel geflogen, jedenfalls nicht im Verlauf der letzten Woche.«

»Das heißt natürlich noch gar nichts. Er könnte mit dem Zug gekommen sein. Oder mit einem Auto«, wirft Silja ein.

»Ja klar, das weiß ich auch.« Sven klingt beleidigt.

»Trotzdem ist es gut, dass du das schon gecheckt hast«, sagt Bastian. »Jetzt prüfen wir erstmal die Sache mit dem Visum, und dann entscheidet sich, ob wir die ganz große Sause brauchen und bei allen Autovermietern und Reisebüros anfragen. Okay?«

»Okay«, antworten Silja und Sven wie aus einem Mund.

Samstag, 23. Februar, 15.11 Uhr, Haus am Dorfteich, Wenningstedt

Während Fred Hübner in der Diele seine dicke Jacke überzieht, pfeift er vergnügt vor sich hin. Zwar sieht man die Beule am Hinterkopf immer noch ziemlich deutlich durch den Stoppelhaarschnitt, aber was geht das den Chefredakteur des Sylter Anzeigers an? Wichtig ist nur, dass er ihm ein ordentliches Angebot für das feine Manuskript macht. Bei dem Gedanken daran, dass sich die viele Arbeit damals letztendlich doch gelohnt haben wird, pfeift Fred gleich noch lauter.

Der Türgong ist ein eher dissonanter Unterbrecher der Melodie. *Wahrscheinlich ein Paketbote oder irgendjemand sonst, der ins Haus will*, denkt Fred und drückt auf den Summer. Als er Sekunden später die beiden Kommissare vor sich sieht, zieht er scharf die Luft ein. Auf der kleinen Kommode direkt hinter der Wohnungstür liegt das pikante Manuskript. Und es wäre ganz sicher keine gute Idee, die Ermittler einen Blick darauf werfen zu lassen.

»Hoher Besuch«, nuschelt Fred und achtet drauf, die Tür nicht zu weit zu öffnen. »Was verschafft mir die Ehre?« Mit der freien Hand zieht er die oberste Kommodenschublade auf, greift nach dem Papierstapel und stopft ihn in die Lade.

»Moin, moin. Hauptkommissar Kreuzer, wir kennen uns ja bereits. Dürfen wir reinkommen?« Der bullige Kommissar begleitet die Frage mit einem energischen Schritt über die Schwelle. Jetzt hat er den Fuß in der Türspalte.

»Passt gerade nicht so gut.« Fred schiebt die Schublade zu und weist auf seine Jacke. »Ich bin auf dem Sprung.«

173

»Dauert nicht lange.« Schon hat der Kommissar die Tür aufgeschoben und steht in der Diele.

»Also hören Sie mal ...«, beginnt Fred, wird aber sofort unterbrochen.

»Wir sind schon im Bilde«, erklärt der Kommissar und winkt jetzt auch seinen Kollegen herein. »Oberkommissar Winterberg kennen Sie ja ebenfalls.«

Fred nickt. »Im Bilde über was?«, fragt er sichtlich genervt.

»Man hat Sie bedroht. Gestern Abend ist die Scheibe Ihrer Terrassentür eingeworfen worden. Das werden Sie ja wohl kaum vergessen haben.«

Ein lauernder Blick aus Polizistenaugen trifft den Journalisten. Zwei schwere Lider werden halb gesenkt, Tränensäcke legen sich in beeindruckende Falten.

»Ach das.« Fred macht eine abwertende Handbewegung. »Kinder, nehme ich an. Heutzutage drehen die ganz schön am Rad. Kein Wunder, bei dem ganzen Gewaltzeugs, das sie täglich in der Glotze vorgesetzt bekommen.«

»Warum sollten Kinder Ihnen drohen?«

»Gegenfrage: Woher wissen Sie von der Drohung?«

»Der Glaser hat's uns verraten. Sie waren nämlich nicht der Einzige mit einer zertrümmerten Scheibe.«

»Tatsächlich?«, antwortet Fred gespielt uninteressiert. Dabei würde er schon ganz gern wissen, wen es noch getroffen hat. Aber die Ermittler sehen nicht so aus, als seien sie in Plauderstimmung. »Wollen Sie den Stein sehen? Den Zettel habe ich auch noch«, bietet Fred an.

Während die Kommissare ihm ins Wohnzimmer folgen, überlegt er fieberhaft, wie er die restlichen Informationen aus den Ermittlern herauskitzeln kann.

»Glauben Sie, dass es einen Zusammenhang mit der Toten

174

vom Biikebrennen gibt?«, fragt er mit möglichst harmloser Stimme und reicht gleichzeitig dem Schmächtigeren der beiden den Stein und den Zettel. Winterberg heißt der, er muss sich den Namen endlich mal merken.

Winterberg also lässt beides in zwei Beweismitteltüten gleiten und fragt dann scharf: »Ihre Fingerabdrücke haben wir?«

»Nicht dass ich wüsste. Warum?«

»Na, Sie haben das hier ja ziemlich angetatscht. Wäre schon gut, wenn wir Ihre Abdrücke isolieren könnten.«

»Wen haben Sie denn in Verdacht, wenn's kein Dummer-Jungen-Streich gewesen sein soll?«

»Das lassen Sie mal schön unsere Sorge sein.« Der Bullige, Kreuzer, sieht nicht so aus, als würde er Freds stümperhaften Versuchen, ihn auszuhorchen, auf den Leim gehen. Stattdessen fragt er mit strenger Stimme: »Haben Sie den Stein an den Kopf bekommen?«

Fred tastet nach der Beule und nickt geistesgegenwärtig. Seinen kleinen Erkundungsgang in der Bauruine behält er lieber für sich.

»Kannten Sie eigentlich Larissa Paulmann?«, setzt der Kommissar nach.

»Die Tote vom Biikeplatz? Nie gesehen«, antwortet Fred schmallippig. Nach einer kleinen Pause fügt er an: »Also nicht leibhaftig jedenfalls. Nur aus den Medien, das ließ sich ja auch kaum vermeiden.«

»Was haben Sie vorhin an der Tür eigentlich so schnell weggesteckt?«, will der Ermittler jetzt wissen.

»Meine Hausschlüssel. Ich hatte nicht den Eindruck, als würde ich Sie abwimmeln können.« Fred versucht es mit einem schiefen Grinsen, aber der Bullige reagiert nicht darauf. In leutseligem Tonfall legt Fred nach: »Jetzt kommen Sie schon – oder glauben Sie vielleicht, ich hätte grad mal die Mordwaffe versteckt ...«

»Larissa Paulmann ist erdrosselt worden, und Ihre Hände können Sie ja wohl kaum verstecken«, kontert Kreuzer humorlos.

»Dafür wollen Sie also meine Fingerabdrücke.« Freds Grinsen wird breiter. Vielleicht lockert eine kleine Provokation die Gesprächsatmosphäre.

»Herr Hübner, ich an Ihrer Stelle würde mir die Witze verkneifen«, weist Kreuzer ihn zurecht. »Stattdessen sollten Sie noch mal genau nachdenken. Wer könnte Sie bedrohen wollen? Oder präziser ausgedrückt: Wovor sollten Sie sich hüten?«

»Ganz ehrlich: Ich weiß es nicht.«

»Sie wissen aber schon, dass Aussagen, die mit *ganz ehrlich* beginnen, meistens gelogen sind, oder?«

»Ach hören Sie doch mit diesen blöden Haarspaltereien auf. Vielleicht verraten Sie mir lieber, wer noch so eine Drohung bekommen hat. Möglicherweise kann ich ja dann eine Verbindung herstellen.«

»Sagt Ihnen der Name Alexander Bürgli etwas?«

Fred zögert zu lange, er merkt es selbst. Aber es dauert einfach eine Weile, bis er entscheiden kann, was jetzt die richtige Antwort ist. »Nö, nie gehört«, sagt er schließlich.

»Sicher?« Weder Kreuzer noch Winterberg glauben ihm.

»Klar.« Er zuckt die Schultern. »Wer soll das sein? Hat er irgendwas mit der Toten zu tun?«

»Gegenfrage: Kennen Sie eine magere Frau, die einen leicht verwirrten Eindruck macht und auffällig hellblonde Haare hat?«

»Sie meinen jetzt aber nicht die Tote?«, erkundigt sich Fred harmlos, während er an die Gestalt in der Bauruine denken muss, die ihm eins übergebraten hat. *Hellblonde Haare? Könnte sein.* Eigentlich müsste er die Information weitergeben. Andererseits ruiniert er sich die ganze Story, wenn er jetzt plaudert.

»Wirkte Larissa Paulmann denn verwirrt? Sie sagten doch, Sie kennen sie gar nicht?«, fasst der Ermittler nach.

»Wegen der hellen Haare, dachte ich …«

»Sie sollen nicht denken, sondern einfach nur auf meine Frage antworten«, schnappt der Hauptkommissar.

»Klare Antwort: nein«, gibt Fred zurück.

Plötzlich weiß er sehr genau, was er am Abend vor der Vernissage tun wird. Er wird sich die Bauruine noch einmal gründlich vornehmen. Diesmal allerdings mit dunkler Kleidung.

Samstag, 23. Februar, 15.26 Uhr, Gurtstieg, Keitum

Frustriert biegt Silja in die Keitumer Einkaufsmeile ein. In der letzten Stunde hat sie an mindestens fünfzig Türen geklingelt. Und weniger als zehn Bewohner angetroffen. Die meisten waren Zweitwohnungsbesitzer, die zum Biikebrennen angereist waren und nur ratlos die Köpfe schüttelten konnten, wenn Silja ihr Sprüchlein aufsagte. Niemand kannte eine etwas verwahrlost aussehende und konfus wirkende blonde Frau mittleren Alters. Dafür erkundigten sich alle äußerst interessiert nach dem Stand der Ermittlungen. Man gab sich höchst besorgt und bat die frierende Kommissarin gern ins Haus, um Näheres zu erfahren. Wenn Silja allen Einladungen nachgekommen wäre, dann hätte sie jetzt einen Bauch voller Kekse und Kuchen und wahrscheinlich einen kräftigen Schwips dazu. Aber es wäre ihr wärmer.

Silja nimmt sich vor, es noch an zehn weiteren Häusern zu probieren und dann aufzugeben. Das nächste ist ein gedrungenes Kapitänshaus, dessen Garten sogar im Winter ansprechend aussieht. Bestimmt ist auch dieses Haus längst im Besitz eines Industriellen vom Festland. Oder eines Fernsehstars. Oder einer Modedesignerin. Die Fenster sind jedenfalls dunkel, und aufs Klingeln reagiert auch niemand. *Bleiben noch neun Versuche*, sagt sich Silja und will gerade umdrehen, als sie von hinten angesprochen wird.

»Moin, moin, kann ich Ihnen helfen?«

Hinter der Kommissarin steht eine zierliche Person mit einem langen blonden Zopf und fröhlichen Augen. Die Frau ist etwa so alt wie Silja, trägt einen dicken gesteppten Anorak und klobige Moonboots.

»Wohnen Sie hier?«, erkundigt sich Silja hoffnungsvoll.

Wortlos deutet die Frau auf den Schlüsselbund, den sie in der Hand hält. Während sie aufschließt, stellt sie sich vor. »Laura Thüren, hallo, erst mal.«

»Silja Blanck, Kripo Westerland. Ich suche schon seit einer Stunde jemanden, der sich ein bisschen unter den Keitumer Einwohnern auskennt. Aber bisher bin ich nur auf Leute vom Festland gestoßen. Sind Sie vielleicht von der Insel?«

»Hier geboren und nie weggegangen«, ist die stolze Antwort. »Damit gehöre ich wahrscheinlich zu einer aussterbenden Rasse.«

»Sie sind meine letzte Hoffnung. Darf ich reinkommen?«

»Klar. Wollen Sie einen Tee mittrinken?«

»Ich wüsste nicht, was mir lieber wäre. Schön haben Sie's hier.« Silja sieht sich um.

Links und rechts von der niedrigen Eingangstür führen Durchgänge in eine Küche und ein Wohnzimmer. Die Türen sind entfernt worden, und die Einrichtung ist komplett in hellen Grautönen gehalten und betont schlicht.

Laura Thüren sieht Siljas Blick und erklärt: »Ich mag dieses ganze Niedliche nicht, was sich manche Leute in die Katen stellen. Die Sylter Häuser sind ohnehin schon niedrig und klein. Da will ich es zumindest hell und licht haben.«

»Sie sind Innenausstatterin, stimmt's? Irgendwo hab ich Ihren Namen schon mal gehört.«

Laura Thüren nickt. »Mein Großvater hatte einen Tapetenladen in Westerland, und als die ganzen Touristen kamen, hat mein Vater angefangen, denen die Häuser einzurichten. Ich mach das immer noch.« Sie lacht kurz, es klingt fast entschuldigend. »Meine Familie hat einfach aufs richtige Pferd gesetzt. Deshalb kann ich auch das alte Haus meiner Großeltern noch unterhalten.«

»Da haben Sie wirklich Geschick bewiesen«, sagt Silja anerkennend.

»Und Glück gehabt«, fügt Laura Thüren hinzu. Sie hat inzwischen ihre Jacke ausgezogen und steht nun in der Wohnküche vor einer Reihe Edelstahldosen. »Friesenmischung oder Earl Grey?«

»Ich mag beides. Hauptsache heiß. Darf ich?«

Silja lässt sich auf einen der schmucklosen Hocker an der Esstheke fallen.

»Sind sie wegen Larissa hier?«, will Laura Thüren wissen, während sie den Tee in eine Steingutkanne löffelt.

»Sie kannten sie?«

»Nicht sehr gut, sie war in der Schule ein oder zwei Klassen über mir. Aber sie ist mir schon damals aufgefallen. Sie wirkte immer so unnahbar. Heute würde man sagen: cool.«

»Was wissen Sie noch über sie?«

179

»Ach nichts. Nur, dass sie schon seit damals irgendwo da hinten am Watt gewohnt hat. Und dann das, was gestern in den Zeitungen stand.«

»Eigentlich wollte ich Sie gar nicht zu Frau Paulmann befragen, sondern zu einer anderen Frau, die in den letzten Tagen einigen Leuten aufgefallen ist«, setzt Silja an, wird aber gleich unterbrochen.

»Oh, da muss ich Sie bestimmt enttäuschen. Ich bin erst gestern Abend wiedergekommen. Ich war die ganze Woche in Hamburg. Beruflich. Hab da an einer Penthouse-Wohnung letzte Hand angelegt und das Ganze gestern Nachmittag übergeben. Jetzt brauch ich erst mal ein bisschen Ruhe. Also, wie gesagt, wahrscheinlich kann ich Ihnen nicht helfen.«

»Ach Mensch«, seufzt Silja. »Ich habe heute einfach kein Glück. Da treffe ich schon mal jemanden von der Insel, und dann gibt's noch nicht mal einen Grund, um zum Tee zu bleiben.«

Laura Thüren lacht, wird aber schnell wieder ernst. »Was ist das denn für eine Frau, über die Sie was wissen wollen?«

In wenigen Sätzen beschreibt Silja, was die Kommissare bisher über die merkwürdige Unbekannte herausbekommen haben. Und während sie redet, fällt ihr ein, dass sie der Gesuchten möglicherweise sogar selbst schon einmal begegnet ist. *Warum ist sie nicht vorher darauf gekommen?* Am Morgen des Leichenfundes, als eine Frau mit strohig hellen Haaren fast von einem SUV über den Haufen gefahren worden wäre. Silja hat die Blonde zwar nur kurz gesehen, aber ihr Eindruck deckt sich ziemlich mit den Beschreibungen der Supermarktverkäuferin und des Elternpaares. Ein verhuschtes Auftreten, unkoordinierte Bewegungen und ein ausgesprochen menschenscheues Verhalten.

Weil Silja so intensiv mit ihren eigenen Gedanken beschäftigt war, hat sie gar nicht auf die Worte Laura Thürens geachtet. »Was haben Sie gesagt?«

Die andere antwortet nicht gleich. Konzentriert gießt sie den gezogenen Tee durch ein feines Sieb, in dem die Blätter zurückbleiben. Ein verführerischer Duft zieht durch die Wohnküche. Bergamotte. Laura Thüren hat sich also für einen parfümierten Earl Grey entschieden. Nachdem sie zwei Becher und Kluntjes zu der Kanne auf die Theke gestellt hat, setzt sie sich neben Silja.

»Nichts Besonderes. Ich wollte einfach nur wissen, warum Sie die Frau suchen.«

»Uns ist die Frau durch einige merkwürdige Aktionen aufgefallen. Wie ich bereits gesagt habe, sie hat halblange strohblonde Haare, ist schlank, fast hager und scheint ziemlich menschenscheu zu sein. Vermutlich wohnt sie hier irgendwo.«

»Das ist ja nicht sehr präzise. Wie alt ist sie denn?«

»Schwer zu sagen, sie trägt eigentlich fast immer eine Kapuze tief ins Gesicht gezogen.«

»Könnte sie in unserem Alter sein?«

»Möglich wär's.«

»Und sind Sie sicher, dass sie hier irgendwo *wohnt*.«

»Wie meinen Sie das?«

Silja sieht Laura Thüren über ihren Teebecher hinweg fragend an.

»Na ja, für mich klingt das alles, als ob Sie von der irren Birre reden.«

»Von wem?«

»Der irren Birre. So haben wir sie schon in Schulzeiten genannt. Eigentlich heißt sie Birgit, den Nachnamen habe ich vergessen. Vielleicht sogar nie gewusst. Sie war in Laris-

181

sas Klasse und hat ihr das Leben zur Hölle gemacht. Und vielleicht hat sie damit nie ganz aufgehört. Sie hat Larissa in allem kopiert, in der Pubertät ist das ganz schön nervig. Vor allem, wenn die ganze Schule dabei zusieht.«

»War das so? Warum hat mir das bis jetzt niemand erzählt?«

Laura Thüren zuckt die Schultern. »Sind ja alle weg, jedenfalls die Frauen. Runter von der Insel, irgendwo hingezogen, wo ein kleines Haus nicht gleich ein Vermögen kostet. Von den Jungs sind allerdings noch einige hier. Aber die waren selbst so verrückt nach Larissa, dass sie die irre Birre gar nicht beachtet haben.«

»Und diese ... Birgit ... lebt immer noch hier?« Silja widerstrebt es, den hässlichen Spitznamen zu benutzen. Sie stellt sich feixende Jugendliche vor – und ein junges Mädchen, das verzweifelt nach seiner Identität sucht und sich ans falsche Vorbild geklammert hat.

»Sie ist seit ein paar Jahren obdachlos, soviel ich weiß. Schläft mal hier, mal da.«

»So etwas gibt es auf der Insel?«

»Sie können es ja nicht verbieten. Und im Winter drücken eigentlich alle ein Auge zu. Ich hab sie schon mal mit ihrem Lager im Vorraum vom Friesensaal gesehen. Da ist ja der Sparkassenautomat, deshalb ist sie reingekommen. Wahrscheinlich schläft sie auch öfter auf der stillgelegten Hotelbaustelle. Ich habe da manchmal nachts einen Feuerschein gesehen. Hab natürlich nicht die Polizei gerufen.« Ein entschuldigender Blick streift die Kommissarin. »Aber Beton brennt ja nicht. Außerdem weiß ich von den Erzieherinnen im Kindergarten, dass sie nichts sagen, wenn die Birre in dem kleinen Haus auf dem Spielplatz schläft. Sie muss nur morgens um sieben alles weggeräumt haben, damit sich die Eltern nicht beschweren.«

Silja setzt ihre Teetasse ab und steht ziemlich abrupt auf. Als sie Laura Thürens erstaunten Blick sieht, erklärt sie: »Der Kindergarten, von dem Sie gesprochen haben, ist gleich neben dem Friesensaal. Und die Baustelle nur über die Straße. Also wohnt diese Birgit keine hundert Meter von dem Ort entfernt, wo Larissa Paulmann umgebracht worden ist.« Silja zieht scharf die Luft ein und fügt leise hinzu: »Ich glaube, das ist der Durchbruch.«

Samstag, 23. Februar, 16.10 Uhr, Apartmenthaus Sonnenkuhle, Westerland

Jasper van de Kock tut, als sei nichts gewesen. Er lässt Bastian Kreuzer gleich beim ersten Klingeln in seine Wohnung, er bietet ihm einen Platz auf dem Sofa und anschließend sogar einen Kaffee an, er plaudert. Bastian lässt ihn reden, während vor seinem inneren Auge die Bilder vom gestrigen Besuch ablaufen. Der Typ gefesselt auf dem Bett, sein enormer Ständer, die coole Domina, der seidene Schlafrock.

Plötzlich hört van de Kock auf zu plaudern. »Aber das alles interessiert Sie wahrscheinlich wenig. Warum sind Sie eigentlich hier?«

Wahrscheinlich hat er meinen abwesenden Blick falsch gedeutet, überlegt Bastian und muss sich ein Grinsen verkneifen. »Wir haben neue Erkenntnisse im Fall Paulmann. Und da dachten wir, Sie könnten uns vielleicht helfen.«

»Ja?«

Ein Flackern schleicht sich in van de Kocks Blick. Seine Gestalt strafft sich, die Hände finden zueinander. Eine knetet die andere.

»Sagt Ihnen der Name Birgit etwas?«

»Ist das eine Fangfrage?«, van de Kock wirkt sichtlich irritiert. »Den Namen gibt es ziemlich häufig.«

»Das ist alles, was wir haben. Bisher. Ich hatte gehofft, von Ihnen einen Nachnamen zu erfahren. Es handelt sich um eine ehemalige Mitschülerin Ihrer Exfrau. Die beiden müssen ein kompliziertes Verhältnis gehabt haben. Um genau zu sein, hat diese Birgit Ihrer Frau wohl damals nachgestellt. Vielleicht ist es auch während Ihrer Ehe mal zu einem Zwischenfall gekommen. Oder Frau Paulmann hat etwas von früher erzählt?«

»Larissa sprach nicht gern über ihre Schulzeit. Sie sprach eigentlich überhaupt nicht gern von ihrer Vergangenheit. Und irgendwann habe ich sie auch nicht mehr dazu ermuntert.«

»Das ist aber ausgesprochen schade. Wir haben nämlich Grund zu der Annahme, dass genau diese ominöse Birgit maßgeblich an dem Mord an Frau Paulmann beteiligt war.«

»Sie gehen von mehreren Tätern aus?«

Bastian zuckt die Schultern. Dann beugt er sich nach vorn, schiebt den Oberkörper über den Couchtisch, bis seine Stirn fast die von Jasper van de Kock berührt, und sagt mit eindringlicher Stimme: »Darum geht es jetzt nicht. Aber wir haben hier einen ernsthaften Mordfall. Und wenn Sie irgendetwas über Larissa Paulmanns Jugendbekanntschaften wissen, dann sollten Sie mir das jetzt sagen.«

Van de Kock räuspert sich. Dann schließt er die Augen, als müsse er sich sehr konzentrieren. Schließlich beginnt er mit immer noch geschlossenen Augen zu reden.

»Herr Kommissar, ich verlange ja nicht von Ihnen, dass sie sich mit meinem Glauben beschäftigen. Aber ich muss Ihnen vielleicht doch etwas erklären.« Vorsichtig hebt van de Kock die Lider, fast als erwarte er, dass Bastian inzwischen das Weite gesucht haben könnte. Als er den Kommissar immer noch ruhig auf dem Sofa sitzen sieht, lächelt er. Seine grünen Augen wirken unecht, findet Bastian nicht zum ersten Mal. Van de Kock bemüht sich sehr um einen eindringlichen Tonfall. »Wer zu mir kommt, ist beladen. Wer zu mir kommt, kann und will die Last nicht mehr tragen«, beginnt er.

»Welche Last?«, fährt Bastian unwirsch dazwischen.

»Die Last des Lebens. Häufig gerade die Last der Erinnerung. Einer unschönen Erinnerung. Wer zu mir kommt, möchte neu anfangen. Ich nehme meinem Gefolge die Last ab und lade sie auf meine eigenen Schultern, ich bin stark und ich …«

»Ist *Gefolge* nicht ein sehr großes Wort? Für mich klingt das nach Mittelalter und Königshof«, unterbricht ihn Bastian.

»Ganz recht. Wir benutzen dieses Wort absichtlich. Es stellt eine Rangordnung her, die uns willkommen ist.«

»Und wer, bitte schön, ist jetzt *wir*?«

»Nun, mein Gefolge und ich.« Eine leichte Ermüdung schleicht sich in van de Kocks Stimme. *Stell dich nicht dümmer, als du bist*, scheint seine Miene zu sagen. In belehrendem Tonfall fügt er an: »Schon in der Bibel heißt es, *einer trage des anderen Last*. Nur sind manche eben kräftiger als andere.«

»Sie zum Beispiel.«

»Ganz genau. Ich nehme meinen Jüngern die Lasten ab, damit sie wieder aufrecht gehen können.«

»Das habe ich jetzt begriffen. Aber gehört nicht gerade dazu, dass Ihre Jünger Ihnen auch die Dinge anvertrauen, die sie belasten? Hätte nicht gerade Ihre Ehefrau von den nicht immer schönen Erlebnissen ihrer Kindheit und Jugend erzählen müssen?«

»Hätte, hätte, Fahrradkette«, unterbricht van de Kock den

Kommissar plötzlich mit einem unpassend weltlichen Ausdruck. »Ich habe Ihrer Kollegin doch bei der ersten Vernehmung schon erzählt, dass Larissa mich enttäuscht hat. Sie wollte sich einfach nicht hingeben. Sie hat mir letztendlich nicht vertraut.« Er klingt jetzt wütend. »Darum haben wir uns ja auch wieder scheiden lassen.«

»Das war der Grund?«

»Ja natürlich. Was denken Sie denn?« Ein plötzliches Misstrauen spricht aus van de Kocks Blick.

Harmlos antwortet Bastian: »Was ich denke, tut nichts zur Sache. Es war nur eine höfliche Erkundigung. Und jetzt bleibt auch nur noch eine Frage.«

»Ja?« Wieder lächelt van de Kock. Er kann seine Erleichterung darüber, dass der Kommissar sich bald verabschieden wird, nur schlecht verbergen.

»Wissen Sie vielleicht, ob Larissa Paulmann Tagebuch geführt hat? Entweder in den letzten Jahren oder früher zu Schulzeiten. Wir haben uns zwar schon in ihrem Haus umgesehen, aber es noch nicht systematisch durchsucht.«

Van de Kock schüttelt den Kopf und presst die Lippen aufeinander. Doch seine Gleichgültigkeit ist nur gespielt. Auf den Wangen erscheinen krebsrote Flecken, die in merkwürdigem Gegensatz zu dem matten Rot seiner Haare stehen. Er atmet jetzt schneller und schluckt mehrmals.

Die Reaktion van de Kocks irritiert den Kommissar. Er kennt sie, weiß aber zunächst nicht woher. Und als es ihm einfällt, ist es keine Beruhigung: Es ist die klassische Täterreaktion aus dem Handbuch der Kriminologie. Eigentlich könnte Bastian Kreuzer hochzufrieden sein. Das Problem ist nur, dass alle Hinweise im Augenblick gerade nicht auf van de Kock deuten.

»Von einem Tagebuch weiß ich nichts«, flüstert van de Kock jetzt. Dann verstummt er.

Samstag, 23. Februar, 16.11 Uhr, Am Tipkenhoog, Keitum

Silja Blanck hat ein schlechtes Gewissen. Es gab nicht einen vernünftigen Grund dafür, dass sie Bastian aufgescheucht und zu Jasper van de Kock geschickt hat. Eigentlich wäre das ihr Job gewesen. Schließlich war sie darauf angesetzt, etwas über die ominöse Blonde herauszufinden, die die Kleidungsstücke der Toten an sich gerissen hat.

Aber Bastian war weder alarmiert noch misstrauisch, fast hat er von selbst angeboten, die Befragung van de Kocks zu übernehmen. Er hat noch nicht einmal gefragt, was Silja denn stattdessen vorhabe. Und sie hätte es ihm wohl auch nicht verraten.

Selbst jetzt sieht sie sich noch ängstlich um, als könne man sie bei etwas Verbotenem ertappen. Dabei drückt sie doch nur auf die Klingel am Tor des Anwesens von Alexander Bürgli. *Wer soll sich schon etwas dabei denken?* Sie ist nur beruflich hier. Trotzdem ist Silja froh, als der Summer ertönt. Schnell legt sie die Strecke zwischen Zaun und Haus zurück, und als sie die angelehnte Tür sieht, schlüpft sie hinein.

»Hallo? Herr Bürgli? Ich bin's, Silja Blanck, die Kommissarin aus Westerland«, ruft sie in die Stille. Doch da hallen schon Schritte auf der Treppe, und der Hausherr erscheint. Er trägt eine sehr enge Jeans und ein blütenweißes Hemd, dessen Manschetten offen hängen. Seine nackten Füße stecken in dunkelgrünen Wildlederslippern, und die kurzen Haare wirken leicht verstrubbelt.

»Habe ich Sie gestört?«, fragt Silja verwirrt.

»Keineswegs. Kommen Sie nur herein. Ich muss Sie nur bitten, mein Räuberzivil zu verzeihen, aber ich bin gerade dabei, meine Garderobe zu ordnen. Es hängen hier doch sehr viele Sachen, die ich schon längst hätte aussortieren müssen.« Ein charmantes Lächeln begleitet seine Worte, und Silja merkt, wie sie unwillkürlich zurücklächelt.

»Ich dachte immer, nur Frauen machen so etwas.«

»Vielleicht haben gerade meine unausgelebten weiblichen Anteile die Oberhand gewonnen.«

Bürglis muskulöser Oberkörper sprengt fast das Hemd und straft jedes einzelne seiner Worte Lügen. Er grinst sie auffordernd an, als erwarte er einen entschiedenen Widerspruch von ihr. Aber den Gefallen tut Silja ihm nicht. Stattdessen setzt sie ein ernstes Gesicht auf und erklärt energisch: »Herr Bürgli, wir müssen reden.«

»Oh, das klingt ja fast wie der Beginn eines Beziehungsgesprächs.«

Silja wird rot. Als sie spürt, wie die verräterische Wärme ihr Gesicht überzieht, bereut sie sofort, hergekommen zu sein. Doch jetzt ist es zu spät. Sie wird mit dem ebenso unverschämten wie verschmitzten Charme dieses Millionärssohns irgendwie fertig werden müssen.

»Wir kommen mit den Ermittlungen im Fall Larissa Paulmann zügig voran. Das ist die gute Nachricht«, setzt sie leise hinzu. »Das Problem ist, dass wir es vermutlich mit einer Täterin zu tun haben, die aus, wie soll ich sagen ...«, Silja stockt kurz und wägt ihre Worte sorgfältig ab, »... sehr emotionalen Gründen gehandelt hat.«

»Solche Leute sind unberechenbar, das meinen Sie doch damit, oder?«

»In etwa.«

»Ich sollte mich also vorsehen?«

»Immerhin haben Sie diese Drohbotschaft bekommen.«

»Und jetzt soll ich Ihnen sagen, warum man mir droht? Ist das nicht ein bisschen zu viel verlangt?« Wieder lächelt er. Es sieht eher schelmisch als ängstlich aus. »Kommen Sie, wir setzen uns in die Küche, ich mache uns einen Tee – oder wollen Sie lieber Espresso? –, und dann überlegen wir gemeinsam, was dahinterstecken könnte.«

»Ein Espresso wäre toll, Tee hatte ich heute schon genug.«

Fast willenlos folgt ihm Silja in den riesigen lichtdurchfluteten Raum, der neben weißlackierten und ausgesprochen großzügigen Einbauschränken auch eine gemütliche Eckbank mit dicken Polstern zu bieten hat.

»Rutschen Sie schon mal durch. Da hinten sitzen Sie wunderbar in der Sonne, das ist jetzt genau das Richtige für Sie.« Bürgli wartet, bis Silja seiner Anweisung gefolgt ist, dann schiebt er zufrieden hinterher: »Dachte ich's mir doch, dass Ihnen dieses Licht stehen würde. Der Goldton lässt Ihre Haare schimmern wie dunkle Seide.«

Silja verzichtet auf jede Antwort und verlegt sich darauf, Alexander Bürgli beim Hantieren in seiner Küche zu beobachten. »Sie waren lange nicht mehr hier, stimmt's?«, sagt sie schließlich.

»Ziemlich. Aber wie kommen Sie jetzt darauf?«

»Sie müssen nach allem suchen, das ist doch ungewöhnlich.«

Ein verlegenes Lachen ist die Antwort. Schließlich murmelt Bürgli: »Normalerweise haben wir eine Zugehfrau, die kennt sich bedeutend besser hier aus. Aber ich bin ziemlich überhastet hergekommen und wollte eigentlich auch lieber allein sein.«

Während die Kaffeemaschine ihr lautes Brummen ausstößt, schweigen beide. Dann stellt Bürgli die duftenden Tassen auf den Tisch und schiebt sich anschließend ebenfalls auf die Bank.

»Was ist das für eine Frau, die Sie derzeit verdächtigen?«, erkundigt er sich. »Oder darf ich das gar nicht wissen?«

»Doch, doch, es ist sogar besser so. Vielleicht können Sie uns ja helfen. Es gibt da nämlich eine Sache, über die wir reden sollten.«

»Ja?«

»Wir haben nach Larissa Paulmanns Tod ihr Haus durchsucht. Und dabei haben wir diese Fotos gefunden.« Silja senkt die Stimme, blickt Alexander Bürgli aber direkt in die Augen. »Die Nacktfotos von Ihnen.«

»Hoppla.« Bürgli wird für einen Moment ernst, findet aber schnell zu seiner charmanten Art zurück. »Das hatte ich fast vergessen. Na, jedenfalls kennen Sie jetzt mehr von mir, als ich von Ihnen.«

Silja lächelt nur kurz. »Wie man's nimmt. Die Fotos sind schließlich in Ihrer Pubertät entstanden. Aber – was viel wichtiger ist: Sie sind eindeutig aus einem Fenster des Verwalterhauses aufgenommen worden. Mit einem guten Teleobjektiv kann man sich wunderbar in das obere Zimmer zoomen.«

»Da hatte ich mein Kinderzimmer.« Nachdenklich streicht sich Alexander Bürgli übers Gesicht. Dann schließt er die Augen und scheint tief in Erinnerungen zu versinken. Silja nutzt die Gelegenheit, um ihn gründlich zu betrachten. Doch plötzlich schreckt Bürgli auf. »Warum fangen Sie eigentlich wieder davon an? Larissa war obsessiv.«

»Das ist Ihre These. Und ja, möglich wäre es, aber insgesamt scheint uns das nicht sehr wahrscheinlich. Eine andere Person könnte die Fotos gemacht haben.« Silja senkt die Stimme und bemüht sich um einen behutsamen Tonfall. Was sie jetzt sagen muss, ist sicher ein Schock für Alexander Bürgli. »Kinderpornographie ist ja nicht erst seit dem Aufkommen des Internets ein lohnendes Geschäft. Dass man Ihnen gedroht hat, könnte damit in Zusammenhang stehen.«

Alexander Bürgli schluckt. Dann fragt er: »Warum sollte die Drohung etwas damit zu tun haben? Das verstehe ich nicht.«

»Vielleicht hat jemand angenommen, *Sie* würden diese Fotos finden. Schließlich gehört Ihnen das Haus, in dem Larissa Paulmann gelebt hat. Und wenn ein Mieter stirbt, egal wie, dann kommt es schon vor, dass der Hausbesitzer die Wohnung ausräumt.«

»Dann müssten aber Larissas Mörder und der mysteriöse Fotograf ein und dieselbe Person sein.«

»Entweder das, oder sie haben voneinander gewusst.«

»Und wen genau verdächtigen Sie? Sie sagten doch eine Frau, oder?«

Silja nickt. »Sie ist etwa so alt wie ich, hat sehr helle, fast strohblonde Haare, heißt mit Vornamen Birgit und ist möglicherweise geistig verwirrt. Außerdem ist sie obdachlos, schläft mal hier, mal dort. Es wäre also denkbar, dass sie bei Ihnen klingelt oder vielleicht sogar einfach auf dem Grundstück auftaucht. Verstehen Sie mich nicht falsch, das alles muss gar nicht passieren, aber ich möchte, dass Sie gewarnt sind. Falls irgendetwas Ungewöhnliches geschieht, sollten Sie uns sofort anrufen.«

Bürgli nickt nachdenklich. Dann strafft er die Schultern, so dass das Hemd aus allen Nähten zu platzen droht. Leise fragt er: »Kann ich die Fotos vielleicht noch mal sehen?«

»Selbstverständlich. Sowie die Spurensicherung damit fertig ist, werden wir sie Ihnen aushändigen.«

»Haben Sie die Negative auch?«

»Noch nicht. Aber wir müssen ohnehin noch einmal in das Haus von Frau Paulmann.«

»Danke«, murmelt Bürgli. »Es ist ein gutes Gefühl, die Polizei an seiner Seite zu haben. Bitte richten Sie das auch Ihren Kollegen aus.«

»Das mache ich gern«, antwortet Silja und überlegt dabei, wie viel von diesem Besuch sie Bastian eigentlich erzählen wird.

Samstag, 23. Februar, 18.12 Uhr, Süderstraße, Keitum

Sie fährt mit den Fingern das Klingelbrett entlang. Es stehen nur drei Namen auf der blankgeputzten Tafel, aber ihre Augen sind seit einigen Jahren schwächer geworden. Und heute ist ihr auch noch schwindlig. Sie kneift die Augen zusammen, hier muss er doch irgendwo wohnen. Aber nein, die Namen sind ihr alle fremd.

Gebückt schleicht sie hinüber zum nächsten Haus. Da steht gar nichts auf dem Klingelbrett, und es ist auch kein Fenster erleuchtet. Dafür knallt es hinter ihrem Rücken. Sie fährt herum. *Wer war das? Hat das Knallen ihr gegolten? Und was bedeutet es? Da schießt doch nicht etwa jemand auf sie?*

Aber sie ist unverletzt, und in der Dunkelheit scheint sich nichts zu regen. Sie steht ganz still und lauscht. *Nein, da sind auch keine Schritte zu hören.* Vielleicht war das Knallen nur ein verspäteter Silvesterböller. Und schallt da nicht auch Kinderlachen übers Watt?

Sie muss sich beruhigen. Niemand verfolgt sie. Noch nicht.

Aber sie weiß, das wird kommen. Ihr ist schließlich bewusst, was sie getan hat und dass das nicht ungesühnt bleiben kann. Deswegen muss sie jetzt auch runter von der Straße. In keinem ihrer Unterschlüpfe fühlt sie sich mehr sicher. Überall kann man sie finden, sie aufspüren wie ein waidwundes Tier, sie jagen und zur Strecke bringen. Sie weiß das genau. Sie spürt schon jetzt den heißen Atem der Verfolger im Nacken. Sie kann das Keuchen hören und ein wütendes Schnauben ahnen, das den Moment ihrer Entdeckung begleiten wird.

Sie muss sich in Sicherheit bringen. Sie sollte fliehen.

Nur wohin?

Ganz am Ende der Straße gibt es noch eins von diesen Mehrfamilienhäusern, in denen keine Ferienwohnungen sind. Vielleicht lebt er dort.

Sie zieht die Kapuze tiefer ins Gesicht und beginnt zu rennen. Nur niemandem begegnen, nur nicht auffallen. Als plötzlich ein alter Mann vor ihr auftaucht, läuft sie fast in ihn hinein. *Wo ist der hergekommen? Und was will er von ihr?*

»Nicht so eilig, junge Frau«, murmelt der Mann und geht weiter, ohne sie zu beachten.

Aber sie ist gewarnt. Sie muss weg von der Straße, sie braucht ein Versteck. Jedenfalls für heute Nacht. Morgen wird sie weitersehen.

Endlich ist sie am Ziel. Aber dieses Klingelbrett hat keine Beleuchtung, und im Dunkeln sind die Namen unmöglich zu erkennen. Und sie kann doch nicht überall klingeln. Außerdem wohnt er vielleicht gar nicht hier. Die Verzweiflung kommt als Welle über sie, nimmt ihr den Atem, raubt ihr den Verstand. Sie hechelt. Wie eine Hündin, die gerade Junge wirft. Wie Larissas Hündin. Damals, als sie zum ersten und einzigen Mal bei ihr eingeladen war.

Die Hündin lag in einem Körbchen hinter dem Haus, und als es losging, waren Larissas Eltern drüben in der Villa. Nur sie beide standen vor dem Korb und beobachteten mit großen Augen, was da aus dem Hundekörper herauskam. Drei blutige nackte Leiber, kleine Teufel mit spitzen Ohren und langen Schwänzen, die erbärmlich japsten. Larissa nahm einen von ihnen auf den Arm und strich ihm zärtlich über das verklebte Fell. Dann wollte sie das Tier weiterreichen, aber Birgit ekelte sich und machte eine abwehrende Bewegung, für die sie sich sofort schämte. Doch da hatte Larissa schon begonnen, sie zu verhöhnen.

»Hast du Angst, dich schmutzig zu machen? Oder magst du keine Welpen? Ach egal! Ich finde dich sowieso blöd. Na los, verzieh dich, du bist nicht mehr meine Freundin.«

Und jetzt steht sie hier, so viele Jahre später, und hat immer noch Angst vor Larissa und ihren bösen Worten. Dabei ist Larissa tot und kann ihr nicht mehr wehtun.

Plötzlich schwingt die Tür vor ihr auf, und ein halbwüchsiges Mädchen tritt heraus.

»Hallo, guten Abend. Kann ich Ihnen helfen?« Die Stimme klingt freundlich, das Mädchen singt die Worte fast, als seien sie ein Lied oder ein Gedicht.

Birgit nimmt all ihren Mut zusammen und flüstert: »Henry. Ich suche Henry Loos.«

»Das ist mein Papa. Was wollen Sie denn von ihm?«

»Henry«, wiederholt Birgit, als sei damit schon alles gesagt, und nickt heftig mit dem Kopf.

Das Mädchen verdreht die Augen, dann drückt es auf eines

194

der Klingelschilder und ruft in die Sprechanlage: »Hier ist eine Frau, die will zum Papa.«

»Aha. Lass sie rein … oder warte. Ich schick den Papa runter.«

Birgit hält sich die Ohren zu. Am liebsten würde sie wegrennen.

»Ich muss los, sonst fährt der Zug ohne mich. Aber mein Papa kommt gleich runter. Tschüs dann.« Das Mädchen hüpft beim Laufen, und die dunklen Haare fliegen im Wind. Birgit sieht ihr hinterher, da steht plötzlich Henry vor ihr. Er sieht aus wie vorgestern, nur nicht so dick angezogen natürlich, denn er kommt ja von drinnen.

»Ich muss bei dir schlafen«, stößt sie hervor. Und als er ablehnend den Kopf schüttelt, setzt sie hektisch hinzu: »Einer verfolgt mich. Und wir sind doch Freunde. Weißt du nicht mehr?«

»Freunde. Also ehrlich, Birre … so würde ich das jetzt nicht ausdrücken.«

»Doch, das sind wir. Hast du selbst gesagt. Und du sollst nicht diesen Namen zu mir sagen. Ich mag das nicht.«

»Also Birgit.« Er benutzt jetzt den richtigen Namen, aber seine Stimme ist immer noch falsch. Und er verschränkt die Arme vor der Brust. Guckt überhaupt nicht freundlich.

»Schlafen«, wiederholt sie und merkt, wie wieder die Panik in ihr aufsteigt.

»Nee, ist jetzt schlecht, echt mal. Die Ines ist eh schon stinkig wegen dieser ganzen Mordsache. Und jetzt auch noch du. Wie soll ich das denn erklären?«

»Bitte!«

Sie greift nach seinen Armen, versucht, sie um ihren Körper zu legen. Er soll sie festhalten und beschützen, aber er will das nicht. Er nimmt ihr seine Arme wieder weg und stößt sie

von sich. Birgit taumelt nach hinten, verliert das Gleichgewicht und stürzt zu Boden. Sie schlägt sich die rechte Hand
auf, Blut fließt aufs Pflaster und leuchtet hell in dem Licht, das
aus der offenen Haustür fällt.

Dann ist es plötzlich dunkel. Verwirrt schaut sie sich um.
Henry ist im Haus verschwunden und hat die Tür hinter sich
ins Schloss gezogen.

Samstag, 23. Februar, 18.57 Uhr, Alter Friesensaal, Keitum

Fred Hübner schlendert geduldig von Foto zu Foto
und betrachtet jede Landschaftsaufnahme eingehend.
Keine beeindruckt ihn sonderlich. Die frühen Fotos von Carli waren ihm deutlich lieber. Lachende Mädchen mit schönen
Körpern. Feiernde Jungs neben schnellen Autos. Und jetzt
sind da nur Möwen, Wellen und Gräser. Sonnenauf- und Son-
nenuntergänge, Regenschauer, die quer über die Dünen pre-
schen, frischer Schnee auf alten Buhnen, ein Fischkutter im
Hafen von List, der aussieht, als stamme er noch aus den fünf-
ziger Jahren.

Den meisten Besuchern der Ausstellung geht es anders als
Fred. Ihnen scheinen die Bilder zu gefallen. Unter etlichen
kleben rote Punkte als Zeichen dafür, dass sie bereits Käu-
fer gefunden haben. Und wenn Fred den alten Freund gleich
anspricht, wird er die Fotos loben müssen. Aber Carli, das
weiß Fred ganz genau, war schon immer ein Könner im Aufspüren von falschen Tönen.

Plötzlich steht er neben Fred, boxt ihn in die Seite wie früher und sagt lachend: »Freddi, altes Haus, dachte ich's mir

doch, dass ich dich heute Abend treffen würde. Warum bist du nicht zu mir gekommen? Schleichst hier rum und glotzt blöd. Passt gar nicht zu dir.« Die Stimme von Carl Gottlieb ist dieselbe wie damals, tief und rauchig.

Fred hat ihn nicht kommen gehört, und jetzt ist ihm sein Verhalten peinlich.

»Oder wolltest du nur mal inkognito nachsehen, was dein alter Kumpel so treibt, und dich dann wieder aus dem Staub machen?«

Der ironische Ton, mit dem Carli die meisten seiner Sätze zu unterlegen pflegt, ist Fred immer noch sehr vertraut. Von nahem sieht Carlis Gesicht älter aus als von weitem. Die Haut ist stark gebräunt und runzlig. Die Wangen hängen wie kleine Säckchen herab und sind durchzogen von tiefen Falten. Die Augenbrauen sind fast weiß, sie stehen wild in alle Richtungen ab. Aber sein Atem riecht wie damals. Nach Alkohol und Tabak.

Fast beklommen schüttelt Fred den Kopf. »Keine Bange, ich wär schon nicht abgehauen. Ich wollte dich nur erst mal deinen Bewunderern überlassen.« Dann schließt er den alten Freund in seine Arme. »Mensch, ich dachte, ich seh nicht recht, als ich vorgestern das Plakat entdeckt habe. Du wieder auf der Insel. Dass ich das noch erlebe.«

Fred lässt Carl Gottlieb los und hält ihn auf Armeslänge von sich. »Wo zum Henker warst du in den ganzen Jahren? Und warum hast du dich nie gemeldet? Warst einfach weg, wie vom Erdboden verschluckt.«

Carl Gottlieb zuckt grinsend die Schultern. »Cherchez la femme, was sonst.«

»Wie jetzt? Weiber gab's doch aufer Insel genug. Und schönere als anderswo sowieso.«

»Meine Traumfrau hab ich aber in Hamburg getroffen, sie war Fotoreporterin beim *Spiegel*. Und nach unserer ersten Nacht hat sie mir erklärt, dass sie abhaut. Gleich am nächsten Tag ging ihr Flieger. Maren hatte die Schnauze voll von Europa. Wollte nach Bali. Aussteigen. Bisschen rumflippen, bisschen was verkaufen. Schmuck oder so. Eben ein gutes Leben haben.«

»Und da bist du mit?«

»Exakt.«

»Gleich am nächsten Tag?«

Fred kann die Fassungslosigkeit kaum verbergen. Doch eine ältere Dame mit praktischem Grauhaarschnitt unterbricht die beiden. Ihr stark näselnder Tonfall und die strenge S-T-Trennung verraten die Hamburgerin.

»Sie sind doch der Fotograf, näch? Könn 'se mir denn ein schönes Stück empfehlen?«

»Wasser oder Land? Sommer oder Winter?«, fragt Carl Gottlieb mit professioneller Freundlichkeit und führt die Dame zu einer Serie mit Jahreszeitenaufnahmen. Hinter dem Rücken macht er Fred ihr altes Zeichen. Die halb geöffnete Faust mit dem abgespreizten Daumen hebt sich bis zum Mund und macht dann eine Schüttbewegung. *Warte*, hieß das immer, *wir gehen gleich noch einen trinken*.

Fred Hübner runzelt die Stirn. Er weiß genau, Carli wird enttäuscht sein, wenn er nachher mit Apfelsaft anstößt, selbst wenn der sich in einem Weinglas befinden sollte. Aber wahrscheinlich ist dies nicht die einzige Veränderung in ihrer beider Leben, und eine gute Freundschaft sollte so etwas aushalten.

Samstag, 23. Februar, 19.20 Uhr, Ingiwai, Keitum

Sie traut sich nicht heran. Obwohl das Haus ganz dunkel ist, geht etwas Unheimliches von ihm aus. Geister brauchen keine Lichter, weiß sie, aber das ist kein Trost. Die leeren Fensterscheiben blinken im Mondlicht wie neugierige Augen, spähend, verräterisch. Auf dem Dach liegt noch Schnee, eine verrutschte, schiefe Kappe, die jederzeit abstürzen kann. Und die zwei Stufen vor der Eingangstür wirken wie ein Paar zusammengekniffener Lippen, schmal vor Verachtung.

Vielleicht sollte sie weglaufen. Weglaufen und nie wiederkommen. Sie bleibt stehen und denkt ernsthaft darüber nach. Doch dann schüttelt sie energisch den Kopf, als könne jemand sie sehen.

Mit wenigen Schritten ist sie an der Gartenpforte. Die Stiefel knirschen im Schnee, ein schneidendes, hartes Geräusch. Vorsichtig tastet Birgit nach der Klinke, drückt sie herunter, schiebt das Törchen auf. Jeder Schritt auf dem kurzen Weg zur Haustür muss genau überlegt sein. Immer wieder sieht sie sich um, aber da ist niemand, der das Knistern des Schnees unter ihren Tritten hören kann.

Erst als Birgit dicht vor der Tür steht, sieht sie, dass ein schmaler Streifen aus einem stabil wirkenden Material quer über Tür und Rahmen geklebt wurde. *Verschlusssiegel* steht in so großen Buchstaben darauf, dass sie es selbst in dem schlechten Licht erkennen kann. Darunter entziffert sie das Datum von gestern. Die Polizei ist also noch nicht fertig mit Larissas Haus. Birgit bekommt plötzlich Angst vor dem blöden Siegel.

199

Kreisrund und glashart, als starre ein neugieriges Auge sie an. *Können die da eine Kamera einbauen*, fragt sie sich. *Nein, natürlich nicht*, das weiß sie schon.

Trotzdem presst Birgit sich eng an die Wand und schiebt ihren zitternden Körper zur vorderen Hausecke. Der raue Putz reibt an ihrer Jacke, Kälte wabert in Wellen ums Haus. Als sie am Fenster vorbeischleicht, versucht sie, innen etwas zu erkennen. Doch alles ist dunkel, nur schemenhaft leuchtet ein heller Vorhang im vagen Licht der Straßenlaterne. Hinter der Ecke steht eine blecherne Gießkanne mitten im Weg, aber sie entdeckt sie rechtzeitig und macht einen kleinen Bogen darum. Im Garten raschelt es. *Ein Tier? Ein Mensch?* Sie schickt ihre Blicke über die froststarren Beete, durchpflügt die kahlen Sträucher am Grundstücksrand. Nichts. Nur weißzackige Muster vor dunklem Himmel, beleuchtet von dem kalten Mond, der drüben über der Straße zu hängen scheint.

Als Birgit die Terrasse erreicht hat, knirscht es hinter ihr. Panisch drückt sie die Klinke nach unten, aber auch diese Tür ist verschlossen, was hat sie denn gedacht? Gerade als ihr auffällt, dass hier gar kein Siegel angebracht worden ist, scheppert es auf der Hausseite. Dann ertönt ein Fluch. Leise, flüsternd, aber sie hat ihn gehört.

»Shit!«

Mit rasendem Herzen drückt sie sich gegen die Tür und rüttelt am Schloss. Es ändert sich nichts, die Tür bleibt zu. Sie zieht die Kapuze tief ins Gesicht und schließt die Augen. Jetzt ist es passiert. Sie sitzt in der Falle, und Larissa wird sich an ihr rächen.

»Hallo? Ist da jemand?«

Eine männliche Stimme kommt von der Hausecke. Also nicht Larissa. Aber Henry auch nicht. Er wäre ihr nicht gefolgt, und es tut ihm auch nicht leid. Er würde sich niemals bei ihr entschuldigen oder sie doch noch mit in seine Wohnung nehmen. Sie hat das auch nicht geglaubt. Nicht wirklich.

Aber wer ist der Fremde im Garten dann? Die Stimme ist heller als Henrys, nicht so beruhigend tief, doch sie gehört eindeutig einem Mann.

Vorsichtig lugt sie unter der Kapuze hervor. Der Terrassenzugang ist etwas eingezogen, und sie drückt sich tief in die Ecke. Der andere kann sie noch nicht entdeckt haben. Er steht weiter vorn, halb auf dem Rasen, und betrachtet das Haus. Obwohl der Mond direkt auf sein erhobenes Gesicht scheint, erkennt sie ihn nicht gleich. Es dauert drei, vier Sekunden, dann ist sie sicher. Er ist es. Larissa hat ihn geliebt, das war für Birgit Grund genug, ihn zu beobachten. Immer wieder ist sie ihm nachgeschlichen. Jetzt weiß sie über seine Tage Bescheid, über seine Freuden und Laster. Sie mag ihn nicht. Aber was will er jetzt hier? Zum Glück weiß *er* nicht, wer sie ist. Oder doch?

Jetzt kramt er in seiner Jackentasche herum. *Hat er einen Schlüssel?* Natürlich hat er einen Schlüssel, und gleich wird er neben ihr stehen, sie aus der Ecke zerren und zur Rede stellen.

Sie holt tief Luft – und dann schreit sie, so laut sie kann. Der Mann auf dem Rasen fährt zusammen. Er scheint vor Schreck wie gelähmt. Und ihr Schrei schwebt wie ein Fanal in der Luft, er gellt in ihren Ohren. Gleichzeitig stößt sie sich von der Mauer ab und rennt los. Kein Blick zurück. *Folgt der Mann ihr?* Sie weiß es nicht.

Sie hastet zur Gartenpforte, stößt sie auf und stolpert hinaus. Sie wendet sich nach links, dem Watt zu und blickt für einen Sekundenbruchteil nach hinten. *Nein, da ist niemand.* Sie läuft schneller, ihr Puls rast, der Atem kommt stoßweise aus ihrem Mund. Der Boden ist uneben, der Asphalt gerissen und löchrig, Schneematsch bedeckt die Straße. Sie mahnt sich zur Vorsicht, aber die Eile ist stärker. Sie hastet und springt, dann tritt sie plötzlich unglücklich auf und knickt mit dem Knöchel um. Der Schmerz rast durch das ganze Bein bis hinauf in die Hüfte. Stechend und unerbittlich. Bei jedem Schritt entflammt eine neue Welle. Schweiß bricht ihr aus. Vor ihren Augen beginnt es zu flackern. Sie stolpert noch einmal, und als sie sich mit beiden Händen abfangen will, fällt ihr die verletzte Rechte wieder ein. Doch es ist zu spät. Ihre Hand berührt schon den Asphalt, ein neuer Schmerz durchfährt sie. Dann wird plötzlich alles schwarz.

Samstag, 23. Februar, 19.22 Uhr, Alter Friesensaal, Keitum

Natürlich hat Fred die üppige Rothaarige schon längst gesehen. Mit Kennermiene schlendert sie durch die Ausstellung, nippt dabei an ihrem Sekt und scheint sich wirklich für die Fotografien zu interessieren. Ihre wohlgeformten Beine schauen appetitlich unter einem wippenden Rock hervor, der auf Kniehöhe endet und exakt die Farbe ihrer Haare hat. Der schwarze Rollkragenpulli, den sie trägt, sitzt ziemlich eng und modelliert ihre ansehnlichen Brüste. Fred kann ihr Alter schlecht schätzen, sie könnte Ende Vierzig oder auch schon Mitte fünfzig sein. Wohlproportionierte Frauen haben weniger Falten.

Weil Carli immer noch mit Verkaufsgesprächen beschäftigt ist, beschließt Fred, einen Versuch bei der Rothaarigen zu wagen. Gerade bewegt sie sich entlang einer Serie von Dämmerungsfotos direkt auf ihn zu. Er muss also gar nichts weiter tun, als stehenzubleiben und zu warten.

Und richtig, bevor sie an ihm vorbeiläuft, spricht sie ihn an: »Dieses Wolkenbild muss es Ihnen wirklich angetan haben. Sie starren ja wie hypnotisiert darauf.« Ihre Stimme ist tief und außerordentlich wohltönend, der Tonfall lässt auf eine sehr sympathische Ironie schließen.

»Wollen Sie die Wahrheit wissen?«, gibt er zurück.

»Gegen die Wahrheit ist wenig einzuwenden, meistens jedenfalls.«

Beim Lächeln sitzt ihr der Schalk in den Augen, denkt Fred und prüft mit einem knappen Blick, ob Carli noch beschäftigt ist. Dann sagt er mutig: »Ich stehe hier nur, damit Sie mich ansprechen.«

»Tatsächlich? Na, dann ist es doch ausgesprochen nett von mir, Ihnen den Gefallen getan zu haben, oder?«

»Ich fühle mich geschmeichelt.« Fred deutet eine charmante Verbeugung an.

»Was halten Sie von einem Glas Sekt und ein bisschen Frischluft? Ich würde gern eine Zigarette rauchen.«

»Doppelte Fehlanzeige.« Fred hebt bedauernd die Schultern. »Ich trinke nicht, und ich rauche auch nicht. Aber ich begleite Sie trotzdem sehr gern nach draußen. – Hier auf der Insel ist es zur Zeit ja nicht ganz ungefährlich …«, setzt er vage hinzu.

»Ach, Sie meinen diesen Mord beim Biikebrennen? Ja, davon habe ich gehört«, entgegnet sie. Ihre Stimme wirkt gleichgültig, fast unkonzentriert. »Mein Mantel ist gleich der Erste da hinten auf dem Ständer, wenn Sie so freundlich sein würden.«

»Der Rote?«

»Exakt. Man soll zu seinen Lastern stehen, sage ich immer.«

»Madame, Sie gefallen mir«, murmelt Fred, während sie das

geleerte Glas auf einem Tischchen abstellt und mit einem vollen zurückkehrt. Galant hilft er ihr in den Mantel. Dann greift er nach seiner eigenen Jacke.

Draußen steht ein dottergelber Mond am Himmel, umgeben von dramatischen Wolken.

Fred weist nach oben: »Sieht aus wie im Stummfilm, finden Sie nicht?«

»Es geht doch nichts über die Kulissen, die die Natur uns selber bietet«, sagt sie lächelnd, reicht ihm ihr Glas zum Halten und fummelt eine Zigarettenpackung aus der Manteltasche. Fred nimmt ihr das Feuerzeug aus der Hand und lässt es aufflammen.

»Ein Kavalier alter Schule, wie nett«, murmelt sie und inhaliert tief. Dann bläst sie ihm den Zigarettenrauch direkt ins Gesicht. »Leider hat er vergessen, sich vorzustellen.«

»Oh, pardon. Fred Hübner. Ich bin Journalist und lebe auf der Insel.«

»*Der* Fred Hübner«, erkundigt sie sich knapp und wirft ihm einen belustigten Blick zu, den er sich nicht erklären kann.

»Bisher wusste ich nicht, dass ich einen eigenen Artikel habe. Aber, wenn Sie so wollen, ja, das bin ich wohl. *Der* Fred Hübner.«

»Sie fahren der Polizei öfter mal in die Parade, stimmt's?«

»Ich bin Journalist, da muss man neugierig sein, sonst taugt man nichts.« Auffordernd blickt Fred die üppige Rothaarige an. Ihm ist nicht entgangen, dass sie selbst sich noch nicht vorgestellt hat.

Sie fängt seinen Blick auf und lächelt. »Elsbeth Bispingen. Ich bin nur zu Besuch auf der Insel und arbeite auf dem Festland bei einer Behörde.«

»Waren Sie beim Biikebrennen?«

»Das ist doch Ehrensache. Leider habe ich mich fürs Lister Feuer entschieden. Wenn ich gewusst hätte, dass es hier so spannend wird, wäre ich natürlich hergekommen.«

»Lust auf einen kleinen Spaziergang?«, fragt Fred spontan. »Ich könnte Ihnen den Tatort zeigen und auch das Haus, in dem das Opfer gewohnt hat.«

Die Rothaarige überlegt nicht lange. »Warum nicht, ein bisschen Abendgrusel hat noch nie geschadet. Und dabei könnte ich meinen Nikotinpegel ein bisschen pushen.«

»Na dann!«

Mit einer entschiedenen Bewegung greift Fred nach dem Arm seiner Begleiterin, hakt sie unter und lenkt sie sicher durch den schmelzenden Schnee.

Samstag, 23. Februar, 20.00 Uhr, Norderstraße, Westerland

Während der Tagesschaugong ertönt, läuft Silja in dicken Socken quer durch das Wohnzimmer und wirft sich neben Bastian auf die Couch. »Ha! Alles noch rechtzeitig geschafft.«

Bastian hebt den Arm und legt ihn über Siljas Schulter. »Komm her, du verfrorenes Mädchen. Herzlich willkommen zum Spießer-Feierabend vor der Glotze.«

»Also hör mal, nur weil wir ausnahmsweise mal einen Heile-Welt-Film gucken, sind wir noch lange keine Spießer«, protestiert Silja und kuschelt sich an ihn. »Außerdem ist ein bisschen Spießigkeit nicht schlecht in unserem Beruf. Sonst würden wir irgendwann vielleicht zu blutsaufenden Zombies mutieren, wer weiß.«

»Deine Phantasien möchte ich haben«, gibt Bastian zurück und konzentriert sich dann auf die Nachrichtensprecherin. Aber als die erste Meldung bereits eine Wohnungsdurchsuchung bei einem bundesdeutschen Politiker thematisiert, der der Korruption verdächtigt wird, verliert er schnell das Interesse. »In Afrika bringen sich ganze Bevölkerungsgruppen gegenseitig um, der Islamische Staat köpft irgendwelche Unschuldigen – und das öffentlich-rechtliche deutsche Fernsehen berichtet minutenlang von so einem blöden Korruptionsverfahren«, beschwert er sich.

»Sei lieber froh, dass sie uns in Ruhe lassen. Kannst du dich noch an den Medienrummel im letzten Sommer erinnern? Oder unsere Angst im Herbst davor, dass sich das wiederholt? Das brauche ich so schnell nicht noch einmal.«

»Der Galerist eines Malerfürsten und ein Topmodel sind eben als Mordopfer viel interessanter für die Medien als eine unbedeutende Frau mittleren Alters, außerdem …«, setzt Bastian an, wird aber vom Klingeln seines Handys unterbrochen. »Nee, echt jetzt mal. Da geh ich nicht ran«, erklärt er entschieden.

»Sei nicht albern!« Silja steht auf und holt sein Handy von der Küchentheke. Sie wirft einen Blick aufs Display und pfeift leise durch die Zähne. Während sie Bastian das Handy reicht, sagt sie streng: »Du solltest mir auf Knien danken, dass ich dich gerettet habe. Weißt du, wer dran ist?«

»Du wirst es mir gleich sagen«, grummelt Bastian.

»Deine Intimfeindin. Elsbeth von Bispingen persönlich. Und sehr wahrscheinlich ruft sie nicht an, um dir einen geruhsamen Feierabend zu wünschen.«

»Gib schon her.« Bastian greift nach dem Handy und nimmt den Anruf an.

Schnell schaltet Silja den Fernseher aus.

»Mussten Sie das Handy erst aus der Mülltonne kramen, oder warum brauchen Sie so lange, um an ihren Dienstapparat zu gehen?«, schnauzt die Staatsanwältin.

»Ich freue mich auch, von Ihnen zu hören. Was gibt's denn, Frau von Bispingen?«

»Ich stehe hier gerade vor dem Haus von Larissa Paulmann – und drinnen ist Licht. Wenn ich mich recht erinnere, haben Sie das Haus doch versiegelt, oder?«

»Das ist korrekt. Können Sie denn erkennen, wer da drin ist?«

»Erstens, werter Herr Hauptkommissar, ist das nicht meine Aufgabe, sondern Ihre. Und zweitens hat nicht etwa jemand das Deckenlicht angeschaltet, sondern da ist einer mit einer Taschenlampe zugange.«

Bastian stößt sich vom Sofa ab und eilt mit wenigen Schritten in die Diele. »Bin schon unterwegs. Können Sie dableiben? Oder haben Sie Angst?« Kaum hat er die Frage gestellt, möchte er sich am liebsten auf die Zunge beißen. Für die kämpferische Staatsanwältin ist das ganz sicher eine Steilvorlage.

Doch die Reaktion Elsbeth von Bispingens fällt ganz anders aus als erwartet. Sie lacht. Das Lachen ist eher erotisch lockend als hämisch, und die darauffolgenden Worte verwirren Bastian Kreuzer noch mehr. »Ach wissen Sie, ich bin nicht allein. Und mein Begleiter macht auf mich durchaus den Eindruck, als würde er mit dieser Situation spielend fertig.«

Eine kleine Pause entsteht, in der Bastian versucht, sich einen Reim auf ihre Worte zu machen. Auch Silja, die mittlerweile neben ihm steht und das Lachen gehört hat, guckt ratlos.

Als die Bispingen weiterredet, ist ihr Tonfall wieder der übliche. Kühl und spöttisch. »Also lassen Sie sich ruhig Zeit.

Ich steh mir gern am Samstagabend in der Kälte die Beine in den Bauch. Und die Person da drinnen bekommt genügend Zeit, um inzwischen alles gemütlich zu vernichten oder zu verstecken, was vielleicht für die Klärung des Mordfalles von Interesse wäre.«

»Ich eile«, bellt Bastian ins Handy und unterbricht die Verbindung. Als er Siljas fragenden Blick sieht, zuckt er die Schultern.

»Irgendjemand kriecht im Haus von der Paulmann rum. Die Bispingen hat offensichtlich ihren Abendspaziergang in der Gegend gemacht. Mit wem auch immer. Jedenfalls wartet sie jetzt dort auf mich.«

»Auf uns«, korrigiert ihn Silja. »Ich komme mit.«

Samstag, 23. Februar, 20.09 Uhr, Ingiwai, Keitum

»Haben Sie eben mit einem der Kommissare aus Westerland telefoniert?«, will Fred Hübner wissen. Seine Stimme klingt ziemlich konsterniert.

Elsbeth von Bispingen nickt. Sie scheint nicht die Absicht zu haben, sich ausführlicher zu erklären. Stattdessen zeigt sie auf den huschenden Lichtstrahl, der sich gerade wieder oben am Dachfenster gezeigt hat.

»Sehen Sie das? Da sucht einer was. Der rechnet zwar nicht damit, dass jetzt hier unten jemand vorbeiläuft, aber das Taschenlampenlicht deutet doch auf eine Portion Vorsicht.«

Fred schaut zwar pflichtschuldig hoch, kann auch das zuckende Licht erkennen, viel mehr interessiert ihn aber die Frage, was diese Elsbeth mit der Kripo zu tun hat? *Warum in*

Dreiteufelsnamen hat sie die Privatnummer von einem Kommissar in ihrem Handy gespeichert? Und warum darf sie den ungestraft so zur Schnecke machen? Und außerdem: Warum war ihr eigentlich so schnell klar, dass hier etwas nicht mit rechten Dingen zugeht?

Bevor Fred Hübner sich weiter mit diesen Fragen beschäftigen kann, packt seine Begleiterin ihn am Arm.

»Kommen Sie mal mit. Los, machen Sie schon.«

»Ich glaube nicht, dass wir da jetzt reingehen sollten«, versucht Fred abzuwiegeln. Wenn der Kommissar hier gleich auftaucht, möchte er eigentlich ungern schon wieder zusammengestaucht werden. Vor allem nicht vor den Augen dieser rothaarigen Person, die ihm immer rätselhafter und damit auch begehrenswerter erscheint.

»Ich will da auch gar nicht rein«, raunt sie ihm jetzt zu. »Ich will nur nachsehen, ob das Polizeisiegel noch intakt ist. Falls ja, sollten wir nämlich zur Hintertür gehen, damit uns der Lampenmann da oben nicht entkommt.«

»Sie sind nicht nur schön und klug, Sie haben auch Mumm in den Knochen, alle Achtung«, murmelt Fred und sieht ihr sehr tief in die Augen.

Die rote Elsbeth erwidert nicht nur seinen Blick, sondern scheint auch noch seine Gedanken lesen zu können. »Danke für die Blumen. Aber küssen sollten Sie mich vielleicht erst später. Hier kann es nämlich noch ganz schön ungemütlich werden«, antwortet sie mit einem feinen Lächeln und winkt ihn gleichzeitig durch die Gartenpforte.

An der Haustür prangt tatsächlich ein Polizeisiegel.

Mit dem Fingernagel prüft Elsbeth, ob das Siegel beschädigt ist. »Alles heil, hab ich's mir doch gedacht. Da wollte jemand auf keinen Fall Aufsehen erregen. Schnell jetzt, wir gehen nach hinten und stehen Wache.«

Vorsichtig umrunden beide das Haus. Als sie an der angelehnten Terrassentür angekommen sind, hebt Elsbeth triumphierend einen Daumen. »Noch ist er drinnen.«

»Vielleicht ist es ja eine Frau«, gibt Fred ebenso leise zu bedenken. »Nach meiner Erfahrung sind Frauen die besseren Taktiker. Und das hier scheint mir ziemlich genau geplant zu sein.«

»Frauen sind in allem besser«, raunt Elsbeth zurück und hebt ironisch die Brauen.

Fred beschließt, dies als Ermutigung aufzufassen. »Tatsächlich?«

Er hebt ihr Kinn mit zwei Fingern an und küsst sie leicht auf den Mund. Der ist weich und warm. Und erstaunlich gefügig. Vorsichtig beginnt Fred, das Terrain zu erkunden. Elsbeth von Bispingen lehnt sich an die Wand neben der Tür und legt ihre Arme um seine Schultern. Langsam lässt sie die Hände hinaufwandern, bis sie seinen Kopf erreichen. Anschließend schiebt sie Freds Kopf langsam, aber bestimmt nach hinten, bis er wieder einen ordentlichen Abstand zu ihrem eigenen hat. Fred merkt, dass er zu weit gegangen ist.

»Du solltest damit warten, bis wir hier fertig sind«, schimpft sie leise. »Ich mag es nicht, wenn ich alles zweimal sagen muss.«

»Gelegenheit macht Diebe«, gibt Fred ohne eine Spur von Reue zurück. Und als er ihren lockend nach hinten gelegten Kopf sieht, setzt er zu einem zweiten Anlauf an.

Diesmal wird er aber von einer barschen Männerstimme unterbrochen. »Frau von Bispingen?«

»Herr Kreuzer.« Elsbeth richtet sich auf und funkelt den bulligen Kommissar an, der gerade eben um die Hausecke gebogen ist. »Das wurde ja auch Zeit. Wir warten hier schon eine Ewigkeit.« Mit einer lässigen Geste weist sie auf Fred. »Die Herren kennen sich?«

Während Fred einigermaßen cool nicken kann, er hatte ja schon etwas Zeit, sich auf die Situation vorzubereiten, erwischt es Bastian Kreuzer knallhart. Er beugt sich in der Dunkelheit vor, als sei er kurzsichtig, dann schnellt er zurück, als stünde ihm Beelzebub persönlich gegenüber.

»Fred Hübner? Was machen Sie denn hier?«

»Meinen Abendspaziergang. Ist das jetzt auch schon verboten?«

Kreuzer schüttelt den Kopf, als müsse er irgendwelche Gedanken wieder auf ihren angestammten Platz befördern, kommentiert die Situation aber nicht weiter. Stattdessen deutet er nach oben. »Wer auch immer es ist, er ist noch drinnen. Die Kollegin Blanck steht vorn und sichert die Straßenseite.« Dann fällt sein Blick auf die offene Terrassentür. »Ist er hier rein, oder waren Sie das?«

Elsbeth von Bispingen würdigt ihn keiner Antwort. Stattdessen legt sie den Finger an die Lippen. Und jetzt hört es auch Fred. Da kommt jemand leise die Treppe herunter. Das Haus ist alt, und die Stufen knarren. Bastian Kreuzer dirigiert die Bispingen und ihren Begleiter mit einem Kopfschwung auf die andere Seite der Terrasse, tritt selbst ein paar Schritte zurück, holt die Waffe aus dem Holster und entsichert sie.

Im nächsten Augenblick huscht im Haus ein Schatten durch die Diele, nähert sich der Terrassentür und prallt erst im letzten Moment zurück. Mit wenigen Sprüngen ist Bastian bei dem Mann und dreht ihm einen Arm auf den Rücken. Es gibt ein kurzes, aber heftiges Gerangel, dann betätigt Bastian Kreuzer den Lichtschalter.

»Herr van de Kock, dass wir uns so schnell wiedersehen würden, hätte ich ja nicht gedacht.«

Jasper van de Kock schüttelt unwillig den Kopf. »Was wissen Sie schon«, stößt er aus und fügt dann hinzu: »Vielleicht könnten Sie freundlicherweise meinen Arm loslassen.«

»Nur wenn Sie uns erzählen, was Sie da drinnen wollten.«

»Ich hab das Tagebuch gesucht.«

»Welches Tagebuch?«

»Na, Sie haben mir heute Nachmittag doch selbst davon erzählt!«Van de Kocks Stimme überschlägt sich fast. Wütend fuchtelt er mit dem rechten Arm, den Bastian endlich losgelassen hat. »Ohne Ihre Bemerkung wäre ich gar nicht hier.«

»Jetzt beruhigen Sie sich erst mal. Was genau, glauben Sie denn, steht in diesem Tagebuch?«

»Ich … ich weiß es nicht. Aber ich hatte Angst, Larissa könne etwas über mich geschrieben haben«, antwortet van de Kock zögernd.

»Na ja, schließlich waren Sie verheiratet, da wäre das doch nur normal, oder?«

»Larissa wusste einiges über meine privaten Vorlieben«, sagt er mit plötzlich sehr heiserer Stimme. »Also ich meine … was soll ich sagen … Sie haben es ja gesehen.«

»Und da dachten Sie, wenn wir das Tagebuch finden, dann geben wir das gleich an die Presse, oder wie? Sie haben ja ein nettes Bild von der Polizei.«

»Vielleicht sind Sie nicht die Einzigen, die sich für Larissas Sachen interessieren«, gibt van de Kock pampig zurück.

»Das klingt spannend. Ich darf mich kurz vorstellen. Elsbeth von Bispingen. Ich bin die zuständige Staatsanwältin.«

Fred Hübner bekommt einen veritablen Hustenanfall. Dann lässt er den Blick von Bastian Kreuzer zu Silja Blanck gleiten. Sie nickt ihm bestätigend zu. Elsbeth von Bispingen reagiert darauf gar nicht. Sie konzentriert sich weiterhin auf Jasper van de Kock.

»Da war noch eine Frau«, murmelt er gerade.

»Wo? Hier?«

»Ja klar, wo denn sonst.« Er spürt, dass er Oberhand bekommt, und seine Stimme wird sicherer. Herausfordernd sieht er die Staatsanwältin an. »Als ich hier ankam, war sie schon da. Sie sah mich, schrie auf und dann ist sie abgehauen.«

»War sie auch im Haus?«, will Bastian jetzt wissen.

»Nee, das glaube ich nicht. Die Terrassentür war noch versperrt.«

»Und wie sind Sie reingekommen?«

»Ich weiß, wo Larissa den Schlüssel versteckt. In der alten Gießkanne, da um die Ecke.«

»Wie sah die Frau denn aus?«, erkundigt sich Silja.

Fred kann ihr ansehen, dass ihr bei der ganzen Sache nicht wohl ist. Und er weiß aus Erfahrung, dass die Ermittlerin oft ein gutes Gespür für die wirklich wichtigen Dinge hat. Und richtig.

»Blond«, gibt van de Kock zurück. »Sie war ziemlich hellblond, fast wie Larissa, allerdings ohne ihre Attraktivität zu haben. Im Gegenteil. Sie wirkte irgendwie schräg. Fast unheimlich. Aber vielleicht war das auch nur das Mondlicht.« Er sieht hinauf zum Himmel, von wo aus eine dicke gelbe Scheibe die Szene in ihr klares Licht taucht.

»Das kann doch nicht wahr sein.« Silja nickt Bastian zu, und er versteht sie sofort.

»Diese Birre, stimmt's? Sie kann noch nicht weit sein. Läufst du zum Watt, ich suche auf der Straße?«

»Ich versteh nur Bahnhof«, beschwert sich Fred, während die beiden Ermittler ohne Erklärung oder Gruß davonstieben.

»Bei dir wäre das vollkommen in Ordnung«, entgegnet Elsbeth von Bispingen. »Aber was soll denn ich sagen?« Dann wendet sie sich dem verdutzten Jasper van de Kock zu. Sie mustert ihn kritisch von oben bis unten. »So etwas wie Unrechtsgefühle kennen Sie wohl gar nicht, oder? Der Herr Hübner und ich werden Sie jetzt gleich mit auf die Wache nehmen, vorher geben Sie aber schon mal diesen Zweitschlüssel ab. Auf der Wache können sie uns dann ganz in Ruhe erzählen, was Sie in Larissa Paulmanns Haus alles noch so entdeckt haben. War doch sicher spannend, einmal völlig ungestört im Reich der Ex herumzusteigen, oder?«

»Geht so«, antwortet Jasper van de Kock und zieht den Kopf ein. Er wirkt jetzt doch ein wenig zerknirscht.

Und Fred Hübner beginnt sich ernstlich zu überlegen, ob diese Frau, die er da auf der Fotoausstellung angegraben hat, vielleicht sogar für ihn einige Nummern zu groß sein könnte.

Samstag, 23. Februar, 20.32 Uhr, Bahnhof, Keitum

Wie von der Tarantel gestochen rennt Bastian Kreuzer durch die leeren Straßen. Er muss diese Blonde finden. Wenn nicht jetzt, wann dann? Es kann doch nicht angehen, dass sich eine obdachlose Frau so gut verstecken kann, ohne entdeckt zu werden. *Es sei denn, sie hätte einen Komplizen, aber wer sollte das sein?* Drei Passanten hat Bastian in der letzten Viertelstunde getroffen, aber niemand hat etwas gesehen. Jetzt läuft er den Weg hinunter, der von hinten zum Bahnhof führt. Die Häuser links und rechts sind verschlossen und still. Kein Licht hinter den Fenstern, kein Geräusch aus dem Inneren. Der Schnee auf den Einfahrten ist unberührt, niemand

214

hat seine Fußabdrücke hier hinterlassen, niemand die Häuser in den letzten Tagen betreten.

Vielleicht ist die Blonde ja gar nicht mehr in Keitum, sondern schon auf der Flucht nach Westerland oder sogar aufs Festland? Vielleicht steht sie aber auch noch am Bahngleis und wartet auf den nächsten Zug? Einen Versuch ist es allemal wert, denkt Bastian und legt noch einen Zahn zu. Die abschüssige Betonrampe, die zur hinteren Bahnsteigtreppe führt, wirkt kahl und abweisend und würde besser in eine Großstadt passen als in das liebliche Keitum. Die Böschungen links und rechts sind kärglich bepflanzt, im Mondlicht wirken die entlaubten Büsche wie schlotternde Drahtfiguren, die sich im Wind biegen, um den Schnee abzuschütteln.

Gerade will Bastian seine Aufmerksamkeit dem Treppenaufgang zuwenden, da fängt ein Detail seinen Blick. Hinter einem der Büsche, fast verborgen unter altem Laub und kleinen Zweigen, ragt ein rostigbraunes Etwas hervor, das eindeutig nicht zu den Pflanzen gehört. Zu symmetrisch die Form, zu glatt das Material. Mit einem Satz ist Bastian auf der Böschung und mit drei weiteren Schritten bei dem merkwürdigen Objekt. Nachdem er einen ziemlich matschigen Laubhaufen zur Seite geschoben hat, kann er eine alte Metallkiste freilegen. Sie wirkt stabil, obwohl sie voller Rost und Beulen ist. An der Vorderseite befindet sich ein Schnappschloss, an dem Bastian sofort rüttelt. Es klemmt, aber es scheint nicht abgesperrt zu sein. Schon lässt sich der Riegel etwas bewegen. Ein kräftiger Fußtritt besorgt das Übrige. Hastig öffnet Bastian den Deckel. Das Innere der Kiste übertrifft all seine Erwartungen. Ordentlich nebeneinander liegen hier ein dunkelbrauner Lederstiefel und die halbe Jeans, deren Gegenstück sie neben der toten Larissa Paulmann gefunden haben.

Vorsichtig holt Bastian ein sauberes Taschentuch aus seiner Jacke und greift damit nach den Sachen. Er hebt sie hoch und findet tatsächlich am Boden der Kiste die bisher vermisste zweite Socke. Jetzt sind alle Kleidungsstücke der Toten wieder beisammen. Doch bevor sich das Triumphgefühl so richtig in Bastian ausbreiten kann, hört er einen Zug näher kommen. Der Kommissar greift nach Stiefel, Socke und Hose, springt zurück auf den Weg und spurtet hinauf zum Bahnsteig.

Der Zug kommt vom Festland, das kann er hören. Sein Rauschen hallt laut durch die Nacht. Schon beginnen die Bremsen zu quietschen und kündigen den bevorstehenden Halt an. Hastig nimmt Bastian die letzten Treppenstufen, fast sofort rutscht er aus, der Beton ist glatt und hart. Sein Knie schlägt gegen eine Stufenkante, er ignoriert den Schmerz, rappelt sich auf und ist mit ein paar Sprüngen auf dem Bahnsteig.

Eiskalter Wind nimmt ihm den Atem und weht ihm die Kapuze vom Kopf, als er sich umsieht. Der gegenüberliegende Bahnsteig ist leer. Nur auf Bastians Seite steht jemand bibbernd in der Kälte. Henry Loos, der Schulfreund der Toten, trägt eine viel zu dünne Jacke und weder Handschuhe noch eine Mütze. Als er Bastian Kreuzer sieht, will er sich erst abwenden, doch schnell erkennt er, dass der Kommissar direkt auf ihn zuläuft. Kreuzer erreicht Loos etwa gleichzeitig mit dem einfahrenden Zug.

»Jetzt noch nach Westerland?«, ruft er ihm zu.

Loos nickt. »Bin mit ein paar Kumpels verabredet.«

»Haben Sie kein Auto?«

»Doch, aber wir wollten noch einen heben, und da nehme ich lieber die Bahn. Und ich müsste dann jetzt auch ...« Mit einer unschlüssigen Geste weist er auf die geöffneten Zugtüren.

»Kein Problem, steigen Sie ruhig ein. Ich komme mit.«

Der Pfiff des Schaffners gellt über den Bahnsteig, dann schließen sich die Türen. Der Großraumwagen ist fast leer, nur ein paar versprengte Gestalten nesteln an ihren Taschen herum. In wenigen Minuten wird der Zug Westerland erreichen und damit am Ziel der Fahrt sein. Alle werden aussteigen, und niemand schenkt den beiden Zugestiegenen Beachtung. Vorsichtig deponiert Bastian seine Fundstücke auf einem der Tische nahe der Tür. Erst jetzt bemerkt er den fassungslosen Blick von Henry Loos. Der kann die Augen gar nicht von Stiefel, Socke und der halben Hose nehmen.

»Wo haben Sie das her?«

»Gerade gefunden. Im Gebüsch«, antwortet Kreuzer mit gleichgültiger Stimme, behält allerdings Henry Loos genau im Auge.

»Das sind Larissas Sachen, oder?«

Kreuzer nickt, dann sagt er: »Offenbar hat eine ehemalige Schulfreundin von Frau Paulmann sie beiseitegeschafft. Birgit irgendwas. Kennen Sie sie vielleicht?«

Loos atmet einmal tief ein, bläst anschließend die Luft zwischen vibrierenden Lippen hindurch aus und zuckt dann die Schultern. »Birgit«, murmelt er. »Das ist ja nicht gerade ein seltener Name. Nee, kenn ich eigentlich nicht.«

»Eigentlich«, wiederholt Kreuzer nachdenklich und mustert ihn aufmerksam. Die wenigen Fahrgäste im Zug sind inzwischen doch auf das Männerpaar aufmerksam geworden und lauschen mehr oder weniger offensichtlich der Unterhaltung.

»Sie wird die *irre Birre* genannt«, präzisiert Kreuzer und wendet sich an die anderen. »Kennt jemand von Ihnen vielleicht eine blonde schlanke Frau mittleren Alters, die obdachlos zu sein scheint und vorwiegend in Keitum unterwegs ist?«

Einhelliges Kopfschütteln antwortet ihm.

»Na, macht nichts, den Versuch war es wert«, sagt der Kommissar mit einem bedauernden Lächeln. »Aber Sie, Herr Loos, kennen diese Birgit sehr wohl. Das sagt mir meine Erfahrung. *Eigentlich* ist nämlich ein ziemlich verräterisches Wort. Oder täusche ich mich?«

»Na ja«, windet sich Loos. »Schon irgendwie. Wobei *kennen* echt zu viel gesagt ist. Nur von früher eben. Da war die Birre schon ein Hingucker. Nicht so hübsch wie Larissa natürlich, aber dafür auch nicht ganz so abweisend.«

»Ach, *so gut* kennen Sie sie?«

»Nee, ich mein ja nur. Sie war immer in Larissas Nähe, obwohl die das gar nicht wollte. Muss ziemlich ätzend gewesen sein.«

»Und heute?«

»Heute?« Henry Loos blickt plötzlich ziemlich erschrocken.

»Na ja, jetzt, meine ich«, präzisiert Bastian. »Gestern. Letzte Woche. Vor einem Monat. Oder eben heute. Treffen Sie sie manchmal? Offenbar ist sie in Keitum zu Hause.«

»Ich seh sie ab und an. Läuft ja oft genug quer durchs Dorf.« Henry Loos schüttelt den Kopf und macht gleichzeitig eine entschuldigende Geste. »Ich glaube, sie ist inzwischen wirklich nicht mehr ganz dicht im Oberstübchen. Redet wirres Zeug und so. Denken Sie, dass sie etwas mit dem Mord zu tun hat?«

Bei dem Wort *Mord* fahren dann doch alle Köpfe herum. Gleichzeitig sagt der Zugchef die bevorstehende Ankunft in Westerland an.

»Woher soll ich das wissen«, gibt Bastian Kreuzer achselzuckend zurück. »Aber eines sage ich Ihnen: Falls es so ist und Sie verschweigen mir hier was, kriegen Sie mächtig Ärger.«

Henry Loos wird blass, seine Augen suchen Halt an der Zugdecke. Gleichzeitig bremst der Zug, und Stiefel und Hosenbein kommen ins Rutschen. In einem reflexhaften Griff will Loos die Sachen festhalten, aber Bastian kann ihn gerade noch daran hindern.

»Falls da Ihre Fingerabdrücke drauf sein sollten, wollen wir doch nicht, dass alle denken, es sei von jetzt«, bemerkt er trocken. Dann zieht er ein frisches Taschentuch aus der Jackentasche, sammelt die Fundstücke vorsichtig wieder ein und springt aus der sich gerade öffnenden Zugtür. »Wir hören voneinander, ich muss jetzt erst mal ins Kommissariat«, ruft Bastian Kreuzer über die Schulter. Dann setzt er zu einem flotten Sprint an und lässt den verdutzten Loos auf dem Bahnsteig zurück.

Samstag, 23. Februar, 20.45 Uhr, Kriminalkommissariat, Westerland

Fred Hübner ist sauer. Wütend steht er vor dem Kommissariat und flucht gegen den starken Nordwind an, der ihm hart ins Gesicht bläst. Bis vor wenigen Minuten sah es noch so aus, als könne er tatsächlich bei der kompletten Vernehmung dieses Jasper van de Kock dabei sein, und dann schmeißt dieser dämliche Bulle ihn einfach raus. Platzt wie eine Bombe zur völlig falschen Zeit in das Büro und führt sich auf, als habe Elsbeth eine Todsünde begangen. Mindestens.

Dabei hatte nach dem plötzlichen Abgang von diesem Kreuzer und seiner kleinen Kollegin alles so verheißungsvoll angefangen. Elsbeth schien es nicht zu stören, dass er wie selbstverständlich mit ihr und dem Verdächtigen ins Auto stieg und ins Kommissariat fuhr. Dort besetzte sie das Büro der Kommissare, als sei das ihr gutes Recht, und begann, den Exmann der Toten zu befragen. Fred, der ja schon einiges über Larissa Paulmanns Vergangenheit wusste, spitzte die Ohren. Schließlich war damals mit dem Versiegen der Lars-Rönneberg-Quelle auch sein Informationsfluss abgeschnitten worden. Jetzt war er natürlich entsprechend neugierig. Er hatte sich auf einen Stuhl neben der Tür gesetzt, kein Wort gesagt und sich einfach bemüht, möglichst unsichtbar zu sein. Vielleicht wäre das aber auch gar nicht nötig gewesen, denn an den Blicken, die diese verdammt attraktive Staatsanwältin ihm ab und an zuwarf, sah er mehr als deutlich, dass sie seine Anwesenheit keineswegs vergessen hatte.

Doch zu seiner Enttäuschung erfuhr er zunächst nur die banalen Details eines ganz normalen Ehealltags. Streit um die Zahnpastatube, ums abendliche Fernsehprogramm, um das Ausflugsziel am Sonntagnachmittag. Jasper van de Kock malte ein so durchschnittliches Bild seiner Ehe mit Larissa Paulmann, dass auch weniger ausgefuchste Naturen irgendwann darauf kommen mussten, dass er ihnen einen Bären aufband. Als Elsbeth schließlich explodierte und mit einer Stimme, die so schneidend war wie ein frisch geschärftes Schlachtermesser, Einspruch erhob, knickte van de Kock ein.

»Unsere Ehe war die Hölle«, gab er zerknirscht zu. »Wahrscheinlich für Larissa genauso wie für mich. Wir haben einfach nicht zueinander gepasst. Ich wollte sie für meine Sache begeistern, und sie wollte einfach nur ihren Spaß haben. Aber ich bitte Sie«, fügte er mit toternstem Gesichtsausdruck hinzu, »um Spaß zu haben, sind wir doch schließlich nicht auf der Welt.«

»Kommt drauf an«, entgegnete die Staatsanwältin und strich sich mit einer lasziven Bewegung durch ihre rote Mähne. Der Blick, den sie dabei Fred Hübner zuwarf, war nicht von schlechten Eltern. Ihre Stimme senkte sich zu einem fast erotischen Flüstern, als sie hinzufügte: »Manchen reicht das durchaus.«

»Mir aber nicht!« Van de Kock klang empört. Er richtete sich auf, drückte das Kreuz durch und erklärte in wichtigem Tonfall. »Ich habe eine Mission, müssen Sie wissen. Ich möchte, dass die Menschheit besser wird. Und es gibt immer mehr Menschen, die bereit sind, mich dabei zu unterstützen.«

»Sie denken da sicher gerade an immaterielle Unterstützung«, flötete Elsbeth von Bispingen.

»Ja. Ja natürlich, auch wenn ich zugeben muss, dass für derart ambitionierte Projekte natürlich auch Geld da sein muss.«

»Das Ihre Jünger – darf ich *Jünger* sagen? – Ihnen natürlich gern zur Verfügung stellen.«

»Schon, aber …« Jasper van de Kock merkte, dass er in eine Falle geraten war, und wusste jetzt nicht weiter.

»Um welche Summen handelt es sich denn dabei so?«

»Also, das möchte ich jetzt nicht unbedingt offenlegen.«

»Sollten Sie aber. Sonst sehen wir nämlich nach. Es läuft doch alles über ein offizielles Konto, oder? Sie haben sicher einen Verein oder eine Stiftung gegründet.«

»Äh, na ja, im Grunde genommen schon. Das heißt, die Pläne liegen vor, es ist aber noch nicht amtlich.«

»Also ist das Geld auf Ihrem Privatkonto gelandet? Seit Jahren schon? Und Ihre Exfrau wusste natürlich davon.« Elsbeth von Bispingen bemühte sich gar nicht, den Spott aus ihrer Stimme zu verbannen: »Natürlich war das ein bisschen ärgerlich – nach der Scheidung, meine ich.«

Jasper van de Kock klappte zusammen. Im ganz wörtlichen Sinn. Sein Oberkörper sank nach vorn, er vergrub das Gesicht in den Händen.

»Deswegen habe ich ja nach Larissas Tagebuch gesucht. Alles andere in dem Haus war mir völlig egal, das kann ich Ihnen auch unter Eid bestätigen, wenn Sie das wollen. Aber ich hatte einfach Angst, dass dieses Tagebuch in falsche Hände gerät. Und wenn mein Gefolge davon erfahren würde, wie stände ich denn dann da?«

»Als Betrüger, nehme ich an. Und das sind Sie ja auch«, entgegnete Elsbeth kalt.

Bevor van de Kock protestieren oder sonst wie reagieren konnte, wurde die Bürotür aufgerissen, und der bullige Kommissar Kreuzer stürmte herein. Er brachte einen Schwall kalter Luft mit sich und warf mit großer Geste irgendwelche dreckigen Kleidungsstücke auf einen der Schreibtische. Dann fuhr er zu Fred herum.

»Was machen Sie denn hier?«

Bevor Fred antworten konnte, sagte Elsbeth mit ruhiger Stimme: »Das ist schon in Ordnung. Ich brauchte schließlich einen Zeugen für das Gespräch.«

»Das ist überhaupt nicht in Ordnung«, schnauzte Kreuzer sie an. »Unten gibt es zwei Beamte von der Nachtschicht, die hätten diese Rolle wunderbar auch spielen können.« Dann drehte er sich zu Fred um und brummte: »Raus. Aber dalli. Bevor ich mich vergesse.«

Und das war's. Fred steht in der kalten Luft und hat die Gelegenheit verpasst, die rassige Staatsanwältin um ihre Handynummer zu bitten. »So ein Scheißabend!«, schimpft er, zieht den Jackenkragen enger um den Hals und läuft hinüber zum Bahnhof, um sich ein Taxi nach Hause zu nehmen.

Samstag, 23. Februar, 20.47 Uhr,
Am Tipkenhoog, Keitum

Atemlos hetzt Silja durch die Nacht. Gefrorener Schneematsch knirscht unter ihren Stiefeln, ein fahler Mond beleuchtet ihren Weg, er legt den Büschen und Bäumen unförmige Schatten zu Füßen, lässt Zäune spitzer und Häuser massiger wirken und gibt huschenden Kaninchen das Aussehen von schlappohrigen Monstern. Am Ende des Ingiwais nur wenige Meter vom Watt entfernt entdeckt Silja einen einzelnen Frauenhandschuh am Boden. Er ist rot und noch warm von der Hand, die bis vor kurzem in ihm gesteckt haben muss.

Im Weiterlaufen hält Silja den grobgestrickten und ziemlich verschmutzten Handschuh in der vorgestreckten Faust, ganz so, als könne das Kleidungsstück sie zu der gesuchten Person führen. *Diese Birgit kann nicht weit entfernt sein*, denkt Silja, dabei weiß sie noch nicht einmal, ob ihr der Handschuh wirklich gehört. Außerdem hat bisher alles Suchen nichts gebracht. Silja ist in Gebüsche gekrochen und durch Vorgärten geschlichen, sie hat hinter Mülltonnen und in Autofenster gespäht. Doch nirgendwo deuteten auch nur Spuren auf die Anwesenheit der mysteriösen Frau hin.

Mittlerweile ist Silja auf dem Tipkenhoog, der Straße, die parallel zum Watt verläuft, angekommen. Das Bürgli-Anwesen ist nur noch wenige hundert Meter entfernt, und Silja weiß, dass sie gleich der Versuchung widerstehen muss, erneut dort zu klingeln. Einen Grund hätte sie schon, denn die Vorkommnisse an dem Verwalterhaus hinten auf dem Grundstück könnten den Eigentümer immerhin interessieren. Und vielleicht sollte sie ihn sogar vor der irren Birre warnen.

223

Als Silja merkt, dass sie zum ersten Mal insgeheim selbst den herabsetzenden Spitznamen für die verwirrte Frau mit den fahlblonden Haaren benutzt hat, fährt ihr ein Schauer über den Rücken. *Ist es Angst? Oder ist das Gefühl nur der grusligen nächtlichen Stimmung geschuldet?* Zwar ist Silja bewaffnet, Bastian hat darauf bestanden, dass sie beide ihre Holster mitnehmen, aber wenn jemand sie jetzt hinterrücks überfallen würde, hätte er leichtes Spiel. *Wie konnten Bastian und sie nur so unprofessionell sein und sich trennen?*

Silja sieht sich um. Schneereste liegen über den Dünen und leuchten blau im Mondlicht. Die asphaltierte Straße wirkt völlig ausgestorben. Nur weiter vorn, wo im Friesensaal offenbar eine Veranstaltung zu Ende geht, steigen Leute in ihre Autos und werfen die Motoren an. Aber hier am hinteren Ende der Straße ist alles tot. Vielleicht ist schon seit Stunden niemand mehr hier entlanggelaufen. *Außer Fred Hübner und der Staatsanwältin*, korrigiert Silja sich selbst. Wie ausgerechnet diese beiden zueinandergefunden haben, wüsste sie nur zu gern. Und was das für ihre Ermittlungen bedeuten könnte, kann sie noch gar nicht abschätzen. Aber es fehlt die Zeit, weiter darüber nachzudenken. Stattdessen wird sie die Bauruine kontrollieren und auch einen Blick in das Hünengrab werfen.

Als sie die Straße verlässt und durch den Schneematsch den kleinen Hügel zum Haarhog hinaufstapft, bläst ihr ein eisiger Wind entgegen. Silja findet es schwer vorstellbar, dass jemand bei diesen Temperaturen im Freien übernachtet. Trotzdem klettert sie in das Steinbett. Unter der massigen Deckplatte ist es finster, aber weniger kalt, als sie erwartet hat. Silja sieht praktisch nichts und ärgert sich darüber, dass sie in der Hektik des Aufbruchs die Taschenlampe vergessen hat. Jetzt muss das Handy eben herhalten. Der kalte Strahl gleitet über Steine und Ritzen. Silja sieht Moos, einige Kritzeleien auf den Steinen und Unrat am Boden. Eine halbvolle Plastikflasche, ein angerissenes Paket Taschentücher, eine Bäckertüte. *Reste eines Picknicks? Spuren, die auf den kürzlichen Aufenthalt der Gesuchten deuten könnten?* Fragen, die Silja nicht beantworten kann und auf die es im Moment auch nicht ankommt. Es ist nur eines wichtig: Sie muss diese Birgit finden.

Beim Verlassen des Steingrabes bückt Silja sich tief, um den Kopf nicht an irgendeiner Kante anzuschlagen. Als sie sich wieder aufrichten will, hört sie ein schabendes Geräusch gefolgt von eiligen Schritten. Die Kommissarin greift nach ihrer Waffe, verliert aber im selben Moment das Gleichgewicht und stolpert. Sie rutscht in dem Schneematsch aus und fällt zu Boden. Sekunden später wirft sich ein schwerer Körper über sie.

»Hab ich dich, du Miststück«, raunt eine Männerstimme.

Silja hat die Stimme schon einmal gehört, kann sie aber so schnell nicht zuordnen. Kräftige Hände reißen ihre Arme nach hinten, ein Knie wird in ihren Rücken gerammt. Ein fieses Stechen fährt ihre Wirbelsäule hinauf.

»Hey, lassen Sie mich sofort los. Mein Kollege muss jeden Moment mit dem Wagen um die Ecke kommen«, keucht Silja atemlos vor Schmerz.

»Kollege, dass ich nicht lache«, antwortet die Stimme, verstummt dann aber plötzlich. Der Griff um ihre Arme lockert sich, und ein Kopf schiebt sich neben Siljas Gesicht. Kräftige Nase, markantes Kinn, volle Haare.

»Herr Bürgli?«

»Frau Blanck?«

»Sagen Sie mal, was fällt Ihnen eigentlich ein, mich so

zu …«, will Silja losschimpfen, wird aber von seiner reumüti-gen Stimme unterbrochen.

»Oh, das ist mir jetzt aber wirklich peinlich. Ich hab da nur jemanden im Steingrab verschwinden sehen und da dachte ich …«

»Was machen Sie denn um diese Zeit am kalten Watt?«

Silja richtet sich langsam auf und greift nach der Hand, die Alexander Bürgli ihr hinhält. Beim Aufstehen fährt ihr noch einmal der Schmerz durch den Rücken. Sie stöhnt leise und drückt das Kreuz vorsichtig durch.

Alexander Bürgli mustert sie mit besorgtem Blick. »Hab ich Ihnen wehgetan?«

»Wird schon«, wiegelt Silja ab. Dann wiederholt sie ihre Frage. »Was wollten Sie hier?«

Bürgli windet sich ein bisschen, bevor er zu reden beginnt. »Ich … also bei mir ist vorhin jemand im Garten rum-geschlichen. Ich kam aus der Küche und habe im Wohnzim-mer kein Licht gemacht, deshalb konnte ich den Schatten vor der Terrasse sehen. Na ja und da dachte ich, es versucht wieder einer, ein Fenster einzuschlagen oder sonst welches Unheil anzurichten. Daher bin ich rausgestürzt.« Mit ratlo-sem Gesicht blickt Alexander Bürgli an sich herunter.

Er trägt weiche Slipper, eine Jogginghose und einen weiten Pullover. Nicht gerade der Aufzug, in dem man einen abend-lichen Spaziergang unternimmt.

»Konnten Sie erkennen, ob es eine Frau oder ein Mann war?«

Bürgli schüttelt den Kopf. »Keine Ahnung. Der Typ war eher groß und trug eine Kapuze oder so was Ähnliches. Könn-te aber theoretisch auch eine Frau gewesen sein.«

»Wieso theoretisch?«

Bürgli lacht kurz, dann wird er wieder ernst. »War nur so ein Spruch. Vielleicht bin ich altmodisch, aber ich rechne einfach nicht damit, dass Frauen so etwas machen.«

»Das hat Sie aber nicht daran gehindert, mich zu Boden zu reißen. Außerdem: Was meinen Sie eigentlich mit *so etwas?*« Silja spürt, wie Empörung in ihr aufkeimt.

»Na ja. Anonyme Briefe schreiben, Fenster einschlagen, Menschen umbringen, so was eben«, antwortet Alexander Bürgli mit einem verlegenen Lächeln.

»Frauen sind wahrscheinlich zu mehr fähig, als Sie sich überhaupt vorstellen können.« Die Kommissarin überlegt kurz, dann fügt sie hinzu: »Bei den Kapitalverbrechen, die wir in den letzten vier Jahren hier aufgeklärt haben, war fast die Hälfte der Täter weiblich.«

»Vielleicht hat mein unerschütterlich guter Glaube an die Weiblichkeit etwas mit meiner konservativen Erziehung zu tun«, sagt er entschuldigend. »Fakt ist jedenfalls, dass ich Sie auf keinen Fall weiter hier allein durch die Dunkelheit laufen lasse. – Das mit dem Kollegen, der gleich um die Ecke kommt, war doch gelogen, oder?«

»Schon«, gibt Silja unschlüssig zu.

»Na sehen Sie. Dann werde ich Sie jetzt ersatzweise begleiten. Es wäre natürlich nett, wenn Sie mir verraten würden, wonach Sie genau suchen.«

Irgendwie findet Silja es rührend, dass dieser Bürgli sich um sie sorgt. Außerdem wächst ihre Wut über die unverantwortliche Anordnung Bastians gerade ziemlich. Nur weil Sven zu Hause bei seiner Tochter ist, müssen Bastian und sie ja nicht gleich sämtliche Regeln über den Haufen werfen. Silja zögert einen kurzen Moment und wirft Alexander Bürgli einen forschenden Blick zu. *Ist es wirklich nur Sorge, die ihn antreibt?*

Alexander Bürgli sieht aus, als könne er ihre Gedanken lesen. Jedenfalls steht er still neben ihr und wartet einfach ab, bis sie sich entschieden hat.

Silja schüttelt den Kopf über sich selbst, dann richtet sie sich zu ihrer vollen Größe auf und blickt ihm streng in die Augen. »Das können Sie sich abschminken, Herr Bürgli. Ich bin im Dienst. Und ich muss auch gleich weiter. Bitte tun Sie mir den Gefallen und gehen Sie auf schnellstem Wege wieder zurück zu sich nach Hause.«

»Kommt gar nicht in Frage«, widerspricht Alexander Bürgli. »Ihnen könnte sonst was passieren. Wir haben ja gerade gesehen, wie gefährlich es sein kann, hier allein herumzuschleichen.«

»Aber dafür waren doch *Sie* verantwortlich! Außerdem, Herr Bürgli, bitte lassen Sie uns das jetzt nicht diskutieren. Ich muss los.«

Silja hebt die Hand zu einem knappen Abschiedsgruß, dann dreht sie sich um und ist mit wenigen Schritten wieder auf der asphaltierten Straße. Schnell läuft sie in Richtung der Bauruine. Aber es fällt ihr schwer, wütend auf Bürgli zu sein, obwohl der sie doch niedergeschlagen hat.

»Sie suchen nach dieser blonden Frau, der Obdachlosen, von der Sie mir heute Nachmittag erzählt haben, stimmt's?« Mit federnden Schritten läuft Alexander Bürgli hinter ihr her.

Silja dreht sich um und ruft noch einmal: »Bitte seien Sie nicht albern und gehen Sie nach Hause.«

Doch Bürgli lässt sich nicht abschütteln. Als er wieder an ihrer Seite ist, blickt sie ihm forschend ins Gesicht. Er wirkt angespannt, aber auf eine merkwürdige Weise auch optimistisch, fast fröhlich. Die Unternehmung scheint ihm zu gefallen.

228

»Frieren Sie gar nicht?«, erkundigt sich Silja, der jetzt erst wieder auffällt, dass er ja nur einen Pullover trägt.

»Nö, der Pulli ist vom Segeln, der ist windfest und viel wärmer, als er aussieht«, antwortet Bürgli sorglos.

Dann stehen sie vor dem Bauzaun.

»Anheben?«, fragt er und deutet auf die senkrechten Verstrebungen, die in schweren Betonfundamenten sitzen.

»Wäre gut, ja. Danach gehen Sie aber wirklich zurück. Versprochen?«

Anstelle einer Antwort stemmt Bürgli einen der Pfeiler soweit nach oben, dass er ihn verschieben kann und ein schmaler Durchschlupf entsteht.

Silja holt die Waffe aus dem Holster und entsichert sie. »Ich komme allein klar. Vielen Dank und gute Nacht.« Sie dreht ihm den Rücken zu und nähert sich mit vorsichtigen Schritten dem Gebäude.

Das Gelände der stillgelegten Baustelle ist fast eben und fällt nur zum Watt hin leicht ab. Der volle Mond beleuchtet die unkrautüberwucherte Fläche ebenso wie die kantigen Mauern mit ihren düsteren Fensterlöchern. Die Autos auf der Straße vor dem Friesensaal sind inzwischen alle abgefahren. Kein Ton stört mehr die Nachtruhe, nur sporadisches Rascheln und ab und an ein Vogelkrächzen sind zu hören. Silja geht sehr langsam, sie tritt vorsichtig auf und bemüht sich, keine unnötigen Geräusche zu machen. Umsichtig achtet sie darauf, nicht über irgendwelche Büsche zu stolpern oder in eine der vielen Kuhlen zu treten, die wahrscheinlich von Kaninchenbauten herrühren.

Als sie das Gebäude erreicht, bleibt Silja stehen und lauscht in die Dunkelheit. Aber da ist nichts. Kein Rascheln, kein Atmen, nur völlige Stille. Die Waffe in der rechten und das leuchtende Handy in der linken Hand tastet sich Silja Schritt für Schritt durch die offene Halle, die vor ihr liegt. Es riecht nach Salz und Schimmel und ein wenig nach Kot, der Boden ist bedeckt mit allerlei Müll und Tierexkrementen. Silja lässt den Schein der Lampe langsam durch den Raum gleiten. Natürlich reicht das Licht nicht in alle Ecken, aber nach einer Weile kann sie sich ein Bild von der Umgebung machen.

Der Raum, in dem sie sich befindet, ist groß, rechteckig und weist etliche Türöffnungen auf. Außerdem führt am hinteren Ende eine geländerlose Treppe ins obere Geschoss, dem das Dach fehlt. Durch die weite Treppenöffnung fällt gelbes Mondlicht nach unten und erleuchtet ein scharf umrissenes Quadrat auf dem Fußboden. Irritiert tritt Silja näher. Seitlich des Quadrats, genau dort, wo der Mondschein nicht mehr hinkommt und es daher besonders dunkel wirkt, liegt etwas Unförmiges am Boden.

Silja will gerade den Strahl ihres Handys auf das Fundstück richten, als plötzlich Alexander Bürgli hinter ihr hervorstürmt, mit großen Schritten die Treppe erreicht und sich über das Bündel am Boden beugt. Er muss ihr die ganze Zeit gefolgt sein.

»Nicht anfassen«, kann Silja noch rufen, doch da hat Bürgli schon die Hände zum Boden gestreckt und greift zu.

»Hier liegt jemand«, keucht er. »Eine Frau. Sie blutet, o Gott, sie blutet ganz furchtbar …«

Als Silja den Schein ihres Handys auf die Person am Boden richtet, erkennt sie sofort, dass sie gefunden haben, wonach sie suchten. Diese Birgit, deren Nachnamen sie immer noch nicht weiß, liegt mit verrenkten Gliedern und zertrümmertem Schädel am Fuß der Treppe. Die hellen Haare sind blutverschmiert und wirken inmitten des Mäusekots und der fauligen Abfälle wie ein allzu schriller Pinselstrich in einem pastosen Gemälde.

»Nehmen Sie die Finger weg, verdammt nochmal«, faucht Silja und alarmiert die Notrettung. Sie ist sich fast sicher, dass die Blonde tot ist, will aber nichts unversucht lassen.

Nachdem sie hastig die nötigen Informationen ins Handy gerufen hat, beugt sie sich über den reglosen Körper, neben dem auch Alexander Bürgli kniet. Fassungslos blickt er auf das Gesicht, das inmitten des furchtbaren Breis aus Schädelknochen, Hirnmasse und Blut erstaunlich unverletzt wirkt. Mit offenen Augen und einem fast kindlich naiven Gesichtsausdruck starrt die Blonde ins Nirgendwo.

»Atmet sie noch?«, will Bürgli wissen.

Silja legt sanft einen Finger an die Stelle, wo die Halsschlagader pochen müsste. Doch da ist nur glatte Haut, warm und weich, aber vollkommen reglos. Kein Pochen, kein Zittern, nichts.

Samstag, 23. Februar, 20.58 Uhr, Haus am Dorfteich, Wenningstedt

Fred gibt dem Taxifahrer ein großzügiges Trinkgeld und steigt aus dem Wagen. Er hat sich inzwischen beruhigt und findet es mittlerweile sogar ganz gut, dass er so plötzlich und ohne Abschied von Elsbeth von Bispingen getrennt wurde. Das wird auf jeden Fall eine weitere Kontaktaufnahme erleichtern. Da muss dann nicht groß herumgeredet werden, sondern er kann ganz einfach einen Gedankenaustausch über die Vernehmung anregen. *Gedankenaustausch.*

Was für ein Wort! Aber die Frau ist es wert. Fred muss an sich halten, um nicht wie blöd in die Nacht hinein zu grinsen. Elsbeth hat ihm wirklich gefallen, nicht nur ihr Aussehen, sondern vor allem ihre Art. Direkt und unerschrocken. Das ist selten beim anderen Geschlecht.

Während Fred Hübner den schmalen Weg zum Hauseingang entlanggeht, tastet er in der Tasche nach seinem Schlüssel. Noch einmal atmet er die frische Nachtluft ein, dann steckt er den Schlüssel ins Schloss, dreht um und betritt den Hausflur. Alles ist wie immer, und doch erscheint es Fred anders. Heller, strahlender, heimeliger. *Heimelig*, denkt er. Noch so ein Wort, das er eigentlich nie benutzen würde.

Leise pfeift Fred Hübner vor sich hin. Den Triumphmarsch, trotz der fehlenden Handynummer. Er hat sich lange nicht mehr so gut gefühlt. Den Gedanken an ein bauchiges Glas mit würzigem Cognac verdrängt er lieber gleich. Was bleibt, ist die Frage, ob Elsbeth von Bispingen wohl lieber Rot- oder Weißwein mag. Und die Überlegung, wie der Wein auf ihren Lippen schmecken würde. Er wird es erfahren, davon ist Fred fest überzeugt.

Noch bevor er zum Lichtschalter greift, merkt er, dass die Temperatur in der Wohnung anders ist als sonst. Kühler irgendwie und frischer. Um nicht zu sagen: eiskalt.

Fred verzichtet auf das Licht und geht direkt zum Terrassenfenster. Aber er kommt nur bis zur Mitte des Raums, dann knirschen Scherben unter seinen Füßen. Als er den Blick hebt, kann er auch schon den unregelmäßigen Stern sehen, den der Stein, an den er gerade mit der Fußspitze stößt, ins Glas geschlagen hat. *Geht das schon wieder los!*

Fred bückt sich, hebt den Stein auf, spürt das Papier, das genauso wie beim letzten Mal darumgewickelt ist, und macht das Licht an. Ob seine Fingerabdrücke auf Papier und Stein sind, ist ihm längst egal. Soll doch der überhebliche Kreuzer sehen, wie er damit klarkommt.

Ungeduldig entfaltet Fred den DIN-A4-Bogen, der um den Stein gewickelt ist. Diesmal kleben mehr Buchstaben auf der Seite. Aber sie sind ebenso aus einer Zeitung ausgeschnitten wie beim letzten Mal. Fred geht zur Küchentheke, lässt die Downlights aufflammen und streicht den Papierbogen glatt. Fast macht es ihm Vergnügen, die anderen Fingerspuren, sollten sie denn vorhanden sein, zu beschädigen.

Ihr seid Idioten, liest er dann. *Könnt kein Motiv erkennen, obwohl es klar vor euch liegt. Kümmert euch um*
L. R.

Die Initialen sind vom restlichen Text abgesetzt und befinden sich mit etwas Abstand in einer neuen Zeile. Es wirkt wie eine Signatur. Wofür sie steht, ist klar. Lars Rönneberg ist gemeint, der ehemalige Freund Larissa Paulmanns, an dessen langjähriger Haftstrafe sie alles andere als unschuldig war. Natürlich hat der Typ das stärkste Motiv. Das weiß nicht nur Fred, das wird die Polizei auch wissen. Und sicher sucht sie längst mit aller Kraft nach ihm. Es ist also ziemlich unwahrscheinlich, dass er selbst es ist, der hier die Ermittler verhöhnen will, indem er auf sich aufmerksam macht.

Anders sieht es mit dem Stein aus, der vorgestern seine Scheibe zerschlagen hat. Der könnte sehr wohl von Rönneberg gewesen sein. Schließlich sollte er ihn einschüchtern und an einer Aussage hindern. Aber dieser hier? Niemand wird sich doch selbst belasten.

Samstag, 23. Februar, 22.10 Uhr, Bauruine, Keitum

Das scharfe Geräusch, mit dem der Reißverschluss den Leichensack schließt, teilt die Zeit. Eben noch war die blonde Birgit ein Objekt der Untersuchung. Der Polizeifotograf umschwirrte sie, der Rechtsmediziner begutachtete ihren Körper von allen Seiten. Jetzt liegt sie im Inneren des dunklen Sacks und wird nur noch ein einziges Mal das helle Licht sehen. Nämlich wenn Dr. Olaf Bernstein ihren Körper auseinandernehmen wird wie ein Hähnchen, das man nach dem Braten tranchiert.

Bastian versucht, diesen Gedanken abzuschütteln. Er hat keine Zeit für solche Überlegungen, er muss sich auf die Ermittlungen konzentrieren. Der Fall ist jetzt wieder heiß, und wenn sie in den nächsten vierundzwanzig Stunden gute Arbeit leisten, dann ist die Chance am höchsten, dass sie den Täter fassen.

Soweit die Theorie.

Nachdenklich beobachtet Hauptkommissar Bastian Kreuzer, wie die Träger mit dem Leichensack in der Dunkelheit jenseits der starken Scheinwerfer verschwinden. Und plötzlich wird ihm klar, dass ihnen der entscheidende Fehler bereits unterlaufen ist: Sie hätten diese Frau eher finden müssen. Sie hätten sie lebend finden müssen. Auch wenn sie ein wenig verrückt war, sie hätte über einiges Auskunft geben können, vielleicht kannte sie sogar den Täter. *Oder hat sie Larissa Paulmann selbst umgebracht? Aber wer hätte dann sie töten sollen? Und warum? Was hätte sie ausplaudern können?*

Bastians Blick wandert zurück zum Tatort, wo die Staatsanwältin, die gleich nach Siljas Anruf gekommen ist, auf allen vieren am Boden kauert. Unter ihrem weißen Overall lugt der Kragen ihres knallroten Mantels hervor und wirkt neben dem frischen Blut, als sei er ein sorgfältig komponierter Hingucker in einem geschmacklosen Gemälde. Bastian überlegt, ob er zu ihr gehen und dafür sorgen soll, dass sie den Overall vorschriftsmäßig schließt. Aber er will es sich nicht völlig mit ihr verderben. Unwillkürlich sieht er zu Silja hinüber, die frierend außerhalb der Absperrung neben diesem Schnösel Bürgli steht. Der Typ weicht einfach nicht von ihrer Seite, obwohl Bastian ihn schon mehrfach aufgefordert hat, nach Hause zu gehen. Langsam ist seine Geduld erschöpft, und er erwägt gerade, einmal kurz und kalkuliert die Beherrschung zu verlieren, als Silja ihren komischen Kavalier verlässt und zu ihm herüberkommt.

»Brauchen wir Alexander Bürgli noch?«, fragt sie harmlos.

»Meinetwegen können Sie gern zurück in Ihre Villa gehen«, ruft Bastian zu dem Schweizer hinüber. »Ihre Aussage haben wir ja längst.«

Silja nickt. Dann setzt sie an, um etwas zu sagen, bringt es aber nicht über die Lippen.

»Was?«

»Hey, sei nicht so grantig. Immerhin hat er mir geholfen, diese Betonruine hier abzusuchen.«

»Wenn du schneller hier gewesen wärst, hättest du sie vielleicht noch lebend angetroffen«, blafft Bastian zurück.

»Wenn du mich begleitet hättest, anstatt einen Alleingang zu starten, hätten wir das sicher hinbekommen.« Silja holt tief Luft, sie ist noch nicht fertig. Aber dann besinnt sie sich und nimmt die Aggression aus ihrer Stimme. »Was hat Bernstein denn zur Todesursache gesagt?«

»Kennst ihn ja. Nichts natürlich. Es kann sein, dass sie im Dunkeln ausgerutscht und durch den offenen Treppenschacht gefallen ist. Wenn du dann blöd aufschlägst, kann der Schädel schon mal komplett zu Bruch gehen. Genauso gut kann sie aber auch jemand gestoßen haben. Sicher ist nur, dass das Ganze passiert ist, kurz bevor ihr den Körper gefunden habt.«

»Wir hätten also auch dem Mörder in die Arme laufen können.«

»Falls es einen Mörder gab.«

»Bürgli will Polizeischutz«, platzt es jetzt aus Silja heraus.

»Ach tatsächlich?« Bastians Stimme trieft vor Hohn. »Wie kommt der feine Herr denn auf diese Idee?«

»Er sagt, vorhin ist jemand an seiner Terrasse vorbeigeschlichen. Deswegen ist er überhaupt nur rausgekommen. Er hatte ja noch nicht mal eine Jacke an. Er dachte, wenn er schnell genug ist, kann er den da draußen noch erwischen. Aber da war niemand mehr. Und jetzt hat er Angst vor weiteren Drohungen.«

»Dann soll er doch abreisen.«

»Das ist ein dummer Vorschlag, und das weißt du auch. Wenn er tatsächlich bedroht wird, haben wir immerhin die Möglichkeit, dem Täter auf die Spur zu kommen.«

»Der feine Pinkel als Lockvogel? Pikant. Hast du ihm das auch schon gesagt?« Bastians Stimme klingt hämisch, und er tut nichts dagegen.

»Natürlich nicht.« Sie sieht ihn eindringlich an. »Und Bastian! Lass mal diese blöde Eifersucht beiseite, ja? Wir arbeiten zusammen, wir leben zusammen, wir wollen diesen Fall gemeinsam lösen. Und wir können froh sein, wenn uns die Bispingen nicht draufkommt, dass wir ein Paar sind, da brauchen wir nicht noch eine andere Baustelle.«

»Schön, dass du das auch so siehst«, antwortet Bastian. Sein Tonfall ist immer noch unversöhnlich, aber er wendet sich Silja jetzt immerhin frontal zu und fasst ihr mit beiden Händen an die Oberarme. »Du siehst total verfroren aus, komm, ich rubble dich mal warm.«

»Nicht!« Silja wendet sich abrupt ab und weist mit dem Kopf hinüber zum Fundort der Leiche, wo immer noch Elsbeth von Bispingen am Boden kniet. »Was ist, wenn sie uns sieht?«

»Kleine Dienstleistung unter Kollegen«, schlägt Bastian achselzuckend vor. »Das kann sie gern unter Förderung des Betriebsklimas verbuchen.«

»Sei nicht albern. Was macht sie da eigentlich die ganze Zeit?«

»Gehen wir sie doch fragen.«

Elsbeth von Bispingen hebt den Kopf, als die beiden sich nähern. Ein paar von ihren roten Locken haben den Weg aus der Kapuze gefunden und fallen ihr ins Gesicht. Langsam richtet sie sich auf, dann zeigt sie auf den unförmigen Blutfleck, der sich über mehrere Treppenstufen erstreckt. »Hier stimmt was nicht. Aber der Rechtsmediziner ist schon weg, oder?«

Bastian nickt, dann geht er neben der Staatsanwältin in die Knie und folgt ihrem ausgestreckten Zeigefinger mit den Augen.

»Ich kann nicht nachvollziehen, wie das Blut hier hochgespritzt sein soll«, erklärt die Bispingen. »Egal, ob sie gestoßen wurde oder gefallen ist. Wenn der Schädel erst beim Aufprall auf die Treppe geplatzt sein sollte, dann müsste erheblich mehr Blut auf den Setzstufen als auf den Trittstufen zu finden sein. Es ist aber umgekehrt.«

»Das heißt, das Blut ist von oben gekommen und daher eher auf den waagerechten als auf den senkrechten Flächen gelandet«, ergänzt Bastian.

»Genau.« Die Staatsanwältin richtet sich auf. Ihr Blick geht zu Silja, die gerade ihr Handy aus der Tasche zieht. »Gibt's Neuigkeiten?«

Silja schüttelt den Kopf und erklärt dann: »Ich sage nur dem Kollegen Winterberg Bescheid. Wir werden sicher eine lange Nacht haben, und er sollte bei der anstehenden Besprechung dabei sein.«

»Ist es nicht Aufgabe des Dienstvorgesetzten, das Team zusammenzustellen?«, fragt Elsbeth von Bispingen pikiert.

»Frau Blanck handelt selbstverständlich in meinem Auftrag«, wirft Bastian geistesgegenwärtig ein. Lieber hätte er gesagt *Wenn wir uns hier auf der Insel mit solchem Kleinkram abgeben sollen, dann könnt ihr in Flensburg zukünftig eine weitaus schlechtere Aufklärungsrate erwarten.* Aber natürlich hält er den Mund. Er verkneift sich sogar den Blick zu Silja hinüber. Und es erstaunt ihn nicht wenig, als Elsbeth von Bispingen nach kurzem Schweigen einlenkt.

»Die Hauptsache ist, dass Sie diese Sauerei hier so schnell wie möglich aufklären …« Sie stockt, weil sie sieht, wie Alexander Bürgli sichtlich aufgeregt über die Absperrung stürmt und direkt auf sie zurennt.

»Hey, was fällt Ihnen ein«, brüllt Bastian ihm entgegen. »Sie kontaminieren den Tatort.«

»Er war doch vorhin schon hier«, will Silja ihn gerade beruhigen, als Bürgli mit heiserer Stimme ruft: »Meine Terrassentür ist schon wieder eingeschlagen worden. Der Stein mit dem Zettel daran liegt noch im Haus. Ich habe ihn nicht angefasst.«

»Also jetzt bin ich wirklich gespannt«, erklärt Elsbeth von

Bispingen unternehmungslustig und marschiert schnurstracks auf Bürgli zu. Ihre Stimme klingt ganz so, als fände sie langsam Gefallen an dem verworrenen Geschehen.

Samstag, 23. Februar, 23.40 Uhr, Kriminalkommissariat, Westerland

Konzentriert faltet Sven Winterberg die drei leeren Pizzakartons zu kleinen Quadraten. Dann stapelt er sie zu einem wackligen Turm und deutet mit dem Finger darauf. Sein Gesicht ist ratlos.

»Und?«, fragt Bastian verblüfft. »Was willst du uns damit sagen?«

Sven sieht kurz aus dem Fenster in die Sylter Nacht. Doch da sind nur treibende Wolkenfetzen und ein blasser Mond, die kahlen Äste der Bäume wiegen sich im Wind. Vom Bahnhof hört man das Geräusch eines einfahrenden Zuges.

»Mir kommt unser Fall so wie dieser Papphaufen hier vor«, erklärt Sven schließlich. »Wir haben zwei Morde und die Drohschreiben. Ganz offensichtlich haben alle drei Verbrechen etwas miteinander zu tun. So wie die Pizzakartons, die auch alle vom gleichen Lieferanten kommen. Und doch hatten wir drei unterschiedliche Beläge auf unserer Pizza, und nur ein sehr aufmerksamer Beobachter könnte jetzt noch erkennen, welche Pizza in welchem Karton war.«

»Aha. Du empfiehlst also, dass wir in Keitum nach Artischockenresten und Salamispuren suchen sollen. Sehr geistreich, wirklich«, kontert Bastian und greift nach der Coladose, die vor ihm steht. Er legt den Kopf in den Nacken und spült den gesamten Inhalt die Kehle hinunter, ohne zu schlucken.

»Mensch, es ist fast Mitternacht, und meine Frau liegt mit Frühwehen im Krankenhaus. Was erwartest du also von mir?«

»Geht es Anja nicht schon wieder besser«, fragt Silja erschrocken dazwischen.

»Doch. An der Front herrscht Ruhe. Aber Bastians tödliche Ironie hält ja kein Mensch aus. Die Anwesenheit unserer geschätzten Staatsanwältin an den Tatorten scheint dir den Rest zu geben«, fügt er an Bastian gewandt hinzu.

»Immerhin hat sie vorhin die Sturzhypothese ausgehebelt«, antwortet Bastian achselzuckend. Seine Stimme klingt allerdings anerkennend. »Wir können zwar noch nicht sagen, warum das Blut von oben gekommen sein soll, aber dass das nicht der Fall gewesen sein kann, wenn diese Birre wirklich gestürzt sein sollte, das ist schon mal klar.«

»Das heißt, sie ist erschlagen worden, das Blut ist von oben auf die Treppe getropft und nicht erst nach einem Aufprall von unten dagegengespritzt.«

»Genau. Aber wer, zum Teufel, hatte ein Interesse daran, diese Frau umzubringen?«

»Sollten wir uns nicht endlich mal darum kümmern, ihren Nachnamen zu erfahren?«, wirft Silja ein. »Das kann doch nicht so schwer sein.«

»Jetzt, wo sie tot ist, hat das auch noch Zeit bis morgen früh.« Bastian feuert seine Coladose mit einer wütenden Bewegung in den Papierkorb. »Wisst ihr eigentlich, dass ich früher mal geraucht habe?«

»Aber jetzt nicht mehr.« Siljas Stimme klingt drohend.

»Wenn Pizza nicht mehr half, dann Nikotin.« Bastian guckt wie ein Schuljunge, der beim Schummeln ertappt worden ist. Betroffen, aber nicht unbedingt schuldbewusst.

240

»Blödmann.« Silja drückt das Kreuz durch und holt tief Luft. Dann stützt sie die Ellenbogen auf den Schreibtisch, beugt sich vor und sieht die Kollegen herausfordernd an. »Also, lasst uns noch mal von vorn anfangen. Okay?« Als die beiden Männer nicken, fährt sie fort. »Für mich sieht das so aus: Jemand bringt Larissa um. Entweder einer ihrer Expartner, beide haben ein Motiv, oder dieser Loos, der an der Toten rumgegrabscht hat und wahrscheinlich ein abgewiesener Verehrer ist. Männer sind da ja ziemlich nachtragend.«

Sie macht eine Pause und wartet auf ein Statement von Bastian oder Sven. Aber die beiden tun ihr den Gefallen nicht, sondern sehen sie nur großäugig an. Harmlos, lieb, ganz die aufmerksamen Kollegen. Silja muss unwillkürlich lächeln.

»Oder es war diese Birgit«, fährt sie fort. »Sie hat die Leiche in jedem Fall gesehen, bevor wir sie zu Gesicht bekommen haben. Und sie hat Teile der Kleidung an sich genommen. Sie scheint Abgrenzungsprobleme gehabt zu haben. Sieht mir fast nach einer Borderlinerin aus. Erst wollte sie Larissa nur nahe sein, aber als sie abgelehnt wurde, kippte das Ganze, und sie wollte Larissa sein. Das würde auch dieses Teilen der Kleidung erklären. Es war gewissermaßen eine magische Handlung. Voodoo, wenn ihr so wollt.«

»Wir können es auch einfacher fassen«, unterbricht sie Bastian. »Kränkung ist immer ein sehr starkes Motiv. Und gekränkt waren hier wohl alle Verdächtigen.«

»Vor allen Lars Rönneberg. Ihn hat Larissa schließlich hinter Gitter gebracht«, wirft Sven ein.

»Eingebuchtet hätte man ihn auch ohne ihre Aussage, wenn auch vielleicht nicht so lange«, verbessert ihn Silja. »Aber für mich ist er trotzdem nur ein Zählkandidat. Es deutet sonst nichts auf ihn hin. Niemand hat ihn hier gesehen, er hat alle Brücken in Deutschland abgebrochen, um nach Vietnam zu gehen.«

»Vielleicht war das alles von langer Hand geplant und die Reise nur Tarnung.« Bastian wendet sich Sven zu. »Haben wir eigentlich eine Antwort von der Botschaft wegen des Visums?«

»Hat er beantragt und auch bekommen. Nur die Flugverbindung haben wir noch nicht. Ist kompliziert, weil du praktisch von überall nach überall mit Zwischenstopps in Weiß-ich-wo fliegen kannst. Also habe ich mir gedacht, rufe ich doch mal am Flughafen der Zieldestination an.«

»Und?«

»Fehlanzeige. Deren Englisch ist lausig, noch schlechter als meins – und das will was heißen. Außerdem arbeiten sie dort offenbar mit einer simplen, aber effektiven Taktik. Wenn sie eine Frage nicht beantworten können oder wollen, verbinden sie dich einfach weiter. Dann hängst du noch mal fünf Minuten in der Leitung, blecht ja alles der Steuerzahler, und anschließend erklärt dir der nächste Idiot, dass er auch nichts ausrichten kann, dich aber gern weiterverbinden wird.«

»Na toll. Warum sind wir eigentlich immer so preußisch?«

Sven zuckt die Schultern und lässt dabei seinen Blick suchend durch den Raum wandern. »Gibt's noch mehr Cola, oder war's das schon?«

»Nee, alles alle.« Grinsend zeigt Bastian auf den Papierkorb, wo sich die leeren Dosen türmen. »Da kann sich morgen noch irgendein armer Hund mit dem Dosenpfand was dazuverdienen.«

»Sehr komisch. Kann ich jetzt weitermachen?«, unterbricht ihn Silja.

Bastian legt eine Hand aufs Herz und deutet eine Verbeugung im Sitzen an. »Klar. Nur zu.«

»Danke. Lasst uns erst mal bei den drei wichtigsten Verdächtigen bleiben«, schlägt sie vor. »Diese Birgit schien das stärkste Motiv zu haben, immerhin hat sie über ihre fatale Identifikation mit Larissa Paulmann den Verstand verloren.«

»Und ihren festen Wohnsitz auch«, fügt Bastian humorlos an.

»Trotzdem müssen wir sie leider aufgrund tragischer Umstände von der Verdächtigenliste streichen«, murmelt Sven.

Silja wirft ihm einen irritierten Blick zu. »Ich wusste gar nicht, dass du so zynisch sein kannst. Aber egal. Weiter im Text. Wahrscheinlich hat unsere Birgit also nicht nur die tote Larissa entdeckt, sondern wusste auch irgendetwas über ihren Mörder. Möglicherweise hat sie sogar die Tat beobachtet …«

»… und musste deshalb sterben«, vollendet Bastian ihren Satz.

»Richtig. Und es ist doch interessant, dass ausgerechnet die beiden anderen Verdächtigen sich zum Mordzeitpunkt ganz in der Nähe aufgehalten haben. Jasper van de Kock steigt in Larissas Haus ein, um belastendes Material beiseitezuschaffen. Hat er davor vielleicht schon die Zeugin seines ersten Mordes *beiseitegeschafft*? Und was ist mit Henry Loos?« Sie wendet sich Bastian zu, redet aber gleich weiter. »Du triffst ihn direkt nach der Tat auf dem Bahnhof. Blöd für ihn, denn er will nach Westerland, angeblich um mit Freunden einen zu heben. Und wenn er sie gründlich genug abgefüllt hätte, dann könnten sie unter Umständen gar nicht mehr genau sagen, wann die Sause eigentlich begonnen hat, und Henry Loos hätte ein perfektes Alibi gehabt.«

»Und den dritten Herrn, der auch in der Nähe war, willst du uns vorenthalten?«, erkundigt sich Bastian süffisant.

»Meinst du Alexander Bürgli? Mach dich nicht lächerlich.«

»Tu ich nicht. Immerhin haben wir bei Larissa Nacktaufnahmen von ihm gefunden. Was ist, wenn sie ihn erpresst hat?«

Silja seufzt, dann antwortet sie im Tonfall einer mäßig genervten Erzieherin. »Die Aufnahmen sind Jahrzehnte alt. Außerdem ist der Typ stinkreich. Warum sollte er sich die Finger schmutzig machen? Solche Leute nehmen sich einen Anwalt und legen ihre Widersacher nicht einfach um.«

»Aber er hat etwas mit der ganzen Chose zu tun, da stimmst du mir doch zu? Immerhin hat man ihm schon zweimal die Scheibe eingeschlagen. Oder wie passen die Drohbotschaften deiner Meinung nach ins Bild?« Bastian wirft Silja einen fast schon aggressiven Blick zu. Dann zieht er seine Schreibtischschublade auf und beginnt darin herumzuwühlen. »Hier müssen irgendwo noch ein paar Müsliriegel vor sich hingammeln. Ist vielleicht außer mir noch jemand unterzuckert?« Sekunden später hält er triumphierend vier Balistos hoch.

»Ich bin raus«, murmelt Silja.

Sven nickt begeistert. »Einen würde ich nehmen.«

»Fairer Deal. Einer für dich, drei für mich.« Bastian wirft dem Kollegen einen der Riegel zu.

»Jungs, schafft ihr es, so leise zu kauen, dass ich trotzdem weiterreden kann?«, fragt Silja und verdreht die Augen.

Beide Männer nicken gönnerhaft.

»Also die Drohbotschaften«, setzt Silja an. »Sie gehen an zwei Adressaten.« Sie wirft einen Seitenblick zu Bastian, der aber ganz mit Kauen beschäftigt scheint. »Sowohl Fred Hübner als auch Alexander Bürgli sind bisher unverdächtig«, betont sie. »Aber vielleicht weiß Bürgli etwas, das den Mörder in Gefahr bringen könnte. Immerhin hat er Larissa einmal gut gekannt, und außerdem wohnt seine Familie auf dem gleichen Grundstück.«

»Und was bitte schön soll das für ein Geheimwissen sein?«, fragt Bastian mit vollem Mund.

»Keine Ahnung. Wir müssen ihn einfach noch mal gründlich befragen.«

»Das machst du doch sicher gern.«

»Jetzt lasst den Scheiß, wir sind hier nicht in der Paartherapie«, schimpft Sven.

Bastian ignoriert den Einwand, fährt aber in sachlicherem Tonfall fort. »Also Bürgli weiß irgendetwas, von dem er selbst nicht glaubt, dass es gefährlich ist. Das meinst du doch, Silja. Oder?« Sie nickt. »Und Fred Hübner? Was hat der mit der ganzen Geschichte zu tun?«

»Ganz einfach.« Silja zuckt die Schultern. »Er ist doch längst so eine Art Privatermittler. Jedenfalls hat er hier auf der Insel diesen Ruf weg. Immer wenn's ein Verbrechen gibt, hat er seine Finger im Spiel. Ihm zu drohen liegt also nahe.«

»Das wäre allerdings ein Argument, das Lars Rönneberg entlastet und Loos und van de Kock in nicht so gutem Licht dastehen lässt«, überlegt Sven. »Rönneberg war ewig im Knast und hat sich dann in Lübeck ein neues Leben aufgebaut. Der wird wohl kaum in seiner Freizeit die Sylter Lokalnachrichten verfolgt haben.«

»Klug beobachtet, Watson.« Bastian schiebt sich den letzten Müsliriegel in den Mund und zerknüllt das Papier in der Faust. Dann klopft er auf den zweiten Drohbrief, der in einem Beweismittelbeutel auf dem Tisch liegt.

»Ihr seid Idioten. Könnt kein Motiv erkennen, obwohl es

klar vor euch liegt. Kümmert euch um L Punkt R Punkt«, liest er laut vor. »L Punkt R Punkt. Das soll ja wohl Lars Rönneberg sein.«

Silja und Sven nicken zustimmend. Dann herrscht Schweigen.

»Du willst jetzt von uns wissen, wie dieser Text ins Gefüge passt, richtig?«

»Wäre nett«, murmelt Bastian, während er wütend auf den Zettel starrt. »Was mich am meisten verwirrt, ist, dass wir hier direkt angesprochen werden, obwohl der Stein bei Bürgli ins Fenster fliegt. Was soll das, zum Henker?«

»Warte mal kurz«, Silja holt ihr Handy aus der Tasche und sucht in ihren Kontakten nach einer Nummer. Dann tippt sie, um die Verbindung herzustellen. Am anderen Ende wird erstaunlich schnell abgehoben. »Hallo Herr Hübner, Silja Blanck am Apparat.« Sie stellt das Gerät auf Lautsprecher. »Entschuldigen Sie die späte Störung, aber wir haben eine dringende Frage an Sie.«

»Ja?« Fred Hübners Stimme klingt nicht so, als habe Silja ihn aus dem Schlaf geholt.

»Sind Ihre Fenster heil?«

»Können Sie jetzt hellsehen, oder was? Bei mir ist schon wieder ein Stein im Wohnzimmer gelandet. Ich warte gerade auf den Glaser.«

»Mit Drohbotschaft?«, will Silja wissen.

An anderen Ende ist ein Rascheln zu hören, und Bastian faucht: »Kann der Idiot nicht seine Flossen von dem Beweisstück lassen?«

»Das habe ich gehört, Herr Kommissar«, beschwert sich Hübner. »Und apropos *Idiot* – wollen Sie den Text hören?«

»Das wäre zu freundlich«, grummelt Bastian.

»Ich zitiere: Ihr seid Idioten …«

»… könnt kein Motiv erkennen, obwohl es klar vor euch liegt. Kümmert euch um L. R.«, fallen ihm Sven und Silja ins Wort.

»Woher wissen Sie …«, beginnt Hübner jetzt ehrlich verblüfft.

»Herr Hübner, haben Sie eine Vermutung, wer mit L. R. gemeint sein könnte?«

Am anderen Ende herrscht Stille. Sekunden später sagt Hübner mit gleichgültiger Stimme: »Nö. Keine Ahnung. Sagen Sie es mir.«

»So weit kommt's noch«, antwortet Bastian und macht Silja ein Zeichen, dass sie das Gespräch beenden soll. Nachdem sie ihr Handy weggesteckt hat, sagt er energisch: »Der Typ lügt. Hat viel zu lange gewartet, um wirklich ahnungslos zu sein.«

»Ist das jetzt nicht völlig egal?« Sven fährt sich mit gespreizten Fingern durchs Haar und bringt seine Locken in Unordnung. »Viel wichtiger ist doch die Frage, warum wieder beide den gleichen Text bekommen haben.«

»Bei Hübner gibt der Text sogar einen Sinn«, erklärt Silja. »Und stützt außerdem meine These. Hübner ist für den Drohbriefschreiber ein potentieller Ermittler. Er macht sich über seine vermeintliche Begriffsstutzigkeit lustig.«

»Und warum dann zweimal *ihr*?«, will Bastian wissen. »Hübner ist einer und Bürgli ist auch nur einer. Mit *ihr* können höchstens wir gemeint sein.«

»Es muss jemand sein, der ziemlich genau weiß, wer alles in der Sache drinhängt«, schlägt Silja vor.

»Oder es hat jemand unter Zeitdruck gehandelt und sich nicht genau überlegt, was er da schreibt«, wirft Sven ein.

»O doch, das bestimmt. Und dieser Jemand hat auch noch

genau recherchiert. Er weiß nämlich, dass Lars Rönneberg ein Motiv hätte. Zumindest für den Mord an Larissa Paulmann. Und genau deswegen versucht er, ihm die Schuld in die Schuhe zu schieben.« Silja lehnt sich befriedigt zurück und mustert ihre Kollegen. »Na? Überzeugt?«

Sven nickt anerkennend. »Klingt gar nicht schlecht. Blöderweise hat unser Täter übersehen, dass Rönneberg nicht mehr im Lande ist.«

»Und warum hat derjenige eigentlich nicht unsere Scheiben eingeworfen? Oder sich das erste Drohschreiben ganz gespart? Das ist doch alles Bullshit und bringt uns keinen Deut weiter. Wir knöpfen uns jetzt erst mal die beiden Hauptverdächtigen vor.« Bastian wendet sich an Silja. »Bleibt nur noch eine Frage. Mit wem sollen wir deiner Meinung nach anfangen? Mit dem schmierigen van de Kock oder dem übergriffigen Loos?«

»Ganz klare Antwort«, gibt Silja entschieden zurück. »Henry Loos.«

»Gibt's auch eine Begründung?«

»Ich glaube einfach nicht, dass van de Kock diese Birgit umgebracht hat. Schließlich hat er uns vorhin erst auf ihre Spur gesetzt. Und außerdem: Wenn ich irgendwo rumstöbern will, dann tue ich das, bevor ich weiter Staub aufwirbele. Vor allem dann, wenn ich die Möglichkeit habe, in das Paulmann-Haus einzudringen, ohne das Polizeisiegel zu beschädigen.«

»Kluges Mädchen. Und mal ganz nebenbei gefragt: Warum war an der Hintertür nicht auch ein Siegel angebracht? Wer hat das eigentlich verbockt?«

Im Raum wird es still. Silja sieht nach unten. Sven sieht aus dem Fenster. Hinter der Scheibe steht der volle Mond und glotzt zurück.

»Schon klar«, kommentiert Bastian das Schweigen. »Im Zweifel ist der Einsatzleiter schuld.« Dann steht er auf, lässt das Müslipapier in den Müll fallen und greift nach seiner Jacke. »Wenn wir Glück haben, dann säuft Henry Loos immer noch in Westerland. Und wir können uns ungestört mit Frau und Kind unterhalten.«

»Jetzt?« Silja schaut mit gerunzelter Stirn auf ihre Uhr. »Es ist schon nach Mitternacht.«

»Na und? Vielleicht ist das ja die Stunde der Wahrheit. Es geht schließlich um Mord.«

Sonntag, 24. Februar, 00.32 Uhr, Süderstraße, Keitum

Wie ein quergelegter Kasten ruht der Wohnblock am Ende der Straße. Schmucklos und kantig. Nichts erinnert an den Charme, den die alten Kapitänshäuser ausstrahlen, die man in Keitum so häufig findet. Hier ist billig gebaut worden, wahrscheinlich ging es von Anfang an nur um Wohnraum für Einheimische, überlegt Silja, als sie mit den beiden Kollegen aus dem Auto steigt.

Die Fenster der Wohnungen sind alle dunkel, und die Straße wird nur unzureichend von einer einzelnen Laterne erleuchtet. Zum Glück spendet der Mond ein wenig zusätzliches Licht. Im Gänsemarsch gehen die drei Ermittler auf die Eingangstür zu. Erst Bastian, dann Sven und zum Schluss Silja. Als Bastian wenige Schritte vor der Tür ruckartig stehen bleibt, laufen die anderen beiden fast in ihn hinein.

»Was ist denn?«, will Sven wissen.

Stumm deutet Bastian auf den Boden. Der Weg zur Haustür ist mit einfachem Betonpflaster versehen, und auf einigen der Steine sind Blutspuren.

Bastian bückt sich. »Ist schon trocken«, murmelt er, »wie lange, kann ich natürlich nicht sagen.«

»Wir brauchen ein Probe davon, aber wenn wir jetzt noch mal nach der Spusi rufen, dann ...«, setzt Silja an, wird aber gleich von Bastian unterbrochen.

»Wir nehmen einen der Steine mit. Sven, hilfst du mir mal? Aber sei vorsichtig, ja?«

Fünf Minuten später ist der Pflasterstein sicher im Auto verstaut, und die drei stehen wieder vor der Tür. Energisch drückt Bastian auf das Klingelschild der Familie Loos. Nichts rührt sich. Bastian klingelt noch einmal. Diesmal lässt er den Finger länger auf der Taste.

»Oben geht Licht an«, flüstert Silja, die die Fensterreihe beobachtet hat.

»Ja? Hallo? Wer ist denn da?«, fragt jetzt eine verschlafene Frauenstimme aus der Gegensprechanlage.

»Kriminalpolizei Westerland«, antwortet Bastian. »Frau Loos, lassen Sie uns bitte herein?«

»O Gott!« Die Stimme kippt. Man hört Türenschlagen und einen keuchenden Laut, dann ist die Frau wieder an der Gegensprechanlage. »Linda? Ist etwas mit Linda passiert?«

»Bitte machen Sie sich keine Sorgen, Frau Loos. Lassen Sie uns mal herein, dann erklären wir alles.«

Der Summer geht, und wenig später stehen Silja, Bastian und Sven vor einer besorgt wirkenden Frau. Ines Loos ist barfuß, sie trägt ein graues Schlafshirt mit weißen Streifen und greift immer wieder nervös in die langen dunklen Haare, die zu einem lockeren Zopf geflochten sind.

»Entschuldigen Sie meine Aufmachung«, wispert sie und

gibt Bastian seinen Dienstausweis zurück. Dann bittet sie die drei Beamten in die Wohnung. Die Diele wirkt gemütlich und gerade unaufgeräumt genug, um heimelig zu sein. Familienfotos hängen in einfachen Glasrahmen an den Wänden, und Gummistiefel in drei unterschiedlichen Größen stehen auf einem Fußabtreter. Es riecht nach angebratenem Speck und irgendeinem Raumduft. Ines Loos macht eine unsichere Geste in Richtung des Wohnzimmers.

»Wollen Sie reinkommen? Es ist allerdings nicht aufgeräumt …«

»Schon in Ordnung«, antwortet Bastian. »Wir können uns gern auch hier unterhalten.«

»Wer ist Linda?«, fragt Silja.

»Unsere Tochter. Sie wollte vorhin noch zu einer Schulfreundin in Westerland. Aber jetzt ist es ja schon nach Mitternacht, und sie müsste längst wieder zurück sein.« Ein banger Blick streift die drei Ermittler. »Sie kommen aber nicht wegen ihr, oder?«

Bastian schüttelt den Kopf und schlägt dann vor: »Vielleicht wollen Sie kurz bei der Freundin Ihrer Tochter anrufen, wahrscheinlich klärt sich alles ganz schnell auf.«

Ines Loos nickt und greift nach dem Telefon, das auf der Flurkommode steht. Dann muss sie noch nach der Nummer suchen und schließlich wartet sie ungeduldig, bis am anderen Ende abgehoben wird. Schon nach den ersten Sätzen entspannt sich ihre Miene.

»Linda ist unterwegs. Mit einem Taxi«, erklärt sie erleichtert.

»Und Ihr Mann? Der ist doch auch in Westerland. Eigentlich hätte er Ihre Tochter auf dem Rückweg mitbringen können«, wirft Bastian mit harmloser Miene ein.

»Woher wissen Sie, wo Henry ist?«

»Ich weiß gar nicht, wo er *ist*. Ich weiß nur, wo er hinwollte. Ich hab ihn auf dem Bahnhof getroffen.« Bastian zuckt die Schultern. »War ein Zufall – mehr oder weniger. Er wollte nach Westerland und mit Freunden einen draufmachen.«

»Ich weiß. Sie treffen sich einmal im Monat.«

»War dieses Treffen von langer Hand geplant oder eher spontan?«

»Ich glaube, spontan. Jedenfalls habe ich erst gestern Abend davon erfahren.«

»Kennen Sie die Freunde?«

»Ja klar. Hier kennt jeder jeden. Immer noch.«

»Dann haben sie sich alle doch bestimmt beim Biikebrennen gesehen. Und das ist noch gar nicht so lange her.«

»Was wollen Sie damit sagen? Was wollen Sie überhaupt von uns?« Ines Loos klingt plötzlich aggressiv. Fast kampflustig blickt sie den Ermittlern nacheinander ins Gesicht.

Bastian Kreuzer lässt sich nicht irritieren. »Hatten Sie heute Abend eigentlich Besuch?«

»Besuch? Wieso? Nein.«

Ines Loos guckt jetzt überrascht. Und ein klein wenig verschreckt.

»Ich dachte nur, wegen des Blutes vor Ihrer Haustür.«

»Ich, also … was? Blut? Wie meinen Sie das?«

»Auf den Pflastersteinen ist Blut. Und wenn sich Ihr Mann oder Ihre Tochter verletzt hätten, dann wären sie ja wohl in die Wohnung zurückgekehrt und Sie wüssten davon, oder?«

»Hier wohnen aber noch andere Leute«, setzt Ines Loos an, doch Bastian unterbricht sie sofort.

»Ich habe aber Sie gefragt. Also was ist: War noch jemand hier?«

Ines Loos schüttelt den Kopf, hält dann allerdings mitten in der Bewegung inne. »Da war eine Frau. Sie wollte Henry sprechen«, erklärt sie zögernd.

»Wann war das?«

»Sechs vielleicht. Oder sieben. Linda ist gerade gegangen und hat die Frau vor der Tür getroffen …«

»Ja?«

»Sie hat geklingelt, und ich hab Henry dann runtergeschickt. Linda klang irgendwie nicht so, als wolle sie die Frau nach oben bitten.«

»Und Ihr Mann? Hat der etwas über die Begegnung gesagt?«

»Eine alte Schulfreundin, sie wollte wohl irgendeine Auskunft haben. Aber ich verstehe nicht, warum das so wichtig sein sollte, dass Sie mitten in der Nacht hier herauskommen und …«

Ein Geräusch an der Tür lässt Ines Loos verstummen. Der Schlüssel wird gedreht, und Sekunden später steht eine verschwitzte Sechzehnjährige im Türrahmen.

»Entschuldige bitte, Mama, aber wir haben …«, setzt sie an, dann erst nimmt sie die drei Ermittler wahr.

»Die Herrschaften sind von der Kriminalpolizei«, erklärt die Mutter, und der ratlose Unterton ist nicht zu überhören.

»O Gott, ist etwas passiert? Mit Papa?«

»Nein, keine Sorge«, beruhigt Silja das Mädchen. »Wir interessieren uns allerdings für die Frau, die am Abend nach deinem Vater gefragt hat. Du hast sie doch gesehen …«

»Ja und?« Linda Loos zuckt die Schultern. »Soll ich sie jetzt beschreiben, oder wie? Es war dunkel, und ich hatte es eilig.«

»Trotzdem wirst du ja wohl einen Eindruck bekommen haben. Deine Mutter hat gesagt, du wolltest nicht, dass die Frau hochkommt.«

Linda seufzt und reibt sich die Augen. »Ich bin todmüde, und bestimmt muss ich mir noch eine Standpauke anhören, wenn Sie erst mal weg sind …«

»Linda, es ist wichtig. Wie wirkte sie auf dich?«

»Völlig durchgeknallt. Und ich glaube, ich kannte sie. Vom Sehen jedenfalls. Es war diese Irre, die hier manchmal rumläuft. Deswegen wollte ich auch nicht, dass sie nach oben geht.«

»Die irre Birre meinst du?«, fragt ihre Mutter dazwischen.

»Ja genau. Du kennst sie doch auch. Papa wird schon mit ihr fertig geworden sein. Oder hast du ihm gar nicht Bescheid gesagt?«

»Doch schon.« Ines Loos verstummt und schüttelt ungläubig den Kopf. »Aber wenn die es gewesen wäre, dann hätte Henry das doch erzählt.«

Sven mischt sich jetzt ins Gespräch. »Ihr Mann ist mit dieser Frau zur Schule gegangen.«

»Das wusste ich nicht. Sind Sie sicher? Aber, selbst wenn, dann verstehe ich nicht, was daran so schlimm sein soll.«

»Das Problem ist«, sagt Bastian jetzt mit leiser Stimme, »dass diese Frau wenig später tot aufgefunden worden ist. Sie wurde ermordet. Und ihr Mann ist vielleicht der Letzte, der sie lebend gesehen hat.«

»Außer dem Mörder«, wirft Linda Loos altklug ein.

»Ganz recht«, stimmt Bastian Kreuzer zu und verkneift sich den Kommentar, der ihm auf der Zunge liegt. Dann wendet er sich wieder der Mutter zu. »Und deshalb müssen wir jetzt so schnell wie möglich mit Ihrem Mann reden.«

Aber da hat Ines Loos schon das Telefon in der Hand und tippt eine Handynummer ein. Alle warten gespannt, doch nichts passiert.

»Er geht nicht ran«, erklärt Ines Loos. Ihre Stimme klingt verzweifelt.

Sonntag, 24. Februar, 03.17 Uhr, im Dunkeln

Er friert erbärmlich. Zittert so stark, wie er es nicht für möglich gehalten hat. Die Ellenbogenknochen schlagen auf den Fliesenboden, die Fersen in den schweren Winterstiefeln trommeln den Takt dazu. Die Daunenjacke hüllt als höchst unzureichender Schutz seinen Oberkörper ein, er möchte sie aufblasen, ausweiten, damit er ganz und vollständig hineinkriechen kann, sich bedecken mit den Federn von ein paar längst ermordeten Gänsen.

Bevor ich sterbe, werde ich noch zum Poeten, denkt er gerade. *Oder zum Zyniker, aber vielleicht ist das auch ein und dasselbe.*

Es ist finster hier unten, kein Fenster, kein Licht. Sein Herz pocht wie blöd, der Atem geht rasselnd, immer wieder muss er husten, dann bebt sein ganzer Körper, und wenn er Pech hat, schlägt der Kopf hart auf dem Boden auf. Denn er ist müde, vollkommen gerädert, er hat sich in eine Ecke verkrochen und sich zusammengekrümmt, aber er findet keinen Schlaf, nur einen hektischen Schlummer, der immer wieder von Erinnerungsblitzen gestört wird.

Der völlig überraschende Griff in den Nacken, das Tuch mit dem intensiven Geruch über dem Gesicht, der sich sofort ausbreitende Nebel, die Lähmung, das Fallen, das Nichts. Und dann das Erwachen.

Hier unten, in diesem kalten Raum. In diesem Becken, besser gesagt. Gefliest bis zur Kante. Neun mal neun Meter und anderthalb Meter hoch. Er ist nicht gefesselt, er kann sich bewegen, immerhin. Aber andererseits – was nutzt das schon? Oberhalb der Fliesenkante schließen sich geputzte Wände an, und irgendwo weit oben ist die Decke. Dort gibt es elektrisches Licht, aber der Schalter ist unerreichbar. Er liegt außerhalb des Rolltores, das den gefliesten Bereich abschließt.

Anfangs hat er geschrien, doch bald beschlossen, seine Kräfte zu sparen. Er hat nachgedacht, seine einzige Chance, dem hier zu entkommen, ist winzig, fast gar nicht vorhanden, Das weiß er genau. Aber mehr hat er nicht.

Wieder muss er husten. Die Kehle ist trocken, die Mundhöhle auch. Er hat erbärmlichen Durst. Nie hätte er vermutet, dass Wasser ihm einmal so kostbar sein würde. Der Husten macht alles noch schlimmer. *Ich hole mir hier noch den Tod*, aber noch nicht einmal dieser Gedanke kann ihn aus seiner Lethargie reißen.

Er ist unendlich müde, erledigt, fertig. Sein Kreislauf spinnt, und vor seinen Augen flimmert es, als ob eine verborgene Lichtquelle ihn narren wollte. Die Erschöpfung ist total, fast noch stärker als die Kälte, fast noch stärker als der Durst, zwei Reize, die sich gegenseitig neutralisieren sollten, aber sich auf quälende Weise ergänzen. Dabei weiß er genau, er wird nicht schlafen können, und er darf es auch nicht. Alles, nur das nicht, auf keinen Fall.

Wieder hustet er, blinzelt gegen das Sperrfeuer aus Blitzen und Lichtpunkten an, das sein Inneres sendet, vielleicht, um ihm die totale Dunkelheit erträglicher zu machen. Dann rafft er sich auf. Noch einmal husten, dann geht es los. Er muss sich konzentrieren wie noch nie in seinem Leben. Alle Aufmerksamkeit in den Fingerkuppen sammeln, keinen Fehler machen, nicht nachlassen in der Aufmerksamkeit.

Rau oder glatt?

Das ist jetzt und hier die Frage, die über sein Leben entscheiden wird.

Sonntag, 24. Februar, 08.10 Uhr, Nordseeklinik, Westerland

Kalt fällt das Licht auf den kantigen Metalltisch. Es riecht nach Lysol und Blut. Der Frauenkörper auf dem Tisch ist mit einem blauen Tuch bedeckt, in dem die Bügelfalten deutlich zu erkennen sind. Am großen Zeh des rechten Fußes hängt ein längliches Schild. *Birgit Prüfer* steht darauf und das Datum des gestrigen Tages. *Erst der Tod hat der irren Birre ihren Namen zurückgegeben*, denkt Bastian, der den Raum gerade betreten hat.

»Guten Morgen.« Der Kommissar wirft seinen Gruß zu Olaf Bernstein hinüber.

Doch der Gerichtsmediziner reagiert nicht. Er steht mit gesenktem Kopf neben der Toten und blättert konzentriert in einer schmalen Akte.

»Sind Sie schon fertig?« Bastian deutet auf die Metallschalen, die seitlich des Tisches auf einer Ablage stehen. Sie sind gefüllt mit mehr oder weniger blutigen Klumpen.

»So gut wie«, murmelt Bernstein jetzt. »Sonst wäre sie ja noch nicht zugedeckt.«

»Und? Woran ist sie gestorben?«

»Der Klassiker. Schlag auf den Hinterkopf. Mit einem harten Gegenstand.« Bernstein hebt den Kopf und blickt den Kommissar vorwurfsvoll an. »Können die sich nicht mal was anderes ausdenken? Es gibt tausend Möglichkeiten, einen

257

Menschen umzubringen. Warum sind die meisten Mörder nur so phantasielos und schlagen einfach zu?«, klagt er mit beleidigter Stimme.

»Weil es schnell gehen muss. Und weil harte, schwere Gegenstände fast überall zur Hand sind«, antwortet Bastian humorlos.

Bevor Olaf Bernstein darauf etwas erwidern kann, wird die Tür zur Pathologie noch einmal geöffnet. Mit einem fröhlichen »Hallo, zusammen« betritt Elsbeth von Bispingen den Raum.

»Na, gut geschlafen?«, wendet sie sich an Bastian.

»Geht so«, antwortet er mürrisch und weist dann auf die Tote. »Es war Mord, Sie hatten recht.«

»Ich habe immer recht.« Die Antwort klingt äußerst selbstzufrieden, und Bastian muss an sich halten, um sie nicht zu kommentieren. Außerdem redet die Bispingen ziemlich schnell weiter. »Gibt es auch noch etwas Überraschendes?«

»Wie man's nimmt«, antwortet Bernstein und schlägt die Mappe zu, die er in der Hand gehalten hat.

Das laute Klatschen hallt durch den kahlen Raum. Der Gerichtsmediziner horcht dem Geräusch nach, bis es verklungen ist. Dann hebt er das blaue Laken seitlich des Körpers hoch und holt die rechte Hand der Toten hervor.

»Sie muss gestürzt sein. Vermutlich sogar mehrmals. Sehen Sie hier …« Er dreht den Handteller nach oben und zeigt auf kleine punktförmige Eindellungen. »Da habe ich Schotter rausgeholt. Der könnte von einer nicht asphaltierten Straße stammen.« Er greift nach einer der Schalen neben dem Metalltisch und hält sie Bastian unter die Nase. Der nickt, als er die kleinen grauen Splitter sieht.

»Die Straße vor dem Haus der Paulmann ist mit diesem

Belag versehen. Und meine Kollegin Frau Blanck hat dort auch einen der beiden Handschuhe der Toten gefunden. Und dann haben wir noch an einer anderen Stelle Blut entdeckt. Direkt vor dem Wohnhaus eines Verdächtigen. Dort liegen Pflastersteine, und einen von denen haben wir sichergestellt.«

»Ja, das würde passen.« Bernstein nickt zufrieden. »Es gibt nämlich noch eine Platzwunde – sehen Sie hier.« Er weist auf den Handballen. »Die ist eher durch den Aufprall auf einen sehr glatten harten Untergrund entstanden. Ich hätte eigentlich auf den Betonboden der Baustelle getippt, habe aber dort keine entsprechenden Spuren gefunden. Eigentlich hätte ein blutiger Handabdruck dort sein müssen. Insofern – danke für Ihre Auskunft.«

Überrascht sieht Bastian den Gerichtsmediziner an. Soweit er sich erinnern kann, hat der sich noch nie bei irgendjemandem bedankt. Aber Olaf Bernstein scheint sich der Besonderheit der Situation nicht bewusst zu sein.

Als sei nichts gewesen, wendet er sich an die Staatsanwältin. »Haben Sie noch irgendwelche Fragen?«

Elsbeth von Bispingen beugt sich anstelle einer Antwort sehr interessiert über den Kopf der Toten und mustert die klaffende Wunde. Sie hebt eine Hand, als wolle sie etwas abtasten, hält sich aber im letzten Moment zurück. »Können Sie etwas zur Mordwaffe sagen? Stein, Metall, Holz?«

»Das ist eine gute Frage.« Bernstein wirft Bastian einen vorwurfsvollen Blick zu. *Warum fragst du mich so etwas nie?* Dann redet er, jetzt ausschließlich zu der Staatsanwältin gewandt, weiter. »Ich kann tatsächlich nichts über die Mordwaffe sagen. Und das ist ungewöhnlich und sagt möglicherweise wieder sehr viel über sie aus.«

»Verstehe ich nicht«, mault Bastian.

»Ich schon«, erklärt die Bispingen. »Sie haben keine Spuren gefunden, stimmt's? Keine Erdklumpen, die an einem Stein hätten haften können, kein Rost, der vielleicht an einer Metallstange gewesen wäre.«

»Exakt. Es wirkt, als sei diese Frau hier mit chirurgisch reinem Stahl erschlagen worden.«

»Also war der Mord geplant. Da hat sich niemand spontan etwas gegriffen, was in der Gegend rumlag, sondern er oder sie hat etwas benutzt, das er vorbereitet hatte ...«

»... und wahrscheinlich längst hat wieder verschwinden lassen«, fällt ihr Bastian ins Wort. »Wir haben jedenfalls nichts am Tatort gefunden, das sich als Mordwaffe angeboten hätte.«

»Und der Tatort?«, fragt die Bispingen jetzt und lässt ihren Blick zwischen dem Kommissar und dem Gerichtsmediziner wandern. »Warum musste sie ausgerechnet in dieser Bauruine sterben?«

Bernstein zuckt desinteressiert die Schultern. *Geht mich nichts an*, sagt diese Geste.

Bastian muss ein kleines Lächeln unterdrücken. Er ist froh, dass er wenigstens darauf eine gute Antwort weiß. »Erstens war sie obdachlos. Das wusste hier fast jeder. Und wahrscheinlich kannten viele auch ihre Schlupfwinkel. Wer sie erschlagen wollte, musste also nur an einer entsprechenden Stelle warten. Und zweitens, von allen in Frage kommenden Stellen war die Bauruine mit Sicherheit die abgelegenste.«

»Ja, das leuchtet mir ein«, antwortet Elsbeth von Bispingen. Der Blick, den sie Bastian dabei zuwirft, gefällt ihm allerdings gar nicht. Er ahnt, dass da gleich noch etwas kommt. Und richtig. Mit schiefgelegtem Kopf schiebt sie die nächste Frage hinterher. »Warum war Ihre Kollegin übrigens allein vor Ort, als sie die Tote gefunden hat? Ist das nicht gegen alle Regeln?«

Bastian seufzt, zwingt sich dann aber zu einer geduldigen Antwort. »Frau von Bispingen, Sie waren doch selbst dabei. Wir haben unter großem Druck gehandelt, wir waren nur zu zweit und wussten genau, dass es schnell gehen muss. Deshalb sind wir in verschieden Richtungen ausgeschwärmt. Und der Erfolg hat uns recht gegeben. Silja, also ich meine Frau Blanck, hat die Tote entdeckt, und ich selbst erst die vermutlich von ihr versteckte Kleidung der Paulmann und dann auch noch diesen Henry Loos, der sich nun schon zum zweiten Mal in verdächtiger Nähe eines Tatorts aufgehalten hat.«

»Der Mann wohnt da um die Ecke, da ist das ganz normal«, gibt die Staatsanwältin zickig zurück. »Außerdem ...«, und an der Pause, die sie jetzt einlegt, liest Bastian ab, dass nun ihr eigentliches Anliegen kommt, »außerdem frage ich mich schon seit geraumer Zeit, ob Sie die Vorschriften über die Trennung zwischen Dienst und Privatleben nicht richtig gelesen haben.«

»Sie meinen ...«, Bastian stockt und sucht nach Worten, dann fällt ihm eine gute Formulierung ein, »... meine Freundschaft zu Silja Blanck.« *Freundschaft ist perfekt, da denkt jeder an Nähe, aber nicht an Intimität. Und gelogen habe ich auch nicht.* Ein höhnisches Lachen reißt ihn aus seinen Überlegungen.

»Dann ist Ihre gemeinsame Wohnung wohl eher eine WG, oder wie? Sagen Sie mal, Kreuzer, für wie blöd halten Sie mich eigentlich?«

Bastian schluckt, wohl wissend, dass von ihm keine Antwort erwartet wird. Trotzdem schocken ihn die nächsten Worte der Staatsanwältin.

»Wenn Sie sich wenigstens rechtzeitig an mich oder an wen auch immer gewandt hätten. Dann hätte man die Sache irgendwie klären können. Aber so? Entschuldigen Sie die Formulierung, aber es wirkt unter den gegebenen Umständen wie eine absichtliche Täuschung Ihrer Vorgesetzten. Und die werden ganz bestimmt nicht erfreut sein.«

»Frau von Bispingen, bitte verstehen Sie doch, dass hier auf der Insel andere Bedingungen herrschen«, setzt Bastian an, wird aber sogleich unterbrochen.

»Werter Herr Hauptkommissar, ich habe da gar nichts zu verstehen. Und ich habe auch nichts zu entscheiden. Aber Sie müssen begreifen, dass ich den Sachverhalt melden muss. Sonst bin ich auch dran, wenn das Ganze mal rauskommt. Und das wird es, glauben Sie mir.«

Bastian nickt stumm. Dann dreht er sich grußlos um und geht. Er beißt die Zähne fest zusammen und bemüht sich um eine aufrechte Haltung. Ihm ist zum Heulen zumute, denn er weiß genau, was diese Entdeckung unweigerlich bedeuten wird. Einer von ihnen beiden wird versetzt werden und in Zukunft auf dem Festland Dienst tun müssen.

Der *Worst Case* ist eingetreten, und er ist derjenige, der Silja die bittere Wahrheit verklickern muss.

Sonntag, 24. Februar, 09.20 Uhr, Kriminalkommissariat, Westerland

Henry Loos ist speiübel. Ihm ist schwindlig, und er ist müde. Todmüde. Dabei könnte er nicht mal schlafen, wenn er in seinem eigenen Bett läge, anstatt hier auf einem unbequemen Stuhl im Vernehmungszimmer der Kriminalpolizei zu sitzen. Das Bett würde sich unter Garantie drehen wie ein übergeschnapptes Karussell und ihn umgehend aus der Bahn werfen, möglichst direkt ins Badezimmer, damit er sich vors Klo knien und den Porzellangott anbeten könnte.

Das alles wäre schlimm, aber auszuhalten. Ab und an muss ein Mann tun, was ein Mann tun muss. Auch mal saufen. Und es hinterher bereuen. *Doch wenn die Sause dann im Kripohauptquartier endet, ist Schluss mit lustig*, findet Henry Loos. Und ist auch gewillt, es zu sagen. Doch der muskulöse Hauptkommissar, der ihm gegenübersitzt, sieht nicht so aus, als wolle er das hören.

»Noch mal ganz genau und zum Mitschreiben«, sagt dieser Kreuzer gerade und wirft einen Blick zu der Protokollantin in der Ecke. »Sie haben sich wann mit Ihren Kumpels verabredet?«

»Gestern Abend.«

»Ganz schön kurzfristig.«

Loos zuckt die Schultern. Ihm fällt nichts ein, was er darauf antworten könnte. Jedenfalls nichts, was er freiwillig erzählen würde.

»Ging die Initiative von Ihnen aus?«

Loos nickt. Prompt beginnt der ganze Raum zu schwanken. *Restalkohol ist ein Wort mit einem erheblichen Untertreibungsfaktor*, denkt Loos.

»Wann genau haben Sie Ihre Kumpels angerufen?«

»So gegen sechs?« Loos schaut gleichgültig drein. »Ich bekam plötzlich Lust auf ein Bierchen. Oder zwei.« Er versucht ein verschwörerisches Grinsen, das ihm gründlich misslingt. »Das ist doch nicht verboten«, fügt er kleinlaut hinzu.

»Überkam Sie die Lust direkt, nachdem Sie mit Birgit Prüfer geredet hatten?«

»Keine Ahnung. Kann schon sein. Weiß ich nicht mehr genau.« An dem spöttischen Blick des Kommissars kann Loos deutlich ablesen, was der von seiner dreifachen Antwort hält. Gar nichts. *Eine einzige Aussage wäre besser gewesen. Aber jetzt ist es zu spät. Oder doch nicht?* »Ja, es war nach dem Gespräch«, gibt er zu. »Hat mich irgendwie betroffen gemacht. Ich meine, wir sind ja mal miteinander zur Schule gegangen – und jetzt zu sehen, wie runtergekommen die Birre ist, das hat mich schockiert.«

»Sie treffen sie sonst nicht?«

»Wen? Birre? Nö. Also vielleicht hab ich sie mal auf der Straße oder so gesehen, aber treffen? Wie meinen Sie das denn?«

Der Kommissar lehnt sich zurück und verschränkt die Arme vor der Brust. Dann fixiert er Loos mit einem ziemlich finsteren Blick. »Lassen Sie das blöde Gequatsche jetzt mal stecken, ja? Falls es Ihnen noch nicht aufgefallen sein sollte, wir ermitteln hier in einem Mordfall. Frau Prüfer hat die letzte Nacht nicht überlebt, und Sie waren vielleicht derjenige, der sie zuletzt lebend gesehen hat.«

»Äh, außer dem Mörder, meinen Sie wohl.«

Kreuzer verzichtet auf eine Antwort und sieht ihn mit hochgezogenen Brauen an.

»Also hören Sie mal, wenn Sie mir jetzt unterstellen wollen, dass ich …«

»Ich unterstelle Ihnen gar nichts. Aber ich weiß so einiges. Zum Beispiel, dass auf dem Pflaster vor Ihrer Haustür Blut war. Blut von Frau Prüfer.«

Henry Loos runzelt die Stirn. Blut? Wieso war da Blut? Dann fällt es ihm wieder ein. »Ach ja, sie ist gefallen. Das war ein bisschen unglücklich.«

»Unglücklich. So kann man das natürlich auch ausdrücken. Was wollte sie eigentlich von Ihnen?«

»Sie hatte Angst, und ich sollte sie verstecken«, bricht es aus Henry Loos heraus. *War doch so. Warum soll er es also nicht sagen?*

»Na endlich, jetzt wird es interessant.« Der Kommissar beugt sich vor und mustert ihn gründlich. »Birgit Prüfer war also in Todesangst. Sie fühlte sich verfolgt. Und in dieser Extremsituation kam sie ausgerechnet zu Ihnen, um sich helfen zu lassen. Habe ich das richtig verstanden?«

Henry Loos nickt. Der Tonfall des Kommissars gefällt ihm nicht. Eine neue Welle von Übelkeit steigt in ihm auf. Er schließt die Augen und versucht, sie zu bekämpfen. Dazu muss er sich konzentrieren. Aber der Kommissar grätscht ihm voll in die Konzentration.

»Okay, nehmen wir mal an, das war alles so, wie Sie es schildern. Dann verstehe ich eines nicht: Warum haben Sie Birgit Prüfer eigentlich nicht geholfen?«

»Äh, ich wollte nicht … also, ich wollte nicht, dass Ines da mit reingezogen wird.«

»Wo reingezogen?«

Henry Loos räuspert sich. »Na ja, Ines wusste nicht, dass Birgit und ich uns kannten.«

»Sie wollen mir weismachen, Sie hätten mit Ihrer Frau nie darüber geredet, dass Sie mit einer inselbekannten Irren zur Schule gegangen sind?«

»Also ich …«, beginnt Loos, wird aber sofort von dem Kommissar unterbrochen.

»Herr Loos, jetzt lassen Sie den ganzen Scheiß doch endlich.« Er macht der Protokollantin ein Zeichen, woraufhin sie die Finger von der Tastatur nimmt. »Ihnen geht's schlecht. Sie sind kurz vorm Kotzen oder vorm Kollabieren, das will ich gar nicht so genau wissen. Und ich habe meine Zeit auch nicht gestohlen. Wir kürzen jetzt das Prozedere mal drastisch ab. Da ist irgendwas zwischen Ihnen und Birgit Prüfer. Entweder …«, er macht eine dramatische Pause und sieht Henry

Loos eindringlich an, »… also entweder Sie haben Sie umgebracht – dann haben Sie tatsächlich allen Grund für Ihr verstocktes Schweigen –, oder es ist etwas anderes. Und wenn es so ist, dann will ich das jetzt wissen.«

Loos kann den Blickkontakt nicht ertragen und schlägt seine Augen nieder. Mit leiser Stimme bekennt er: »Wir haben miteinander gepoppt. Manchmal.«

»Sie und Birgit Prüfer? Oder Sie und Larissa Paulmann?«, fragt Kreuzer provokant.

»Die Birre und ich«, antwortet Loos mit leiser Stimme. Er wartet darauf, dass der Kommissar etwas erwidert, aber von dem kommt nichts. Nur ein auffordernder Blick. Also redet er stockend weiter. »Meistens im Sommer. Irgendwo draußen. Gibt ja genug abgelegene Plätze auf der Insel. Ich hab ihr dann ein bisschen Geld gegeben. Sie hatte ja nichts.«

»Waren Sie gestern Abend mit Birgit Prüfer verabredet?«

»Nein! Natürlich nicht!

»Und das soll ich Ihnen glauben?«

Wir hatten ja gerade … also wir hatten am Biiketag kurz mal miteinander …«

»Im Freien? In der Kälte?«

»Na ja. Die Birre hat's mir mit der Hand gemacht. Im Häuschen vom Kindergarten. Da hat niemand hingeguckt, waren ja alle aufs Feuer konzentriert.«

»Na dann.« Die Stimme des Kommissars klingt sarkastisch.

»Das ist jedenfalls nicht verboten«, entgegnet Henry Loos trotzig. »Aber deswegen will ich gar nicht erst, dass meine Frau da irgendeine Verbindung sieht. Und deswegen habe ich Birre gestern Abend auch weggeschickt, obwohl sie wirklich eine ziemliche Panik geschoben hat.« Er räuspert sich wieder und schlägt die Augen nieder. »Jetzt tut's mir natürlich unheimlich leid, das müssen Sie mir echt glauben. Ich weiß nicht, wer sie auf dem Gewissen hat, aber verdient hat sie's nicht. Die hat doch niemandem etwas zuleide getan. War einfach ein armes Schwein.«

»… dessen Not Sie ausgenutzt haben.«

Henry Loos schweigt. *Was soll er dazu auch sagen?* Der Kommissar hat ja recht. Aber die Paulmann hat ihn halt nie rangelassen. In der Schule nicht und später schon gar nicht. Er hat's immer wieder versucht. Mal mehr, mal weniger geschickt. Aber sie war so entsetzlich hochnäsig, hielt sich für was Besseres. Bis zum Schluss. Und weil sie ihm nie aus dem Kopf gegangen ist, war Birre als Ersatz gar nicht mal so schlecht. Die wollte ja sowieso immer eine zweite Larissa sein. Für ihn war sie's eben. Punkt. Das kann er dem Kommissar natürlich alles nicht erzählen. Aber etwas anderes könnte er klarstellen.

»Sie haben mich nach dem Tod von Larissa nach meinem Alibi gefragt …«

»Ja?« Lauernder Blick, skeptische Miene.

Aber Henry Loos lässt sich nicht beirren. Diesmal nicht. Unerschrocken redet er weiter. »Und ich habe was von meinen beiden Kumpels gefaselt, Thorben und Rüdiger …«

»Das sind die, mit denen Sie gestern angeblich auch unterwegs waren?«

»Na ja, gestern waren wir wirklich zusammen. Ununterbrochen. Echt. Da können Sie gern ein paar Kneipenwirte fragen.« Er stockt für einen Moment, dann redet er mit fester Stimme weiter. »In der Biikenacht dagegen hab ich mich mal kurz aus dem Staub gemacht.«

»Zwischen sieben und acht, das sagten Sie schon bei der letzten Vernehmung.« Der Kommissar blättert in einer Akte, die vor ihm liegt.

»Ja, ja, aber ich bin eben nicht runter zum Watt, wie ich behauptet habe.«

»Sondern?«

»Na, wie ich vorhin schon gesagt hab. Ich hab mich mit Birre im Kindergartenhäuschen getroffen.«

»Und das soll ich Ihnen jetzt glauben?« Henry Loos nickt, aber der Kommissar ist noch nicht fertig. »Sie erzählen mir das praktischerweise erst jetzt, da der einzige Mensch, der Ihre Aussage bestätigen könnte, tot ist. Genauer gesagt, ermordet worden ist. Mit Blutspuren direkt vor Ihrer Haustür.«

Henry Loos lässt den Kopf sinken und schließt die Augen, deswegen erschreckt ihn der klatschende Laut, mit dem Hauptkommissar Kreuzer die Akte auf dem Schreibtisch abrupt zuschlägt. Loos fährt zusammen, als habe der Schlag ihn mitten ins Gesicht getroffen.

»Ich kann doch auch nichts dafür ...«, beginnt er zaghaft.

Er wird aber sogleich von dem Kommissar unterbrochen. Dessen Stimme ist jetzt leise und kalt. »Herr Loos, ich will Ihnen mal sagen, was *ich* denke.« Wieder macht er eine Geste zu der Protokollantin hinüber. Das Klackern der Tastatur verstummt. »Sie haben in der Biikenacht versucht, Larissa Paulmann zu einer schnellen Nummer zu überreden. Sie wollte nicht. Irgendwie ist dann die Situation eskaliert, und plötzlich war Frau Paulmann tot. Sie sind ja ziemlich kräftig.«

Ein prüfender Blick mustert seine Statur.

»Herr Kommissar, ich schwöre Ihnen, ich habe nie ...«

»Lassen Sie mich ausreden. Bitte.«

Henry Loos verstummt.

»Für mich stellt sich das Ganze so dar: Birgit Prüfer hat Sie in der Biikenacht beobachtet, später die Kleidung von Frau Paulmann zerschnitten und einen Teil an sich gebracht. Und gestern Abend ist sie zu Ihnen gekommen, weil sie sich verfolgt fühlte. Von wem auch immer. Sie hat Ihnen Ihre Tat auf den Kopf zugesagt, um Sie zu zwingen, ihr zu helfen. Was Sie verweigert haben, damit Ihre Frau nichts erfährt. Stattdessen haben Sie sie vor Ihrer Haustür angegriffen. Sie ist gestürzt und hat Blutspuren auf Ihrem Pflaster hinterlassen. Trotzdem konnte sie flüchten. Sie sind hinterher, haben Frau Prüfer bis zur Bauruine verfolgt und sie dort umgebracht.« Der Hauptkommissar macht eine winzige Pause, dann fügt er hinzu: »So war's doch. Oder?«

»Nein«, antwortet Henry Loos und steht auf.

»Das werden wir ja sehen«, entgegnet Bastian Kreuzer und bleibt sitzen.

Sonntag, 24. Februar, 09.31 Uhr, Manne Pahl, Kampen

Fred Hübner erkennt Elsbeth von Bispingen schon vom Fahrrad aus. Sie sitzt ganz vorn im Wintergarten des prominenten Inselcafés, das sich direkt an der wichtigsten Flaniermeile Kampens befindet. Die roten Locken der Staatsanwältin leuchten im Licht der Wintersonne wie eine Löwenmähne in der afrikanischen Steppe. Fred versucht sich vorzustellen, was Elsbeth wohl zu diesem Vergleich sagen würde. *Zu kitschig? Zu gewollt? Oder recht originell?* Würde sie lachen? Den Kopf nach hinten werfen und mit ihrer tiefen Stimme diese ungemein charmanten kollernden Töne hervorbringen, die er gleich gemocht hat? Oder wäre ihr dieser Vergleich nur eine spöttische Bemerkung wert?

Fred merkt, dass er herausfinden will, wie sie auf so etwas

reagiert. Und das ist beileibe nicht das Einzige, was er herausfinden möchte. Keine Frage, er ist verknallt. Ohne Wenn und Aber. Einfach verknallt. Und das in eine Staatsanwältin.

Jetzt hat sie ihn entdeckt und winkt fröhlich in seine Richtung. Vor ihr steht eine winzige Espressotasse, daneben liegt eine Zeitung. Sie scheint schon länger hier zu sein. Fred winkt zurück und schließt das Rad an. Er trägt eine Jeans und ein wie maßgeschneidert sitzendes Designerjackett, das er vor zwei Jahren in einem der überteuerten Kampener Läden erstanden hat und das seitdem in seinem Schrank auf genau diesen Einsatz gewartet zu haben scheint. Darunter ein schlichtes weißes Hemd; drüber nur einen leichten Mantel, der zwar eher für die Übergangszeit geeignet, aber unübersehbar edel ist. Die Radfahrt war extrem ungemütlich, aber er war ja auch nur ein paar Minuten unterwegs. Länger hätte das alte, klapprige Ersatzrad wohl auch nicht durchgehalten. Ist alles in allem kein besonders eleganter Auftritt, immerhin hat er auf den Fahrradhelm verzichtet. Wäre ihm einfach zu peinlich gewesen, den vor dem Café abzunehmen. Natürlich hätte er sich auch ein Taxi bestellen können. Aber das war ihm dann doch zu spießig.

Fred stößt die Tür auf und tritt in die Wärme. »Guten Morgen!«

Er beugt sich zu ihr hinunter und haucht zwei Küsse auf ihre Wangen. Hat er sich vorher überlegt. Sehr genau überlegt. Dass sie ihm dabei ihre Hände in den Nacken legen würde, hat er nicht erwartet. Ist aber ein gutes Zeichen.

Fred zieht den Mantel aus, setzt sich und beschließt, mutig zu sein. »Bestellst du die Flirts vom Vorabend immer am nächsten Morgen zum Frühstück ein?« Leichtes Lächeln, humorvoller Ton.

Sie antwortet ernsthaft. »Nein, eigentlich nicht. War dir mein Anruf vorhin zu kurzfristig?«

»Sehe ich so aus?«

»Nein, eigentlich nicht.« Jetzt ist sie es, die lächelt und ihn dabei mustert. Gründlich und ziemlich ungeniert. »Schickes Jackett. Trägst du das mir zu Ehren? Gestern Abend hast du anders ausgesehen.«

Fred zuckt die Schultern. Kein Kommentar. Stattdessen greift er nach der Karte, fragt beiläufig: »Frühstückst du hier öfter?«

»Wenn ich auf der Insel bin, schon. Ich mag den Blick zur Straße raus …«

»… man hat alles unter Kontrolle.« Das haben sie jetzt beide gesagt. Gleichzeitig.

Langsam wird Fred diese Sache hier unheimlich. Es kann doch gar nicht sein, dass plötzlich alles so einfach ist.

»Ich kenne die Frühstückskarte in- und auswendig. Soll ich was für uns beide bestellen?«, schlägt sie vor.

»Gern. Aber nur, wenn ich dich einladen darf.«

»Gern.«

Während sie auf das Frühstück warten, wird Elsbeth von Bispingens Miene ernst.

»Was denkst du über gestern Abend?«

Er hofft, dass sie mit der Frage nicht ihre frische Bekanntschaft meint, sondern die Vorfälle am Paulmann-Haus und die Vernehmung van de Kocks. Aber er wird sie nicht danach fragen. »Ich weiß vielleicht mehr über Larissa Paulmann als die Polizei«, beginnt er vorsichtig.

»Wow. Erzählst du's mir?«

Fred nickt. »Verrätst du mir vorher, wie es gestern Abend weitergegangen ist?«

»Hast du keine Nachrichten gehört?«

Er schüttelt den Kopf. Nach ihrem überraschenden Anruf vor einer halben Stunde hatte er alle Hände zu tun, sich fertigzumachen. Aber das wird er ihr jetzt bestimmt nicht auf die Nase binden. Und sie fragt nicht, zum Glück.

»Es gab noch eine Tote«, erklärt sie knapp. »Eine blonde Frau, hatte ziemliche Ähnlichkeit mit der Paulmann, nur war sie völlig heruntergekommen. Wirkte fast wie ihr schlampiges Double. War angeblich obdachlos, seit Jahren schon. Hauste meistens in Keitum und Umgebung. Oft auch in der Bauruine. Und jetzt hat sie jemand dort erschlagen.«

»Deshalb war Kreuzer so grantig.«

Sie lächelt. »Dass ich dich mitgenommen habe, war alles andere als okay. Das weißt du selbst.«

»Warum hast du's dann gemacht?«

Das Lächeln wird tiefer. »Ich wollte sehen, wie du dich verhältst.«

»Kleiner Test unter Freunden, wie?« Er schüttelt den Kopf, amüsiert und leicht tadelnd. Dann zuckt er die Schultern. »Wie's aussieht, habe ich den Test bestanden.«

»Kann man so sagen.«

Während das Frühstück serviert wird – Elsbeth von Bispingen hat quasi die ganze Karte einmal rauf und runter bestellt –, schweigen beide. Als die Kellnerin verschwunden ist, nimmt sich Elsbeth ein Croissant und bestreicht es mit Himbeermarmelade. Dann wirft sie Fred einen verschwörerischen Blick zu.

»Deine Geheimnisse gegen meine Geheimnisse?«

Fred lacht. Am liebsten würde er sie umarmen, ihr danken für ihre Schlagfertigkeit und ihre Unkompliziertheit. Stattdessen greift er über den Tisch nach ihrer freien Hand und haucht einen Kuss darauf. Wie im neunzehnten Jahrhundert. Mitten am Sonntagvormittag in aller Öffentlichkeit.

Sie wird rot. *Oder täuscht er sich?* Als er noch einmal hinschaut, sieht sie wieder ganz normal aus. Es kann höchstens ein winziger Anflug gewesen sein. Aber er beschließt, es als Kompliment zu nehmen.

»Ich fange an, okay. Dann kannst du hinterher beurteilen, ob meine Geheimnisse es wert waren, erzählt zu werden.«

»Sehr großzügig«, erwidert sie lachend.

Fred erzählt der Staatsanwältin alles, was er weiß. Alles, was er damals recherchiert hat und in seinem nie veröffentlichten Artikel festgehalten hat. Sie hört aufmerksam zu. Als er fertig ist, sagt sie nur zwei Sätze.

»Lars Rönneberg also. Warum haben den die Beamten nicht im Visier?«

Fred zuckt die Schultern. »Hab ich mich auch schon gefragt. Aber mit mir reden sie ja nicht.«

»Du mit ihnen aber auch nicht, oder? Das ist Behinderung von Ermittlungen, wenn man's dir bös auslegt.«

»Die sind froh, wenn sie mich nicht sehen.«

»Komisch, kann ich gar nicht verstehen. Ich finde, du bist ein durchaus angenehmer Anblick.« Sie hebt ihr Sektglas und blinzelt ihm zu. Fragend und ein ganz klein wenig schüchtern, wie er findet. Dann sagt sie: »Auf uns?«

»Auf uns.«

Fred hebt das Glas und trinkt. Erst als er das Prickeln auf der Zunge und den Geschmack am Gaumen spürt, fällt ihm ein, dass er gerade einen ganz großen Fehler macht. Er stellt das Glas zurück auf den Tisch und sagt leise: »Lieber nicht. Ich hatte mal ein ziemliches Alkoholproblem.«

Sie sieht ihm in die Augen. »Weiß ich doch. Hast du mir

gestern Abend erzählt. Fand ich ganz schön mutig. Als ich vorhin den Sekt bestellt hab, war es mir entfallen. Entschuldige bitte.«

Bevor Fred antworten kann, greift sie über den Tisch, nimmt sich sein Glas und trinkt es mit wenigen Schlucken aus.

»So, das hätten wir. Ein Problem weniger.« Ihr Lächeln ist umwerfend. Sie legt den Kopf in den Nacken, als wisse sie, dass sich nur in diesem Winkel die niedrige Sonne in ihren roten Locken verfangen kann.

»Deine Haare sehen aus wie eine Löwenmähne in der afrikanischen Steppe«, sagt Fred.

Sie schüttelt den Kopf, so dass die Haare im Licht fliegen, und lacht auf diese ungenierte Art, die ihn gestern schon fasziniert hat.

Sonntag, 24. Februar, 09.45 Uhr, Apartmenthaus Sonnenkuhle, Westerland

Silja drückt zweimal schnell hintereinander auf die Klingel.

»Wir sollten vielleicht nicht unbedingt so auftreten, als stünden wir sonst wie unter Druck«, murmelt Sven.

»Wir *stehen* unter Druck. Warum sollte ich das verheimlichen?« Silja klingelt noch einmal. Kurz darauf kommt eine genervte Stimme aus der Gegensprechanlage.

»Jaha. Was gibt's denn?«

»Kriminalpolizei Westerland. Silja Blanck. Herr van de Kock, wir müssen mit Ihnen reden.«

»Das hat Ihre Kollegin doch gestern Nacht schon zur Genüge getan.«

274

»Das war keine Kollegin, sondern die Staatsanwältin persönlich. Bitte machen Sie jetzt auf, sonst werden wir ungemütlich.«

Es entsteht eine Pause. *Kleines Kräftemessen unter Feinden*, denkt Silja. Dann geht der Summer.

Während Sven und sie die Treppe hinaufsteigen, fragt er: »Sag mal, ist irgendwas? Du bist heute so anders als sonst.«

»Bastian hat vorhin mit der Bispingen geredet.«

»Weiß ich. Bei der Obduktion von Birgit Prüfer. Und?«

Silja will antworten, verstummt dann aber und bleibt stehen. Verlegen wischt sie sich mit dem Handrücken die Augen.

»Ach, Mensch.« Spontan nimmt Sven sie in den Arm. »Ist es wegen der gemeinsamen Wohnung?«

Silja nickt. »Die Bispingen ist uns irgendwie draufgekommen. Von unserer Beziehung wusste sie wohl schon früher. Hat sie jedenfalls angedeutet. Im Grunde genommen geht sie das alles gar nichts an. Aber sie meint, dass sie uns jetzt nicht decken kann, weil sie sonst mit drinhängt. Zumal wir die Sache absichtlich verheimlicht haben.«

»Das heißt, sie will petzen? Schiette!«

»Kannst du laut sagen.« Silja schnieft noch einmal, dann befreit sie sich aus seiner Umarmung. »Danke, Sven. Ist ein schönes Gefühl, wenn man sich mal ausheulen kann.«

Sven schüttelt lächelnd den Kopf. »Ausheulen nennst du das? Da bin ich aber von Anja anderes gewohnt.«

»Na ja, ich bin eher zugeknöpft. Das weißt du doch.« Sie wirft ihm einen fast entschuldigenden Seitenblick zu. »Lass uns hochgehen, okay? Ist vielleicht nicht verkehrt, wenn ich meine Aggressionen nutze, um diesem van de Kock ordentlich einzuheizen.«

»Meinst du wirklich, da ist noch was rauszuholen? Ich fand deine Analyse, dass niemand freiwillig an einem Abend sowohl in das Paulmann-Haus einsteigen als auch Birgit Prüfer umbringen würde, ganz schlüssig.«

»Tatsächlich? Mir ging's bei näherem Nachdenken genau umgekehrt. Eins von beidem kann geplant gewesen sein, das andere hat sich einfach ergeben.«

»Der Mord?«

»Eher der Einstieg ins Haus.«

»Du meinst, sie war schon tot, als wir ihn gestellt haben, und er hat sich die Sache mit dem Zusammentreffen nur ausgedacht?«

»Zum Beispiel.«

Silja legt den Finger auf die Lippen und deutet nach oben. Dann brechen beide das geflüsterte Gespräch ab und nehmen die letzten Stufen. Am Ende des Ganges steht schon Jasper van de Kock in seiner Wohnungstür. Er trägt einen blauen Morgenmantel und hat nasse Haare.

Mit übertriebenem Seufzen lässt er sie in seine Wohnung. »Wenn Sie dann bitte Platz nehmen möchten.«

Silja pflanzt sich auf das blaue Kunstledersofa, das sie schon beim ersten Besuch unglaublich geschmacklos fand, und legt sofort los. »Herr van de Kock. Wissen Sie, was in der letzten Nacht geschehen ist?«

»Ich habe vorhin die Nachrichten gehört. Wahrscheinlich meinen Sie den Tod von dieser Irren. Wie hieß sie noch mal? Birre, stimmt's?«

»Birgit Prüfer«, verbessert Silja ihn.

»Ja und?«

»Sie haben behauptet, sie vor Ihrem Einbruch getroffen zu haben ...«

»Moment mal. Ich habe eine blonde Frau gesehen, die irgendwie neben der Spur war.«

»Mit ziemlicher Sicherheit unsere Tote.«

»Tja dann.« Er macht eine kurze Pause und scheint nachzudenken. Schließlich fragt er achselzuckend: »Und? Wollen Sie mir diesen Mord jetzt auch noch anhängen?«

»Wir hängen niemandem einen Mord an, merken Sie sich das. Aber wir wüssten gern noch einmal ganz genau, wie sich Ihre Begegnung mit der blonden Frau abgespielt hat.«

»Ich kam um die Hausecke, sie sah mich, dann hat sie geschrien und ist weggelaufen. Das war alles. Ende Gelände. Hab ich Ihnen gestern Abend schon genau so erzählt.«

»Und Sie sind nicht zufällig hinterhergelaufen?«

»Nein! Ich war froh, dass sie weg war. Ich hatte ja noch was vor …«

Silja nickt. Dann wechselt sie einen kurzen Blick mit Sven und setzt neu an. »Als meine Kollegen Oberkommissar Winterberg und Hauptkommissar Kreuzer zum ersten Mal bei Ihnen waren …«, beginnt sie.

»Hatte ich Besuch. Damenbesuch, um genau zu sein. Darauf wollen Sie doch hinaus, oder?«

»Ja. Ich komme auf dieses Thema wegen des Tagebuchs, das Sie gesucht haben. Ich habe mich gefragt, ob Ihre sexuelle Beziehung zu Larissa Paulmann vielleicht nicht auch … nun ja, diese Komponente hatte.«

»Sado-Maso meinen Sie?« Jasper van de Kock wirkt jetzt fast amüsiert. Er lehnt sich in seinem Sessel zurück und leckt sich kurz über die Lippen, als könne er dort dem letzten Rest einer Delikatesse nachspüren.

Silja wartet und blickt ihn aufmerksam an.

»Larissa war nicht untalentiert«, erklärt van de Kock nun

leise. »Sie hat's mir ordentlich besorgt, das kann ich Ihnen flüstern.«

Die beiden Ermittler verziehen keine Miene. So leicht lassen sie sich nicht provozieren.

»Sie haben ja schon bei unserem ersten Gespräch erwähnt, dass Ihre Exfrau recht lebenslustig war«, entgegnet Sven nüchtern. »Andererseits vermittelten Sie den Eindruck, Larissa Paulmann sei Ihnen in gewisser Weise nicht demütig genug gewesen.«

»Na, *demütig* ist ganz bestimmt nicht das Wort, das ich benutzt habe.« Jasper van de Kock lacht anzüglich. »Unser Sexleben war super. Daran gab es nichts auszusetzen. Aber ich finde, dass Larissa überheblich war. Sie war nicht bereit, meine Führerschaft anzuerkennen. In spiritueller Hinsicht jedenfalls. Sie hat sich, um es ganz klar zu sagen, von Gott abgewandt. Sie hat den richtigen Pfad verlassen.«

»Und das hat Sie verletzt?«

»Verletzt?« Er überlegt, schüttelt dann aber entschieden den Kopf. »So kann man das nicht sagen. Es hat mich gekränkt, das vielleicht schon. Schließlich wollte ich sie gern auf dem richtigen Pfad wissen. Ich wollte sie anleiten, wenn Sie verstehen, was ich meine.« Jasper van de Kock wirft den Kommissaren einen skeptischen Blick zu.

Silja kann sehen, dass er nicht im Entferntesten daran glaubt, verstanden zu werden. Und er täuscht sich nicht. *Du bist ja so was von scheinheilig*, denkt sie. *Im Bett ordentlich Prügel beziehen, aber hinterher den großen Larry markieren wollen.*

Van de Kock muss den Gedanken auf ihrem Gesicht abgelesen haben, denn jetzt legt er noch einmal nach. »Diese Weigerung ausgerechnet meiner eigenen Ehefrau, sich auf den rechten Weg führen zu lassen, konnte und wollte ich nicht akzeptieren. Also haben wir uns scheiden lassen. Was ist daran verkehrt? Es war unsere private Entscheidung, und wir haben daraus Konsequenzen gezogen. Nur: Was geht Sie das eigentlich an?«

Silja seufzt. »Herr van de Kock, wir führen hier eine Mordermittlung durch. Eine doppelte inzwischen. Wir machen das nicht zum Spaß. Das Erste bei einer solchen Ermittlung ist die Suche nach möglichen Motiven. Und glauben Sie mir, emotionale Abhängigkeit oder Enttäuschung sind starke Motive.«

»Sie denken doch nicht im Ernst, dass ich mir mein ganzes Leben ruiniere, nur weil mir Larissas Überheblichkeit nicht in den Kram gepasst hat?«

Silja seufzt. *Was ich denke, spielt keine Rolle*, will sie sagen. Aber sie weiß, dass das nicht stimmt. Im Gegenteil. Bei jeder Ermittlung kommt es vor allem darauf an, was die Ermittler denken. Alle Synapsen müssen funktionieren, die Kommissare müssen hellwach sein, sie müssen die richtigen Fragen stellen und dann die richtigen Schlussfolgerungen aus den Antworten ziehen. Sie müssen alles in allem eben das Richtige denken. *Aber was ist das in diesem Fall?* Silja weiß es nicht. Sie hat nicht den leisesten Schimmer einer Ahnung.

Resigniert sagt sie: »Wir drehen uns im Kreis.« Die Kommissarin wechselt einen kurzen Blick mit ihrem Kollegen, dann stehen beide auf. »Herr van de Kock, das war's erst einmal. Sie hören wieder von uns.«

Van de Kock begleitet die beiden Ermittler wortlos zur Tür, die er betont leise hinter ihnen schließt. Schweigend gehen Silja und Sven die Treppen hinunter. Erst als sie wieder im Wagen sitzen, fasst Silja das Resultat der Befragung zusammen.

»Der Typ ist unsympathisch. Extrem sogar. Er ist mir eigentlich fast schon widerwärtig mit dieser Mischung aus Selbstüberschätzung und Unterwürfigkeit. Und dann diese Doppelmoral! Aber … er ist kein Mörder.«

»Sehe ich auch so«, antwortet Sven und lässt den Wagen an. Bevor er losfährt, wirft er der Kollegin einen knappen Blick zu und fügt an: »Als Mörder völlig ungeeignet. Dazu fehlen ihm einfach die Eier.«

Sonntag, 24. Februar, 11.07 Uhr, im Dunkeln

Mit einem knackenden Laut bricht der Nagel des linken Ringfingers. Während er versucht, den scharfen Schmerz wegzuatmen, wird ihm bewusst, dass dies sein letzter intakter Nagel war, der noch in die Spalten zwischen den Fliesen passte. Jetzt bleiben ihm nur noch die Fingerkuppen, und die sind auch schon aufgerissen und blutig.

Er spürt, wie Tränen in seine Augen treten. Tränen! Das ist wirklich das Letzte, was er jetzt gebrauchen kann. Er beißt die Zähne aufeinander, nicht im übertragenen Sinn, sondern wortwörtlich. Er presst die Kiefer zusammen und malmt dann die Zähne gegeneinander, als ginge es darum, einen unbekannten Gegner zu vernichten. Und eigentlich ist es genau das, was er tun muss. Er hat ihn insgeheim *die Stimme* getauft, denn dieser Gegner schien für ihn viel zu lange nicht real zu sein. Denn, bitte, wer kann einen schon in seinem eigenen Haus einsperren – und das so perfekt, dass an ein Entkommen kaum zu denken ist?

Aber diese Überlegung hält ihn nur auf. Lenkt vom Wesentlichen ab. Er weiß genau, er hat Angst vor den Schmerzen, die auf ihn zukommen, wenn er mit den blutigen Fingerkuppen versuchen wird, sich weiter an den Fugen entlangzutasten. Sechzig Fliesen nebeneinander, jede einzelne akkurat eingefugt mit einer Masse, die hart und rau ist und seine Fingerkuppen zerstört. Es sind zehn Reihen in der Höhe, er hat sie schon ganz am Anfang gezählt, und irgendwo an dieser Wand, irgendwo zwischen diesen sechshundert Fliesen, die er alle wird einzeln abtasten müssen, ist, wenn er Glück hat, die eine, die er braucht. Sie sollte nicht mit der porösen Fugenmasse, sondern mit elastischem Silikon verfugt sein und den Zugang zu einem Montagekanal öffnen. Und er muss sie finden. Gegen die Müdigkeit, gegen die Kälte, gegen die Hoffnungslosigkeit und die Wut. Und falls er sie finden wird, rechtzeitig finden wird, kann er nur beten, dass seine Fingernägel stark genug sein werden, um das Silikon abzupuhlen und anschließend die Fliesen zu lösen. Diese einzige Fliese oder dieses Fliesenquadrat in den insgesamt völlig identischen sechshundert Stück könnte seine Rettung sein.

Wenn er sich nur besser erinnern könnte, wenn er damals dem Installateur nur mehr Aufmerksamkeit geschenkt hätte, dann wüsste er mittlerweile, ob diese verrückte Suche sich überhaupt lohnt.

Aber wahrscheinlich ist alles sinnlos.

Die unteren drei Reihen hat er ausgelassen. Vielleicht war das fahrlässig, auch das kann er unmöglich wissen, aber er hat einfach vermutet, dass kein Installateur gern platt auf dem Bauch liegen möchte, um an der Montagefliese rumzufummeln. Vier Reihen hat er schon geschafft, sind insgesamt sieben. Er kriecht in die linke Ecke und zählt die Reihen von unten ab. Sieben mal fünfzehn Zentimeter ergibt einen Meter und fünf, eine nicht unangenehme Höhe, die er immerhin auf den Knien robbend bewältigen kann.

Die Fingerkuppen sind taub vor Schmerz, und die seitliche Daumenkante, mit der er inzwischen die Fliesenspalten entlangfährt, ist längst nicht so sensibel wie seine Finger, und außerdem wird auch sie bald einreißen.

Doch plötzlich stutzt er. *Hat seine Wahrnehmung ihm einen Streich gespielt? Oder ist das hier tatsächlich eine weichere, nachgiebige Masse?* Er nimmt die Handkante und prüft und vergleicht. Nein, er irrt sich nicht. Hier gibt es ein Quadrat von zwei mal zwei Fliesen, das anders eingefugt ist und dessen Temperatur sich irgendwie anders anfühlt. Oder doch nicht? Egal, auf die Temperatur kommt es nicht an. Aber die Konsistenz der Umrandung unterscheidet sich zweifelsfrei von den anderen Spalten. In den Fugen sitzt eine elastische Masse. Silikon.

Er hat sehr wahrscheinlich die Montageklappe gefunden. Und jetzt poppt auch die Erinnerung auf.

Er sieht den vollbärtigen Installateur wieder vor sich. Brummig war er und ausgesprochen wortkarg, als er die vier Fliesen, die er vorher irgendwie zu einer verbunden hatte, probeweise an ihren Platz setzte.

»Passt. Müssen Sie wahrscheinlich nie wieder ran, aber trotzdem.« Dann ließ er die Fliesenplatte noch einmal sinken und legte dieses eigenartige Werkzeug in den schmalen Schacht. *»Wenn Sie trotzdem noch mal ranmüssen, ham Sie gleich den Engländer zur Hand. Schenk ich Ihnen, ist sowieso ein altes Teil.«* Anschließend verschloss er die quadratische Öffnung wieder mit den Fliesen. *»Besser, Sie merken sich, wo der Schacht ist. Kann nicht schaden, wenn man so etwas weiß.«*

Er kann sich genau an die überhebliche Antwort erinnern,

die ihm damals auf der Zunge lag. *Sehe ich aus wie einer, der hier selbst Hand anlegen würde? Und ein guter Installateur wird das ja wohl von allein finden.* Zum Glück hat er sich damals jeden Kommentar verkniffen. Nur genickt und sich bedankt.

Vielleicht ist die Situation, in der er sich jetzt befindet, die Strafe für alle Überheblichkeiten seines Lebens, denkt er gerade. Aber das ist Blödsinn. Nichts weiter als der Versuch, den grausamen Zufälligkeiten des Lebens irgendeinen tieferen Sinn unterzujubeln.

Er seufzt. Der Ton hallt in dem leeren Schwimmbecken wider. Danach ist die Stille intensiver als vorher. Jedes noch so leise Geräusch wird ebenso laut wie sein Seufzen zu hören sein. Das weiß er jetzt. Und die große Frage ist natürlich, wie kann er die Montageklappe geräuschlos lösen? Mit irgendetwas muss er das Silikon aus den Ritzen popeln und anschließend die Klappe aus der Öffnung stemmen. Bisher hat er darüber nicht nachgedacht, aber jetzt ist es ein Problem.

Seine Fingernägel taugen längst nicht mehr dazu. Die Zähne? Quatsch. Damit kommt er nie in die schmale Spalte hinein. Die Schnürsenkel an seinen Schuhen fehlen. Der Gürtel seiner Hose auch. Als könne er sich hier irgendwo aufhängen. Als *wolle* er sich überhaupt aufhängen.

Ratlos tastet er über seine Kleidung. Mehr als das, was er am Körper trägt, gibt es hier schließlich nicht. Knöpfe? Nicht scharfkantig genug. Aber sonst sind da nur Stoff und Wolle. Weich, halbwegs warm und für seine Zwecke völlig ungeeignet.

Schon will er kapitulieren. Zugeben, dass alles umsonst war. Da hat er eine Idee. Schnell zieht er Schuhe und Hose aus. Die Kälte greift sofort nach seinen Beinen, aber das ist jetzt egal. Die Hose schließt auf einen Knopf, aber innen ist sie zusätzlich mit einem kleinen Metallhaken gesichert. Den biegt er auf. Es geht selbst mit den schmerzenden Fingern einfacher, als er erwartet hat. Und nachdem der Haken einmal zu einem schmal-länglichen Werkzeug umfunktioniert ist, stellt sich der Rest als eine Sache von wenigen Minuten heraus.

Das Silikon lässt sich erstaunlich leicht aus der umlaufenden Fuge schälen. Bald hält er es als langes dünnes Band in der Hand. Und dann, kaum hat er das Silikonband zu Boden gleiten lassen, geschieht das eigentliche Wunder. Die Klappe löst sich schon beim ersten festeren Druck auf den unteren Teil wie von selbst aus der Wand. Fast fällt sie ihm herunter auf den Boden, aber er kann im letzten Moment verhindern, dass sie scheppernd aufschlägt. Vorsichtig legt er das Geviert aus Fliesen am Boden ab. Dann tastet er sich wieder die Wand hinauf, bis er mit beiden Händen in den Schacht greifen kann.

Er findet das Werkzeug sofort. *Engländer*, der Name kam ihm damals schon komisch vor. Er tastet das Teil ab, das ihm das Leben retten soll. Es ist ziemlich schwer und etwa dreißig Zentimeter lang. Ein langer Stiel, der an einer Art Greifarm endet. Dank eines Gewindes ist die Größe verstellbar. Hoffentlich ist das Teil stabil genug, um damit das Metallrollo zu verbiegen, das den Poolbereich vom restlichen Keller trennt. *Aber ist es auch stabil genug, um seinem Peiniger den Schädel einzuschlagen?*

Er erschrickt über seinen eigenen Gedanken. Er ist kein gewalttätiger Mensch. War es nie. Als Kind war er eher schüchtern, später besiegte er die anderen lieber durch Worte als durch Handgreiflichkeiten. Und jetzt das: Gewaltphantasien. Die Vorstellung, dass dieser Irre, der ihn hier gefangen hält und zweifelsohne verhungern lassen wird, zur Abwechslung ganz in seiner Gewalt wäre, lässt ihn schaudern. Rachephantasien überfluten ihn. Er spürt die Verlockung wie eine stark duftende Pflanze. Betäubend und giftig. Aber er widersteht. Jetzt kommt es darauf an, sich ruhig zu verhalten. Und genau die nächsten Schritte abzuwägen. Der Fund des Werkzeugs hat alles verändert, hat die Kräfte in einer Weise verschoben, die sein Peiniger nicht ahnen kann. Nicht ahnen darf. Daher muss er jetzt erst einmal den nächsten Besuch *der Stimme* abwarten, so schwer es ihm auch fällt. Er wird sich widerspruchslos deren höhnische Kommentare anhören, die selbstsicheren Beschimpfungen. Er hat keine Ahnung, wer sich hinter *der Stimme* verbirgt, er weiß nicht, wer ihn derartig hassen könnte. Er weiß nur eines: Dieses Werkzeug, das er endlich in Händen hält, könnte seine Rettung sein.

Seine einzige Rettung.

Sonntag, 24. Februar, 14.06 Uhr, Braderuper Straße, Kampen

Als das Telefon klingelt, hat Sven gleich so ein komisches Gefühl. Eben hat er den Esstisch abgeräumt und die Saucenflecken von den Fertigrouladen weggewischt, die Mette und er in der letzten halben Stunde großzügig über die Holzplatte verteilt haben. Anja hätte ein Tischtuch aufgedeckt, und Vater und Tochter hätten sich natürlich entsprechend vorgesehen. Aber ein bisschen Schlendrian in der Abwesenheit von Mutter und Ehefrau muss schon gestattet sein, findet Sven. Sie hatten es irgendwie genossen, beim Transport der Saucenkelle über den Tisch nicht vorsichtig sein zu müssen. Und am Schluss wurde sogar in reiner Übermut ein Herz aus Saucentropfen aufs Holz gemalt.

»Das ist für Mama«, hatte Mette gerufen und noch ein zweites kleineres Herz danebengetropft. »Und das ist für das Geschwisterchen.«

Sven hatte sein Handy geholt und ein Foto gemacht, das er Anja zeigen wollte. Nachher, wenn sie sie besuchten.

Jetzt hört er Anjas Stimme am anderen Ende der Leitung. Sie klingt brüchig. Anja keucht und ringt nach Luft.

»Liebste, um Himmels willen, was ist denn los? Wir wollten jetzt gleich aufbrechen, um –«

»Komm besser allein, ich bin gerade …«

Sven hört ein verhaltenes Stöhnen durch den Hörer. »Anja?«

»Ich habe Wehen.« Noch eine Pause. Noch ein Stöhnen. »Und sie sind nicht sicher, ob sie es noch einmal stoppen können. Es wäre vielleicht besser, jetzt nachzugeben.«

»Wer sagt das? Der Arzt?«

Keine Antwort. Stattdessen hechelndes Atmen. Sven bereut seine blöde Frage sofort. Natürlich der Arzt. Wer denn sonst?

Sven atmet einmal tief durch. Jetzt ist es also soweit. Er weiß, er müsste handeln, schnell und effizient. Mette zu den Großeltern bringen und selbst sofort danach in die Nordseeklinik fahren. Vielleicht wird in wenigen Stunden sein zweites Kind geboren. Ganz sicher wird er sich an diese Momente sein Leben lang erinnern. Doch er fühlt sich wie erstarrt. Eine lähmende Lethargie legt sich über ihn. Es ist nicht zu fassen. Da steht ihm diese unendlich große Veränderung in seinem Leben unmittelbar bevor, und er fühlt sich einfach nicht bereit dazu.

»Du glaubst wirklich, dass es diesmal losgeht?«, fragt er lahm ins Telefon.

»Sven!«, sie schreit es fast, und ihre Stimme klingt ganz

286

anders als sonst. Tiefer und rauer. »Beeil dich. Komm her, ohne dich schaffe ich es nicht. O Gott, was ist …«

Jetzt schreit sie wirklich. Mit sich überschlagender Stimme und voller Panik ruft Anja nach einer Schwester. Dann ist die Verbindung tot.

Sven blickt auf den Lappen in seiner Hand. Er ist aus rosafarbenem Kunststoff und mit dunkelbraunen Saucenflecken übersät. Altes Blut auf frischem Fleisch. Die Assoziation stellt sich ganz unwillkürlich ein, und Sven schämt sich sofort dafür. Er wirft den Lappen in die Spüle und ruft mit lauter Stimme nach seiner Tochter, die vor wenigen Minuten in der oberen Etage des Hauses verschwunden ist. Ihre Antwort klingt gedämpft. Wahrscheinlich hat sie die Zimmertür geschlossen und widmet sich ihrem Facebook-Account.

»Mette, mach dich fertig. Wir müssen zu Mama.« Den Rest wird er ihr unterwegs erklären. Viel wichtiger ist die Frage, ob es noch irgendetwas gibt, das er ins Krankenhaus mitnehmen muss. *Himmelherrgott, wo bleibt denn Mette bloß?* »Jetzt beeil dich. Mach schon!«

»Du hast gesagt, wir fahren erst um halb drei«, kommt es maulig zurück.

»Mette, verdammt nochmal, die Wehen … Das Kind kann jeden Moment kommen.« Jetzt brüllt er. Als könne Mette etwas dafür, dass sich das Kleine nicht an die Verabredungen hält. Aber der Ausbruch zeigt Wirkung.

Oben schlägt eine Tür, und nach wenigen Sekunden erscheint Mettes gerötetes Gesicht. Ihre Augen sind vor Aufregung noch größer. »Echt jetzt?«

Sven greift statt einer Antwort nach seiner Daunenjacke und sucht nach den Autoschlüsseln, während Mette die letzten Treppenstufen herunterspringt.

»Ich bringe dich zu Oma und Opa. So wie es Neuigkeiten gibt, rufe ich an.«

»Och nee. Ich will aber dabei sein«, mault sie. »Ich bin kein kleines Kind mehr.«

»Dann sei auch vernünftig.« Sven wirft ihr die Jacke zu und hält die Haustür auf. »Jetzt komm schon.«

Draußen ist es sonnig und kalt. Sven öffnet das Garagentor und setzt sich in den Wagen. Als er langsam aus dem dämmrigen Inneren der Garage in den lichtdurchfluteten Kampener Wintertag rollt, denkt er, dass dies ganz bestimmt kein schlechter Tag ist, um das Licht der Welt zu erblicken.

Wenn nur alles klappt.

Sonntag, 24. Februar, 14.55 Uhr, im Dunkeln

Zuerst kommt das Poltern auf der Treppe. Er richtet sich auf, spürt, wie sich seine Nackenhaare sträuben. Tatsächlich und nicht nur sprichwörtlich. Dann knallt eine Tür. Da gibt sich jemand noch nicht einmal Mühe, leise zu sein. Da fühlt sich jemand total sicher. Entsetzlich sicher. Tödlich sicher.

Jetzt wird die Tür zum Wellnessbereich aufgedrückt. Sie hängt leicht durch. Seit Jahren schon. Beim Öffnen macht sie ein schabendes Geräusch. Gleich darauf klicken die beiden Lichtschalter. Durch die Lamellen dringen plötzlich schmale helle Streifen. Blendend. Sinnverwirrend. Er blinzelt. Kann die Helligkeit kaum ertragen. Dann begreift er endlich. Das Metallrollo ist nicht ganz heruntergelassen. Wahnsinn! Es gibt winzige Spalten zwischen den Lamellen. Er muss nur noch mit dem Werkzeug dort hineinkommen. Ganz einfach. In der Theorie. Aber wann soll er es versuchen? Jetzt jedenfalls nicht. Jetzt kann er nur hoffen, dass der andere, dass *die Stimme* die Jalousie unten lässt.

Er weiß genau, wie es hinter der Jalousie aussieht. Links das Klo, dahinter die große Dusche, die direkt an die Sauna grenzt. Und rechts der Ruhebereich. Die Teakstühle, die Trockentruhe, die Massageliege. Im nächsten Raum dann die Rudermaschine und der Crosstrainer. Alles bestens gepflegt und bereit zur Benutzung. Nur dass es jetzt nicht benutzt wird, sondern sein Gefängnisvorraum ist. Und vielleicht bald der Vorraum zu seiner Grabkammer. *Ein Crosstrainer als stiller Wächter, fast wie bei den alten Ägyptern*, denkt er gerade, da räuspert sich *die Stimme*.

»Hallo! Bist du wach?«

Gleich darauf ein schepperndes Tosen. Etwas Metallenes schlägt gegen den Rollladen. *Nicht verbiegen*, denkt er panisch, *bitte nicht verbiegen. Mach es mir nicht noch schwerer. Das Ding muss ja noch hochgehen, wenn ich jemals wieder hier rauskommen soll.*

»Ja, ich bin wach. Ist ein bisschen kalt und etwas zu ungemütlich zum Schlafen.«

Die Stimme geht nicht auf seine Ironie ein. Sie klingt sehr zufrieden.

»Schön. Dann pass jetzt ganz genau auf, was ich sage.«

Behalt deinen Scheiß für dich, denkt er, reißt sich aber sofort zusammen und murmelt nur ein weiteres gepresstes »Ja«. Unterwürfig klingt es, peinlich devot. Und er weiß, er wird sich für den Rest seines Lebens für dieses Ja schämen.

Was hat er diesem Wahnsinnigen jenseits des Rolltors nur getan? Warum ist *die Stimme* ausgerechnet auf ihn verfal-

len? Hat ihn nach Sylt gelockt mit diesem fingierten Polizeianruf, dass sein Pass oder eine gute Fälschung davon angeblich gefunden worden sei. Dass etliche Kunstwerke aus seinem
Haus nach einem Einbruch fehlten, jedenfalls nach Aussage
der Verwalterin Paulmann, die von den Eindringlingen niedergeschlagen worden sei und nun einen Schock habe und
im Krankenhaus behandelt werde, weshalb er, Bürgli, im
Moment auch nicht mit ihr sprechen könne. Dass seine per-
sönliche Anwesenheit unbedingt erforderlich sei. Das war die
Geschichte. Alles kompliziert ausgedacht, aber meisterhaft
durchgeführt. Bis hin zu diesem harmlos aussehenden Fahrer vor dem Flughafen, der angeblich von der Polizei geschickt
worden war, ihn aber gleich nach dem Einsteigen betäubt und
hierhergeschleppt haben muss. In diesen leeren Pool. Seinen
eigenen Pool. Den Pool seines angeblich ausgeraubten Ferienhauses.

Aber warum das Ganze? Warum ausgerechnet er? Ist es sein
Geld? Ja, das muss es sein. Der Typ will ihn erpressen. Wenn
die Bank zahlt, dann wird er freikommen. Fast ist er erleichtert. Doch *die Stimme* weiß nichts von seinen Gedanken. Und
sie kümmert sich auch nicht darum. Längst hat sie angefangen, ihren eigenen Plan zu erörtern.

»Also pass genau auf, damit du begreifst, was ich will.
Ich hab zwei Weiber umgelegt und muss hier weg und zwar
schnell. Zufällig sehe ich dir ziemlich ähnlich. Wir sind uns
sogar schon mal begegnet. Aber das weiß der feine Herr
wahrscheinlich nicht mehr. Ich war vor fünfzehn Jahren der
Freund von der kleinen Paulmann, die immer so scharf auf
dich war. Ich war deine Ersatzbesetzung sozusagen. Durfte sie
nur deshalb vögeln, weil ich dir ähnlich sah. Das war nicht lustig, kann ich dir sagen. Aber egal. Dafür hat sie jetzt die Quit-

tung bekommen. Und du wirst leider auch dran glauben müssen. Ach übrigens: Vielen Dank schon mal für deinen Pass, der mir ganz bestimmt gute Dienste leisten wird. Jetzt fehlt mir nur noch ein bisschen Kohle. Deine Kohle natürlich. Nicht die ganzen Millionen, die du wahrscheinlich hast. Ich will nur die Knete, die schnell den Besitzer wechseln kann. Und dafür hätte ich gern all deine Kontodetails. Die Namen der Banken, die Kontonummern und die Passwörter. Und versuch ja nicht, mir zu erklären, du hättest keinen Internetzugriff auf deine Gelder!« *Die Stimme* verstummt. Wartet.

Alexander Bürgli holt tief Luft. Das muss er erst mal verarbeiten. Der Kerl da draußen ist ein Mörder. Der Exfreund von Larissa? Er kramt in seinem Gedächtnis, aber kann sich tatsächlich nicht erinnern. Sollte er ihm wirklich so ähnlich sehen? Der Typ scheint sich seiner Sache sehr sicher zu sein, wenn er so freimütig darüber redet. Und jetzt will er ihm auch an den Kragen.

»Wie lange willst du Affenarsch mich noch warten lassen? Oder bist du ein kleiner Perverser, der's mag, wenn ihm das Wasser bis zum Hals steht?« *Die Stimme* lacht über ihren eigenen Witz, sie kann sich gar nicht mehr einkriegen vor Vergnügen.

Er kann dieses Lachen nicht ertragen, nicht eine Sekunde länger, sonst wird er verrückt. Aber das darf er nicht. Also hält er sich mit beiden Händen die Ohren zu. Er drückt die Zeigefinger so tief in seine Gehörgänge, dass es schmerzt. Jetzt ist Ruhe. Endlich. Erleichtert atmet er tief durch. Presst die abgestandene Luft tief in seine Lungen hinein und lässt sie ganz langsam wieder heraus. Wie beim Yoga. *Nur die Ruhe bewahren, jetzt nur nicht durchdrehen. Einfach die innere Mitte finden*. Einfach? Na ja. Denn er weiß, er wird wieder hinhören müssen. Er darf sich so einen Aussetzer nicht noch einmal leisten. Es ist wichtig, dass er genau erfährt, was der andere vorhat. Je mehr er weiß, desto größer ist seine Chance, diesem Gefängnis lebend zu entkommen.

Schon wird die Stimme jenseits des Rolltores ungeduldig. Wieder kracht etwas gegen das Metall. »Hey, du Kretin, ich rede mit dir. Antworte gefälligst.«

»Ja.« Mehr bringt er nicht heraus. Beim besten Willen nicht.

Am liebsten möchte er kotzen. Doch sein Magen ist leer, seit Tagen schon – oder wie lange auch immer er jetzt hier unten gefangen gehalten wird.

»… du wirst mir also gleich ganz brav deine Kontodetails verraten. Oder soll ich das Wasser einlassen? Du kennst diesen Poolraum ja besser als ich.« Höhnisches Lachen erklingt und hallt von den kahlen Wänden jenseits des Rolltores wieder. »Du weißt ganz genau, dass es keinen Absatz und keine Klettermöglichkeit oberhalb des Beckens gibt. Nur glatte Wände. Das haben sich deine Eltern damals nicht besonders schlau ausgedacht. Wahrscheinlich würden sie sich im Grabe umdrehen, wenn sie ahnen könnten, dass dieser dämliche Pool einmal der Sarg ihres einzigen Erben wird.«

Soll er die Drohung ernst nehmen? Würde der Typ da draußen wirklich Wasser in den Pool lassen, damit er hier jämmerlich ersäuft? Er stirbt doch sowieso. Der Durst ist schon jetzt unerträglich. Vielleicht sollte er verhandeln?

Welch lachhafter Gedanke! In seiner aussichtslosen Position. Er versucht es trotzdem. »Ich will Wasser.«

Die Antwort lässt nicht lange auf sich warten. Kollerndes Lachen. Höhnisch, fast übermütig. »Du bist ein Scherzkeks, was? Du willst tatsächlich ersaufen?«

»Trinken«, verbessert Bürgli seinen Peiniger.

»Trinken …«

Für einen Augenblick denkt Bürgli, das der da draußen sich die Sache tatsächlich überlegt. Doch er irrt sich.

»Du stirbst sowieso. Die Frage ist nur wie. Willst du das hinauszögern, indem du noch ein Schlückchen Wasser zu dir nimmst? Nein, sorry, kein Wasser. Es sei denn, du möchtest schwimmen.«

»Ich will hier raus«, japst Alexander Bürgli plötzlich. Das hat er gar nicht sagen wollen, er wollte ganz bestimmt nicht betteln, aber es ist einfach über ihn gekommen. »Bitte, ich will hier einfach nur raus. Ich gebe dir meinen Pass und auch genug Geld, damit du nach Argentinien oder sonst wohin abhauen kannst …«

»Das tue ich sowieso. Gleich morgen früh geht mein Flieger nach Düsseldorf, und von da aus geht's weiter nach Manaus. Die Brasilianer liefern nicht aus, da bin ich sicher. Nur ein bisschen Kohle brauche ich eben noch. Deinen Pass habe ich längst, den hattest du ja dankenswerterweise mitgebracht, weil du auf meinen falschen Polizeianruf hereingefallen bist.« Wieder das Lachen. Selbstgefällig. Überheblich.

Wenn ich in diesem Leben hier noch einmal rauskomme, hau ich dem Kerl in die Fresse, bis er kotzt, denkt Bürgli und wundert sich über seine eigene Aggressivität. Aber er bemüht sich weiter um einen unterwürfigen Tonfall. »Der Trick mit dem angeblich gefälschten Pass war gut. Ich dachte wirklich, da wolle einer meine Identität annehmen und die Polizei müsse die Pässe vergleichen.«

»Tja, man soll beim Lügen immer möglichst nah an der Wahrheit bleiben«, belehrt ihn *die Stimme*. »Und so habe ich dir einfach mein Vorhaben geschildert, nur aus Sicht der Polizei. War ziemlich blöd von dir, dass du dich noch nicht mal durch einen Rückruf überzeugt hast, ob der Anruf wirklich von einer Dienststelle gekommen ist.«

»Ich bin zu vertrauensselig«, antwortet Alexander Bürgli brav. Er will den anderen am Reden halten, er will so viel wie möglich von ihm erfahren. »Wen hast du umgebracht?«, fragt er ganz direkt.

Die Stimme lacht, aber das Lachen klingt irgendwie angestrengt, findet Bürgli. »Na, deine kleine Haushälterin. Die süße Larissa. Als Lausebengel musst du sie mal vernascht haben, und darüber ist sie nie hinweggekommen. Ausgerechnet mich hat sie immer dafür büßen lassen. *Mach mir den Alex*, hat sie immer gesagt. Ich könnte heute noch kotzen, wenn ich dran denke.«

»Du siehst mir also ähnlich?«

»Die Augenfarbe ist anders, meine sind braun. Aber sonst: wie aus dem Gesicht geschnitten, leider. Oder zum Glück, wie man's nimmt. Ist eben alles eine Frage der Perspektive«, verkündet *die Stimme* selbstgefällig.

»Und die zweite Tote?«

»Du bist ja ganz schön neugierig. Aber was soll's, du krepierst ja sowieso. War 'ne Landstreicherin, die ein bisschen zu viel gesehen hat. Ist mir beim Biikebrennen über den Weg gelaufen. Hab sie zwei Tage später da drüben auf der Baustelle kaltgemacht.«

Alexander Bürgli schluckt, aber es ist ein nutzloser Reflex, denn seine Kehle ist trocken, und es gibt nichts zu schlucken. *Zwei Tage später* hat der Dreckskerl da draußen gesagt. Das heißt, er muss schon mindestens drei Tage hier unten sitzen. Bürgli gäbe etwas darum, den Wochentag und möglichst auch die Uhrzeit zu erfahren. Die goldene Rolex, das Erbstück seines Vaters, ist natürlich auch verschwunden, ebenso wie der

Gürtel und die Schnürsenkel. Und sein Handy. Wahrscheinlich sitzt die Uhr längst am Handgelenk von dem Schwein da draußen.

»Hör mal zu, du Loser, es ist ja ganz nett, mit dir zu plaudern, aber ich habe an diesem sonnigen Sonntagnachmittag noch ein paar Dinge zu erledigen. Ich bin nämlich gründlich, musst du wissen. Hab mein eigenes Verschwinden generalstabsmäßig geplant. Job und Wohnung gekündigt, Auto verkauft. Meine Kumpels denken, ich bin nach Vietnam abgehauen. Haben mir sogar noch ein Abschiedsgeschenk gemacht. Lars Rönneberg existiert nicht mehr. Ab morgen bin ich Alexander Bürgli. Also spuck endlich die Zahlen aus!«

Papier raschelt jenseits des Rolltors, und es wird etwas über den Boden geschoben. Alexander Bürgli kann erahnen, was da gerade geschieht. Der schwarze Korbstuhl wird zur Trockentruhe gerückt, damit der Herr Erpresser ganz in Ruhe seine Bankdaten notieren kann. Dieser Lars Rönneberg scheint tatsächlich einen wasserdichten Plan ausgeheckt zu haben. Bürgli ist schockiert, aber er reißt sich zusammen und kalkuliert blitzschnell. Wenn heute Sonntag ist, dann wird jede Transaktion, die der Typ heute anleiert, ohnehin erst morgen auf den Weg gebracht. Bis dahin muss er es geschafft haben, diesem Gefängnis zu entkommen. Heute Nacht oder nie. Denn wenn es jetzt Nachmittag ist, bleibt ihm noch eine Nacht, um seinen Plan auszuführen. Bevor sein Peiniger sich absetzt, wird er sich ausruhen wollen. Aber nach dem erholsamen Schläfchen wird er dafür sorgen, dass Bürgli stirbt. Spätestens. Warum sollte der Typ ein unkalkulierbares Risiko eingehen, wenn er es vermeiden kann?

Panik steigt in Alexander Bürgli auf. Ist nicht ohnehin alles sinnlos? Seine ganzen Befreiungsphantasien sind vielleicht nur die letzten Träume eines Verdurstenden. *Nein, das kann, das darf nicht sein!*

Er zwingt sich zu Ruhe. »Okay, du kriegst die Passwörter«, sagt er so sachlich wie möglich.

Doch der Kerl jenseits des Rolltors hat gerade keinen Sinn für feine Untertöne. Er ist jetzt scharf aufs Geld und ungeduldig. Wieder knallt Metall gegen Metall. »Komm zur Sache!«

Alexander Bürgli richtet sich auf und gibt seiner Stimme einen festen Klang. Dann rattert er die Namen der drei Kreditinstitute runter, bei denen er Konten unterhält; die Kontonummern und die entsprechenden Internet-Passwörter folgen. Währenddessen fragt er sich, warum der Typ da draußen sich so sicher sein kann, dass er diese Daten alle auswendig weiß. Nicht wenige Leute haben sie schließlich irgendwo notiert und müssten nachsehen.

Ein Klackern jenseits des Rolltores lässt ihn aufhorchen. Der Typ ist nicht blöd. Er hat einen Laptop dabei und überprüft seine Angaben sofort. Nach wenigen Minuten grunzt er zufrieden.

»Das lief ja besser, als erwartet. Sehr hilfreich, dass du die Obergrenzen für Internetüberweisungen hochgesetzt hast. Und gleich bei allen drei Banken. Normalerweise gibt's täglich nicht mehr als 10 000 Eier pro Konto. Aber 50 000 sind natürlich besser. Viel besser sogar. Und du brauchst das Geld ja in diesem Leben ohnehin nicht mehr. Die Knete ist spätestens übermorgen auf meinem nagelneuen Konto in Manaus. Und spätestens Mittwoch kann ich abheben. Mit 150 000 kommt man in Südamerika eine ganze Weile aus, schätze ich. Und bis du vermisst wirst, dauert es eh noch eine Weile. Bis dahin bin ich längst untergetaucht. Für deine Beerdigung ist übrigens noch genügend Schotter vorhanden, das konnte ich gerade überprüfen.« Ein schallendes Lachen, dann knacken die Lichtschalter, die Spalten zwischen den Metalllamellen werden wieder nachtschwarz.

Die Tür schleift über den Boden. Danach ist es still. Still und tiefdunkel.

Alexander Bürgli schließt die Augen. Aller Mut und jede Energie weichen plötzlich von ihm. Er wird hier unten sterben, seinen feinen Plan kann er vergessen. Wie konnte er nur so blöd sein, die Kontodetails herauszurücken. Waren sie nicht seine letzte Lebensversicherung? Der Typ da draußen wird doch jetzt das Wasser einlassen, oder? Warum sollte er so dämlich sein, ein unnötiges Risiko einzugehen?

Alexander Bürgli lauscht angestrengt in die Dunkelheit. Immer wieder meint er, es in den Rohren plätschern zu hören. Aber noch läuft kein Wasser aus den Düsen in den Pool. Vielleicht kocht sich sein Entführer einfach nur einen Kaffee in der Küche. Oder er lässt sich ein gemütliches Vollbad ein. Gönnt sich ein wenig Entspannung vor seiner großen Reise ans andere Ende der Welt.

Bei dem Gedanken an Wasser wird Bürgli schwindlig. Er rechnet nach. Am Donnerstagnachmittag ist er auf der Insel gelandet. Im Flieger hat er noch eine Cola getrunken. Jetzt ist Sonntag. Drei Tage ohne Wasser. Ein Wunder, dass er noch bei Bewusstsein ist. Wie lange hält ein Körper das überhaupt aus?

Alexander Bürgli weiß es nicht. Er weiß nur eines, wenn er sich wirklich befreien will, dann hat er keine Zeit mehr zu verlieren.

Sonntag 24. Februar, 15.02 Uhr, Norderstraße, Westerland

»Magst du auch einen Kaffee?«, ruft Silja aus der Küche hinüber in den Wohnraum, wo Bastian sich mit einem Aktenordner aufs Sofa geworfen hat.

»Gern, mit extra viel Zucker bitte, ich muss nachdenken.«

»Irgendwann verkleben dir vom Zucker noch mal die Gehirnwindungen«, warnt sie und legt eine Kapsel in den brandneuen Espressoautomaten, den ihr Bastian zu Weihnachten geschenkt hat. Als die beiden Tassen gefüllt sind, geht sie hinüber zu ihm, reicht ihm seine Tasse und lässt sich in ihrem Lieblingssessel nieder.

»Ein Kamin wäre jetzt toll, findest du nicht?«

Er grinst. »Süße, du hast im Herbst die gemeinsame Wohnung bekommen und zu Weihnachten dieses George-Clooney-Teil da drüben. Jetzt ist mal gut.«

»Aber George Clooney ist bei der Lieferung von der Nespresso-Maschine nicht dabei gewesen«, schmollt Silja. »Ich weiß auch nicht, wie das passieren konnte.«

»Vielleicht musste er seiner neuen Frau einen Kamin bauen«, kontert Bastian.

»Na, da siehst du mal, wie sich andere um ihre Partnerinnen bemühen.« Sie stößt ihn mit dem Fuß an, der in einem dicken Wollstrumpf steckt.

»Wahrscheinlich flirtet seine Süße auch nicht gleichzeitig mit irgendwelchen anderen Millionären.«

Silja verkneift sich den Kommentar, dass Clooney schließlich selbst Millionär ist, auch wenn sie findet, dass Bastians Äußerung eine ziemlich ungeschickte Steilvorlage war. Stattdessen antwortet sie sachlich: »Ich habe nicht mit Alexander Bürgli geflirtet.«

»Das hat der Typ aber ganz anders wahrgenommen, da wette ich drauf. So wie der dich immer anstarrt.«

»Möchtest du lieber eine Freundin, die von allen Männern übersehen wird?« Silja stellt ihre Tasse ab und krabbelt zu Bastian auf die Couch. »Eine mit Hasenzähnen und strohigen Haaren?« Sie zieht die Oberlippe hoch und wickelt sich zwei Haarsträhnen platt um den Kopf, bis Bastian lachen muss.

»Komm her, du Biest!« Er greift nach ihr und zieht sie an sich. Dabei ist der dicke Ordner im Weg.

»Was liest du da eigentlich die ganze Zeit? Kannst du nicht wenigstens am Sonntagnachmittag mal eine Pause machen?« Sie will nach dem Ordner treten, aber Bastian hält ihren Fuß fest.

Dann seufzt er und schüttelt den Kopf, als könne er sich selbst nicht verstehen. »Eigentlich hast du recht. Aber irgendwo in diesen ganzen Ermittlungsprotokollen und Vernehmungen muss sich des Rätsels Lösung verbergen. Und ich find's einfach nicht.«

»Vielleicht mit ein bisschen Abstand«, gurrt Silja.

Er streicht ihr übers Haar und nimmt sie in den Arm. Doch sie spürt, dass er nicht mit ganzem Herzen dabei ist.

»Also gut«, Silja löst sich aus Bastians Umarmung und richtet sich wieder auf. »Lass uns die Sache noch einmal durchgehen.«

Während Bastian noch ratlos mit den Schultern zuckt, beginnt sein Handy zu vibrieren. Er zieht es aus der Tasche, blickt aufs Display und runzelt die Stirn. Dann nimmt er den Anruf an. »Hallo, Frau von Bispingen.«

Silja rückt näher an ihn heran, bis sie die andere Stimme verstehen kann.

»Ich hoffe, ich störe Sie nicht«, erklärt die Staatsanwältin und redet weiter, ohne Bastian eine Sekunde Zeit für eine Antwort zu lassen, »aber mir sind da ein paar Ungereimtheiten aufgefallen, über die ich gern mit Ihnen sprechen würde.«

»Nur zu«, brummt Bastian. »Ungereimtheiten sind genau das, was ich jetzt gebrauchen kann.«

»Lars Rönneberg, der Exfreund von Larissa Paulmann«, beginnt die Bispingen und ihre Stimme bekommt einen merkwürdig zufriedenen Klang, »hatten Sie den eigentlich jemals auf Ihrer Verdächtigenliste?«

»Ja klar. Allerdings hat er vor Wochen alles gekündigt, was ihn noch an Deutschland bindet. Die Wohnung, das Auto, alles eben. Sein Konto hat er auch leer geräumt. War aber sowieso nicht viel drauf. Dann ist er nach Vietnam geflogen. Ausgewandert, wie es scheint.«

»Nach Vietnam sollte man nicht auswandern. Oder wissen Sie nicht, was dort für ein System herrscht?«

»Er hatte ein Visum«, antwortet Bastian und verdreht die Augen.

Elsbeth von Bispingen lacht so laut, dass Silja ein wenig vom Telefon abrückt. »Für wie lange denn?«, will sie jetzt wissen.

Bastian wirft Silja einen fragenden Blick zu, aber auch sie weiß es nicht. Sie greift nach dem Ordner am anderen Ende der Couch und beginnt hektisch zu blättern. Dadurch entgeht ihr ein Teil der Unterhaltung. Erst als Bastian plötzlich aufstöhnt und vollkommen verdattert fragt: »Ist das Ihr Ernst?«, wendet Silja sich ihm wieder zu.

»Woher wollen Sie das denn so genau wissen?«, fragt Bastian die Staatsanwältin gerade.

»Ich habe eben meine Quellen«, antwortet sie schnippisch. »Der Journalist Fred Hübner, der Ihnen ja kein ganz Unbekannter ist, hat mir ein paar pikante Details verraten. Vielleicht hätten Sie sich mal mit ihm unterhalten sollen.«

Silja sieht deutlich, wie schwer es Bastian fällt, sich einen sarkastischen Kommentar zu verkneifen. Stattdessen erkundigt er sich mit leiser Stimme: »Und Herr Hübner hat allen Ernstes behauptet, dass Larissa Paulmann sich nur deswegen mit Lars Rönneberg eingelassen hat, weil er Alexander Bürgli so ähnlich sah?« Während er redet, macht er eine auffordernde Geste.

Silja versteht und schlägt den Ordner an der Stelle auf, wo sich das Polizeifoto von Lars Rönneberg befindet. Es zeigt einen kahlrasierten Schädel, zusammengekniffene Lippen und braune Augen. Silja schüttelt den Kopf. Vor ihrem inneren Auge entsteht das Bild des attraktiven Alexander Bürgli. Die vollen Haare, die strahlend blauen Augen und der elegant geschwungene Mund. Nie im Leben könnte man die beiden verwechseln. Oder doch? Sie sieht noch einmal genauer hin. Das markante Kinngrübchen, das ihr bei Bürgli sofort aufgefallen ist, ziert auch Rönnebergs Kinn. Und Lippen kann man zusammenkneifen. Aber die Augenfarbe ist definitiv anders. Dafür sind beide etwa gleich groß, das weiß sie, weil Bürgli die Größe von Bastian hat und die stimmt wiederum mit den Angaben in Rönnebergs Akte überein.

Doch warum sollten solche Überlegungen überhaupt für ihre Ermittlungen wichtig sein? Ratlos blickt Silja zu Bastian hinüber, der der Staatsanwältin gerade selbst eine ähnliche Frage stellt.

Die Antwort Elsbeth von Bispingens fällt spöttisch aus, wie so oft. »Herr Bürgli ist bedroht worden. Wie Herr Hübner auch. Wenn ich mich richtig erinnere, sogar mehrmals. Diese Drohbotschaften stehen in zeitlicher Nähe zu den beiden Morden. Es könnte doch sein, dass die Botschaften von dem Täter kommen, oder halten Sie das für völlig ausgeschlossen?«

»Nein, natürlich nicht. In der zweiten Botschaft wird ja sogar auf ihn hingewiesen.«

»Na sehen Sie. Und falls Rönneberg der Täter sein sollte, hätte er in beiden Fällen ein Motiv. Fred Hübner weiß mehr über ihn, als ihm lieb sein kann, und Alexander Bürgli muss für Rönneberg eine echte Hassfigur gewesen sein. Wer verkraftet schon so ohne weiteres die Tatsache, dass er bei der Frau seines Herzens nur als Ersatz herhalten muss?«

»Wie meinen Sie das?«

»Seien Sie doch nicht so begriffsstutzig, Kreuzer! Da wächst eine junge Frau ganz in der Nähe von einem attraktiven, schwerreichen jungen Mann auf. Ist doch klar, dass sie sich in den verknallt. Und es ist vielleicht auch nicht so ganz von der Hand zu weisen, dass diese Erfahrung ihr Männerbild prägt. Irgendwo muss unser Geschmack ja herkommen. Es soll auch Frauen geben, die immer wieder auf Kopien ihres Vaters hereinfallen, selbst wenn der kugelbäuchig, kahlköpfig und ein Säufer oder Schläger ist.«

»Sie meinen also, dass die Beziehung zwischen unserer Toten und dem Verschwundenen nur wegen dessen Ähnlichkeit mit Bürgli zustande gekommen ist? Und dass Lars Rönneberg das wusste.«

»Oder zumindest ahnte. Jedenfalls wäre gekränkte Eitelkeit ein veritables Motiv. Außerdem hat Frau Paulmann diesen Rönneberg bei seinem Prozess verraten, jedenfalls aus seiner Perspektive.«

»Das wissen wir. Und auch das andere mag ja alles zutreffen«, wiegelt Bastian ab. »Allerdings scheint mir gerade der ausdrückliche Hinweis auf Rönneberg in den Drohbotschaften fragwürdig zu sein. Sollte er der Täter sein, wird er sich wohl kaum selbst belasten, oder?«

»Vielleicht spielt er mit Ihnen. Soll alles schon vorgekommen sein.«

»Auf mich wirkt das eher, als wolle jemand den Verdacht von sich ablenken, indem er auf Rönneberg verweist.«

»Trotzdem haben Sie im Fall Rönneberg geschlampt, Kreuzer. Also klemmen Sie sich noch mal dahinter. Es muss sich irgendwie klären lassen, ob und wann dieser Rönneberg nach Vietnam abgedüst ist. Und ob er sich noch dort aufhält. Und falls das nicht gelingt …«, sie legt eine Pause ein, die irgendwie bedrohlich klingt, »also falls das nicht gelingt, tja, dann müssen wir den ganz großen Hammer hervorholen und Lars Rönneberg deutschlandweit suchen lassen. In unserem Land verschwinden Menschen nämlich nicht einfach so. Oder sehen Sie das anders?«

Sonntag, 24. Februar, 16.17 Uhr, Nordseeklinik, Westerland

Die Wehen werden stärker. Und die Pausen dazwischen kürzer. Dann liegt Anja meist mit geschlossenen Augen da, um Kraft zu schöpfen. Auf Fragen oder Bemerkungen Svens reagiert sie, wenn überhaupt, nur verzögert. Da nebenan noch eine zweite Geburt im Gange ist, sieht er die Hebamme nur selten. Man müsse abwarten, bis sich der Muttermund hinreichend geöffnet habe, das könne allerdings dauern, hat sie gesagt, bevor sie wieder zu der anderen Gebärenden abgerauscht ist. Die schreit und hechelt mittlerweile, dass es zum Gotterbarmen ist. Und die Trennwand zwischen den Betten ist lächerlich dünn.

Gleich bei seiner Ankunft in der Klinik hat er erfahren, was die panische Reaktion Anjas am Telefon auslöste. Es war das viele Wasser, das ihr plötzlich zwischen den Beinen herauslief. Die Fruchtblase war geplatzt. Und damit war die Entscheidung gefallen. Ihr Kind würde heute zur Welt kommen. Vielleicht auch erst morgen, aber schon das hielten Schwestern und Arzt für unwahrscheinlich.

Und jetzt sitzt er schon seit knapp zwei Stunden hier. Neben dem Wehenschreiber und der Pulsfrequenzmaschine. Oder wie diese Geräte auch immer heißen. Mit einem kurzen Anruf hat er sich bei Bastian abgemeldet. Der hat die Nachricht brummend zur Kenntnis genommen, ihm dann aber sehr herzlich alles Gute gewünscht. *Kann ich brauchen. Und Anja auch*, denkt Sven.

Er hat noch so viele Fragen. Und natürlich ist er besorgt. Nicht nur wegen der Geburt, die Anja jetzt schon ziemlich mitnimmt, sondern auch wegen der zu erwartenden Komplikationen. Kann ein Kind, das sechs Wochen zu früh zur Welt kommt, wirklich mit einem voll ausgetragenen Säugling mithalten? Oder muss man mit bleibenden Schäden rechnen? Ist die Nordseeklinik überhaupt für solche Fälle hinreichend gerüstet?

Verdammt nochmal, warum kommt denn nicht endlich jemand, der ihm diese drängenden Fragen beantworten kann? Sven wirft einen besorgten Blick auf seine Frau. Ihr bleiches Gesicht, das verschwitzte Haar. Aber sie atmet ruhig. Im Moment jedenfalls.

»Bin gleich wieder zurück, Schatz. Mach dir keine Sorgen, es wird alles gut.«

Schnell steht er auf und verlässt den Kreißsaal. Der Flur ist wie ausgestorben. Unschlüssig macht Sven ein paar Schritte auf das Schwesternzimmer zu. Er möchte seine Frau nicht länger als nötig allein lassen. Aber er möchte auch eine Antwort auf seine Fragen.

Als nach wenigen Sekunden der Arzt, der Anja vor zwei Tagen aufgenommen hat, um die Ecke biegt, tritt Sven ihm in den Weg. Der Arzt erkennt ihn sofort und will mit einem freundlichen Gruß an ihm vorbeieilen.

Sven hält ihn am Kittel fest. »Nur zwei Minuten, bitte!«

Vielleicht ist es der drängende Tonfall, vielleicht ist es der hilflose Gesichtsausdruck, jedenfalls erbarmt sich der Arzt und bleibt stehen.

»Aber wirklich nur ganz kurz. Bei der anderen Geburt geht's gleich los.«

»Wenn unser Kind jetzt kommt, dann ist es sechs Wochen zu früh. Wie gefährlich ist das?«

Der Arzt lächelt beruhigend. »Ab der 32. Schwangerschaftswoche sind wir da sehr gelassen. Die Frühchen sind im Prinzip fertig, alle lebenswichtigen Anlagen sind voll ausgebildet. Vielleicht sind sie ein bisschen klein und mager, aber das kriegen wir auf der Intensivstation schon hin.«

»Okay, danke. Eine Frage habe ich noch …« Am liebsten würde Sven wieder nach dem Kittel greifen. *Wie ein Kind, das sich am Bein der Mutter festhält*, schießt es ihm durch den Kopf, und er wundert sich nicht einmal über den Vergleich.

»Ja bitte. Aber dann muss ich wirklich …« Der Arzt deutet auf den Eingang zum Kreißsaal, aus dem man lautes Jammern hört.

»Kann so ein Frühchen denn überhaupt irgendwann mit nach Hause oder muss es wochenlang hierbleiben?«

»Machen Sie sich mal darum keine Sorgen. Darüber reden wir, wenn es so weit ist. Oft geht das schneller, als die Eltern denken. Wenn organisch alles in Ordnung ist und die Winzlinge an der Brust trinken können, dann entlassen wir sie meist nach einer guten Woche. Vielleicht müssen Sie Ihr Kind alle vier Stunden zum Trinken wecken, oft schlafen sie länger und tiefer als die voll ausgetragenen, aber das ist es dann auch schon. – Und jetzt gehen Sie mal schleunigst zurück zu Ihrer Frau. Die braucht Sie nämlich in den nächsten Stunden.«

Sonntag, 24. Februar, 17.40 Uhr, im Dunkeln

Alexander Bürgli erwacht von einem stechenden Schmerz in der Schulter. Er fragt sich, wie lange er geschlafen hat. Eigentlich wundert er sich darüber, dass er überhaupt geschlafen hat. Denn bei aller Demütigung, allem Schmerz und aller Wut hatte das Gespräch mit diesem Spinner ein extrem nützliches Resultat. Er weiß jetzt, wie spät es ist, jedenfalls ungefähr, und welchen Wochentag sie haben. Sonntag. Irgendwann am Nachmittag. Inzwischen wahrscheinlich früher Abend. Oder auch später Abend, falls er sich bei der Länge seines Schlafes verschätzt haben sollte. Auf keinen Fall ist es aber schon Montag. Der Tag, an dem *die Stimme* seine Identität vollständig annehmen und sich mit seinem Pass und seinem Geld nach Südamerika absetzen will.

Die Dreistigkeit dieses Plans macht Alexander Bürgli sprachlos, immer noch. Aber eine neue Regung ist dazugekommen. Wut. Plötzlich ist er fast atemlos vor Wut.

Bürgli rappelt sich auf und versucht, die tauben Glieder zu

bewegen. Es gelingt eher schlecht als recht. Egal. Entweder ist er demnächst sowieso hier entkommen. Oder … Ja was? *Oder ich bin tot*, sagt er sich. Mitleidlos und hart. Ganz absichtlich. Denn eines wird ihm gerade klar. Er darf sich keine Illusionen machen, auf keinen Fall Selbstmitleid aufkommen lassen. Sonst ist er verloren. Er muss im Gegenteil auf Rache sinnen. Nur diese eine Triebfeder kann ihn retten. Wut um jeden Preis. Diesem Arschloch da draußen wird er es zeigen. Heute Nacht noch. Wäre doch gelacht, wenn er ihn nicht an Heimtücke übertreffen könnte. Ein Wechsel vom Opfer zum Täter. *Wenn er nur erst mal aus diesem Raum raus ist, dann …*

Im Internat haben er und seine Kumpels sich manchmal einen Spaß daraus gemacht, über den idealen Mord nachzudenken. Sie hatten im Kino den Hitchcock-Film mit dem Professor und seinen beiden Studenten gesehen. Der Titel ist ihm entfallen, aber an den Inhalt erinnert er sich genau. Die Studenten hatten sich erst über Moral unterhalten und dann darüber, ob den intellektuell Überlegenen nicht alles erlaubt sei. Nietzsche und so weiter. Und bei dieser Gelegenheit haben sie sich auch den idealen Mord ausgemalt. Natürlich nur theoretisch, wie ihr Professor glaubte, der sie bei ihren kruden Überlegungen angespornt hatte. Doch Jahre später laden die beiden Freunde ihren ehemaligen Professor zu einer Cocktailparty ein und belehren ihn eines Besseren. In einer harmlosen Truhe, auf der alle ihre Cocktailgläser abstellen, liegt die Leiche eines Kommilitonen. Frisch ermordet von den beiden Gastgebern.

Damals hat dieser Film ihn und seine Internatskumpels nachhaltig fasziniert und sie förmlich angestachelt. Jetzt fällt Alexander Bürgli auch der Titel wieder ein. *Cocktail für eine Leiche.* Er und seine Freunde sahen den Film mehrmals, und dessen Kernidee wuchs sich zu einer Obsession aus. Die Planung eines perfekten Mordes. Ein Mordes, den niemand nachweisen kann.

Dazu gehören zwei Voraussetzungen, soweit sind sie damals schnell gekommen. Erstens ein Opfer, das niemand vermisst. Und zweitens eine Leiche, die niemals gefunden wird.

Und was heißt das jetzt für ihn? Könnte es vielleicht sein, dass ausgerechnet diese missliche Lage eine unwiederbringliche Chance ist? Alexander Bürgli vergegenwärtigt sich noch einmal die höhnischen Kommentare seines Peinigers. Dabei muss er fast lachen, denn alle Voraussetzungen für die erste Bedingung eines perfekten Mordes scheint dieser Irre da draußen ja selbst geschaffen zu haben. Er hat sein eigenes Verschwinden inszeniert. Wasserdicht und wie geschaffen für den Plan, der sich langsam in Alexander Bürglis Hirn formt.

Doch sollte er den Plan tatsächlich ausführen, müsste auch die zweite Bedingung erfüllt werden. Die Leiche müsste spurlos verschwinden können. *Nein*, korrigiert er sich, *es muss gar nicht spurlos sein, denn im besten Fall sucht ja niemand nach dem Toten*. Schließlich ist der Typ da draußen offiziell gar nicht mehr vorhanden.

Und wer nicht vorhanden ist, kann auch nicht vermisst werden.

Trotzdem, es sollte nirgendwo durch Zufall eine Leiche auftauchen, die keiner zuordnen kann und die unliebsame Fragen aufwirft. Der Tote müsste also weg. Aber wohin?

Bürgli denkt nach. Konzentriert kramt er in seinen Erinnerungen. Man vergisst so vieles im Leben, aber die Gespräche mit seinen Freunden, den intellektuellen Spaß, den sie dabei hatten, das hat er nicht vergessen.

Er weiß noch genau, sie waren auf drei verschiedene Möglichkeiten gekommen, eine Leiche spurlos zu entsorgen. Erstens verfüttern. Wie die Schurken in den Hollywoodfilmen, die ihre Feinde einfach der höchst privaten Piranha-Sammlung vorwarfen. Pikant, aber in der Realität schlecht durchführbar. Zweitens: Irgendwo im Meer versenken, ordentlich beschwert mit Steinen oder Ketten. Dazu braucht man ein Boot, das wäre im Sommer sicher kein Problem. Im Winter schon eher. Vor allem, wenn es schnell gehen und unauffällig sein soll.

Drittens kochen. Vielmehr erst zerlegen und dann kochen. Anschließend im Wald vergraben. Unappetitlich, aber wirkungsvoll. Gekochte Zellen zerfallen schneller. Innerhalb weniger Tage setzt ein Fäulnisprozess ein, der ziemlich bald zur vollständigen Unkenntlichkeit führt. Die Spuren vernichten sich sozusagen im Eiltempo von selbst.

Soweit die Theorie. Aber schon bei der Vorstellung, einen menschlichen Körper auf Kochtopfgröße zu zerteilen, wird ihm übel. Außerdem haben Hunger und Durst ihn derart entkräftet, dass er eine solche Schlächterarbeit niemals durchstehen würde.

Sonntag, 24. Februar, 19.33 Uhr, Am Tipkenhoog, Keitum

Lars Rönneberg ist zufrieden. Alles läuft wunderbar.

Der Kerl im Pool hat gespurt und sofort die Kontodetails herausgerückt. Das war so ziemlich der letzte wacklige Punkt in seinem Plan. Was jetzt noch kommt, ist Routine.

Rönneberg wirft sich auf das weiche Sofa im Bürgli'schen Wohnzimmer und mustert unkonzentriert den leeren Kamin.

Vielleicht sollte ich mir ein Feuer machen? Es ist immerhin sein letzter Abend in diesem komfortablen Haus. Schade eigentlich. Mehr als einmal hat er schon erwogen, das Ticket nach Südamerika verfallen zu lassen und einfach hier zu bleiben.

Und dann gibt es ja auch noch die Schweizer Villa der Bürglis, die sicher nicht weniger nobel ist. So ein Leben könnte ihm schon gefallen. Doch das Risiko ist zu groß. Er wird auf Dauer nicht in der Bürgli'schen Identität bestehen können. Banken, Versicherungen, Freunde und Bekannte, vielleicht sogar eine feste Freundin oder gar Verlobte, von der er trotz intensiver Recherche nichts erfahren hat, würden ihn über kurz oder lang auffliegen lassen. Und selbst wenn das kein Problem wäre, allein die Kontaktlinsen machen ihn wahnsinnig.

Lars Rönneberg wirft einen bösen Blick hinüber zu dem kleinen Schreibtisch, auf dem das Etui mit den gefärbten Dingern liegt. Eigentlich hätte er schon damals, als Larissa ihn zum ersten Mal bat, sie einzusetzen, Verdacht schöpfen müssen. *Was war schon an seinen braunen Augen auszusetzen?* Nichts. Nur dass diese dämliche Pute unbedingt beim Sex in blaue Augen schauen wollte. Zunächst dachte er noch, es sei einfach ein weiterer ihrer vielen idiotischen Spleens, aber dann entdeckte er irgendwann die Fotos von diesem Alex. Natürlich hatte sie über den schon geredet, aber nur selten – da hatte sie sich erstaunlich gut unter Kontrolle. Doch die Sache mit den heimlichen Fotos setzte ihn auf die richtige Spur.

Larissa war einfach wahnsinnig verschossen in den Jungen. Und das würde sich auch nicht ändern. Dass er selbst nur zweite Wahl war, merkte er schnell. Doch als er diesem Bürgli zum ersten Mal gegenüberstand, wurde ihm klar, dass es diese Ähnlichkeit gab. Es war eine verrückte Sache. Fast als sähe er in einen leicht verzerrten Spiegel. Größe, Gesichtsform und auch die Figur von Alex und ihm selbst waren ziemlich ebenbürtig. Aber das war es noch lange nicht. Es waren die Bewegungen, das Lachen und die Stimme. Alles identisch. Eine vollkommen irre Laune der Natur.

Das machte ihn fertig. Und fast impotent. Immer stellte er sich beim Vögeln vor, was Larissa wohl gerade dachte. Immer wartete er darauf, dass sie sich einmal versprechen, ihn mit dem anderen Namen anreden würde. Aber sie hatte sich im Griff, auch in dieser Beziehung.

Also beschloss er, zu warten. Er wusste gar nicht so genau worauf, aber schon damals schwante ihm, dass sich aus dieser kuriosen Ähnlichkeit einmal etwas machen lassen würde. Etwas Großes. In der Zwischenzeit vertrieb er sich die Zeit mit kleinen Sachen. Einbrüchen, Gelegenheitsdiebstählen. Die Leute auf Sylt waren sorglos. Wahrscheinlich merkten manche noch nicht einmal, dass er an ihren Portemonnaies war, die sie unbewacht im Strandkorb ließen, während sie in die Wellen sprangen.

Lange ging das gut, nur die Beziehung zu Larissa verschlechterte sich rapide. Er hatte nämlich beschlossen, sich zu wehren. Rasierte sich die Haare, trainierte sich einen anderen Gang an, kniff die Lippen zusammen, weigerte sich, beim Sex die Kontaktlinsen zu tragen. Solche Sachen.

Larissa war natürlich nicht begeistert. Aber dass sie ihn derart auflaufen lassen und ihn schlussendlich sogar ans Messer liefern würde, das hätte er dann doch nicht erwartet. Der Einbruch in die Villa sollte sein letzter großer Coup sein, danach wollte er runter von der Insel. Weg von Larissa und irgendwo anders noch mal ganz von vorn anfangen. Er glaubte nicht, dass sie ihn aufhalten würde. Wahrscheinlich wäre sie froh, ihn los zu sein, jedenfalls dachte er das damals. Doch dann ging der Bruch schief, der Hausherr kam ihm in die Quere und fiel schon beim ersten Schlag tot um, wie ein Baby. Damit hatte er echt nicht rechnen können. Und mit Larissas heimtückischer Aussage, die ihm Vorsatz unterstellte und ihn damit noch erheblich mehr belastete, auch nicht.

Aber er hatte seine Zeit im Knast genutzt, um einen perfekten Plan zu schmieden. Nach der Entlassung folgten weitere gründliche Recherchen. Nichts, aber auch gar nichts sollte dem Zufall überlassen werden. Zweimal war er sogar in die Schweiz gefahren, um sich an die Fersen dieses Bürgli zu heften. Außerdem war der Kerl nicht besonders pressescheu und posierte gern mal für die bunten Blätter mit einer seiner Miezen. Bald wusste Lars Rönneberg alles, was nötig war.

Auf Sylt kannte er sich ohnehin aus. Gleiches galt für die Villa der Bürglis. Während ihrer gemeinsamen Zeit hatte Larissa ihn oft mit in das Anwesen genommen. Sie liebte es, wenn er sie dort vögelte. Besonders natürlich im ehemaligen Kinderzimmer. Er machte den Zirkus mit und dachte sich seinen Teil. Natürlich kannte er bald den Code der Alarmanlage ebenso wie die Verstecke für die Schlüssel. Die Verstecke hatte Larissa auch nach seiner Verhaftung beibehalten, der Code war zwar ein anderer, aber Lars wusste genau, unter welchem Decknamen Larissa ihn in ihrer Telefonliste im Handy notiert hatte.

Ins Haus zu kommen war also eine Kleinigkeit gewesen, nachdem Larissa erst mal aus dem Weg geschafft war. Er brauchte nur ihren eigenen Hausschlüssel an sich zu nehmen und im Ingiwai nach dem von der Bürgli-Villa zu suchen. Als die Polizei die Tote am nächsten Morgen fand, hatte er alle Schlüssel längst wieder zurückgelegt.

Blöderweise war inzwischen diese Irre tätig geworden. Sie hatte Larissa ausgezogen, ihre Sachen halbiert und alles durcheinandergebracht. Ihm war gleich klar, dass sie es gewesen sein musste. Er erinnerte sich sogar daran, sie am Biikeabend gesehen zu haben. Doch da hatte er keine Zeit gehabt, sich um sie zu kümmern. Und er konnte ja auch noch nicht ahnen, dass sie ihm derart in die Parade fahren würde. Larissas zunehmend genervten Äußerungen über die lästige Stalkerin hatte er irgendwie vergessen. Aber jetzt fiel ihm alles wieder ein. Die ewigen Lästereien, die höhnischen Kommentare, die boshaften Spitznamen. Lars Rönneberg muss bei der Erinnerung grinsen. *Herzlos war sie schon immer, die gute Larissa.*

Trotzdem war der Vorfall mit den zerschnittenen Klamotten natürlich ärgerlich. Der Clou an seinem Plan war ja gerade, dass alles auf ihn selbst hindeuten sollte, er aber verschwunden war. Nur darum hatte er die Warnungen an die Steine gebunden. Da passten die zerschnittenen Klamotten einfach nicht ins Bild. Warum hätte er so etwas tun sollen? Und außerdem war nicht klar, ob die Irre ihm nicht zugesehen hatte. Wobei auch immer. Und Lars Rönneberg konnte es noch nie ausstehen, wenn man seine Pläne durchkreuzte. Darum musste die Irre dran glauben. Sicher war sicher. *Und wer weiß, vielleicht hat es ihr sogar gefallen, so kurz nach Larissa zu sterben,* überlegt Lars Rönneberg fast schon amüsiert, während er sich genüsslich auf dem Sofa räkelt. Dass er kurz nach dem Mord an der Obdachlosen zufällig auf die niedliche Polizistin getroffen war und gleich noch seine Fingerabdrücke auf der Leiche hinterlassen konnte, war natürlich supercool.

Rönneberg beugt sich vor und greift nach der Champagnerflöte. Zum Abschied hat er sich einen Wahnsinnstropfen aus dem Keller geholt. Roederer Cristall von 2003. Er trinkt in großen Schlucken und spürt, wie es plötzlich überall prickelt. In seiner Kehle, aber auch in seinem Hirn. Eigentlich prickelt sein ganzer Körper. Nur schade, dass er die restlichen Flaschen nicht in sein südamerikanisches Exil mitnehmen kann. Rönneberg hebt die angebrochene Flasche aus dem Kühler und hält sie sich unter dem geöffneten Hemd an die nackte Brust, als handle es sich um ein heiß ersehntes neugeborenes Baby. Er atmet tief durch. Kühl liegt das dicke Glas an seiner Haut.

Genauso wird er es in Brasilien immer haben. Und wenn er sich ganz schnell eine eingeborene Chica sucht, die er schwängern kann, dann gibt es bald ein echtes Baby. So was ist in Brasilien die beste Lebensversicherung. Wenn man nämlich ein Kind mit einer Brasilianerin hat, liefert das Land einen nicht aus. Auch nicht während der Schwangerschaft. Rönneberg muss grinsen. Soll die Chica erst mal ein Blag werfen, hinterher kann sie ihm dann den Haushalt führen. Bei dem Gedanken an sein zukünftiges Luxusleben breitet sich eine wunderbare Euphorie in ihm aus. Sorglosigkeit gepaart mit Lust. Lust auf mehr. Mehr Sex, mehr Abenteuer, mehr Geld.

Mehr von allem also und das in großem Stil. In ganz großem Stil!

Sonntag, 24. Februar, 20.07 Uhr, Sansibar, Rantum

»Zwei Dates mit der gleichen schönen Frau an einem einzigen Tag. Ich fühle mich geschmeichelt.«

»Das solltest du auch.« Elsbeth von Bispingen lächelt verschwörerisch und zeigt auf einen der begehrten Ecktische in dem angesagten Restaurant am Rantumer Strand. »Wir sitzen da hinten. Komm mit.«

Fred Hübner blickt sich irritiert in dem großen Raum mit den breiten Glasfenstern um. »Muss man hier nicht Monate im Voraus reservieren?«

»Man schon. Ich nicht.« Zielstrebig steuert die Bispingen auf den Wirt zu. Zur Begrüßung gibt es Wangenküsschen.

»Du hast den Tisch im Eck, wie üblich«, bestätigt der Wirt. Dabei mustert er Fred mit Erstaunen im Blick. »Neuer Lover?«, raunt er der Staatsanwältin zu.

»Sei nicht so frech, sonst gehe ich zukünftig zur Konkurrenz«, gibt sie schlagfertig zurück.

»Konkurrenz? Wer soll das sein?« Lachend wendet sich der Wirt ab.

Als die Bispingen und Fred sitzen, fragt er stirnrunzelnd: »Du bist liiert?«

»Sind wir das nicht alle, irgendwie?«, ist die schnippische Antwort.

»Ich nicht.«

»Freut mich zu hören.« Sie zieht die Augenbrauen hoch, lächelt amüsiert und genießt es sichtlich, Fred beim Nachdenken zuzusehen.

Soll er insistieren oder klein beigeben? Fred Hübner weiß es nicht.

Die Bispingen lässt ihn noch eine Weile zappeln, dann sagt sie versöhnlich: »Ich war kurz nach Weihnachten das letzte Mal hier. Mit meinem Mann. Zu Ehren der guten alten Zeiten. Es war ein Abschiedsessen. Am 17. Januar sind wir geschieden worden. Du kannst dich also beruhigen.«

Fred atmet einmal tief durch und gesteht: »Wenn ich's nicht

besser wüsste, würde ich auf den Schreck jetzt erst mal einen Schnaps bestellen.«

»Vergiss es. Es ist schon schlimm genug, dass du nichts von dem legendär guten Weinkeller haben wirst.«

»Ich werde mich an dir laben.«

»Ich bin nicht trinkbar.«

»Das wird sich noch herausstellen«, kontert Fred und erlaubt sich ein anzügliches Lächeln.

»Schau an, jetzt wird er schon frech. Damit hatte ich eigentlich erst zum Dessert gerechnet«, antwortet die Bispingen, ohne die leichte Röte verbergen zu können, die ihr Gesicht überzieht.

Fred beugt sich weit über den Tisch und greift nach ihren Händen. Er stützt die Ellenbogen auf die Tischplatte und betrachtet aufmerksam jeden einzelnen ihrer Finger. »Darf ich dir etwas gestehen?«

»Soll ich jetzt antworten, dass es gewissermaßen mein Beruf ist, Geständnisse entgegenzunehmen?«

»Bitte nicht. Ich würde überhaupt sehr gern darauf verzichten, heute Abend über deinen Beruf zu reden. Viel lieber möchte ich über dich reden. Ich will alles über dich wissen. Und wir können hier gleich anfangen ...« Er nimmt der Bedienung die Speisekarten aus der Hand und reicht eine an Elsbeth von Bispingen weiter. »Erste Frage also: Was isst du am liebsten?«

Die Bispingen legt die Speisekarte ungeöffnet vor sich auf den Tisch und entgegnet mit amüsierter Stimme: »Fish and Chips mit einem richtig guten Essig, wenn du's genau wissen willst. Aber das gibt's hier nicht. Außerdem wolltest du mir etwas gestehen. Schon vergessen?«

Fred schüttelt den Kopf und richtet sich auf. Er überlegt, ob er noch einmal nach den Händen der Staatsanwältin greifen soll, entscheidet sich dann aber gegen die theatralische Geste. »Ich habe den nicht ganz unbegründeten Verdacht, dass du eine ziemlich komplexe Person bist – und eine wunderbare Frau. Und ich muss dir gestehen, dass ich leider ziemlich verschossen in dich bin.« Fred Hübner lehnt sich zurück und wartet auf die aufsteigende Röte in Elsbeths Gesicht. Doch er wartet vergeblich.

Sie legt lediglich den Kopf zur Seite, streicht sich einmal kurz durch ihr üppiges Haar und antwortet lächelnd: »Das trifft sich gut. Mir geht es ähnlich.« Nach einem kurzen Blick in seine Augen nimmt sie die Speisekarte zur Hand und schlägt sie energisch auf. »Und jetzt habe ich einen Bärenhunger!«

Sonntag, 24. Februar, 20.50 Uhr, im Dunkeln

Alexander Bürgli flucht verhalten. Er weiß nicht genau, wie lange er schon versucht, mit diesem unförmigen Werkzeug das Metallrollo aufzuhebeln. Er weiß nur eines: Ganz so kompliziert hat er sich die Aktion nicht vorgestellt.

Der Rollladen erweist sich als unerwartet stabil. Zwar kann er mit dem Handrücken – seine Finger sind inzwischen völlig taub und zu keinem Gefühl mehr fähig – leichte Dellen und raue Stellen an dem Metall ausmachen, aber von einem Durchbruch im wörtlichen Sinne ist er noch weit entfernt. Längst tun ihm alle Knochen weh, denn der Abstand zwischen Beckenrand und dem Rollo beträgt höchstens zwanzig Zentimeter, so dass er mit einem Fuß auf der Poolleiter und mit dem halbem Hintern auf der Beckenkante balancieren muss.

317

Alle paar Minuten durchfährt ein starkes Zittern seine Hände, das unmissverständlich von dem nahenden Ende seiner Ressourcen kündigt. Seit Tagen kein Wasser, nichts zu essen – es ist ohnehin schon ein Wunder, dass er so lange durchgehalten hat. Eigentlich rechnet er jeden Moment mit dem finalen Absturz. Er wird das Gleichgewicht verlieren, hart auf dem Poolboden aufschlagen und dann einfach dort liegen bleiben. Reglos und still. Fast freut er sich darauf. Keine Verrenkungen, keine nutzlosen Anstrengungen, keine blödsinnigen Pläne und Vorhaben mehr. Nur Ruhe und vielleicht ein wenig Schmerz, falls er sich beim Sturz etwas brechen sollte. Wer hätte gedacht, dass ausgerechnet er, Alexander Bürgli, der Erbe und das Hätschelkind seiner übervorsichtigen Eltern einmal so enden würde? Hilflos im Pool des familieneigenen Ferienhauses zerschellt. Lächerlich. Aber trotzdem: Wenn er erst einmal dort unten aufgeschlagen ist, dann wird er sterben, das ist völlig klar.

Alexander Bürgli beißt die Zähne zusammen. Zweimal, dreimal, viermal stemmt er den Engländer mit aller ihm verbliebenen Kraft gegen das Rolltor. Anschließend dreht er das Werkzeug um neunzig Grad, immer in der Hoffnung, einen winzigen Spalt zwischen die Lamellen zu treiben.

Ein Gutes hat das Ganze immerhin, er kommt tatsächlich trotz der erbärmlichen Kälte hier unten ein wenig ins Schwitzen. Sollte er es schaffen, diesem Gefängnis zu entkommen, wird *die Stimme* ihn wahrscheinlich schon von weitem am Geruch erkennen, überlegt er gerade, als plötzlich der Widerstand bricht.

Alexander Bürgli gerät aus dem Gleichgewicht, strauchelt, rutscht ein wenig ab und droht zu fallen. Gleichzeitig ertönt ein ohrenbetäubendes Scheppern. Mit größter Mühe und letzter Kraft kann er sich an der Poolleiter festklammern. Dort hängt er jetzt schwer atmend und versucht, sich wieder zu beruhigen. Augen schließen, tief durchatmen und vor allem: nicht loslassen. Vorsichtig tastet sein Fuß nach den Metallstufen der Badeleiter. Zum Glück findet er Halt und kann sich langsam aufrichten.

Erst jetzt merkt er, dass ihm das Werkzeug aus der Hand gefallen sein muss. Er flucht leise und fühlt die Mutlosigkeit wie eine riesige kalte Welle über sich kommen. Die Vorstellung, auf allen vieren dort unten auf dem Fliesenboden herumzutasten, um die blöde Zange wiederzufinden, raubt ihm buchstäblich die letzte Hoffnung. Er weiß genau, wenn er erst einmal auf den Poolgrund zurückgekehrt ist, dann wird alles vorbei sein. Er wird die Kraft nicht mehr aufbringen, um noch einmal die Leiter hinaufzuklettern und gegen das Rollo anzukämpfen, er wird einfach unten bleiben und resignieren. Schluss, aus, Ende.

Alexander Bürgli wirft noch einen letzten Blick nach oben, wo dieses verdammte Rollo in der Dunkelheit lauert wie ein letztendlich unbesiegbarer Feind.

Und dabei entdeckt er den Lichtspalt.

Drei oder vier Zentimeter breit klaffen zwei Lamellen auseinander. Das reicht, um Bürgli noch ein letztes Mal zu motivieren. Er weiß, der Vorraum hat Oberlichter, gewölbte Scheiben aus Sicherheitsglas, die draußen im Garten eingelassen sind. Durch diese Fenster fällt tagsüber das Sonnenlicht und nachts das der Gartenbeleuchtung in den unterirdisch angelegten Wellnessbereich. Und ein Teil, ein winziger Bruchteil dieses Lichtes, das gerade jetzt den Vorraum erhellen muss, dringt nun bis in seinen Kerker hinein und gibt ihm neuen Mut.

Vorsichtig steigt Alexander Bürgli die Leiter hinunter. Auf

dem Poolboden bleibt er stehen und versucht, die Fallrichtung des Werkzeugs zu erraten. Und es erscheint ihm wie ein Wunder, als er sieht, dass auch hier unten die Dunkelheit nicht mehr vollständig ist. Wenige Zentimeter von seinem rechten Fuß entfernt kann er einen Schatten auf dem Boden ausmachen. Etwas Unförmiges, das sich beim Herantasten tatsächlich als das gesuchte Werkzeug herausstellt.

Beim Bücken tut Bürgli jeder Knochen weh. Nur mit Mühe kann er ein lautes Stöhnen unterdrücken. Und die Vorstellung, dass seine weitere Stemmarbeit doch sicher wieder mit Lärm verbunden sein wird, lässt den neugewonnenen Mut fast schwinden. Doch Bürgli reißt sich zusammen. Jetzt ist er schon so weit gekommen, da kann er unmöglich aufgeben. Er wird den Spalt weiten, der sich etwa auf Höhe des elektrischen Schalters befindet, mit dem man von außen das Rolltor betätigen kann. Er wird es schaffen, die Hand und den Arm hindurchzustecken und dann den lebensrettenden Schalter umzulegen. Das Rolltor wird hochfahren, und dann wird er frei sein.

Frei zu Flucht oder Rache, das wird man noch sehen.

Sonntag, 24. Februar, 21.39 Uhr, Am Tipkenhoog, Keitum

Lars Rönneberg hebt die Champagnerflasche aus dem Kühler, setzt sie sich erneut an die Lippen und trinkt sie leer. *Schau an*, denkt er amüsiert, *die erste habe ich schon intus. Hätte ja nicht gedacht, dass das so schnell gehen kann.* Sein ursprünglicher Vorsatz, früh ins Bett zu gehen, um für den anstrengenden nächsten Tag gewappnet zu sein, ist längst ins

Wanken geraten. Er erwägt, eine zweite Flasche zu öffnen, schließlich wäre es schade, das ganze noble Gesöff hier verkommen zu lassen. Dafür muss er aber in den Keller.

Beim Aufrichten hat er Schwierigkeiten. Allerdings ist nicht die Tiefe des Sofas schuld, sondern schlicht und ergreifend sein Schwips. *Schwips*, denkt er gerade, *was für ein blödes Wort! Ein echter Tussi-Ausdruck, den so noch nicht einmal Larissa benutzt hätte. Wieso fällt mir der ausgerechnet jetzt ein?* Aber er kommt nicht dazu, weiter darüber nachzudenken, denn jetzt verflucht er, dass er nicht der echte Hausherr ist, um einfach einen der Dienstboten, die es hier sonst bestimmt gibt, in den Keller zu schicken.

Kopfschüttelnd wie ein leicht getroffener Stier, der die Verletzung nicht wahrhaben will, wankt er am Kamin vorbei in die längliche Diele, von der die Türen zur Küche und zum Gästebad abgehen.

Rönneberg trinkt für gewöhnlich keinen Alkohol, hat er sich irgendwie im Knast abgewöhnt, was hinterher ziemlich hilfreich dabei war, um in bestimmten Situationen einen klaren Kopf zu behalten. Nur mit Kollegen hat er manchmal mittrinken müssen, um nicht allzu sehr aufzufallen. Da waren es dann ein Bier oder zwei pro Abend, selten mehr. Und in den letzten Wochen hat er natürlich nichts getrunken. Volle Konzentration war schließlich angesagt. Bei seinem heiklen Plan durfte nichts schiefgehen, alles musste klappen wie am Schnürchen. Und so ist es ja auch gekommen. Bis zum Schluss, dem heikelsten Punkt seines Vorhabens: der Transaktion des Geldes von diesem blöden Schnösel. Das war nicht planbar, das hätte auch schiefgehen können. Soll ja Leute geben, die sich lieber umbringen lassen, als freiwillig ihre Knete rauszurücken. Zum Glück war der Schnösel da ganz unkompliziert.

Sollte mir das Sorgen machen? Lars Rönneberg bleibt plötzlich stehen, wartet ab, bis sich das Schwanken gelegt und er Halt an der Flurwand gefunden hat. Warum zum Teufel hat der Kerl so bereitwillig seine Passwörter herausgerückt? Hat er vielleicht was übersehen? Irgendeinen Hinterhalt, in den er demnächst tappen wird?

Quatsch, beruhigt er sich nach kurzem Grübeln. Dieser Schlappschwanz Bürgli hat einfach die Hosen voll, er würde vermutlich um jede weitere Sekunde seines jämmerlichen Lebens betteln, und wahrscheinlich hat er wirklich geglaubt, er, Rönneberg, könne das Wasser in den Pool lassen. Als ob er jetzt die Nerven hätte, sich mit dem komplizierten Leitungssystem im Keller zu befassen.

Rönneberg grinst zufrieden. Den hat er schön geleimt. Und allein deswegen hat er sich jetzt den Champagner verdient. Auch noch die zweite Flasche. Die Entspannung wird ihm guttun und die letzten panischen Gedanken verscheuchen. Schließlich hat er es geschafft. Die neue Identität ist ihm sicher, der Typ da unten liegt vielleicht jetzt schon im Koma, irgendwann muss der Flüssigkeitsmangel sich ja bemerkbar machen.

Lars Rönneberg stützt sich noch einmal an der Wand ab, als er die Tür zum Windfang öffnet, von dem aus es in den Keller geht. Dabei kichert er leise vor sich hin. *Flüssigkeitsmangel*, denkt er amüsiert, *da leiden der arme Tropf da unten und ich doch tatsächlich an derselben Krankheit.* Immer noch kichernd greift er nach der Türklinke, als dieses Geräusch von unten kommt. Es ist nicht laut, aber trotzdem alarmierend. Ein berstendes Knacken, als würde Metall beschädigt werden.

Der Schnösel wird doch wohl nicht ausgebrochen sein, denkt Rönneberg amüsiert und öffnet die Kellertür. Zweimal muss

322

er auf den Lichtschalter drücken, dann flammt die Treppen-beleuchtung auf. Rönneberg greift fest nach dem Geländer, so betrunken ist er noch nicht, dass er nicht weiß, wann er vor-sichtig sein muss. Alkohol und Treppen waren noch nie die besten Freunde. Nicht dass er morgen, anstatt im Flieger zu sitzen, hier hilflos am Fuß der Treppe liegt und den gleichen Tod stirbt wie der Schnösel im Pool. Das hätte ihm gerade noch gefehlt.

Langsam steigt Rönneberg in den Keller hinunter. Dabei lauscht er in die Stille. Kein Ton ist zu hören, nur das beruhi-gende Summen der Ölheizung, deren Brenner sich links von der Treppe befindet. Daneben ist der Zugang zum Weinkel-ler. Gleich rechts von der Treppe geht es durch eine Stahltür zum Wellnessbereich. Rönneberg bleibt stehen und horcht in die Stille. Nichts.

Er überlegt kurz, ob er sich noch einen letzten Besuch beim Schnösel leisten soll, aber eigentlich hat er keinen Bock auf dessen Gejammer. Würde irgendwie nur seine Feierlau-ne kaputtmachen. *Und wenn der Kerl freigekommen ist und jetzt hinter der Tür lauert? Weiß der Geier, was das eben für ein Geräusch war.* Rönneberg kneift die Augen zusammen und schüttelt den Kopf, als würde dadurch sein benebelter Ver-stand wieder besser funktionieren. Doch je länger er nach-denkt, desto unschlüssiger wird er.

Vermutlich hat dieser Bürgli seine letzte Kraft genutzt, um gegen das Rolltor anzurennen. Ist natürlich völlig zwecklos. Dabei kann man sich höchstens selbst den Schädel einschla-gen. Oder ist doch alles ganz anders und der Feind noch nicht besiegt?

Was soll der Scheiß, sagt Lars Rönneberg sich schließlich und greift zur Türklinke. *Seh ich eben grad mal nach, überprüfe,*

*ob alles seine Ordnung hat, und dann lasse ich mich in Ruhe voll-
laufen.*

Er drückt die Klinke der Stahltür herunter und schiebt die
Tür auf. Gleich links ist das Rolltor, und Rönneberg sieht den
breiten Spalt sofort, der auf Brusthöhe zwischen zwei Lamellen klafft.

»Du Arsch«, brüllt er in die Stille, »hast du wirklich geglaubt,
dass du hier rauskommst?« Er schlägt mit der geballten Faust
so fest gegen das Tor, dass es in seiner Halterung vibriert.

Keine Antwort. Wütend drückt er auf den Lichtschalter
für die Unterwasserbeleuchtung und presst dann das Gesicht
an den Spalt. Es dauert einige Sekunden, bis die Lampen im
Inneren des Poolbereichs aufflammen. Und dann dauert es
noch ein paar weitere Sekunden, bis Lars Rönneberg realisiert,
was er sieht. Nämlich nichts. Der gesamte Poolraum ist leer.

Sonntag, 24. Februar, 21.45 Uhr, Norderstraße, Westerland

»Und? Wie viele schwere Ermittlungsfehler hast du
gefunden?«, beginnt Silja ihr rituelles Sonntagabend-
spiel, während noch der Abspann vom *Tatort* im Fernsehen
läuft.

Bastian greift nach der Fernbedienung und stellt ihn aus.
»Weiß nicht. Konnte mich irgendwie nicht richtig konzentrieren«, murmelt er.

»Ach Mensch, das enttäuscht mich aber. Ich hab mir solche
Mühe gegeben«, jammert sie.

»Ich überlege schon die ganze Zeit, was wir machen, wenn
die Bispingen uns tatsächlich verpfeift.« Bastian zieht Silja

näher zu sich heran und nimmt sie fest in den Arm. »Ich will nicht mehr allein wohnen.«

»Auch nicht im Sommer in einem Zelt?«, fragt Silja scherzhaft.

»Erinnere mich nicht daran!« Schon beim Gedanken an den großen Krach, den sie im Sommer vor drei Jahren hatten und der beinahe das Ende ihrer Beziehung bedeutet hätte, graben sich tiefe Furchen auf Bastians Stirn. Damals hatte er bei seinen Aufenthalten auf der Insel immer in Siljas kleiner Wohnung gelebt. Und als sie sich dann so entsetzlich stritten, waren natürlich alle bezahlbaren Unterkünfte längst an Feriengäste vermietet gewesen, und Bastian musste froh darüber sein, mit seinem Zelt noch auf einem Campingplatz unterzukommen.

»Ich könnte pro forma zu Anja und Sven ziehen«, schlägt Silja plötzlich vor. Dann hätten die beiden auch gleich ein Kindermädchen für den Nachwuchs, wenn sie abends mal wegwollen.«

»Na toll. Und was wäre daran dann noch *pro forma*?«

»Wenn sie nicht weggehen, bin ich natürlich bei dir und passe auf dich auf«, flachst sie.

»Dabei stehe ich gar nicht besonders auf dieses Kindermädchendings … Obwohl, wenn ich mir dich so mit einem Häubchen und einem weißen Schürzchen vorstelle …«

»Nee, du verwechselst da was. Das ist die Hausmädchennummer. Eine Nanny trägt eher gestreifte Kleidung und Knöpfstiefel.«

»Auch nicht schlecht. Hauptsache, du steckst drin.« Er greift nach ihr und zieht sie an sich. Dann vergräbt er das Gesicht in ihrem Haar, atmet den Rosmarinduft ihres Shampoos ein und murmelt: »Ich will aber, dass du jede Nacht neben mir im Bett liegst.«

»Glaubst du wirklich daran, dass die Bispingen petzt?«

»Warum sollte sie es sonst ankündigen?«

»Vielleicht wollte sie dich zu mehr Arbeitseifer anspornen«, schlägt Silja vor.

»Indem sie mich erpresst? Wir sind hier doch nicht im Kindergarten.«

»Je länger ich lebe, desto häufiger habe ich das Gefühl, dass wir öfter im Kindergarten sind, als uns bewusst ist.«

»Jetzt werd bloß nicht philosophisch, Süße. Du weißt doch, ich hab's lieber handfest.«

Silja lacht. »Schon klar. Da bist du bei mir aber an der falschen Adresse – und das weißt du auch.«

Bastian schenkt sich die Antwort und geht stattdessen in die Küche. »Magst du auch ein Glas Wein?«

»Gern. Haben wir noch eine Flasche von dem leckeren Roten?«

»Ich seh mal nach …«Als Bastian mit der Flasche und zwei Gläsern zurückkommt, sitzt Silja mit gerunzelter Stirn auf der Couch. »Denkst du immer noch über den Kindergarten nach?«

Sie schüttelt den Kopf, antwortet aber nicht. Bastian öffnet die Flasche und lässt langsam die blutrote Flüssigkeit in die Gläser laufen. Dann hebt er seines zur Nase, riecht daran, seufzt behaglich und nimmt den ersten Schluck.

»Wir hätten Alexander Bürgli eingehender befragen sollen«, sagt Silja.

»Du meinst, *du* hättest Alexander Bürgli eingehender befragen sollen«, schnappt Bastian. »Der Typ gefällt dir richtig gut, stimmt's?«

Silja reagiert nicht auf die Unterstellung. »Wir haben uns von ihm einwickeln lassen«, ist alles, was sie sagt.

»Nicht *wir*. *Du* hast dich von ihm einwickeln lassen. Und zwar von oben bis unten in Glanzpapier.«

»Jetzt hör endlich auf mit den Sticheleien und hilf mir mal beim Nachdenken.«

»Ich bin ein eifersüchtiger Mann, das weißt du doch.«

»Trotzdem.«

»Okay.« Er reicht ihr das zweite Rotweinglas und fragt: »Warum hätte er uns einwickeln sollen? Er braucht uns doch gar nicht.«

»Es sei denn, er ist der Mörder.«

»Oha, Frau Kommissarin, das ist jetzt aber mal eine steile These. Ich kann mich genau daran erinnern, dass ich vor sehr kurzer Zeit für entsprechende Andeutungen gehörig Prügel bezogen habe.«

Silja geht auf seine Provokation nicht ein. »Es kam mir irgendwie komisch vor, dass er mich niedergeschlagen hat. Nein, das eigentlich gar nicht so sehr. Er dachte ja, ich sei die Steinewerferin. Aber dass er dann auch noch mit auf die Bauruine gekommen ist und gleich die Leiche anfassen musste, war schon merkwürdig. Normalerweise haben die Leute eher Scheu vor einer Toten und stürzen sich nicht gleich drauf.«

»Freut mich, dass du das jetzt auch so siehst.«

»Außerdem haben wir uns nie wirklich für sein Alibi interessiert.«

»Doch, haben wir. Er ist kurz vorm Autozug in seinem SUV geblitzt worden. Und das Foto würde glatt als Passfoto durchgehen, so scharf ist es.«

»Das war am Freitagabend, da war der Mord schon passiert. Er hätte morgens aufs Festland fahren und dann zurückkehren können. Er hätte sogar absichtlich zu schnell fahren können, um sich ein Alibi zu beschaffen.«

»Und das Motiv, Frau Kollegin? Ich kann mich deutlich daran erinnern, dass das immer dein Gegenargument war. Der Typ hat einfach kein Motiv. Er hat ein Superleben, und warum sollte er sich das verderben, indem er eine unbedeutende Angestellte umbringt?«

»Weil er sie geliebt und sie ihn abgewiesen hat«, entgegnet Silja leise.

»Warum sollte sie ihn abweisen, wenn selbst du seinem Charme erlegen bist?«

»Werd jetzt bloß nicht unsachlich. Vielleicht hatte er die Nase voll von seinen ganzen Upper-Class-Freundinnen und wollte endlich mal was Handfestes haben. Vielleicht dachte er, die anderen wollten nur sein Geld und sie liebe ihn wirklich. Immerhin hat sie diese peinlichen Fotos von ihm gemacht.«

»Von denen er allerdings nichts wusste. Aber egal. Wie denkst du dir das weiter? Er ist nach Sylt gekommen, um sie wiederzusehen? Und trotz seiner kräftigen Avancen lässt sie ihn abblitzen?«

»Passt doch zu ihr und allem, was wir über sie wissen.«

»Das stimmt schon. Aber was nicht passt, ist die Tatsache, dass niemand Alexander Bürgli vorher auf der Insel gesehen hat. Auch nicht beim Biikebrennen. Und warum sollte er das Risiko eingehen, sie in aller Öffentlichkeit umzubringen, wenn er es problemlos auch auf dem eigenen Grundstück oder in seinem oder ihrem Haus hätte tun sollen.«

»Damit der Verdacht nicht auf ihn fällt.« Silja nimmt einen letzten Schluck aus ihrem Glas und stellt es dann auf den niedrigen Tisch vor dem Sofa. »Wir sollten Lars Rönneberg nicht vergessen. Das passt auch zu den Botschaften auf den Steinen. Dieser Bürgli hat vielleicht den Prozess verfolgt und weiß, dass Rönneberg ein richtig gutes Mordmotiv hat. Eigentlich sogar zwei. Gekränkter Stolz und Rachedurst.«

»Und dass er unpassenderweise außer Landes gereist ist, konnte Bürgli ja nicht wissen«, ergänzt Bastian.

»Wobei wir das leider auch nicht so genau wissen«, seufzt Silja. »Wir haben eigentlich nur die Aussagen seiner Kollegen.«

»Also ich bitte dich. Alles deutet darauf hin, einfach alles.«

»Aber die Bispingen bezweifelt das.«

»Die Bispingen will uns provozieren.«

»Sie ist nicht blöd. Und sie macht ihren Job ziemlich gut. Vielleicht sollten wir sie ausnahmsweise mal ernst nehmen, Bastian.« Silja sieht ihren Freund und Vorgesetzten auffordernd an. »Lass uns kurz mal durchspielen, wie ein Alternativszenario aussehen könnte.«

»Du meinst, Rönneberg hat seine Auswanderung nur vorgetäuscht?«

»Genau. Er bemüht sich um ein Visum, bucht einen Flug, kündigt Job und Wohnung, verabschiedet sich von allen. Aber er fliegt nicht nach Vietnam, sondern taucht unter und bereitet alles für seinen letzten großen Coup vor.«

»Und danach steht er mittellos, ohne Job und ohne Wohnung da. Und das alles nur, weil er sich an seiner ehemaligen Liebsten rächen wollte? Nee, dafür ist der Typ viel zu beherrscht. Und zu intelligent. Du hast doch gehört, was Sven über ihn in Erfahrung gebracht hat.«

Silja schweigt einen Moment, dann beginnt sie langsam zu nicken. »Das überzeugt mich. Und ehrlich gesagt, finde ich den Bürgli-Plan auch plausibler. Das ist schon ziemlich raffiniert, den Verdacht so geschickt auf jemand anderen zu lenken.«

»Eines verstehe ich aber nicht«, gibt Bastian zu bedenken.

»Irgendwie müsste Bürgli doch sichergestellt haben, dass Rönneberg für den Tatzeitpunkt kein Alibi hat – besser noch, dass er möglichst auch auf der Insel ist, damit wir ihn schnappen können.«

»Vielleicht war ihm das nicht so wichtig. Er wollte ja nur selbst nicht in Verdacht geraten. Ob Rönneberg für die Tat büßen muss oder nie ein Täter verurteilt wird, konnte ihm schließlich egal sein.« Silja steht auf und blickt Bastian unternehmungslustig an. »Was ist? Reden wir noch mal mit ihm?«

»Jetzt?«

»Ja klar.« Sie geht in die Diele und greift nach ihrer Daunenjacke.

»Lass es uns auf morgen verschieben, okay? Ich will mir den Sonntagabend nicht verderben, der Wein ist so gut ... und du bist so klug ... und die Nacht ist noch lang ...«

»Nichts da. Lass uns los und zwar jetzt gleich.«

»Man könnte meinen, du bist hier der Boss«, nölt Bastian, leert dann aber zügig sein Weinglas und stemmt sich aus der Couch. Während er sich in der Diele die dicke wattierte Jacke anzieht, fügt er augenzwinkernd hinzu: »Vorher fahren wir aber noch ins Kommissariat. Dein dir sehr ergebener Mit-Ermittler hat da nämlich noch eine Idee, was die Ankunft Alexander Bürglis auf unserer Insel angeht ...«

Sonntag, 24. Februar, 22.02 Uhr, Nordseeklinik, Westerland

»Pressen, pressen, pressen!«

Wie ein weiblicher Feldmarschall steht die resolute Hebamme am Fußende von Anjas Bett und schleudert der

Gebärenden mit energischer Stimme ihre Anfeuerungsrufe entgegen. Die linke Hand hat sie auf Anjas Unterbauch gelegt und scheint dabei gut die auf- und abschwellenden Wehen fühlen zu können. Jetzt gerade hebt sie mahnend die rechte Hand: »Hecheln, hecheln, hecheln … ja, so ist es gut.«

Sven wirft einen besorgten Blick auf Anjas puterrotes, schweißüberströmtes Gesicht. Sie hat schon seit Minuten beide Augen fest geschlossen, als könne sie sich auf diese Weise besser auf die Geburt konzentrieren. Ab und an lässt sie ein tiefes Stöhnen hören, und Sven kann sehen, wie sie dann beide Kiefer so fest aufeinanderpresst, dass die Gelenke unterhalb der Ohren hart hervortreten.

Sven fühlt sich hilflos und auf eine blöde Weise überflüssig, und wenn nicht Anja regelmäßig auf dem Höhepunkt der Wehen seine Hand so fest umklammern würde, dass es schmerzt, würde er vielleicht fürchten, dass sie seine Anwesenheit ganz vergessen hat.

Wie gern würde er ihr einen Teil der Schmerzen abnehmen, wie gern hätte er das Gefühl, wenigstens ein wenig nützlich zu sein, wie gern würde er irgendwie helfen. Doch außer den beruhigenden Worten und den immerwährenden Ermunterungen … *du schaffst es … noch ein kleines bisschen durchhalten und alles wird gut* … bleibt ihm nur der feuchte Waschlappen, mit dem er immer wieder Anjas Stirn abtupft.

Doch plötzlich will sie auch den nicht mehr. Mit einer energischen Bewegung des Kopfes schleudert sie ihn zur Seite, dann öffnet sie die Augen und schaut ihren Ehemann mit einem wilden Blick an.

»Ich kann nicht mehr«, stöhnt sie, japst nach Luft und will gerade weiterreden, als die Stimme der Hebamme sie unterbricht.

331

»Eine letzte Wehe noch, Frau Winterberg, dann haben Sie es geschafft. Ich kann das Köpfchen schon sehen.«

Anja reagiert nicht, aber die Hebamme, die jetzt zwischen Anjas Beinen kniet und den Geburtskanal nicht aus den Augen lässt, gibt nicht auf.

»Mit der nächsten Wehe kommt das Kind, das verspreche ich Ihnen«, feuert sie die Gebärende an.

»Anja, hast du gehört«, beschwört Sven seine Frau, »du musst nur noch ganz kurz durchhalten, dann hast du es geschafft.«

Anja schüttelt den Kopf und blickt ihn flehend an. *Mach, dass das aufhört*, liest er in diesem Blick. *Bitte, Sven, mach etwas, damit diese Qual endlich ein Ende hat.* Aber noch während Sven über eine vielleicht wirksamere Ermutigung nachdenkt, stößt Anja einen verzweifelten Schrei aus, der allerdings sofort von der Stimme der Hebamme übertönt wird.

»Pressen, jetzt noch einmal mit voller Kraft pressen. Es geht um Ihr Kind, Frau Winterberg, nicht nachlassen jetzt … ja, gut machen Sie das … geht's noch ein bisschen doller … noch mehr, noch mehr, noch mehr …«, und dann kommt endlich das erlösende »Halt, entspannen Sie sich … ich hab's!«

Sven blickt auf und sieht, wie die Hebamme ein unfassbar kleines Menschlein aus Anjas Schoß hervorzieht: einen winzigen Kopf mit fest zusammengepressten Augen und einzelnen fadenartigen Blutspuren im Gesicht, das über einem leicht gekrümmten Körper sitzt, an dem entsetzlich dünne Ärmchen und Beinchen hängen. Und ganz vorn, direkt in der Mitte des Bauches entspringt die dicke, blau pulsierende Nabelschnur, die im Vergleich zu dem zierlichen Säugling wie ein viel zu breit geratenes Band zwischen Mutter und Kind wirkt.

Während Sven zu realisieren beginnt, dass dies einer der

wichtigsten Augenblicke seines Lebens ist, geschieht alles auf einmal.

Die Hebamme sagt: »Gratuliere, Sie haben einem gesunden Jungen das Leben geschenkt.«

Anja fragt mit ganz kleiner Stimme: »Ist jetzt wirklich alles vorbei?«

Und das Menschlein beginnt, sich über den Verlust der gewohnten Umgebung und die plötzliche Kälte zu beschweren. »Läh, läh, läh«, klingt es leise und etwas kraftlos aus dem winzigen Mund.

Anja hebt den Kopf mit dem verstrubbelten Haar und den rotfleckigen Wangen und streckt ihre Arme dem Kind entgegen. Die Hebamme wickelt noch schnell ein wärmendes Tuch um den Kleinen, bevor sie ihn auf die Brust seiner Mutter legt. Kaum fühlt der Winzling den vertrauten Körper, beruhigt er sich, presst eine Hand an die linke Wange und öffnet das darüber liegende Auge.

»Schau mal, er hat ganz hellblaue Augen«, flüstert Anja.

Sven kann nur nicken, ein dicker Kloß sitzt ihm plötzlich im Hals. Er beugt sich tief über Mutter und Sohn und möchte sie am liebsten beide ganz fest mit seinen Armen umschließen. Gleichzeitig wirken sie so zart und zerbrechlich auf ihn, dass er sich fast gar nicht traut, sie zu berühren.

Wieder ist es die Stimme der Hebamme, die ihn aus dem Dilemma erlöst.

»Wenn Sie kurz mal zu mir herüberkommen wollen«, sagt sie sanft, »dann könnten Sie nämlich die Nabelschnur durchschneiden.«

Wie in Trance steht Sven auf und gerät ins Stolpern, als er die paar Schritte zum Fußende des Geburtsbettes geht. Erst jetzt merkt er, wie sehr auch er sich verspannt hat. Als er nach der sterilen Schere greift, zittern seine Hände so stark, dass er zweimal hinlangen muss, um die Schere ordentlich zu fassen.

»Warte«, sagt da plötzlich Anja und richtet sich auf. »Warte, ich will das genau sehen.«

Die Hebamme geht zu ihr und stützt sie am Rücken, dann nimmt Sven die Nabelschnur in die linke Hand und setzt die Schere an. Mit einem fragenden Blick auf die Geburtshelferin versichert er sich, dass er alles richtig macht. Und als sie aufmunternd nickt, durchtrennt Sven Winterberg die immer noch pulsierende körperliche Verbindung zwischen seiner Frau und seinem neugeborenen Sohn.

Sonntag, 24. Februar, 21.45 Uhr, im Dunkeln

Alexander Bürgli presst seinen Körper an die vordere Poolwand. Er hält die Luft an, um ihn herum scheint die Zeit stillzustehen. Gerade wollte er durch den Spalt im Rolltor greifen, um es hochzufahren und sich zu befreien, als er das Poltern auf der Kellertreppe hörte. Voller Verzweiflung hat er seinen Körper zwischen Poolleiter und Fliesenwand geklemmt, um sich im toten Winkel zu verbergen. Hier hängt er nun mit zitternden Gliedern und weiß genau, in wenigen Sekunden wird er die Spannung nicht mehr halten können: Den Armen wird die Kraft abhandenkommen, und er wird mit Krachen und Poltern zu Boden stürzen.

Doch noch gelingt die Tarnung, denn einem verwunderten Ausruf *der Stimme* folgt das bekannte donnernde Scheppern des Rolltors. Sein Peiniger muss mit der Faust dagegen geschlagen haben.

Dann beginnt das Gefluche: »Du dämlicher Hurensohn, Bastard, ich krieg dich!« Die Stimme klingt lallend, und zu Bürglis Erstaunen entfernt sie sich vom Rolltor.

Er muss doch wissen, denkt Bürgli, *dass ich noch hier drin bin. Er muss doch nur das Rolltor hochziehen und sich über die Poolkante beugen, dann kann er mich sehen.*

Doch der Mann da draußen scheint mehr oder weniger unkoordiniert durch den Wellnessbereich zu wanken. Er stößt an die Teakstühle, so hört es sich zumindest an, und tritt gegen die Massageliege. Bürgli weiß, es bleiben ihm nur Sekunden, um zu handeln. Denn der Typ wird zurückkommen und das Rolltor hochfahren, wenn er ihn im restlichen Keller nicht gefunden hat. Und so betrunken kann der Kerl gar nicht sein, dass er es nicht mit einem entkräfteten, halbverdursteten Mann aufnehmen kann, der sich erst einmal eine Poolleiter hinaufstemmen muss.

Also greift Bürgli zu der einzigen Waffe, über die er verfügt, dem Engländer. Schwer liegt die massive Metallzange in seiner Hand, und schon die Vorstellung, sie mit Kraft nach oben zu schwingen, treibt Bürgli den Schweiß auf die Stirn – wobei es ihn fast wundert, dass sein dehydrierter Körper überhaupt noch in der Lage ist, Schweiß zu produzieren. Aber Alexander Bürgli hat wenig Zeit zum Nachdenken, denn jetzt nähern sich die Schritte seines Peinigers schon wieder dem Pool.

»Du Affenarsch hast mich reingelegt«, brüllt der. »Du bist gar nicht entkommen, sondern immer noch da unten irgendwo. Na warte, dir werd ich's zeigen!«

Sekunden später verdunkelt ein Schatten den Lichtstrahl, der durch den Spalt im Rolltor fällt, und Bürgli begreift, dass *die Stimme* das Tor gar nicht hochfahren wird, jedenfalls nicht sofort, sondern vorher noch einmal den Kopf an den Spalt geschoben hat. Eine Gelegenheit, die er auf keinen Fall ungenutzt lassen darf. Eine Sekunde, höchstens noch zwei bleiben ihm ...

Alexander Bürgli donnert den Engländer mit voller Wucht zwischen die aufgestemmten Lamellen, wo ein Gesicht erschienen ist, dessen Anblick ihm fast den Atem nimmt. Denn es ist sein eigenes Gesicht. Es sind seine Augen, es sind sein Mund und das charakteristische Kinngrübchen, in das er jetzt das schwere Werkzeug schleudert. Und es ist sein Gesicht, das sich im nächsten Moment in eine Fratze aus Fleisch und Blut verwandelt. Es ist sein Gesicht, das einen ohrenbetäubenden Wutschrei ausstößt und dann jenseits des Rolltores zu Boden sackt.

Stille. Leises Keuchen.

Eine letzte Chance für ihn, das weiß Bürgli genau.

Er nimmt alle Kräfte zusammen, richtet sich auf und greift durch den Spalt im Rolltor. Kurz muss er an der Wand herumtasten, dann hat er den Schalter gefunden, löst den Mechanismus aus und zieht die Hand schnell zurück. Scheppernd gleitet das Tor nach oben, hebt sich Zentimeter für Zentimeter, immer begleitet von Bürglis bangen Blicken. Was wird geschehen, wenn die beschädigten Lamellen oben an der Verankerung ankommen? Wird der Motor stark genug sein, um sie trotzdem aufzurollen, oder wird er stocken, möglicherweise so früh, dass Alexander Bürgli nicht entkommen kann?

Schon steht er auf der Poolleiter, beobachtet gebannt die Aufwärtsbewegung und horcht gleichzeitig ängstlich auf die Töne, die von seinem Peiniger kommen. Der stöhnt und flucht, dann raschelt etwas. *Wahrscheinlich steht er jetzt auf und stößt mich sofort zurück auf die Fliesen*, denkt Bürgli. *Zwar habe*

*ich ihn im Gesicht getroffen, aber nicht am Körper. Kraft hat er
vermutlich noch genug.*

Also entschließt sich Alexander Bürgli, sofort zu handeln.
Er wartet nicht länger, sondern kriecht unter dem gerade entstandenen Spalt des Rolltores hindurch, den Engländer immer
fest in der Hand. Sein übel zugerichteter Klon kniet am Boden
und tastet desorientiert an seinem Kopf herum. Ein Auge ist
komplett zugeschwollen, das andere von einer breiten Fleisch-
wunde entstellt, die sich bis hinunter zum Mundwinkel zieht.

Alexander Bürgli zögert keine Sekunde. Er hebt den rechten Arm und schlägt erneut zu. Diesmal oben auf die Mitte
des Kopfes. Es kracht kurz, als die Schädelplatte seines Peinigers bricht, dann sackt dieser vollständig zu Boden. Bürgli
atmet tief durch. Er weiß, er hat gewonnen. Er weiß, er sollte
jetzt aufhören. Er weiß, er müsste diesen Irren, der ihm hier
zu Füßen liegt, im Keller einsperren und sofort die Polizei
rufen, besser noch die Notrettung, sonst ist er ein Mörder.

Aber er tut es nicht.

Er steht einfach nur vor dieser armseligen Masse Mensch
und blickt auf sie herunter. Und er spürt, dass sein Hass noch
längst nicht gestillt ist. Im Gegenteil, er fühlt sich, als koche
die über Jahre und Jahrzehnte angestaute Wut seines gesamten
Lebens plötzlich in ihm hoch. Die Wut auf ungerechte Kin-
dergärtnerinnen, auf sadistisch veranlagte Lehrer und hoch-
näsige Mitschülerinnen. Die Wut auf seine viel zu oft abwe-
sende Mutter und seinen immer etwas hilflos wirkenden Vater,
die Wut auf diverse Exfreundinnen und sogar die uralte, längst
vergessen geglaubte Wut auf diese dumme Pute Larissa, die
ihn als Jungen immer dominiert hat.

Alexander Bürgli prügelt sich die Wut aus dem Leib. Er
ist selbst entsetzt über die Rohheit und Brutalität, mit der er

zuschlägt. Doch es ist wie ein Rausch. Ungehemmt und ungefiltert von moralischen Erwägungen drischt er drauflos. Erst als auch die letzte Bewegung, als noch das winzigste Zucken aus seinem Gegner gewichen ist, als nur noch ein dunkler Haufen blutigen Fleisches vor ihm liegt, wendet sich Bürgli von seinem Opfer ab.

Erschöpft lässt er den Engländer zu Boden fallen und schließt sorgfältig die Stahltür hinter sich. Dann schleppt er sich die Treppe seines Sylter Ferienhauses hinauf, um endlich, endlich etwas zu trinken.

Sonntag, 24. Februar, 22.20 Uhr, Sansibar, Rantum

Mit einem tiefen Seufzer legt Fred Hübner das Besteck zurück auf den Teller. Dann tupft er sich mit der Serviette den Mund ab. »Göttlich! War deins auch so gut?«

»Der Fisch war vielleicht einen Tick zu salzig, aber sonst war alles perfekt.«

»Wahrscheinlich ist der Koch verliebt«, gibt Fred zurück.

»Du solltest ab und an mal die rosarote Brille absetzen, sonst hast du bald den ganzen Tag über Sonnenuntergang.«

»Na und? Dagegen ist doch gar nichts zu sagen.« Fred grinst und überlegt gleichzeitig, wie er die Sprache auf Elsbeths Privatleben bringen kann. Außer der Geschichte mit der gescheiterten Ehe weiß er so gut wie nichts über sie. »Hast du schlechte Erfahrungen mit rosaroten Brillen gemacht?«, fragt er anzüglich.

Elsbeth von Bispingen greift nach ihrem Weinglas und nimmt einen großen Schluck. Nachdenklich schaukelt sie den

338

Wein im Mund und lässt sich mit der Antwort Zeit. »Es ist halt alles ein bisschen sehr fad, wenn man die Brille absetzt. Deswegen lasse ich sie lieber gleich in der Schublade.« Sie mustert Fred Hübner spöttisch. »Sag schon, was willst du wissen?«

»Wo du herkommst, was dich umtreibt, wo du hinwillst«, antwortet er prompt.

»Also den ausführlichen Lebenslauf und einen Bericht eines Analytikers gleich dazu. Nicht grad bescheiden.«

»Ich bin zu alt, um bescheiden zu sein«, kontert Fred. »Aber ich kann auch gern genauer fragen. Zum Beispiel, bist du allein nach Sylt gekommen, und wo wohnst du?«

»Ich bin allein zum Biikebrennen gekommen und wohne bei meinem Bruder in List«, antwortet sie knapp. Nach kurzem Nachdenken fügt sie hinzu: »Das mache ich aber nie wieder. Ich mag die Schwägerin nicht, und die Ehe der beiden ist anscheinend die Hölle. Wenn mir meine beiden Nichten nicht ohnehin unsympathisch wären, könnten sie mir nur leidtun.«

»Hört sich idyllisch an. Aber auch so, als ob du das hättest ahnen können.«

Elsbeth zuckt die Schultern. »Ist halt Familie. Ich hatte ihn seit zwei Jahren nicht mehr gesehen und dachte, ich müsste mich mal wieder blicken lassen. Aber morgen fahre ich zurück nach Flensburg, und ich müsste lügen, wenn ich sagen würde, dass mir das leidtut.«

Kaum hat sie den Satz beendet, sieht sie Freds Blick. Ihre Miene wird weich, und sie greift quer über den Tisch nach seiner Hand. Kühl liegen ihre Finger auf seinem Handrücken.

»Ich *habe* gerade gelogen«, fügt sie leise hinzu. »Ich würde gern noch ein paar Tage mit dir zusammen sein. Es ist schön und …«, sie sucht nach Worten, »… auf eine ziemlich intelligente Weise unkompliziert.«

»Danke für das Kompliment.« Er drückt ihre Hand, bevor er zum Wasserglas greift. Wie gern würde er jetzt den Geschmack eines guten Weines auf der Zunge spüren. Oder, noch besser, den eines alten Cognacs. Aber in den letzten Jahren hat jeder Versuch von ihm, dosiert zu trinken, geradewegs ins Fiasko geführt. Er erinnert sich noch deutlich an die schöne und undurchsichtige Judith Lissen, die ihn nur noch lallend ins Bett verfrachten konnte. *Mann, war das peinlich!*

»Woran denkst du?«, unterbricht Elsbeth seine Erinnerungsreise.

Seufzend zeigt Fred auf ihr Weinglas und murmelt: »Ist nicht immer einfach für mich.«

»Du schlägst dich wacker. Und glaube mir, ich kann das beurteilen. Meine Schwägerin trinkt.«

»Auch das noch. Scheint ja eine reizende Familie zu sein.«

»Der ganz normale Mittelschichtswahnsinn. Er hat kürzlich seinen Job verloren, sie ist im Klimakterium, und die beiden Töchter sind nicht ganz so geraten, wie die Eltern sich das vorgestellt haben. Aber Schwamm drüber. Lass uns lieber überlegen, mit welcher Ausrede ich noch ein paar Tage bleiben kann.«

»Fischvergiftung«, schlägt Fred genau in dem Moment vor, in dem der Kellner die Teller abräumt. Als er dessen verdutzten Blick sieht, schiebt er beruhigend nach: »Nicht akut. Wir bereden das eher theoretisch.«

Der Kellner lächelt bemüht, wirkt dabei aber recht hilflos. Als er verschwunden ist, nimmt Elsbeth den Faden wieder auf.

»Ich glaube, ich probiere es lieber mit der Wahrheit. Was glaubst du? Werden die drei Musketiere vom Kommissariat den Täter finden?«

»Irgendwann schon. Sie sind nicht blöd. Besonders die kleine Polizistin scheint mir ziemlich clever zu sein.«

»Dieser Kreuzer ist eher der Haudrauftyp, oder?«

»Ich kann schlecht sagen, was davon nur Masche ist, aber er kommt ganz gut damit durch.«

»Bei mir nicht. Irgendwie provoziert er mich ständig.«

»Vergiss es. Er ist kein schlechter Kerl. Und ich muss es wissen, schließlich hat er mich schon ein paarmal verhaftet.«

Elsbeth schüttelt den Kopf. Ihre Stimme klingt immer noch empört. »Und jetzt zieht er auch noch mit seiner Kollegin zusammen. War schon schlimm genug, dass sie überhaupt was miteinander angefangen haben.«

»Hey, reg dich ab. Solange sie einen guten Job machen, können sie doch privat tun und lassen, was ihnen gefällt.«

»Also dienstrechtlich sieht das aber ganz anders aus«, wendet Elsbeth ein.

Fred zuckt die Achseln und sieht sie mit einem beschwörenden Blick an. »Wo kein Kläger, da auch kein Dieb. Sei einfach mal großzügig, okay?«

»Das fällt mir schwer, nicht aus Prinzip, versteh mich nicht falsch. Aber ich finde, dass sie sich bei diesem verzwickten Fall doch ziemlich stümperhaft angestellt haben. Sie hätten sich von Anfang an mehr um Rönneberg kümmern sollen. Alles andere ist doch Mumpitz.«

»Manchmal führen auch verschlungene Wege zum Ziel«, antwortet Fred Hübner kryptisch, wobei ein kleines Lächeln auf seinem Gesicht spielt. »Hast du ihnen von der Ähnlichkeit mit Alexander Bürgli erzählt?«

»Ich habe Kreuzer heute Nachmittag angerufen. Er war ziemlich verdattert, aber ich denke, dass er jetzt auch in diese Richtung ermittelt.«

»Dann wollen wir hoffen, dass er dafür noch ein bisschen braucht.« Fred Hübner hebt sein Wasserglas und prostet Elsbeth zu. »Ich freue mich über jeden Tag, den du noch auf der Insel bleibst ...«

Absichtlich lässt er das Ende des Satzes in der Luft hängen. So wie er Elsbeth von Bispingens scharfen Verstand einschätzt, kann sie die Worte *und über jede Nacht* ohnehin auf seinem Gesicht lesen.

Sonntag, 24. Februar, 22.21 Uhr, Am Tipkenhoog, Keitum

Alexander Bürgli hängt über der Toilettenschüssel und kotzt sich die Seele aus dem Leib. Jedenfalls fühlt es sich so an. In Wirklichkeit kommt nur gelber Schleim, der fürchterlich stinkt. Galle, wie er vermutet.

Als die Magenkrämpfe abnehmen, richtet er sich auf. *Selber Schuld*, sagt er sich. Jeder Depp weiß schließlich, dass man ganz vorsichtig mit dem Essen und Trinken anfangen muss, wenn man völlig abstinent war. Aber als er das Glas in der einen Hand hatte und die andere am Wasserhahn, sind alle Pferde mit ihm durchgegangen. Er hat ganze zwei – oder waren es sogar drei Gläser voll? – hintereinander runtergestürzt. Kein Wunder, dass sein Körper rebelliert. Er kann sich noch freuen, dass er es überhaupt bis zur Toilette geschafft hat. Erst jetzt, immer noch auf sehr wackligen Beinen stehend, wagt er einen Blick in den Spiegel.

Die Blässe hat er erwartet, auch die eingefallenen Wangen und die tiefen dunklen Ringe unter den Augen, aber da ist noch das viele Blut. Das Blut seines Kidnappers, der jetzt dort unten im Wellnessbereich stirbt oder es schon hinter sich hat. Bürgli weiß es nicht, und es ist ihm auch herzlich egal. *Der Arsch hat es so was von verdient, schließlich hätte er mich umgekehrt ebenso kaltblütig vor die Hunde gehen lassen.*

Doch dann kommt die Panik in einer riesigen Welle über ihn. Was hat er getan? Was hat er bloß getan? Aber jetzt ist es zu spät. Er darf auf keinen Fall schwach werden.

Und das Blut muss natürlich als Erstes weg.

Alexander Bürgli reißt sich die Kleidung vom Leib, stopft sie in die Waschmaschine und stellt den Kochgang ein. Anschließend steigt er unter die Dusche. Zitternd vor Schwäche steht er unter dem heißen Strahl und wäscht sich alles ab. Die Angst und die Wut. Die Brutalität und letztendlich auch den Ekel vor sich selbst.

Er wird vergessen, was geschehen ist. Es wird nie etwas gewesen sein. Hat sein Peiniger ihm nicht selbst in aller Ausführlichkeit erläutert, was er geplant hatte? Das komplette Verschwinden seiner alten Person und das anschließende Hineinschlüpfen in eine andere Identität, nämlich ausgerechnet in die seine.

Mir soll es recht sein, denkt Bürgli. *Ich bin ich und werde ich bleiben, und der andere ist eben einfach weg. Niemand wird nach ihm suchen, niemand wird ihn vermissen. Und wenn ich erst mal wieder bei Kräften bin, wird es mir schon gelingen, die Überreste des geschundenen Körpers im Keller zu vernichten. Es wird ja wohl möglich sein, die Leiche irgendwie zum Verschwinden zu bringen. Zur Not eben auf meinem eigenen Grundstück hier in Keitum.*

Alexander Bürgli dreht das Wasser aus, verlässt die Dusche und trocknet sich ab. Dann wickelt er sich in einen flauschigen Bademantel und geht zurück in die Küche. Er füllt das

Glas von vorhin mit einer Handbreit Wasser und trinkt diesmal ganz vorsichtig. Langsam und in winzigen Schlucken. Dann geht er zum Vorratsschrank und sucht nach etwas Leichtem zum Essen. Salzstangen oder Zwieback wären ideal. Tatsächlich findet er ein Päckchen Salzbrezeln. Er reißt es auf und widersteht nur mit Mühe dem Verlangen, den ganzen Inhalt in sich hineinzustopfen. Er zählt zehn der Brezeln ab, legt nach kurzem Zögern noch zwei weitere dazu und nimmt sie mit hinüber in den Wohnraum. Als er den Champagner auf dem Tisch sieht, wird ihm fast wieder schlecht. *Der Typ hat echt nichts ausgelassen.* Bürgli lässt sich auf die Couch fallen und beobachtet aufmerksam den Sekundenzeiger der antiken Uhr auf dem Kamin. Zu jeder vollen Minute steckt er sich eine der Brezeln in den Mund und kaut sie bedächtig zu Brei, speichelt alles ein, bis es sich leicht schlucken lässt. Noch nie, wirklich noch niemals in seinem Leben hat er etwas derart Köstliches zu sich genommen.

Als sich Alexander Bürgli gerade die dritte Brezel in den Mund geschoben hat, klingelt es. Er fährt zusammen. *Wer kann das sein?* Es ist nach halb elf am Sonntagabend, da fällt ihm wirklich niemand ein, der zu Besuch kommen könnte. Und dann auch noch unangemeldet. Außerdem weiß ja niemand, dass er hier ist. Oder?

Es sei denn – und Alexander Bürgli schaudert bei dem Gedanken – sein Peiniger hat einen Komplizen gehabt. Aber wäre von dem nicht die Rede gewesen? Und hätte der nicht längst einen Schlüssel zum Haus? Bevor Bürgli weitere Mutmaßungen anstellen kann, klingelt es wieder. Diesmal länger. Unschlüssig geht Bürgli in die Diele. Er weiß, die Haustür ist extrem gut gesichert, so leicht kommt niemand herein, wenn er es nicht will.

Im nächsten Moment hört Alexander Bürgli eine Männerstimme: »Herr Bürgli, hier ist die Kriminalpolizei, bitte machen Sie auf, wir müssen noch einmal mit Ihnen reden.«

Bürgli ist plötzlich hellwach. *Noch einmal* hat er gesagt. Es ist also doch nicht alles so glatt gelaufen, wie sein Peiniger es ihm weismachen wollte. Sie haben ihn bereits vernommen. Und er hat offenbar die Frechheit besessen, sich sogar vor der Polizei als Alexander Bürgli auszugeben. Jetzt werden die Beamten natürlich Vergleiche anstellen. Er wird höllisch aufpassen müssen, um sich nicht in Widersprüche zu verwickeln. Auf keinen Fall dürfen die Beamten auf die Idee kommen, dass der andere sich noch hier aufhalten könnte. Er braucht Zeit, verdammt nochmal, nur ein paar Minuten, um sich etwas Gutes auszudenken.

Aber er hat keine Zeit.

Kurz erwägt Bürgli, sich selbst im Gästebad einzuschließen. Es hat kein Fenster und gäbe ein veritables Gefängnis ab. Er müsste ordentlich Lärm machen und hoffen, dass die Polizei ihn hört. Wenn sie dann das Haus aufbrechen würden, müsste er allerdings den Badezimmerschlüssel verschwinden lassen, ihn vielleicht hinunterschlucken, damit die Sache glaubwürdiger wirkt. Es sähe so aus, als sei er immer noch eingesperrt. Doch was ist, wenn sie zu mehreren sind und zeitgleich das Haus durchsuchen und dabei die Leiche im Keller entdecken? Oder die blutige Kleidung in der Waschmaschine? Ganz schlechte Idee.

Alexander Bürgli konzentriert sich. Das Beste wird sein, er versucht es erst einmal auf die harmlose Tour. Plötzlich ist er froh über seine nassen Haare und über den Bademantel, den er trägt. So wird sich wenigstens die eine oder andere Abweichung in der Erscheinung von selbst erklären. Langsam geht er zur Vordertür und schiebt die Riegel beiseite. Als er die Tür aufzieht, stehen ein bulliger Mann und eine zierliche Frau vor ihm.

»Äh, guten Abend. Ich wollte gerade schlafen gehen«, erklärt Alexander Bürgli schulterzuckend. Er ist jetzt plötzlich ganz cool. *Ihr kriegt mich nicht.* Das Ganze scheint ihm plötzlich nur noch wie eine Gleichung mit mehreren Unbekannten. Eine mathematische Herausforderung. Kompliziert, aber reizvoll. Und vor allen Dingen lösbar.

»Schlafen gehen? Daraus wird erst einmal nichts«, entgegnet der Kriminalbeamte forsch und weist sich aus.

Bürgli nickt, verkneift sich ein pampiges *Das sehe ich selbst* und bittet die beiden stattdessen höflich ins Wohnzimmer. Dort setzen sie sich nebeneinander aufs Sofa und machen nicht den Eindruck, als fiele ihnen irgendeine Abweichung in seiner Erscheinung auf. Zum Glück. Er selbst hat diesem Irren da unten ja nur für wenige Sekundenbruchteile ins Gesicht geblickt, bevor er es zertrümmert hat, aber die Ähnlichkeit war doch immens. Jetzt muss er einfach darauf vertrauen, dass der Tote sein Verschwinden wirklich so akribisch vorbereitet hat, wie er gesagt hat. Wenn er auf dessen Inszenierung aufbauen kann, könnte der verwegene Plan, der langsam in ihm Gestalt annimmt, vielleicht klappen.

»Was kann ich für Sie tun?«, beginnt Bürgli das Gespräch.

»Wir haben noch ein paar Fragen an Sie.« Spielerisch schnippt der Kommissar gegen die Champagnerflasche.

Bürgli bringt ein überhebliches Grinsen zustande. »Es gibt nichts Besseres, um sich zu entspannen.«

»Wann genau sind Sie noch mal auf die Insel gekommen?«

Mist, denkt Bürgli, *woher soll ich denn wissen, was der andere denen erzählt hat?*

»Das habe ich Ihnen doch alles schon gesagt«, antwortet er vage, lächelt dabei aber verbindlich.

»Wir haben natürlich die Bilder von der Straßenüberwachungskamera kurz vor Niebüll vom Freitagabend. Aber wo waren Sie am Donnerstagabend, als der Mord an Larissa Paulmann verübt wurde?«

Hier unten im Keller, denkt Bürgli bitter, *aber das werde ich euch jetzt ganz bestimmt nicht verraten.*

»Ich war in meinem Wagen, bin quer durch Deutschland gefahren«, improvisiert er. »Ich war allein, tut mir leid. Keine Zeugen. Aber vielleicht finden Sie ja noch mehr Kameras, die mich erwischt haben.«

»Herr Bürgli, bitte sparen Sie sich Ihre Ironie für passendere Anlässe auf«, entgegnet der Kommissar kühl und greift in seine Jackentasche. »Ich habe hier die Passagierliste des Sylter Flughafens. Die komplette letzte Woche. Und jetzt raten Sie mal, wen ich darauf gefunden habe.«

»Mich«, antwortet Alexander Bürgli wie aus der Pistole geschossen. Und plötzlich hat er die ultimative Idee, wie er sich rausreden wird. Der Plan ist genial, glasklar und absolut wasserdicht. Eigentlich hätte er gleich drauf kommen können.

Die Stimme des Kommissars reißt ihn aus seinen Gedanken. »Genau. Am Donnerstagnachmittag sind Sie in Westerland gelandet. Und gleich darauf sind Sie dann mit dem Wagen wieder runter von der Insel und am Freitag wieder zurück? Oder wie?«

»Na ja«, Bürgli muss jetzt jedes Wort auf die Goldwaage legen. Nichts darf schief klingen, nichts darf unstimmig sein.

Die fragenden Blicke der beiden Ermittler ruhen auf ihm. Sie warten auf seine Antwort.

»Ich habe … ich habe versprochen zu schweigen.« Sein

Blick geht zu der antiken Uhr auf dem Kamin. »Jedenfalls bis morgen früh. Wenn Sie dann vielleicht noch einmal wiederkommen könnten.«

»Geht's noch?«, fährt ihn der Kommissar an. »Was ist das denn jetzt für eine Nummer? Wir sind hier nicht im Fernsehquiz. Es geht um Mord, schon vergessen? Und eines kann ich Ihnen versprechen: Wenn Sie nicht auf der Stelle mit einer guten Erklärung für Ihr bescheuertes Verhalten um die Ecke kommen, dann ziehe ich ganz andere Saiten auf.«

»Ich bin ... also ich bin entführt worden«, beginnt Bürgli leise und spürt fast körperlich das Misstrauen, das ihm entgegenschlägt. »Sie glauben vielleicht mich zu kennen, aber ich habe Sie noch nie gesehen. Es ist alles eine riesengroße Verwechslung ... aber eigentlich dürfte ich gar nichts dazu sagen, man hat mir gedroht, dass es mir sonst noch einmal an den Kragen geht ...«

»Was ist das denn für ein Blödsinn?«, unterbricht ihn Bastian Kreuzer. »Jetzt erzählen Sie uns bloß keine Märchen. Dazu ist es schon zu spät am Abend.«

»Das ist kein Märchen, leider. Man hat mich gekidnappt und in meinem eigenen Haus eingesperrt. Der Typ, der das getan hat, war scharf auf meinen Pass und auf mein Geld natürlich. Er wollte in meine Identität schlüpfen. Was heißt wollte? Er tut es wahrscheinlich gerade.«

Die beiden Kommissare sehen ihn mit einer Mischung aus Erstaunen und Unglauben an. Bevor sie etwas erwidern können, redet Alexander Bürgli weiter.

»Larissa Paulmann hatte einen Freund, der mir angeblich extrem ähnlich sah.«

»Sie reden jetzt aber nicht von Lars Rönneberg, oder?«

Beide Ermittler schnellen aus dem Sofa hervor und reißen

die Augen auf. »Was haben Sie mit dem zu tun?«, will Bastian Kreuzer wissen.

»Wir sind uns sehr ähnlich«, beginnt Bürgli vorsichtig. »Eine Laune der Natur, würde ich sagen. Wäre wahrscheinlich nicht weiter von Belang gewesen, da wir ja aus sehr unterschiedlichen sozialen Schichten stammen.«

»Ersparen Sie uns den Sozialkitsch und kommen Sie zur Sache.« Der Kommissar klingt ungeduldig.

Alexander Bürgli lächelt verbindlich. *Jetzt hab ich euch*, denkt er triumphierend, *und ich werde euch so schnell auch nicht wieder von der Angel lassen.*

»Ich *bin* bei der Sache, das werden Sie gleich sehen. Tragischerweise haben nämlich sowohl dieser Rönneberg als auch ich Larissa Paulmanns Weg gekreuzt. Und was sie sich von mir gewünscht, aber nicht bekommen hat – Zuwendung, Aufmerksamkeit, *Liebe* –, das hat sie sich von ihm geholt. Und dann musste dieser Rönneberg in meine Rolle schlüpfen. Wahrscheinlich können Sie sich vorstellen, was das in der Seele eines jungen Menschen anrichtet.«

Bürgli macht eine Pause und beobachtet interessiert, wie die beiden Ermittler seine Worte verarbeiten. Es ist unglaublich wichtig, dass sie ihm folgen, dass sie jeden Schritt nachvollziehen können, denn nur so werden sie willig den Rest seiner Geschichte schlucken. Sorgfältig bemüht sich Bürgli, solange wie möglich bei der Wahrheit zu bleiben. Denn eines hat er von seinem Kidnapper gelernt: Eine Lüge ist umso besser, je näher sie der Wahrheit kommt.

»Sie wollen also sagen, dass Rönneberg während der Beziehung zu Frau Paulmann Ihre Identität angenommen hat?«, fragt die zierliche Kommissarin nach.

»Genau. Damals war das natürlich unfreiwillig. Aber während seiner langen Haft hat er darüber nachgedacht, wie er den Spieß umdrehen kann.«

»Was meinen Sie damit genau?«

»Er wollte zwei Dinge. Erstens sich an Larissa rächen und zweitens Profit aus unserer Ähnlichkeit ziehen.«

»Und woher wollen Sie das wissen?« Der Kommissar klingt immer noch nicht überzeugt.

»Ganz einfach. Er hat's mir gesagt«, antwortet Bürgli. »Sehen Sie, er hat mich auf die Insel gelockt. Kaum war ich aus dem Flieger raus, hat er mich überwältigt und betäubt. Als ich aufwachte, lag ich hier unten im Gäste-WC. Es hat kein Fenster, und wenn man die Tür von außen abschließt, ist es ein prima Gefängnis. Immerhin hatte ich Wasser«, fällt ihm gerade noch ein, »aber ich wäre über kurz oder lang natürlich verhungert. Meinen Kidnapper habe ich nie zu Gesicht bekommen. Aber seine Geschichte hat er mir durch die verschlossene Tür hindurch lang und breit erzählt. Er brauchte das irgendwie als späten Triumph oder was weiß ich.«

Die Ermittler runzeln die Stirn. »Aber jetzt sind Sie frei. Warum haben Sie uns nicht sofort angerufen?«

»Angeblich hat Rönneberg einen Kumpel, der aufpasst, dass ich mich nicht rühre«, lügt Bürgli.

»Sie wollen also sagen, Lars Rönneberg war hier auf der Insel und hat Larissa Paulmann aus Rache für die vergangenen Demütigungen umgebracht?« Bastian Kreuzer blickt Alexander Bürgli konzentriert ins Gesicht. *Lüg mich jetzt bloß nicht an*, steht überdeutlich in seiner Miene geschrieben.

»So hat er es mir erzählt. Ziemlich ausführlich sogar. Es war wohl wichtig für ihn, wenigstens vor einem Menschen mit seinem perfekten Plan anzugeben. Übrigens hat er noch eine zweite Frau auf dem Gewissen. Sie muss ihn beim Biikebren-

350

nen beobachtet haben und ein, zwei Tage später hat er sie sich geschnappt.«

»Das hieße aber auch, dass Sie genauso gut der Mörder sein könnten«, schnappt der Kommissar und wechselt einen Blick mit seiner Kollegin.

»Eben nicht.« Alexander Bürgli lehnt sich zurück und sieht mit ruhiger Miene von einem zum anderen. »Ich nehme an, dass Sie die Fingerabdrücke von Rönneberg in der Kartei haben?«

»Ja. Er war inhaftiert, da ist das üblich.«

Bürgli nickt. »Sie werden die Abdrücke vermutlich hier überall finden. Ich denke nicht, dass der Typ hier tagelang mit Handschuhen rumgelaufen ist. Und wenn Sie glauben, schon einmal mit mir gesprochen zu haben, dann war das *er*, wie gesagt.« Er hebt beide Hände in die Höhe und bietet an: »Sie können gern meine Abdrücke zum Vergleich nehmen.«

»Ach du Schande«, rutscht es dem Kommissar heraus. Wieder geht sein Blick zu der Kollegin, die plötzlich sehr blass geworden ist.

»Rönneberg hat mich gezwungen, ihm die Pin-Codes für das Internet-Banking meiner Konten zu verraten. Und dann hat er die größtmöglichen Beträge auf ein Konto irgendwo in Manaus überwiesen. Können Sie alles überprüfen. Gern auch hier und jetzt, ich müsste nur meinen Laptop suchen.«

»Das könnten Sie aber auch selbst gemacht haben. Erst die Paulmann umbringen und dann die Flucht vorbereiten«, wendet der Kommissar ein.

»Ich hätte ganz bestimmt meine Flucht langfristig vor dem Mord geplant, glauben Sie nicht? Die Überweisungen sind aber erst heute Nachmittag veranlasst worden. Außerdem vergessen Sie die Fingerabdrücke von Rönneberg. Sie müssen hier sein. Hier überall. Küche, Diele, Wohnzimmer.« Er weist mit einer weitläufigen Geste quer durchs Haus. »Ich hab ja gehört, wie er sich bewegt hat.«

»Moment mal«, unterbricht ihn die Kommissarin. »Warum haben Sie eigentlich nicht Alarm geschlagen, als ich hier war. Das war, lassen Sie mich nachdenken, gestern Nachmittag.« Der Blick, mit dem sie ihn mustert, ist zweifelnd und ziemlich einschüchternd.

Aber Bürgli lässt sich nicht beirren. Gekonnt täuscht er größte Bestürzung vor. »Sie waren *hier*? O mein Gott, dann hätte das alles ja ganz anders ausgehen können. Ich … ich …«, er schnappt nach Luft, als könne er den Gedanken kaum ertragen. »… ich muss geschlafen haben oder ohnmächtig gewesen sein. Ich habe jedenfalls nichts davon bemerkt. Der Lichtschalter vom Gästebad ist außen, und dieses Schwein hat die ganze Zeit das Licht angelassen. Ich hatte ja keine Uhr und kein Handy oder so was, und dann habe ich ziemlich schnell jedes Zeitgefühl verloren. Ich war völlig nackt, als ich aufwachte. Ab und an bin ich wieder eingenickt. Trotz meiner Angst. Die Erschöpfung war einfach zu groß. Aber fragen Sie mich bitte nicht, wann oder wie oft und wie lange ich geschlafen habe.«

Bevor die Kommissarin etwas antworten kann, übernimmt ihr Kollege wieder das Ruder.

»Nehmen wir mal an, es hat sich alles so zugetragen, wie Sie behaupten.«

Alexander Bürgli nickt folgsam. *Na endlich*, denkt er triumphierend, *wird aber auch langsam Zeit, dass ihr mir auf den Leim geht.*

»Seit wann ist Lars Rönneberg denn weg? Oder können Sie das auch nicht einschätzen?«

»Seit ein, zwei Stunden vielleicht. Ich habe den Champagner aufgemacht und auch etwas gegessen«, er weist auf die restlichen Salzbrezeln auf dem Couchtisch und fügt achselzuckend hinzu: »Ist mir aber nicht bekommen.«

Noch während Bürgli redet, springt Bastian Kreuzer auf. »Seit ein, zwei Stunden«, wiederholt er fassungslos. »Und Sie haben hier gesessen und gemütlich Salzbrezeln gekaut, anstatt uns zu verständigen. Das glaub ich einfach nicht!«

Bürgli seufzt. »Es tut mir leid. Sie haben recht, ich hätte natürlich sofort bei Ihnen anrufen sollen. Ich war nur so … erleichtert, dass ich entkommen bin, dass ich überlebt habe. Und wie bereits gesagt, mir wurde gedroht. Ich hatte verdammt viel Schiss vor diesem Kumpel. – Obwohl, wenn ich es mir recht überlege, gibt es den vielleicht gar nicht.«

»Sie sind auf den ältesten Trick der Welt reingefallen«, grummelt der Kommissar.

Bürgli zuckt in übertriebener Hilflosigkeit die Achseln. »Kann sein. Aber ich war so durcheinander, dass ich echt nicht mehr klar denken konnte. Ich musste erst mal wieder ich selbst werden. Außerdem war ich wahnsinnig …« *durstig*, wollte er gerade sagen, doch dann fiel ihm ein, dass es im Gästebad ja genügend Wasser gegeben hätte. Also sagte er: »… wahnsinnig hungrig. Ich musste erst mal was essen, bevor ich mich Ihnen stellen konnte. Und dieser Rönneberg ist wahrscheinlich sowieso schon über alle Berge.«

»Kommt drauf an. Er ist vielleicht nicht mehr hier auf der Insel, aber im Flieger kann er keinesfalls schon sitzen. Mit einer Großfahndung müssten wir ihn noch erwischen.« Der Kommissar ist schon unterwegs zur Tür, als er sich noch einmal zu Bürgli umwendet. »Sie bleiben hier und halten sich zur Verfügung. Morgen Vormittag schicken wir jemanden wegen der Fingerabdrücke. Wir müssen dafür die Kollegen vom Festland anfordern, das dauert immer ein bisschen.«

»Moment noch, Bastian«, hält ihn seine Kollegin zurück und wirft Bürgli ein prüfenden Blick zu. »Woher können wir wissen, dass Sie nicht immer noch Rönneberg sind und uns hier einen Bären aufbinden?«

»Meine Augen«, antwortet Bürgli schlagfertig. »Sie sind blau. Waren sie schon immer. Rönneberg hat Kontaktlinsen getragen, um das Blau zu imitieren. Hat er mir alles erzählt.«

Er steht auf und geht zu der Kommissarin hinüber. Dann beugt er sich ihr entgegen und reißt die Augen auf.

Silja Blanck tupft mehrmals mit dem Finger an seine Augäpfel. Schließlich gibt sie zu: »Stimmt. Da ist nichts. Und an die braunen Augen Rönnebergs erinnere ich mich. Die sind auf dem Foto in der Akte deutlich zu erkennen.«

Alexander Bürgli hat Mühe, seinen Triumph zu verbergen. »Sehen Sie! Es ist alles so, wie ich sage.«

Die Kommissarin nickt unkonzentriert. »Eines wüsste ich noch gern: Warum hat Rönneberg Sie freigelassen?«

Bürgli lächelt verschwörerisch. »Ich war kooperativ. Sehr sogar. Rönneberg hat mehr Geld bekommen, als er erwarten konnte. Viel mehr. Wissen Sie, mir tut das nicht sonderlich weh, und schließlich ging es um mein Leben.« Er macht eine kleine Pause, um die Wirkung seiner Worte zu überprüfen. Aber die Kommissarin bleibt skeptisch. »Außerdem habe ich mit ihm über Larissa gelästert«, lügt er. »Ich habe eine Beziehung zu ihm aufgebaut, wenn Sie wissen, was ich meine. Es war reine Notwehr, aber es hat funktioniert.«

Kaum hat er ausgeredet, dreht sich der Kommissar, der schon in der Diele steht, zu ihm um. »Das ist doch Bullshit«, raunzt er. »Wenn alles stimmt, was Sie behaupten, dann ist

Lars Rönneberg ein Mörder auf der Flucht. Warum sollte er einen Zeugen freilassen?«

»Er hat mich ja nicht freigelassen«, korrigiert ihn Bürgli. »Er hat mich nur lebend zurückgelassen. Die Tür vom WC war nach wie vor versperrt. Er ging davon aus, dass ich verhungern würde. Die Vorstellung fand er irgendwie witzig oder erregend, was weiß ich. Warum sollte er sich mit einem weiteren Mord belasten, wenn die Natur das auch so für ihn erledigt?«

»Und wie sind Sie aus dem Bad gekommen? Die Tür ist ja eindeutig nicht eingeschlagen«, stellt Bastian Kreuzer nach einem prüfenden Blick fest.

»Lars Rönneberg hätte als Kind *Kalle Blomquist* lesen sollen«, gibt Bürgli zufrieden lächelnd zurück.

»Sie meinen Astrid Lindgrens *Kalle Blomquist*? Den Meisterdetektiv?«, fragt die Kommissarin irritiert.

»Ganz recht.« Für einen Moment suhlt sich Alexander Bürgli in den ratlosen Blicken der beiden Ermittler. »Der Schlüssel steckte von außen, und ich hab's gemacht wie er«, erklärt er dann. »Im Gäste-WC liegen immer ein paar Zeitschriften. Ich hab ein Blatt unter den Türspalt geschoben und dann den Schlüssel von innen mit einer Pinzette herausgestoßen. Als er scheppernd unten aufkam, dachte ich schon, es sei alles vorbei. Vielleicht können Sie sich meine Panik vorstellen. Die letzten Tage waren die Hölle, und dies war meine einzige Chance. Also habe ich das Papier mit zitternden Händen zurückgezogen.« Er macht eine kurze Pause, um die Wirkung seiner Worte zu verstärken. »Der Schlüssel lag tatsächlich auf dem Blatt, und ich konnte mich befreien.«

»Ist nicht wahr«, schnappt der Kommissar.

»Sonst stünde ich nicht hier«, antwortet Alexander Bürgli.

Sonntag, 24. Februar, 23.47 Uhr, Restaurant Sansibar, Rantum

»Lass mich das machen.«

»Kommt gar nicht in Frage. Ich habe dich eingeladen.« Während Elsbeth mit energischer Geste nach der Rechnung greift, sie kurz prüft und anschließend ihre Kreditkarte aus dem Portemonnaie zieht, überlegt Fred Hübner fieberhaft, ob er sie noch zu einem Drink zu sich nach Hause einladen soll.

Wasser für ihn und Alkohol für Elsbeth? Wie uncool. Kaffee für beide? Schon besser. Doch er kommt nicht dazu, einen entsprechenden Vorschlag zu machen, denn plötzlich meldet sich ihr Handy.

Sie tippt noch schnell die Geheimzahl in das Lesegerät des Kellners, dann nimmt sie den Anruf an. »Herr Kreuzer, was verschafft mir die Ehre?«, begrüßt sie den Anrufer nicht ohne Ironie.

Fred blickt auf die Uhr und seufzt. An einem Sonntagabend kurz vor Mitternacht wird der Kommissar die Staatsanwältin nur mit einem wirklich guten Grund stören. Irritiert mustert Fred die Telefonierende.

»Nicht Ihr Ernst«, erklärt Elsbeth gerade, und ihr Tonfall klingt ziemlich fassungslos. Auf Freds fragenden Blick hin wispert sie ihm zu: »Rönneberg war die ganze Zeit auf der Insel und hat sich als Bürgli ausgegeben. Jetzt ist er natürlich getürmt.«

»Und der echte Bürgli?«

»Saß gefangen in seinem eigenen Haus«, antwortet sie knapp, um sich anschließend wieder dem Gespräch mit dem Kommissar zu widmen.

Fred glaubt, sich verhört zu haben. Doch dann denkt er ein wenig nach, während Elsbeth ein hektisches Palaver mit dem Hauptkommissar beginnt.

Im Grunde ist so eine abgefahrene Aktion genau das, was dem ebenso intelligenten wie verschlagenen Rönneberg zuzutrauen ist. Fred lauscht dem Telefonat, um weitere Einzelheiten zu erfahren, aber Elsbeth und der Kommissar sind längst bei so banalen Themen wir der Abnahme der Fingerabdrücke im Bürgli-Haus und dem internationalen Haftbefehl für Lars Rönneberg. Als Elsbeth schließlich das Telefonat beendet, macht sie einen eher enttäuschten als zufriedenen Eindruck.

»Rönneberg war der Mörder der beiden Frauen?«, fragt Fred.

»Sieht ganz so aus. Jedenfalls, wenn stimmt, was Bürgli sagt. Und das überrascht uns ja auch nicht wirklich, oder? Jetzt müssen wir ihn nur noch finden. Offenbar hat er Geld nach Brasilien transferiert. Wir alarmieren also alle Flughäfen, dann sollte er uns eigentlich nicht entwischen.«

»Das ist doch super.«

»Ja schon«, antwortet sie lahm.

»Was hast du?«

»Ich werde morgen zurück nach Flensburg müssen. Hier auf der Insel bleibt jetzt nichts mehr für mich zu tun.«

»Plan B. Fischvergiftung«, schlägt Fred vor.

Doch Elsbeth schüttelt nur den Kopf. »Ich gehe davon aus, dass wir Rönneberg heute Nacht noch oder spätestens morgen in die Finger kriegen. Da möchte ich dann schon einsatzbereit sein.«

»Verstehe.« Fred bemüht sich, seine Enttäuschung nicht allzu deutlich zu zeigen. Denn wie so häufig hat eine schlechte Nachricht auch ihre guten Seiten. »Wie wär's dann mit einem kleinen Ausreißer zum Abschluss?«, erkundigt er sich mutig.

»Ausreißer …« Die Staatsanwältin lässt sich das Wort auf der Zunge zergehen. »Was meinst du damit genau? Wohnungsbesichtigung, Briefmarkensammlung, Absacker?«, will sie dann wissen.

»Die Reihenfolge stimmt nicht ganz, aber das Prinzip hast du ganz richtig erkannt.«

Sie lächelt ihn an, fast gar nicht spöttisch dieses Mal. Dann antwortet sie mit nur einem Wort, ohne sich im Geringsten zu zieren. »Gern.«

Für einen kurzen Moment ist Fred sprachlos.

»Und? Was denkst du jetzt?«, will sie wissen.

»Was soll ich schon denken?« Er sieht sie halb ratlos, halb schelmisch an und zuckt die Schultern. »Staatsanwälte küsst man nicht.«

»Über Staatsanwältinnen ist damit aber noch gar nichts gesagt«, antwortet sie schlagfertig und spitzt über den Tisch hinweg die Lippen.

Freitag, 8. März, 16.05 Uhr, Braderuper Straße, Kampen

Die Wiege steht direkt neben dem Küchentisch, und sowohl die stolzen Eltern als auch Silja und Bastian blicken immer wieder auf das rosige Gesicht des schlafenden Säuglings. Auf dem Tisch prangt eine große Platte mit dem marzipanhaltigen Plundergebäck, das auf der Insel überall unter dem Namen *Bürgermeister* verkauft wird. Während Anja und Silja Tee trinken, haben die beiden Männer jeweils einen stark duftenden Kaffeepott vor sich. Gerade schenkt Sven vier Gläser mit Sekt ein.

»Für mich lieber nichts«, wehrt Anja ab. »Ich bin ja froh, dass das mit dem Stillen überhaupt klappt. Der Saugreflex ist bei Frühchen oft noch nicht besonders gut ausgebildet.«

»Nur einen Tropfen zum Anstoßen, mein Herz. Der Lütte wird's dir schon nicht übelnehmen.«

Wie zur Bestätigung seufzt der kleine Mann in der Wiege zufrieden im Schlaf. Sein winziges Gesicht verzieht sich kurz zu einer unwillkürlichen Grimasse, dann schnauft er zweimal und fährt sich in einer ungerichteten Bewegung mit den Händen ins Gesicht. Auf beiden Wangen sind Striemen zu sehen, die sich dunkel von der hellen Haut abheben.

»Das macht er ständig und kratzt sich dabei manchmal auch die Haut auf«, jammert Anja. »Wir sollten ihm vielleicht wirklich Söckchen über die Hände ziehen, so wie es die Hebamme empfohlen hat.«

»Apropos *Söckchen über die Hände*«, unterbricht sie Bastian. »Wenn dieser verdammte Rönneberg nicht so sorglos im Bürgli-Haus seine Fingerabdrücke hinterlassen hätte, säße Bürgli jetzt ganz schön in der Scheiße.«

»Du willst doch nur deine absonderliche These halten, dass Bürgli selbst der Mörder der beiden Frauen war«, widerspricht Sven. »Du hast ihn gefressen, das vernebelt dir das Hirn.«

»Bastian hat *Rönneberg* gefressen, nicht Bürgli«, korrigiert ihn Silja. »Denn nur der hat mich angemacht. Der echte Bürgli zeigt nicht das geringste Interesse an mir. Allein daran kann man schon sehen, dass es ein anderer ist.«

»Das will ich ihm auch geraten haben«, grummelt Bastian. »Und wenn wir ihn nicht noch in der Nacht nach seiner Entdeckung ins Krankenhaus gebracht hätten, wo die Ärzte tatsächlich bestätigt haben, dass er völlig ausgehungert war, hätte ich ihm kein Wort seiner abstrusen Story geglaubt.«

»Ein paar Beweise haben wir aber schon gefunden«, widerspricht ihm Silja. »Denk doch nur mal an die blau eingefärbten Kontaktlinsen, die im Wohnzimmer lagen.«

»Blöd nur, dass Rönneberg seitdem unauffindbar ist«, stöhnt Sven. »Die Tickets hatte er ganz normal für den vergangenen Montag auf Alexander Bürglis Namen gebucht, aber am Flughafen ist er nie aufgetaucht.«

»Ich habe ja die Theorie, dass er noch auf der Insel war, als wir in die Bürgli-Villa gegangen sind, und daher bemerkt hat, dass sein Plan gescheitert ist. Er wusste, dass er es nicht mehr in den Flieger schafft, und ist anderswo untergetaucht. Hier in Deutschland oder, was viel wahrscheinlicher ist, irgendwo in Skandinavien. Die dänische Grenze ist ja nicht weit.«

»Dann haben wir vielleicht bald wieder das Vergnügen mit ihm«, verkündet Bastian ebenso finster wie hoffnungsvoll.

»Ich glaube nicht, dass er freiwillig wieder auftaucht«, widerspricht Anja. »Der hat sich gerächt, und jetzt will er nicht mehr gefunden werden.« Dann greift sie nach dem Glas, das nur halb gefüllt ist, blickt einmal in die Runde und anschließend gerührt auf ihren neugeborenen Sohn.

»Auf dich, Mäxchen – und auf die verrückte Truppe, in die du hier hineingeboren worden bist.«

Alle stoßen an und nehmen einen Schluck.

»Max ist übrigens ein toller Name, finde ich«, erklärt Bastian. »Hätte ich euch gar nicht zugetraut. Ich dachte, ihr entscheidet euch wieder für was Friesisches.«

»Max und Mette klingt einfach zu gut«, gibt Sven lächelnd zu.

»Wo ist eigentlich die stolze Schwester?«

»Bei einer Freundin. Am liebsten hätte sie den Winzling mitgenommen. Sie gibt überall mit ihrem lütten Bruder an.«

Wie auf Kommando schlägt der Kleine in der Wiege jetzt die Augen auf, blinzelt kurz und beginnt dann zu weinen.

»Er hat den Sekt gerochen«, witzelt Bastian, »und will jetzt was abhaben.«

Anja hebt den Säugling aus der Wiege, geht hinüber zu einem bequemen Sessel, der in einer Ecke der Küche steht. Dort legt sie sich ihren Sohn auf den Schoß, schiebt den Pullover hoch und beginnt ihn zu stillen.

Gerührt blickt Sven die beiden eine Weile an. Schließlich wendet er sich wieder seinen Kollegen zu. »Und was machen wir jetzt? Die Bispingen tobt wahrscheinlich schon.«

Bastian zuckt ratlos mit den Schultern. »Nö, gar nicht mal. Wundert mich auch, ehrlich gesagt. Sie ist sogar freiwillig noch ein paar Tage auf der Insel geblieben.«

»Vielleicht war Fred Hübner der Grund. Er scheint mir sowieso einen guten Einfluss auf sie zu haben«, sagt Silja.

»Sind die jetzt ein Paar?«, will Sven wissen.

»Vorgestern habe ich sie händchenhaltend in der Fußgängerzone getroffen.« Silja muss bei der Erinnerung an die Szene unwillkürlich lächeln. »Sah ziemlich idyllisch aus.«

»Hast du mit ihnen geredet?«

Silja nickt, dann schickt sie einen kurzen Blick zu Bastian. »Ja richtig, da war noch was, das habe ich dir in der ganzen Hektik gar nicht erzählt. Fred Hübner hat mich angesprochen und gefragt, wie es uns beiden so geht.«

»*Uns* beiden?«

»Ja, mit der Wohnsituation und so.«

»Ach du Schande, ist der denn wahnsinnig, das in Anwesenheit der Staatsanwältin noch extra zu thematisieren?«, regt sich Bastian auf.

»Warte mal, bevor du an die Decke gehst. Ich glaube nämlich nicht, dass wir uns weiter Sorgen machen sollten. Die Bispingen hat artig zugehört, aber keine neuen Drohungen ausgestoßen. Ich war natürlich vorsichtig und habe erklärt, dass ich mich nach einer neuen Unterkunft umsehe. Sie meinte nur, das sei doch gar nicht so wichtig. Wichtig sei nur unser Ermittlungserfolg.«

»Meine Rede«, murmelt Bastian. »Leider bleibt der aber im Moment aus.«

»Wird schon«, tröstet Sven und nimmt einen kräftigen Schluck von seinem Sekt. »Außerdem sind wir fast raus aus der Geschichte. Niemand glaubt, dass Rönneberg überhaupt noch im Lande ist. Deswegen hat die Bispingen ja auch Interpol eingeschaltet. Die finden ihn über kurz oder lang, da wette ich drauf.«

»Top«, Bastian streckt ihm die Hand ihn. »Ich halte dagegen. Der taucht nie wieder auf. Eine Kiste von diesem leckeren Sekt?«

»Gilt!« Sven schlägt ein.

Dienstag, 29. April,
Am Tipkenhoog, Keitum

Alexander Bürgli richtet sich auf und reibt sich den schmerzenden Rücken. Hätte er geahnt, dass Hortensien so große Pflanzlöcher brauchen, wäre seine Wahl anders ausgefallen. Obwohl diese blaublühende Sorte mit ihren breiten tellerförmigen Blüten auf dem schattigen Plätzchen am hinteren Ende des Grundstücks sicher besonders reizvoll aussehen wird.

Bürgli hat drei kräftige Pflanzen mit weit gespreizten holzigen Stengeln gewählt, die er in einem unregelmäßigen Dreieck gesetzt hat. Links werden sie von einem weißblühenden Rhododendron und rechts von zwei ebenfalls weißen Fliederbüschen begrenzt. Der Rhododendron steht schon an dieser Stelle, solange Bürgli denken kann. Er ist mittlerweile übermannshoch und innen etwas verkahlt. Bürgli erinnert sich dunkel an diverse schmutzige Spielchen, die er mit Larissa seinerzeit hinter dem Busch veranstaltet hat. Lang ist's her, und tragischerweise sind inzwischen weder Larissa noch der arme Typ, der später als Larissas Spielkumpan herhalten musste, noch am Leben.

Alexander Bürgli schultert seinen Spaten und trabt langsam zurück Richtung Haus, um sich die Wirkung der neuen Bepflanzung aus der Entfernung anzusehen. Auf der Terrasse angekommen, greift er erst einmal nach der Wasserflasche und gießt sich ein großes Glas ein. Seit zwei Wochen herrscht eine ungewöhnliche Wärme auf der Insel. Auch die letzten beiden Monate waren eher mild, so dass die Erde ziemlich schnell nach den Schneefällen Ende Februar wieder aufgetaut ist. Ein Umstand, den Alexander Bürgli recht hilfreich fand.

Bei der Erinnerung an die beiden Tage Ende Februar, in denen sich die Leiche seines Kidnappers noch unten im Keller befand, tritt Bürgli auch jetzt noch der Schweiß auf die Stirn. Gleich nachdem er am Montagmorgen aus dem Krankenhaus entlassen worden war, hat er den schweren Körper seines toten Doppelgängers über die Poolkante gehievt und dort zu Boden gleiten lassen. Das Scheppern des Rolltors endlich wieder von der anderen Seite aus zu hören war wie eine Erlösung für ihn. Allerdings blieb für Entspannung wenig Zeit, galt es doch, die Blutspuren zu beseitigen, bevor die angekündigten Fingerabdruckexperten von der Kriminalpolizei anrücken würden.

Bürgli putzte und schrubbte, Boden und Wände des Bereichs zwischen Sauna und Pool waren zum Glück gefliest und leicht zu reinigen. Alles reine Vorsichtsmaßnahmen, denn der Arzt in der Nordseeklinik hatte umstandslos Bürglis ausgehungerten Zustand bestätigt, so dass die letzten Bedenken der Kriminalbeamten bald zerstreut waren. Und den Spurensuchern ging es vor allem um die Fingerabdrücke Lars Rönnebergs. Und die fanden sie in den oberen beiden Etagen der Villa reichlich.

Obwohl Alexander Bürgli Geländer, Türen und Wände das Kellers sorgfältig geputzt und anschließend noch wenige eigene Fingerabdrücke verteilt hatte, waren die Minuten, in denen die Spurensuchtruppe den Kellerzugang inspizierte, die schweißtreibendsten seines Lebens. Dagegen war die Schaufelei vorhin der reinste Sonntagsspaziergang und das Ausheben der Grube wenige Tage nach dem Besuch der Spurensicherer allenfalls ein lockerer Geländelauf.

Bürgli hatte an einem der letzten Februartage die Stunden nach Mitternacht abgewartet und im Dunklen gegraben. Vom vielen Schmelzwasser war die Erde matschig und weich, so dass das Graben an sich kein Problem war. Nur die Dunkelheit machte ihm anfänglich zu schaffen. Dafür war die nächtliche Kälte ziemlich angenehm gewesen bei der anstrengenden Arbeit. Außerdem war die Geruchsentwicklung der Leiche wegen der niedrigen Kellertemperaturen glücklicherweise noch nicht besonders weit gediehen. Als Bürgli den Toten erst einmal aus dem Pool herausgehievt hatte, war der schwerste Teil der Arbeit schon geleistet. Noch vor Sonnenaufgang hatte er die Leiche entsorgt, die Grube wieder mit dem Aushub befüllt und alles festgetreten. Dann holte er noch einen großen Haufen schneematschiges Laub aus einer entfernten Ecke des Gartens und verteilte es locker auf dem frischen Grab.

Zu allem Überfluss regnete es den ganzen nächsten Tag lang, so dass sich das gesamte Grundstück in eine echte Schlammgrube verwandelte. Niemand wäre freiwillig darauf herumgekrochen, und die Kriminalpolizei hatte ohnehin das Interesse verloren. Sie jagten Rönneberg – und das inzwischen weltweit, wie der Kommissar ihm versicherte.

Alexander Bürgli greift noch einmal zu der Wasserflasche und füllt sein Glas. Inzwischen hat er sogar das Geld erstattet bekommen, das Rönneberg auf das Konto in Manaus überwiesen hatte. Die Kriminalpolizei nahm die Tatsache, dass nie jemand versuchte hatte, die Beträge abzuheben, als Beweis dafür, dass es Rönneberg nicht bis nach Südamerika geschafft hat.

Zumindest damit haben sie recht, denkt Alexander Bürgli spöttisch und will das Glas an die Lippen setzen. In letzter Sekunde überlegt er es sich anders und hebt das Glas kurz in Richtung der frisch gepflanzten Sträucher. *Prost Rönneberg, du armer Kerl. Eigentlich schade, dass Larissa dich so unter ihrer Fuchtel hatte. Du warst nicht unintelligent, aus dir hätte vielleicht was Anständiges werden können. Aber was soll's, jetzt hast du wenigstens eine ordentliche Bestattung gehabt. Wenn ich es mir recht überlege, dürftest du der Tote mit der teuersten Parzelle weltweit sein. Am Tipkenhoog, Keitum, unverbaubarer Wattblick, da müssten sie eigentlich in der Hölle alle neidisch werden …*